GLI INSUPERABILI

GOLD

14

Della stessa autrice:

Oltre noi l'infinito
Oltre l'amore

Titolo originale: *Rule*

Published by arrangement with William Morrow,
an imprint of HarperCollins Publishers
Traduzione dall'inglese di Cecilia Pirovano

Prima edizione in questa collana: gennaio 2016

Roma, Casella postale 6214

ISBN 978-88-541-8582-1

www.newtoncompton.com

Realizzazione a cura di Librofficina, Roma
Stampato nel gennaio 2016 da Puntoweb s.r.l., Ariccia (Roma)
su carta prodotta con cellulose senza cloro gas provenienti da foreste
controllate e certificate, nel rispetto delle normative ecologiche vigenti

Jay Crownover

Oltre le regole

The Tattoo Trilogy

Newton Compton editori

Dedicato a tutte le persone che, per un anno intero, sono state ad ascoltarmi mentre mi lamentavo di quanto sentissi il bisogno di riorganizzare la mia vita. E a chi mi ha incoraggiato a fare semplicemente ciò che so fare meglio. Ho provato a scrivere quello che so, in una versione un tantino più romantica e idealizzata, perciò dedico questo libro anche a tutti i ragazzi tatuati che sono entrati e usciti dalla mia vita nel corso degli anni e che hanno ispirato i miei protagonisti.

Capitolo uno
Rule

All'inizio pensai che il martellare che sentivo in testa fosse il mio cervello che cercava di uscire dal cranio dopo i dieci shot di Crown Royal o giù di lì che mi ero scolato la notte prima, ma poi mi resi conto che era il rumore di qualcuno che si spostava come una furia per il mio appartamento. *Lei* era lì, e con terrore mi ricordai che era domenica. Nonostante tutte le volte che glielo avevo detto, la scortesia nei suoi confronti, o la condizione devastata e impresentabile in cui mi trovava, ogni domenica mattina lei si presentava e mi trascinava a casa per il brunch.

Un gemito soffocato dall'altra parte del letto mi fece ricordare che la sera prima non ero rientrato solo dal locale. Non che mi venisse in mente il nome della ragazza, il suo aspetto o se rientrare barcollando con me nel mio appartamento fosse valsa la pena. Mi passai una mano sul viso e allungai le gambe oltre il bordo del letto proprio nell'istante in cui la porta si spalancò. Non avrei mai dovuto dare la chiave a quella mocciosetta. Non mi preoccupai di coprirmi; era abituata a entrare e trovarmi nudo con i postumi di una sbronza – non vedevo perché quel giorno dovesse essere diverso. La ragazza dall'altro lato del letto si girò e guardò con gli occhi strizzati la nuova arrivata, che si era unita alla nostra festicciola.

«Mi pareva che avessi detto che eri single». Il suo tono d'accusa mi fece rizzare i peli sulla nuca. Una ragazza disposta ad andare a casa con uno sconosciuto per una notte di sesso senza impegno non aveva il diritto di sparare giudizi, soprattutto se ancora nuda e nel mio letto.

«Dammi venti minuti». Mi passai una mano tra i capelli arruffati mentre la biondina sulla porta sollevava un sopracciglio.

«Te ne do dieci». Avrei alzato anch'io un sopracciglio per il suo tono e l'atteggiamento, ma la testa mi stava uccidendo e comunque sarebbe stata fatica sprecata con lei; era fin troppo immune alle mie stronzate. «Preparo il caffè. Ho già invitato Nash ma ha detto che deve andare in studio per un appuntamento. Ti aspetto in macchina». Girò sui tacchi e, di colpo, la soglia rimase vuota. Mi sforzai di alzarmi, scrutando il pavimento in cerca dei pantaloni che avevo abbandonato la notte prima.

«Che succede?». Mi ero temporaneamente scordato della ragazza nel mio letto. Imprecai sottovoce e mi infilai una maglietta nera dall'aria abbastanza pulita.

«Devo andare».

«Cosa?».

La osservai accigliato mentre si metteva a sedere con il lenzuolo premuto al petto. Da quel che vedevo, era carina e aveva un bel fisico. Chissà cosa le avevo proposto per convincerla a venire a casa con me. Non mi era dispiaciuto svegliarmi accanto a un tipo come lei quella mattina.

«Devo andare in un posto e ciò significa che tu devi alzarti e uscire. Di solito il mio coinquilino è in casa e potresti restare ancora un minuto, ma è dovuto andare al lavoro, quindi muovi quel bel culo e vattene».

«Mi prendi in giro?», farfugliò.

Le lanciai un'occhiata mentre recuperavo gli stivali sotto una pila di vestiti da lavare e me li infilavo. «No».

«Che razza di stronzo si comporta così? Nemmeno un grazie per ieri notte, sei stata fantastica, ti va di andare a pranzo? Che cazzo, solo vattene?». Spostò di lato il lenzuolo e vidi che aveva un bel tatuaggio sulle costole. Probabilmente era stato quello ad attrarmi nel mio torpore alcolico. «Sei proprio un bel tipo, sai?».

Ero molto più che un semplice bel tipo, ma non era necessario che quella pollastra, solo una delle tantissime, lo sapesse. Imprecai in silenzio contro Nash. Il mio coinquilino era il massimo, eravamo amici fin dalle elementari e in genere potevo contare su di lui la domenica mattina, quando dovevo filarmela, ma mi ero scordato del pezzo che doveva finire quel giorno.

Il che significava che dovevo cavarmela da solo nel buttare fuori la bambola della notte prima e darmi una mossa prima che la mocciosa se ne andasse senza di me, procurandomi un mal di testa molto più forte di quanto potessi sopportare nello stato in cui mi trovavo.

«Ehi, com'è che ti chiami, comunque?». Se prima non era arrabbiata, adesso era furiosa. Si rimise una gonna nera cortissima e una canottiera minuscola. Si ravviò l'ammasso di capelli tinti di biondo e mi lanciò uno sguardo truce con gli occhi macchiati di mascara.

«Lucy, non ti ricordi?». Spalmai del gel tra i capelli per farli stare dritti in diverse direzioni e mi spruzzai di profumo per mascherare l'odore di sesso e alcol che di certo avevo appiccicato addosso. Feci spallucce e attesi mentre mi passava davanti, saltellando su un piede per infilarsi i tacchi che gridavano sesso.

«Io sono Rule». Le avrei dato la mano ma mi pareva stupido, perciò mi limitai a indicare la porta dell'appartamento e andai in bagno per togliermi il sapore stantio di whisky dalla bocca. «In cucina c'è del caffè, forse dovresti scrivermi il tuo numero così posso chiamarti un'altra volta. La domenica non è un buon giorno per me». Non avrebbe mai potuto capire quanto fosse vero.

Lei mi guardò in cagnesco e batté la punta di una delle scarpe fantastiche. «Non hai la minima idea di chi sono, vero?».

Questa volta, nonostante la testa che pulsava, sollevai un sopracciglio e la guardai con la bocca piena di schiuma di dentifricio. Rimasi così fino a quando disse con voce acuta, indicandosi il fianco: «Dovresti ricordarti almeno questo!».

Non c'era da stupirsi che il suo tatuaggio mi piacesse tanto, era uno dei miei. Sputai il dentifricio nel lavandino e mi ispezionai allo specchio. Avevo un aspetto orribile. Avevo gli occhi lucidi e cerchiati di rosso, la pelle grigia e un succhiotto delle dimensioni del Rhode Island sul lato del collo. Mia madre l'avrebbe adorato, così come sarebbe impazzita per l'aspetto attuale dei miei capelli. Folti e scuri al naturale, li avevo rasati ai lati e tinti sul davanti di un bel viola sgargiante, e adesso stavano belli dritti come se li avessi tagliati con un decespugliatore. I miei avevano un problema con l'inchiostro che mi ricopriva le braccia e mi risaliva su entrambi i lati del collo, perciò i capelli sarebbero stati la ciliegina sulla torta. Non c'era niente che potessi fare per migliorare lo straccio che mi guardava dallo specchio, perciò uscii dal bagno in modo furtivo e senza troppe cerimonie afferrai la ragazza per il gomito e la spinsi verso la porta. Dovevo imparare ad andare a casa loro invece di portarle da me, così sarebbe stato molto più semplice.

«Senti, devo andare in un posto e l'idea non mi piace particolarmente, perciò che tu te ne stia qui a dare di matto facendo una scenata mi fa solo incazzare di più. Spero che tu ti sia divertita ieri notte e puoi lasciarmi il tuo numero, ma sappiamo entrambi che le possibilità che ti chiami rasentano lo zero. Se non vuoi farti trattare come una merda, forse dovresti smetterla di andare a casa con dei tipi ubriachi che non conosci. Fidati, a noi interessa una cosa sola e la mattina dopo l'unica cosa che vogliamo è che ve ne andiate senza fare storie. Ho mal di testa e penso che vomiterò, in più dovrò passare la prossima ora in macchina con una persona che mi detesterà in silenzio e tramerà tutta contenta la mia morte quindi, seriamente, possiamo risparmiarci tutte queste scene e darci una mossa?».

Ormai ero riuscito a portarla nell'ingresso del palazzo. Vidi *lei* nella BMW con il motore al minimo parcheggiata accanto al mio furgone. Era impaziente e se ne sarebbe andata se avessi perso altro tempo. Rivolsi a Lucy un mezzo sorriso e un'alzata di spalle, dopotutto non era colpa sua se ero uno stronzo e se persino io sapevo che si meritava di meglio che essere liquidata in modo tanto brusco.

«Senti, non prendertela, so essere un bastardo affascinante quando mi ci metto. Di certo non sei la prima e non sarai nemmeno l'ultima a dover assistere a tutto questo. Sono contento che il tuo tatuaggio sia venuto alla grande e preferirei che mi ricordassi per quello piuttosto che per ieri notte».

Saltellai giù dagli scalini senza guardarmi indietro e aprii lo sportello della costosa BMW nera. Odiavo quella macchina e odiavo il fatto che si adattasse così bene a chi la guidava. Gli aggettivi elegante, slanciata e cara si potevano benissimo usare per descrivere la mia compagna di viaggio. Mentre uscivamo dal parcheggio, Lucy strillò contro di me e mi fece un gestaccio. La mia autista alzò gli occhi al cielo e mormorò tra i denti: «Che classe». Era abituata alle scenate delle ragazze quando le buttavo fuori la mattina dopo. Una volta avevo persino dovuto sostituirle il parabrezza perché una mi aveva mancato lanciandomi un sasso mentre mi allontanavo.

Spostai il sedile per sistemare le gambe e appoggiai la testa al finestrino. Era sempre un tragitto lungo e penosamente silenzioso. A volte, come quel giorno, ne ero grato, altre mi dava davvero sui nervi. Eravamo una presenza fissa nella vita l'uno dell'altra sin dalle medie; lei conosceva ogni mio punto forte e debole. I miei genitori la adoravano come se fosse figlia loro e non esitavano a dire che il più delle volte preferivano la sua compagnia alla mia. Con tutte le cose, sia belle che brutte, che condividevamo, si poteva pensare che riuscissimo a chiacchierare per qualche ora senza difficoltà.

«Mi lascerai sul finestrino tutta quella porcheria che hai nei capelli». La sua voce non si addiceva alla sua persona; era tutta whisky e sigarette, mentre lei era tutta champagne e seta. Mi era sempre piaciuta, quando andavamo d'accordo, potevo ascoltarla parlare per ore.

«Te lo farò pulire».

Storse il naso. Chiusi gli occhi e mi misi a braccia conserte. Ero pronto per un tragitto in silenzio, ma a quanto pareva quel giorno lei aveva qualcosa da dirmi, perché non appena imboccò l'autostrada abbassò la radio e pronunciò il mio nome: «Rule».

Girai un po' la testa di lato e aprii di uno spiraglio un occhio. «Shaw». Il suo nome era strano proprio come lei. Era pallida, con i capelli biondissimi e gli occhi verdi enormi che ricordavano due mele Granny Smith. Era magra, di trenta centimetri buoni più bassa del mio metro e novanta, ma aveva delle curve da paura. Era il tipo di ragazza che i maschi guardavano perché non riuscivano a farne a meno, ma non appena lei rivolgeva il suo sguardo verde e freddo verso di loro era chiaro che non avevano la minima chance. Emanava irraggiungibilità proprio come certe altre trasudavano "sono qui, prendimi".

Lei sospirò e vidi una ciocca di capelli volteggiarle davanti alla fronte. Mi guardò con la coda dell'occhio e io mi irrigidii nell'accorgermi di quanto stringesse il volante con le mani.

«Cosa c'è, Shaw?».

Si morse il labbro inferiore, chiaro indice del suo nervosismo. «Immagino che tu non abbia risposto a nessuna delle chiamate di tua madre questa settimana».

Non avevo un rapporto esattamente stretto con i miei. In effetti, ci aggiravamo intorno alla tolleranza reciproca, motivo per cui mia madre costringeva Shaw a trascinarmi a casa ogni weekend. Venivamo entrambi da una cittadina di nome Brookside, in una zona benestante del Colorado. Io mi ero trasferito a Denver non appena avevo avuto in mano il diploma. Shaw era indietro di qualche anno perché era più piccola di me e non c'era cosa che volesse di più al mondo che entrare alla DU, la University of Denver. Non solo assomigliava a una principessa delle fiabe, ma era anche sulla buona strada per diventare una cavolo di dottoressa. Mia madre sapeva che non mi sarei mai fatto le due ore di strada tra andata e ritorno per vederli nel fine settimana, ma se a guidare e a venire a prendermi era Shaw, non solo mi sarei sentito in colpa perché lei si ritagliava del tempo per farlo, ma non avrei avuto scuse per non andare. Shaw pagava la benzina, aspettava che uscissi dal letto e trascinava a casa il mio culo pietoso ogni singola domenica e in due anni non si era lamentata nemmeno una volta.

«No, sono stato impegnato tutta la settimana». Ero *davvero* impegnato, ma non mi piaceva neanche parlare con mia madre, perciò avevo ignorato le sue tre telefonate.

Shaw sospirò e strinse il volante ancora più forte. «Ti chiamava per dirti che Rome è ferito e che l'esercito l'ha mandato a casa in congedo per sei settimane. Tuo padre è andato a prenderlo ieri alla base di Colorado Springs».

Feci un salto tanto in fretta sul sedile che sbattei la testa contro il tettuccio della macchina. Imprecai e mi massaggiai il punto dove il capo aveva preso a martellare ancora di più.

«Cosa? Cosa vuol dire che è ferito?». Rome era il mio fratello maggiore. Aveva tre anni più di me ed era stato oltreoceano per la maggior parte degli ultimi sei. Eravamo ancora molto legati e, anche se non gli piaceva la distanza che avevo messo tra me e i nostri genitori nel corso del tempo, se fosse stato ferito ero certo che sarebbe stato lui a dirmelo.

«Non sono sicura; Margot ha detto che è successo qualcosa al suo convoglio mentre erano di pattuglia. Credo sia stato un incidente piuttosto brutto. Ha detto che si è rotto un braccio e ha qualche costola incrinata. Era abbastanza sconvolta, quindi ho fatto fatica a capire quando l'ho sentita».

«Rome mi avrebbe telefonato».

«Rome era sedato e negli ultimi due giorni è stato chiamato a rapporto. Ha chiesto a tua madre di chiamarti perché voi Archer siete ostinatissimi. Margot gli ha detto che tu non avresti risposto, ma lui continuava a dirle di provare».

Mio fratello era ferito, ma era a casa e io non lo sapevo. Richiusi gli occhi e mi lasciai andare all'indietro contro il poggiatesta. «Be', che diamine, credo sia una buona notizia».

«Hai intenzione di passare a salutare tua madre?», le chiesi. Non ebbi bisogno di guardarla per capire che si era irrigidita ancora di più. Sentivo praticamente le ondate glaciali di tensione che emanava.

«No». Non disse altro, ma non me lo aspettavo. Noi Archer non saremmo stati la famiglia più legata e affettuosa al mondo, ma non avevamo niente da invidiare ai Landon. I genitori di Shaw cagavano oro e respiravano denaro. Si erano traditi e detti bugie, avevano divorziato e si erano risposati. Da quel che avevo visto nel corso degli anni, avevano scarso bisogno e interesse per la loro figlia biologica, nata da un'unione concepita più con un modulo per la dichiarazione dei redditi che in camera da letto. Sapevo che Shaw amava casa mia e i miei perché erano l'unica parvenza di normalità che avesse mai conosciuto. Non le serbavo rancore per questo, anzi, apprezzavo il fatto che distogliesse gran parte della pressione da me. Se Shaw era una brava studentessa, usciva con un ricco laureando e viveva la vita che i miei genitori avevano sempre sognato per i loro figli ma che era stata loro negata, allora mi lasciavano in pace. E visto che di solito Rome era a un continente di distanza e io ero l'unico a portata di mano, non mi vergognavo di usare Shaw come cuscinetto.

«Non parlo con Rome da tre mesi. Sarà fantastico vederlo. Chissà se riesco a convincerlo a venire un po' in città con me e Nash. Sarà più che pronto per divertirsi un po'».

Lei sospirò ancora e rialzò di un poco il volume della radio. «Hai ventidue anni Rule, quando la smetterai di comportarti come un adolescente? Almeno hai chiesto a questa come si chiama? Nel caso te lo stessi chiedendo, hai un odore a metà tra una distilleria e un club di spogliarelliste».

Storsi il naso e richiusi gli occhi. «Hai diciannove anni, Shaw. Quando la smetterai di vivere la tua vita in base alle regole degli altri? Mia nonna che ha ottantadue anni ha una vita sociale più piena della tua e credo sia meno rigida di te». Non le dissi che odore aveva perché era dolce e adorabile e non mi andava di fare il carino in quel momento.

Capii che mi stava guardando di traverso e nascosi un sorrisetto. «Mi piace Ethel». Aveva un tono scorbutico.

«Ethel piace a tutti. È piena di vita e non si lascia trattare male da nessuno. Potresti imparare una o due cosette da lei».

«Oh, forse dovrei tingermi i capelli di rosa, tatuarmi ogni superficie visibile del corpo, infilarmi del metallo in faccia e andare a letto con qualsiasi cosa si muova. Non è questa la tua filosofia per vivere una vita piena e soddisfacente?».

A quelle parole riaprii gli occhi di scatto, mentre la banda che avevo in testa decise di passare al secondo round.

«Se non altro faccio quello che voglio. So chi e cosa sono, Shaw, e non mi scuso per questo. Dalla tua bocca stanno uscendo un sacco di cose alla Margot Archer».

Piegò la bocca in un broncio. «Come vuoi, torniamo pure a ignorarci. Pensavo solo che dovessi sapere di Rome. A voi Archer non sono mai piaciute troppo le sorprese».

Aveva ragione. Nella mia esperienza, le sorprese non erano mai un bene. Di solito finivano con qualcuno che si arrabbiava e io che venivo coinvolto in una rissa. Volevo bene a mio fratello, ma dovevo ammettere di essere abbastanza irritato per il fatto che, uno, non si fosse preso la briga di farmi sapere che era ferito e, due, cercasse ancora di costringermi a fare il gentile con i miei. Il piano di Shaw di ignorarci a vicenda per il resto del viaggio mi parve il migliore, quindi mi allungai per quanto mi consentisse la piccola macchina sportiva e mi appisolai. Dormicchiavo da appena venti minuti o giù di lì quando dal suo cellulare partì una canzone dei The Civil Wars, che mi svegliò. Sbattei gli occhi impastati e mi passai una mano sul viso trascurato. Se mia madre non si fosse arrabbiata per i capelli, sarebbe diventata isterica perché ero stato troppo impegnato per radermi per il suo prezioso brunch.

«No, ti ho detto che sarei andata a Brookside e che tornerò tardi». La scrutai dall'altra parte dell'abitacolo e lei dovette avvertire il mio sguardo perché mi lanciò una rapida occhiata, e i suoi zigomi alti si colorarono di rosa. «No, Gabe, ti ho detto che non avrò tempo e che ho un compito di laboratorio». Non riuscivo a distinguere le parole, ma chiunque fosse dall'altro capo pareva arrabbiato per come lei lo stava liquidando. Strinse più forte le dita intorno al telefono. «Non sono affari tuoi. Adesso ti devo lasciare, parliamo più tardi». Passò un dito sullo schermo e gettò l'apparecchio costoso nel portabottiglie accanto al mio ginocchio.

«Problemi in paradiso?». Non mi importava davvero di Shaw e di quel ricchissimo futuro imperatore dell'universo conosciuto che era il suo ragazzo, ma mi parve gentile chiederglielo visto che era chiaramente turbata. Non avevo mai incontrato Gabe ma, da quanto avevo sentito da mia madre, quando mi scomodavo ad ascoltarla, era fatto apposta per stare con la futura immagine di dottoressa di Shaw. La sua famiglia era ricca come quella di lei – suo padre faceva il giudice, o l'avvocato, o qualche altra stupidata politica di cui non sapevo che farmene. Ero sicuro oltre ogni ombra di dubbio che quel tipo indossasse pantaloni pieghettati, polo rosa e mocassini bianchi. Per un lungo momento pensai che non mi avrebbe risposto, invece lei si schiarì la gola e cominciò a battere le dita curate sul volante.

«Non proprio, ci siamo lasciati ma credo che Gabe non l'abbia capito».

«Sul serio?»

«Sì, un paio di settimane fa, in effetti. Ci pensavo da un po'. Sono troppo presa tra le lezioni e il lavoro per avere un ragazzo».

«Se fosse quello giusto, non la penseresti così. Avresti trovato il tempo perché saresti voluta stare con lui».

Mi guardò con lo sopracciglia chiare, sollevate quasi fino all'attaccatura dei capelli. «Il Signor puttaniere del secolo non mi starà mica dando dei consigli su come gestire una relazione?».

Alzai gli occhi al cielo. «Solo perché non ho trovato una ragazza con cui abbia voluto uscire non significa che non conosca la differenza tra qualità e quantità».

«Avrei detto il contrario. Gabe voleva più di quanto fossi disposta a dargli. Sarà un tormento perché mamma e papà lo adorano».

«Vero, a quanto ho sentito era perfetto per far felici i tuoi.

Cosa vuol dire che voleva più di quanto fossi disposta a dargli tu? Ha cercato di metterti un anello al dito dopo appena sei mesi?».

Lei mi guardò storto e increspò il labbro in un ghigno. «Assolutamente no, solo che voleva che le cose fossero più serie di quanto volessi io».

Risi e mi massaggiai tra le sopracciglia. Il mal di testa si era trasformato in una serie di deboli fitte ma cominciava a essere sopportabile. Dovevo chiederle di fermarsi da Starbucks o qualcosa di simile se volevo sopravvivere al pomeriggio.

«È forse un modo perbene per dirmi che ha cercato di infilarsi nelle tue mutande e tu non gliel'hai permesso?».

Lei strizzò gli occhi e abbandonò l'autostrada all'uscita per Brookside.

«Fermati da Starbucks prima di arrivare dai miei e non pensare che non mi sia accorto che non hai risposto alla mia domanda».

«Se ci fermiamo faremo tardi e non tutti i ragazzi pensano con quello che hanno nelle mutande».

«Non cascherà mica il mondo se ci presentiamo con cinque minuti di ritardo rispetto al programma di Margot. Mi prendi in giro, hai tenuto in sospeso quello sfigato per sei mesi senza dargliela, che storia».

Al che mi misi a ridere bellamente di lei. Risi così forte che dovetti tenermi la testa con entrambe le mani perché il mio cervello annebbiato dal whisky ricominciò a gridare. Annaspai un po' e la guardai con gli occhi lucidi. «Se lo credi davvero, allora non sei per niente furba come ho sempre pensato. Ogni singolo uomo sotto i novant'anni cerca di infilarsi nelle tue mutande, Shaw, soprattutto se pensa di essere il tuo ragazzo. Sono un maschio, conosco queste stronzate».

Si morse di nuovo il labbro, probabilmente perché il mio

argomento era valido, e accostò vicino a un caffè. Schizzai praticamente fuori dalla macchina, impaziente di sgranchire le gambe e allontanarmi dal suo tipico atteggiamento altezzoso. Quando entrai c'era la coda e mi diedi una rapida occhiata intorno per vedere se conoscessi qualcuno. Brookside era un paese abbastanza piccolo e di solito quando mi fermavo nel fine settimana incappavo inevitabilmente in qualcuno con cui ero andato a scuola. Non mi ero scomodato a chiedere a Shaw se voleva qualcosa perché lei aveva fatto la spocchiosa già solo per il fatto di fermarci. Era quasi il mio turno quando dal telefono che avevo in tasca esplose una canzone dei Social Distortion. Lo presi dopo aver ordinato un caffè nero grande e mi sistemai al bancone accanto a una bella brunetta che mi squadrava facendo del suo meglio per non farsi notare.

«Che c'è?».

Sentii la musica squillante nel negozio sotto a Nash quando mi chiese: «Com'è andata stamattina?».

Nash conosceva i miei difetti e le mie cattive abitudini meglio di chiunque altro e il motivo per cui la nostra amicizia era sopravvissuta così a lungo era perché non mi giudicava mai.

«Una merda. Ho un dopo sbronza, sono irritabile e sto per sedermi a un'altra riunione di famiglia forzata. E in più Shaw è in gran forma oggi».

«Com'era la tipa di ieri notte?»

«Non ne ho idea. Non mi ricordo nemmeno di essere andato via dal locale con lei. A quanto pare le ho fatto un tatuaggio enorme sul fianco, quindi era un po' scazzata che non mi ricordassi chi fosse».

Ridacchiò all'altro capo della linea. «Te l'ha detto tipo sei volte ieri sera; ha anche cercato di togliersi la canottiera per fartelo vedere. E ho portato a casa io il tuo culo ubriaco. Ho cercato di farti venire via verso mezzanotte ma come al solito tu ti sei rifiutato».

Grugnii e, quando il tizio dietro al bancone gridò verso la mia direzione, allungai una mano per prendere il caffè. Notai che la brunetta aveva seguito con lo sguardo la mano con cui stringevo il bicchiere di cartone. Era quella con una grande testa di cobra. Il resto del serpente risaliva lungo il mio avambraccio e intorno al gomito, mentre la lingua biforcuta allungata sull'anulare formava la L del mio nome che avevo tatuato sulle nocche. Sulla sua bocca comparve una O di sorpresa quando le feci l'occhiolino e mi incamminai verso la BMW.

«Scusa, amico. Com'è andato il tuo appuntamento?».

Alcuni anni prima lo zio di Nash, Phil, aveva aperto uno studio di tatuaggi nella zona di Capitol Hill, quando ancora era un ritrovo per delinquenti e motociclisti. Adesso con il gran numero di giovani di città e hipster che vivevano in quell'area, The Marked era uno dei negozi di tatuaggi più affollati di Denver.

Io e Nash ci eravamo conosciuti a lezione di arte in quinta elementare e da allora eravamo diventati inseparabili. In effetti, sin da quando avevamo dodici anni, il nostro piano era di trasferirci in città e lavorare per Phil. Avevamo entrambi un talento da matti e la personalità per far sfondare lo studio, perciò Phil non si era fatto scrupoli ad assumerci come apprendisti e metterci al lavoro prima che compissimo vent'anni.

Avere un amico nello stesso campo era uno sballo; sulla mia pelle avevo un sacco di tatuaggi che andavano dal bello al non troppo bello e testimoniavano i progressi di Nash nel mestiere, e lui poteva dire la stessa identica cosa di me.

«Ho finito quel tatuaggio sulla schiena a cui lavoravo da luglio. È venuto meglio di quanto pensassi e il tizio sta parlando di farsi anche il davanti. Accetterò, perché lascia grosse mance».

«Bene». Mi destreggiavo tra il telefono e il caffè nel tentativo di aprire lo sportello quando una voce femminile mi fece fermare di botto.

«Ehi». Mi voltai e vidi la brunetta in piedi vicino alla macchina accanto, con un sorriso in faccia. «Mi piacciono un sacco i tuoi tatuaggi».

Le sorrisi a mia volta e, quando Shaw aprì la portiera dall'interno con un colpo, indietreggiai con un salto, rovesciandomi quasi il caffè caldo sul cavallo dei pantaloni.

«Grazie». Se fossimo stati più vicini a casa e Shaw non fosse stata sul punto di fare retromarcia, probabilmente mi sarei preso un secondo per chiedere il numero a quella ragazza. Shaw mi lanciò un'occhiata di disprezzo che ignorai prontamente e ripresi la conversazione con Nash. «Rome è a casa, ha avuto un incidente e Shaw ha detto che sarà in congedo per qualche settimana. Sarà per questo che mia madre ha continuato a cercarmi al telefono tutta la settimana».

«Forte. Chiedigli se gli va di stare con noi per qualche giorno, mi manca il brutto muso di quel bastardo».

Bevvi un sorso di caffè e finalmente la testa cominciò a calmarsi. «È quello che ho in mente. Ti faccio sapere mentre torno e ti dico com'è la storia».

Passai il pollice sullo schermo per terminare la chiamata e mi sistemai di nuovo sul sedile. Shaw mi lanciò un'occhiata di rabbia e giuro che le brillavano gli occhi. Sul serio, non avevo mai visto niente di così verde in natura e, quando si arrabbiava, i suoi occhi erano semplicemente irreali.

«Mentre eri impegnato a flirtare, ha chiamato tua madre. È furiosa perché siamo in ritardo».

Mi concessi un altro sorso di quel nettare degli dèi nero e cominciai a battere il tempo sul ginocchio con la mano libera. Ero sempre irrequieto e, di solito, più ci avvicinavamo alla casa dei miei, più la cosa peggiorava. Il brunch era sempre artificioso e forzato. Non riuscivo a capire come mai insistessero tanto per farlo ogni singola settimana e perché Shaw contribuisse alla farsa, ma io ci andavo comunque ogni volta pur sapendo che non sarebbe mai cambiato niente.

«È furiosa perché tu sei in ritardo. Sappiamo tutti e due che non può fregargliene di meno se io ci vado o no».

Le mie dita si muovevano sempre più in fretta mentre lei superava il cancello del residence e passava file e file di villette fatte con lo stampino costruite ai piedi delle montagne.

«Non è vero e lo sai, Rule. Non mi sottopongo a questi tragitti in macchina ogni settimana e al piacere della tua cattiveria mattutina perché i tuoi genitori vogliono farmi mangiare uova e pancake ogni domenica. Lo faccio perché vogliono vederti, provare ad avere un rapporto con te nonostante tutte le volte che li ferisci o li respingi. È per loro e, cosa più importante, per Remy, se cerco di farti comportare bene nonostante Dio solo sa che è quasi un lavoro a tempo pieno».

Inspirai mentre il dolore accecante che provavo sempre quando qualcuno faceva il nome di Remy mi invadeva il petto. Le mie dita si aprirono e si chiusero involontariamente intorno al caffè mentre giravo la testa di scatto per rivolgerle un'occhiataccia.

«Remy non mi sarebbe stato attaccato al culo per farmi diventare qualcosa che non sono. Per loro non sono mai stato abbastanza bravo e non lo sarò mai. Lui l'aveva capito meglio di chiunque altro e faceva gli straordinari per essere tutto quello che non sarei mai potuto essere per loro».

Con un sospiro, si fermò nel vialetto dietro al SUV di mio

padre. «L'unica differenza tra te e Remy è che lui si lasciava amare dalla gente, mentre tu», aprì di colpo lo sportello e mi lanciò un'occhiataccia attraverso lo spazio che ci separava, «tu sei sempre stato determinato a fare in modo che chiunque tenga a te debba dimostrartelo oltre ogni ombra di dubbio. Non hai mai voluto lasciarti amare facilmente, Rule, e ti assicuri che nessuno possa mai dimenticarlo». Chiuse la portiera con tanta forza da farmi battere i denti e far ricominciare a martellare la mia testa.

Erano passati tre anni. Tre anni solitari, vuoti, riempiti di dolore da quando i fratelli Archer erano passati da un trio a un duo. Ero legato a Rome, lui era un mito ed era sempre stato il mio modello quando si trattava di fare il duro, ma Remy era la mia metà, in senso figurato e letterale. Era il mio gemello omozigote, era la luce quanto io ero l'ombra, facile quanto io ero difficile, la gioia quanto io ero l'angoscia, perfetto quanto io ero incasinato, e senza di lui ero solo la metà della persona che sarei mai potuto essere. Erano passati tre anni da quando l'avevo chiamato nel cuore della notte per farmi venire a prendere a qualche festa noiosa perché ero troppo ubriaco per guidare. Erano passati tre anni da quando era uscito dall'appartamento che dividevamo per venire da me, senza fare domande, perché era così che faceva.

Erano passati tre anni da quando aveva perso il controllo della macchina sulla I-25 scivolosa per la pioggia e si era schiantato contro il retro di un camion rimorchio che andava a più di centoventi chilometri all'ora. Erano passati tre anni da quando avevamo seppellito il mio gemello e mia madre mi aveva guardato con gli occhi pieni di lacrime e aveva detto, senza mezzi termini: «Avresti dovuto essere tu», mentre mettevano Remy sottoterra. Erano passati tre anni e il suo nome bastava a farmi cadere in ginocchio, soprattutto se pronunciato dall'unica persona al mondo che Remy aveva amato quanto me.

Remy era stato tutto quello che io non ero – aveva un aspetto curato, si vestiva bene ed era interessato a ricevere un'istruzione e a costruirsi un futuro sicuro. L'unica persona sulla terra abbastanza brava e di classe per eguagliare la magnificenza di Shaw Landon. Quei due erano diventati inseparabili fin dalla prima volta che lui l'aveva portata a casa, una quattordicenne che cercava di scappare dalla fortezza dei Landon. Lui insisteva che erano solo amici, che le voleva bene come a una sorella, che voleva solo proteggerla dalla sua orribile famiglia sterile, ma con lei si comportava con venerazione e attenzione.

Sapevo che lui la amava e, visto che Remy non poteva sbagliare, ben presto Shaw era diventata membro onorario della mia famiglia. Per quanto mi desse fastidio, lei era l'unica che potesse davvero capire quanto era stato profondo il mio dolore per averlo perso.

Dovetti prendermi qualche altro minuto per rimettermi in piedi, quindi finii quel che restava del caffè e aprii lo sportello. Mentre uscivo a fatica dall'auto sportiva, non mi sorpresi nel vedere un'alta figura che girava intorno al SUV. Mio fratello era di pochi centimetri più alto di me e aveva la stazza di un guerriero. Aveva i capelli castano scuro rasati come un soldato e i suoi occhi azzurro chiaro, della stessa sfumatura glaciale dei miei, mi parvero stanchi, mentre si sforzava di sorridermi. Fischiai nel vedere che aveva il braccio sinistro ingessato e legato al collo, un tutore a un piede e una brutta fila di punti neri che gli attraversava un sopracciglio e risaliva fino in cima alla fronte. Il decespugliatore che aveva attaccato i miei capelli aveva avuto la meglio anche sul mio fratellone.

«Che bell'aspetto, soldato».

Mi tirò a sé e mi strinse con un solo braccio, e sussultai al contatto con la parte superiore del suo corpo tutta bendata, chiaro segno di qualche costola rotta o incrinata. «Il mio aspetto rispecchia come mi sento. A vederti uscire da quella macchina sembri un clown».

«Sembro un clown qualsiasi cosa faccia quando sto con quella ragazza». Lui scoppiò a ridere e passò una mano ruvida tra i miei spuntoni.

«Tu e Shaw vi comportate ancora come due nemici mortali?»

«Più come conoscenti a disagio. È altezzosa e critica come al solito. Perché non mi hai chiamato o non mi hai mandato un'email per dirmi che eri ferito? Ho dovuto saperlo da lei mentre venivamo qui».

Imprecò mentre ci avviavamo lentamente verso casa. Vederlo muoversi con tanta cautela mi turbò e mi chiesi se le sue ferite non fossero più serie di quello che vedevo.

«Quando l'Hummer si è ribaltato ho perso conoscenza; siamo passati su un ordigno esplosivo improvvisato e ce la siamo vista brutta. Sono stato in ospedale una settimana senza capire più niente e quando mi sono svegliato mi hanno dovuto operare alla spalla, quindi ero sotto sedativi. Ho chiamato la mamma e ho pensato che ti avrebbe raccontato come stavano le cose, ma ho sentito che, come al solito, non ti sei fatto trovare quando ti ha telefonato».

Alzai una spalla e allungai una mano per aiutarlo a recuperare l'equilibrio mentre traballava lievemente sugli scalini davanti alla porta. «Ero occupato».

«Sei testardo».

«Non troppo, sono qui, no? E non sapevo nemmeno che tu fossi a casa fino a un quarto d'ora fa».

«L'unico motivo per cui sei qui è perché quella ragazzina laggiù è decisa a tenere insieme questa famiglia, indipendentemente dal fatto che sia o non sia la sua. Entra e comportati bene, altrimenti ti prendo a calci in culo, anche con il braccio rotto e tutto il resto».

Borbottando qualche parolaccia, seguii in casa il mio fratello ammaccato. La domenica era proprio il giorno che mi piaceva di meno.

Capitolo due
Shaw

Chiusi la porta del bagno con un *clic* leggero e girai la chiave. Crollai contro il lavabo e mi passai le mani tremanti sul viso. Ogni domenica diventava sempre più difficile fare da autista a Rule per quei raduni di famiglia. Già mi pareva che mi stesse venendo l'ulcera e, se lo avessi sorpreso ancora con un'ochetta disgustosa rimorchiata al bar, non ero certa di poter uscire dal suo appartamento senza commettere un omicidio. Mi voltai per spruzzarmi dell'acqua fredda in faccia e sollevai tutti quei capelli biondi dal collo. Dovevo ricompormi perché l'ultima cosa che volevo era che Margot o Dale si accorgessero che qualcosa non andava e poi, seppur sedato e dolorante, Rome era uno degli osservatori più acuti che avessi mai conosciuto. Non gli sfuggiva nulla quando si trattava di uno dei suoi fratelli minori e, per associazione, di me, da quando ero tecnicamente rientrata nella categoria del surrogato di sorellina.

Era sempre più dura passare del tempo con Rule e non solo perché guardarlo mi ricordava tutto quello che non avevo più – che era il problema di Margot e Dale, non che quel coglione insensibile mostrasse un po' di empatia verso i propri genitori. Io invece mi scontravo con il fatto che Rule era complicato – era aggressivo, sfacciato, noncurante, irriguardoso, spesso irascibile e in genere un rompipalle insopportabile. Ma quando voleva, era affascinante e divertente, artisticamente brillante e, spesso, la persona più interessante nella stanza. Ero innamorata persa delle sue due facce fin da quando avevo quattordici anni. Ovviamente avevo voluto bene a Remy, come a un fratello, come al migliore amico e all'abile protettore che era stato, ma amavo Rule come se fosse il mio scopo nella vita. Lo amavo come se fosse inevitabile, come se, nonostante tutte le volte in cui avevo compreso che era una cattiva idea, che eravamo una brutta coppia, che lui sapeva essere un inguaribile coglione, comunque non potessi farne a meno. Perciò ogni volta che mi vedevo sbattuto in faccia il fatto che mi ritenesse solo una semplice autista quando condividevamo l'auto, sentivo spezzarsi un pochino di più il mio cuore malconcio.

La mia famiglia era un tale casino che non sarei mai diventata nemmeno la metà della persona che ero senza tutto quello che gli Archer avevano fatto per me. Remy mi aveva preso sotto la sua ala quando ero una ragazzina sola e senza amici. Rome aveva minacciato di picchiare il primo ragazzo che mi avesse fatto piangere perché non mi contraccambiava. Margot mi aveva portato a comprare il vestito per il ballo della scuola quando mia madre era troppo impegnata con il suo nuovo marito per preoccuparsene. Quando avevo dovuto scegliere l'università, Dale mi aveva portato alla Denver University e alla University of Colorado Boulder e mi aveva aiutato a sfoltire le possibilità in modo logico e razionale. E Rule, be', Rule era un promemoria costante che i soldi non ti davano tutto quello che volevi e che, per quanto cercassi di essere perfetta, per quanto lavorassi sodo per essere tutto per tutti, comunque non era abbastanza.

Mi concessi un sospiro che mi pareva di trattenere da più di un'ora e asciugai con un fazzoletto di carta il mascara sbavato sotto agli occhi. Se non fossi scesa in fretta in sala da pranzo, Margot sarebbe venuta a cercarmi e non avevo una scusa ragionevole per spiegare come mai me ne stessi terrorizzata in bagno. Recuperai un elastico dalla tasca e raccolsi i capelli in una coda bassa, mi diedi una bella passata di gloss e mi feci un discorsetto di incoraggiamento, per ricordarmi che l'avevo fatto un milione di altre domeniche e che quella non sarebbe stata diversa. Proprio mentre uscivo in corridoio, il mio telefono si mise a squillare e soffocai a fatica un gemito nel vedere che era di nuovo Gabe. Deviai la chiamata alla segreteria e, per la centesima volta nell'ultimo mese, mi chiesi perché mai avessi perso anche solo un secondo del mio tempo con quel coglione presuntuoso. Era un privilegiato, avido, superficiale e più interessato al mio cognome e al fatto che i miei genitori fossero ricchi quanto i suoi, più che a me.

Uscire con lui non mi interessava nemmeno, né uscire con nessun altro, ma i miei avevano forzato la mano. Come al solito, messa sotto pressione, ero crollata e avevo finito per passare più tempo con lui di quanto avessi voluto. Ero riuscita a sopportarlo molto più a lungo di quanto pensassi. Dopotutto, Gabe era molto più interessato a se stesso che a me. Era stato solo quando aveva cominciato a spingere per fare sesso, a mettermi a disagio avvicinando le sue mani dove non le volevo neanche per sogno, che ci avevo dato un taglio. Sfortunatamente, né lui né i miei parevano aver recepito il messaggio e nelle ultime due settimane ero stata inondata di telefonate, messaggi ed email. Gabe era abbastanza facile da evitare – mia madre non così tanto.

Stavo infilando di nuovo il telefono nella tasca posteriore quando una voce dolce mi bloccò. «Cosa ti succede, ragazzina? Sono stato via più di un anno e mezzo e ricevo solo un abbraccio e un bacetto sulla guancia prima che tu sparisca? Dove sono le lacrime e i salti di gioia per il fatto di essere tornato a casa sano e salvo? Cosa sta succedendo in quel tuo cervellino complicato? Perché lo vedo che ti frulla qualcosa per la mente».

Risi, mi sfuggì un singhiozzo e appoggiai la fronte al forte petto che mi stava davanti. Pur malconcio e ammaccato, Rome era il tipo che si metteva in mezzo tra le persone che amava e qualsiasi cosa potesse ferirle. Mi diede un buffetto sulla testa e mi mise una mano pesante sulla nuca. «Mi è mancato il tuo bel faccino, Shaw; non sai quanto sia bello essere a casa».

Rabbrividii un po' e con cautela gli cinsi la vita con un braccio, per stringerlo senza fargli male. «Mi sei mancato anche tu, Rome. Sono solo stressata. Al momento lo studio mi prende da pazzi, lavoro tre o quattro sere a settimana e i miei genitori mi stanno addosso per un ragazzo che ho appena lasciato. Sai che adoro quando siamo tutti insieme. Pensavo che a tua madre venisse un infarto quando mi ha chiamato per dirmi cosa ti era successo. Sono così contenta che tu stia bene, credo che questa famiglia non sarebbe in grado di accettare la perdita di un altro figlio».

«No, probabilmente no. Non riesco a credere che ti faccia ancora fare da autista per quell'idiota di mio fratello».

Lo presi a braccetto e ci avviammo insieme verso la sala da pranzo. «È l'unico modo per farlo venire. Se io non posso per l'università o perché succede qualcosa, lui dà buca. La metà delle volte quando arrivo a casa sua lui non sa nemmeno che giorno sia e si prepara in fretta per uscire; oggi è stato un esempio tipico. Se io mi presento, lui si sente in dovere di venire con me nonostante cosa o chi… si stia facendo».

Rome imprecò a voce bassa. «Non morirebbe mica a fare il carino con mamma e papà una volta a settimana, quel ragazzino. Non dovrebbe aver bisogno che tu gli faccia da babysitter».

Feci spallucce, perché sapevamo entrambi che ogni fratello Archer aveva un ruolo. Remy era stato il figlio bravo, lo studente modello, che sarebbe andato in un'università prestigiosa. Si era anche accollato il compito di tenere Rule fuori di prigione e intervenire quando il gemello si ritrovava in guai da cui non riusciva a levarsi. Rule era il jolly, viveva la vita fino in fondo e non si scusava con chi poteva offendere o ferire. Rome era il capo; i gemelli lo adoravano e lo seguivano nel bene e, soprattutto, nel male, dal momento che con il caratteraccio che si ritrovavano finivano spesso nei guai. Con la scomparsa di Remy, non era stata una sorpresa che Rome fosse diventato ancora più protettivo nei confronti del fratello rimasto e io avessi assunto senza problemi il ruolo di chi provava a tenere Rule su una via abbastanza retta.

«È il minimo che possa fare per Margot e Dale. Si sono spesi così tanto per me e mi hanno sempre chiesto così poco in cambio. Sopportare la collera di Rule una volta a settimana è un sacrificio tutto sommato da poco».

Vidi balenare qualcosa nei suoi occhi, così simili a quelli del fratello che a volte mi faceva male guardarli. Rome non era uno stupido e non mi sarei stupita se avesse saputo molto di più di quanto lasciasse intendere su quello che tenevo chiuso nel mio cuore.

«È solo che non voglio che tu sia il bersaglio di Rule quando si comporta da Rule. La mamma deve superare le sue stronzate e anche lui. Adesso siamo tutti adulti e la vita è troppo breve perché tu faccia sempre da paciere tra quei due».

Sospirai e, sulla soglia della stanza, abbassai la voce. La tavola era già apparecchiata e tutti erano seduti al solito posto. Dale era a capotavola e Margot alla sua destra, con una sedia vuota per me. Alla sinistra di Dale c'era spazio per Rome e Rule si era sistemato all'estremità opposta del tavolo, il più lontano possibile dai genitori. «Devono superare il fatto che lui non sarà mai Remy e lui deve smetterla di sbatterglielo in faccia. Non cambierà niente finché qualcuno non cederà e imparerà a perdonare».

Rome mi diede un bacio leggerissimo sulla tempia e rispose alla mia stretta. «Credo che nessuno di loro capisca quanto sono fortunati ad averti, ragazzina».

Lo lasciai andare e presi posto tra Margot e Rule. Cercai di non trasalire quando lui mi guardò con gli occhi stretti, consapevole che molto probabilmente io e Rome avevamo parlottato di lui. Mi sistemai e rivolsi un sorriso a Dale, che cominciava a passare le sontuose vivande. Stavo per chiedere a Rome cosa avesse intenzione di fare durante il congedo, quando girai la testa di scatto verso Margot, scioccata.

«Sarebbe troppo aspettarsi che tu venga a pranzo con una camicia con dei bottoni e dei pantaloni che non sembrino usciti da un negozio dell'usato? Tuo fratello ha diverse ossa rotte e ha avuto un incidente orribile, eppure riesce ad avere un aspetto migliore di te, Rule».

Dovetti mordermi la lingua per non dirle in malo modo di lasciarlo in pace. Soprattutto perché, in teoria, le riunioni di famiglia dovevano essere informali e divertenti. Sapevo benissimo che se mi fossi presentata in jeans e maglietta lei non avrebbe battuto ciglio ma, visto che si trattava di lui, lo prendeva come un attacco personale.

Rule prese due pezzi di bacon dal vassoio che gli passai e non si scomodò neppure a rispondere. Si voltò invece verso Rome e gli chiese che piani avesse ora che era a casa, perché avrebbe voluto che andasse in città per una settimana e stesse un po' con lui e Nash. Sentendosi ignorati, Margot si morse le labbra e Dale aggrottò le sopracciglia. Ogni domenica da loro vedevo diverse sfumature delle stesse espressioni. Mi piangeva il cuore, perché anche con una camicia sgualcita e dei jeans strappati Rule era il tipo che stava bene qualsiasi aspetto avesse. Lo stesso valeva per l'enorme quantità di tatuaggi che lo ricopriva dalla testa ai piedi e i piercing assortiti che gli punteggiavano il viso.

Non si poteva negare che Rule fosse un bel ragazzo, probabilmente troppo bello a essere sinceri, ma era complicato e la sua bellezza era sepolta e camuffata sotto cose che era semplice ignorare. Dei tre fratelli, lui aveva gli occhi più azzurro ghiaccio e cristallini; i suoi capelli, anche quando li tingeva di viola, verde o blu, erano comunque i più folti e splendenti e, anche con qualsiasi colore esistente sulla pelle, Rule era sempre stato quello attorno a cui gravitavano le ragazze. Proprio come la brunetta da Starbucks, quel pomeriggio. Si chiamava Amy Rodgers e io avevo passato i quattro anni del liceo tormentata da lei e dalle sue amichette cheerleader. Usciva con giocatori di football e rampolli di buona famiglia, non con tipi con creste da moicano e piercing alle labbra e alle sopracciglia, ma nemmeno lei poteva resistere a Rule Archer e alla sua gloria magnetica.

«E cosa ti è successo ai capelli, figliolo? Non sarebbe male un colore che esista in natura tanto per cambiare, soprattutto visto che c'è tutta la famiglia e siamo fortunati che tuo fratello sia tornato a casa tutto intero».

Gemetti nella mente e, in silenzio, presi la bacinella di frutta che Margot mi stava passando. Adesso che si erano coalizzati contro di lui, Rule non sarebbe rimasto in silenzio. Di solito ignorava la madre e faceva battute sarcastiche a Dale, ma non si sarebbe lasciato interrompere e attaccare da entrambi i fronti mentre provava a chiacchierare con Rome. Rule era già suscettibile nei giorni buoni, metterlo all'angolo quando aveva i postumi di una sbronza e faceva fatica a comportarsi in modo civile, avrebbe avuto senza dubbio serie conseguenze. Guardai Rome dall'altra parte del tavolo con gli occhi pieni di panico ma, prima che lui potesse intervenire, la voce di Rule colpì come un manrovescio verbale.

«Pa', il viola esiste ovunque in natura quindi non so di cosa tu stia parlando e, per quel che riguarda i miei vestiti, siamo fortunati che mi sia preoccupato di mettermi i pantaloni, visto lo stato in cui mi ha trovato Shaw stamattina. Adesso, se voi due avete finito di criticare ogni cosa che faccio, posso riprendere la conversazione con mio fratello che non vedo da più di un anno, considerando che è quasi saltato in aria su una bomba?».

Margot rantolò e Dale indietreggiò con la sedia. Piegai la testa in avanti e mi massaggiai tra gli occhi, dove sentivo pulsare un principio di mal di testa.

«Un pomeriggio, Rule, l'unica cosa che ti chiediamo è un cavolo di pomeriggio». Dale uscì dalla stanza come una furia e Margot scoppiò subito in lacrime. Nascose il viso nel tovagliolo mentre io le davo qualche goffa pacca sulla spalla. Lanciai un'occhiata a Rule, che era schizzato a sua volta in piedi e si dirigeva alla porta d'ingresso. Guardai Rome, che scosse il capo e si alzò pesantemente.

Margot sollevò la testa e guardò il primogenito con occhi imploranti.

«Diglielo, Rome, vai a dirgli che non è questo il modo di trattare i propri genitori. Non ha rispetto».

Puntò un dito tremante verso la porta. «Digli che è inaccettabile».

Rome guardò me e poi di nuovo sua madre. «Certo, mamma, glielo dirò, ma dirò anche a te che non c'era ragione di attaccarlo in quel modo. Chi se ne importa se porta i jeans e ha i capelli come un puffo del cavolo. Quel che importa è che è qui e ha fatto uno sforzo. Shaw si ritaglia del tempo dalla sua vita, dalle sue giornate piene, solo per te e papà. Avete aspettato esattamente tre secondi prima di riaprire apposta la ferita, tutti e due».

Margot sospirò ma Rome non aveva finito. «Tu e papà

dovete svegliarvi. Sarei benissimo potuto tornare a casa in un sacco invece che con un gesso. Avete già perso un figlio, dovete apprezzare quelli che vi restano, che approviate le nostre scelte oppure no».

Le lacrime aumentarono e lei appoggiò la testa sulla mia spalla. «Shaw adora venire a trovarci la domenica; dobbiamo solo smetterla di farle portare Rule perché è chiaro che lui non vuole stare qui. Basta, non cercherò più di renderlo parte di questa famiglia, mi fa troppo male».

Rome scosse il capo e sospirammo entrambi. Seguì il fratello fuori dalla stanza mentre io continuavo a dare pacche sulla spalla a Margot. Quella donna era stata gentile con me, mi aveva trattato come una figlia quando mia madre non sapeva cosa farsene di me, perciò quello che stavo per dirle derivava dal rifiuto di stare a guardare un'altra famiglia che crollava su se stessa.

«Margot, tu e Dale siete due persone meravigliose e dei bravi genitori, ma dovete smetterla di vivere nel passato. Non verrò più a trovarvi la domenica, non finché non capirete che dovete accettare Rule esattamente per quello che è, e amarlo comunque. Mi manca Remy e il modo in cui è morto è stato tragico, ma non riuscirete mai a trasformare Rule in lui, e io non posso stare qui a guardare mentre continuate a provarci. Per anni i miei mi hanno costretto a imitare un modello che non faceva per me e vorrei tanto avere forza di volontà a sufficienza per rifiutarmi come Rule».

Mi alzai e, davanti al suo sguardo scioccato e sgomento, dovetti combattere le lacrime.

«Se Remy fosse qui, non succederebbe niente di tutto questo. Tu e lui sareste ancora felici insieme, Rule non avrebbe mai cominciato a comportarsi in modo così orribile e Rome non se ne sarebbe mai andato per entrare in quello stupido esercito».

Dovetti allontanarmi di qualche passo perché le sue parole erano così sbagliate che ne rimasi frastornata. «Margot, Rule è sempre stato difficile, non si è mai piegato al volere tuo e di Dale. Rome si è arruolato molto prima dell'incidente. E te l'ho detto un milione di volte che Remy era il mio migliore amico – non c'era niente tra noi. Credo che dovresti pensare di vedere uno specialista perché stai riscrivendo il passato e, così facendo, stai perdendo un figlio stupendo».

«Non dici sul serio, vero? Rule è orribile con te proprio come con me e suo padre».

Mi morsi il labbro e mi massaggiai più forte le tempie. «Lui non è orribile; è solo più difficile volergli bene. Con Remy le cose erano facili per voi; con Rule non lo sono mai state, ma si merita che facciate uno sforzo e, fino a quando questa famiglia non lo capirà, ho dei modi migliori di passare il mio tempo. Se volessi liti e amarezza andrei a casa mia. Voglio bene a te e a Dale, ma vedo quello che state facendo a Rule e io non ne farò più parte. Rome ha ragione; dovete apprezzare la famiglia che avete invece di vivere confrontandola con quella che avete perso. Remy era tutto per me, Margot, ma non c'è più, mentre Rule è ancora qui».

Lei incrociò le braccia e lasciò cadere la testa sul tavolo. Sapevo che non c'era modo di farglielo capire, perciò mi avviai alla porta d'ingresso. Non rimasi sorpresa nel vedere Dale appoggiato al bancone della cucina, intento a guardarmi con uno sguardo serio.

«Non se la passerà bene se tu non verrai più. Sei una parte importante di questa famiglia».

Sistemai i capelli dietro le orecchie e gli rivolsi un sorriso mesto. «Lo stesso vale per vostro figlio».

«Margot non è l'unica che deve ricordarselo, e devi ammettere anche tu che i suoi capelli sono ridicoli».

Questa volta risi sul serio e mi avvicinai per abbracciarlo.

«Ha bisogno di aiuto, Dale. Remy è morto da tempo e lei vuole solo spingere Rule a prendere il suo posto. Non succederà, lo sappiamo tutti».

Mi diede un bacio sulla testa e mi scostò. «Non so perché difendi sempre quel ragazzo; ha un caratteraccio e un'attitudine ribelle. Sei una ragazza bella e intelligente, dovresti sapere come finirà la storia di Rule».

«Non mi piace saltare alla fine, Dale. Un libro lo leggo tutto. Di' a Margot di chiamarmi quando si sarà calmata, ma sono seria riguardo la domenica. Non verrò più fino a quando non sarà una vera riunione di famiglia e non la smetterete di insultare Rule solo perché è quello che è e non quello che volete voi. Mi fa troppo male».

«Mi sembra giusto, ragazzina, ma se ti serve qualcosa, sai che basta una telefonata».

«Lo so».

«Non gli piacerebbe sapere che prendi le sue difese, lo sai».

«Magari no, Dale, ma decido io di chi prenderle e anche se nessuno, nemmeno lui stesso, lo capisce, lui vale. Ne sono convinta e so che Remy l'ha sempre pensato. Forse dovreste ricordarvelo la prossima volta che si presenta con i capelli viola».

Mi incamminai per il vialetto e mi fermai nel vedere i fratelli con le teste chine vicine tra loro. Rule sembrava un folle e Rome triste, era uno spettacolo straziante e allo stesso tempo commovente. Rule mi vide per primo e si staccò. Si dissero qualcosa a voce bassa e batterono i pugni. Rome cinse Rule con un braccio solo e si avviò verso di me. Ricevetti lo stesso trattamento più un bacio sulla guancia.

«Spegnerò più incendi che posso in settimana e poi verrò in città. Ti aggiorno appena posso».

«Cerca di convincere tua madre a farsi aiutare, Rome, ti prego».

«Ti voglio bene, ragazzina. Cerca di tenere quel somaro fuori dai guai per me».

Gli diedi un bacio veloce sulla guancia. «Lo faccio sempre».

«Non sapevo che andasse così male, Shaw. Mi sono perso così tanto mentre ero via».

«Le famiglie sono come ogni cosa nella vita, perché funzionino ci vogliono impegno, pazienza e persone disposte a fare uno sforzo. Sono così contenta che tu sia a casa, Rome».

Dopo un altro abbraccio, mi allontanai e lanciai le chiavi a Rule. «Ho mal di testa. Puoi guidare tu fino in città?».

Normalmente non l'avrei nemmeno fatto avvicinare alla mia auto, aveva il piede pesante e nessun riguardo per gli altri automobilisti, ma non ce l'avrei fatta. Sentivo il mal di testa trasformarsi in emicrania e l'unica cosa che volevo era chiudere gli occhi, strisciare in un letto morbido e tirarmi le coperte fin sopra la testa. Mi sistemai sul sedile del passeggero e mi raggomitolai.

Rule accese il motore senza dire nulla e partì verso casa. Lasciò la radio spenta e non si scomodò a fare battute forzate. Sapevo che non si sarebbe scusato per la scenata; non lo faceva mai, quindi non sollevai nemmeno la questione. Dormicchiavo quando dalla mia tasca trillò la suoneria associata a Gabe. Imprecai, cosa che facevo di rado, e spensi quello stupido aggeggio. Ormai avevo lo stomaco sottosopra e vedevo dei puntini davanti agli occhi.

«Ti chiama più adesso di quando uscivate insieme». Rule aveva parlato a voce bassa e mi chiesi se avesse idea di quanto mi faceva male la testa.

«È un rompiscatole. Ti ho detto che non vuole capire».

«È un problema?». Aprii un occhio di una fessura perché non era proprio da lui preoccuparsi per me.

«No, cioè, sono passate solo due settimane e credo che gli

manchi più l'idea di me che stare davvero con me. Penso che si stancherà oppure troverà qualcun'altra e sparirà».

«Dillo a qualcuno se diventa un problema. Nessuna ragazza dovrebbe avere un tale fastidio».

«Certo». Scivolammo di nuovo nel silenzio fino a quando lui si schiarì la gola. Conoscevo Rule da abbastanza tempo per sapere che si stava preparando per qualcosa e io dovevo solo aspettare.

«Senti, mi dispiace per stamattina; mi dispiace per un sacco di domeniche mattina. Non devi continuare a vedermi al mio peggio; anzi, non è proprio compito tuo vedermi. Ho chiuso con il divertimento forzato in famiglia. Serve solo ad affondare sempre di più il coltello nella piaga, e adesso l'ho capito. Sono anni che questo dramma va avanti e non è giusto che tu ti ci ritrovi in mezzo senza Remy a sostenerti. Lui ti amava moltissimo e io sono stato pessimo con te».

Soffrivo troppo per discutere di nuovo con Rule circa la natura del mio rapporto, o piuttosto non rapporto, con Remy. A quanto pareva, nessuno nella famiglia Archer capiva che eravamo stati amici, migliori amici e niente di più. La leggenda della nostra relazione si era trasformata in un mostro contro cui non riuscivo a combattere, soprattutto mentre quel poco che avevo mangiato al brunch mi risaliva improvvisamente nella gola. Scattai in avanti e afferrai il braccio di Rule. Forse non fu una mossa molto saggia, visto che andavamo a centocinquanta all'ora in autostrada, ma stavo per vomitare i biscotti in una macchina che costava più di quanto certa gente guadagnasse in un anno.

«Accosta!». Rule proferì una fila di parolacce e si spostò in fretta a zigzag verso il ciglio della strada superando un pulmino. Aprii la portiera e caddi praticamente in ginocchio mentre rigettavo tutto sull'asfalto in violenti conati. Due mani calde tolsero di mezzo la mia coda e mi passarono una bandana logora sul collo. Quando riuscii di nuovo a respirare, presi la bottiglietta d'acqua che mi porgeva e mi sedetti sui talloni mentre il mondo si inclinava in diverse direzioni.

«Cosa c'è che non va?».

Pulii la bocca con l'acqua e sputai per terra, lontano dalle punte dei suoi stivali neri. «Emicrania».

«Da quando ce l'hai?»

«Da sempre. Devo stendermi sui sedili dietro».

Mi mise una mano sotto il braccio per farmi alzare e mi resi conto che era la prima volta da anni che mi toccava intenzionalmente. Noi non ci abbracciavamo mai, non ci sfioravamo mai, non ci davamo mai il cinque né ci stringevamo la mano; il nostro rapporto si basava sul tenere le mani a posto, perciò il mio corpo si ribellò quasi al nostro contatto. Gemetti mentre lui mi spingeva praticamente sui sedili posteriori. Sono bassa, quindi mi stesi senza problemi. Rule tornò al volante e si voltò verso di me. «Ce la fai per il resto del viaggio?».

Mi coprii gli occhi con un braccio e appoggiai una mano sulla pancia in subbuglio. «Non è che abbia scelta. Ma stai pronto a fermarti ancora se mi metto a gridare».

Si immise di nuovo nel traffico e rimase in silenzio per un minuto, poi mi chiese: «Lo sanno tutti dell'emicrania?»

«No. Non mi viene spesso, solo quando sono stressata o non dormo bene».

«Remy lo sapeva?».

Avrei voluto sospirare, ma risposi: «Sì».

Mormorò qualcosa che non riuscii a capire e percepii, più che vedere, che mi stava guardando. «Non me l'ha mai detto. Mi diceva tutto, ogni stronzata che non mi interessava per un cazzo di sentire – non la smetteva mai di parlare di te».

Si sbagliava, si sbagliava così tanto, ma era il segreto di Remy e, anche se lui non c'era più, io l'avrei comunque portato nella tomba con me. C'erano un sacco di cose che Rule e Rome non avevano mai saputo del fratello, cose che lui aveva paura di condividere, con cui si scontrava ogni giorno. Il fatto che io soffrissi di emicrania e fossi irrimediabilmente innamorata di Rule non erano neppure la punta dell'iceberg.

«Probabilmente se n'era scordato, come ho detto non mi viene molto spesso e quando vi siete trasferiti a Denver mentre io dovevo ancora finire il liceo, deve essersene dimenticato perché non ci frequentavamo più così tanto. Negli ultimi anni è peggiorata». Non dovetti spiegargli che era perché Remy era morto e adesso tutto lo stress che lui controbilanciava dovevo gestirlo da sola.

«Mi sembra una cosa importante perché gli sia sfuggita».

«Al contrario di quello che tutti voi Archer vi siete ficcati in testa, per Remy esisteva molto altro oltre la nostra amicizia e quello che succedeva o non succedeva con me».

Tirò su col naso rumorosamente. «Sì, già. Remy era diventato una persona diversa dopo averti incontrato. È sempre stato un bravo ragazzo, sempre il migliore di noi, ma quando sei arrivata tu è stato come se finalmente avesse trovato il suo scopo. Tu eri qualcuno di cui prendersi cura senza tutte le stronzate che ci portavamo dietro noialtri. L'hai reso migliore».

Mi si strinse il cuore così tanto che per un secondo pensai che dentro di me tutto si sarebbe rivoltato. «Be', lui ha salvato me, quindi ci siamo migliorati a vicenda».

Scivolammo di nuovo in un silenzio scomodo fino a quando fermò la macchina davanti al complesso dove si trovava il suo appartamento. Si girò sul sedile e mi guardò. Lo sbirciai da sotto il braccio. L'azzurro dei suoi occhi era stato quasi del tutto inghiottito dall'argento e dal grigio più chiari. «Ce la fai a tornare a University Park o devo portarti io? Posso farci seguire da Nash, visto che è tornato dal lavoro». Era gentile a offrirsi e detto da lui rimasi sorpresa, ma ne avevo le tasche piene degli Archer per quel giorno e il tragitto da Capitol Hill a University Park non era così male la domenica sera sul presto.

«Ce la faccio. Non è troppo lontano». Uscii con una certa fatica dall'auto e dovetti tenermi alla portiera mentre lui si alzava dal posto del guidatore. Eravamo così vicini che vedevo il suo collo pulsare sotto il tatuaggio del colibrì. «Grazie, comunque».

Lui espirò e si passò le mani sul viso in un gesto brusco. Indietreggiò di un passo e si assicurò che lo guardassi dritto negli occhi quando disse: «Sono serio a proposito della domenica. Non presentarti la settimana prossima aspettandoti che io mi comporti bene. Ho chiuso».

Feci il saluto militare portando due dita al sopracciglio e crollai sul sedile che lui aveva appena lasciato libero. «Messaggio ricevuto. I miei servizi come autista barra diversivo non sono più richiesti, il che significa che probabilmente non ti vedrò più in giro. Cerca di prenderti cura di te, Rule, sul serio».

Chiusi la portiera senza dargli il tempo di dire altro e non aspettai nemmeno che si staccasse dalla macchina per fare retromarcia e allontanarmi dal complesso. Fu un tragitto breve fino all'appartamento che condividevo con la mia migliore amica, Ayden. L'avevo conosciuta il primo anno di università, quando dividevamo una stanza nel dormitorio. Lei studiava chimica, lavorava nello stesso locale dove lavoravo io e aveva la pazienza necessaria per gestire le mie infinite stronzate nevrotiche. Nemmeno la sua famiglia era uno scherzo, quindi mi piaceva il fatto di poter sempre contare sulla sua presenza. Era anche scaltrissima e ci aveva messo meno di un secondo per capire che il motivo per cui la mia vita sociale era noiosa e non riuscivo a impegnarmi con nessuno dei ragazzi con cui uscivo era perché ero pazza di Rule Archer. Perciò, quando entrai barcollando con le lacrime agli occhi, mi mise a letto senza domande e tirò le tende della mia stanza, per poi portarmi un antidolorifico e un bicchiere d'acqua gigante.

Si sdraiò accanto a me incurvando il letto, mentre io toglievo le mie décolleté e sfilavo la cintura dai pantaloni.

«È andata male, oggi?». Ayden veniva dal Kentucky e la sua cadenza del Sud mi scivolò addosso come un balsamo calmante.

«Era di nuovo con una zoccola, sul collo aveva un succhiotto delle dimensioni dell'Alaska, la mia nemica mortale dei tempi del liceo ci ha provato con lui da Starbucks e Margot e a Dale ci hanno messo meno di un minuto per insultare i suoi vestiti, i capelli e ricordargli che non è e mai sarà il suo gemello morto. Per fortuna stavolta hanno tralasciato il suo lavoro e il disprezzo per le buone maniere, ma lui è esploso ed è uscito. Hanno deciso tutti che è meglio se non andiamo più da loro la domenica, e così questa è la seconda famiglia di cui faccio parte che non riesce ad amarsi e apprezzarsi. E per di più, Gabe ha continuato a cercarmi al telefono per tutto il giorno e non c'è nessuno con cui abbia meno voglia di parlare. Quindi sì, è andata davvero male oggi, che cavolo».

Mi accarezzò i capelli e rise piano. «Piccola, in che situazioni ti trovi».

«Non dirmelo».

«Gli hai ridato la chiave di casa sua?».

Gemetti e affondai la testa nel cuscino. «No. Me ne sono scordata del tutto, ma non è che abbia fretta di sorprenderlo ancora con due ragazze allo stesso tempo. Onestamente sarei felicissima di non dover più vedere il piercing al pacco di Rule».

Rise e si girò sulla schiena a fissare il soffitto. I capelli di Ayden erano neri quanto i miei erano biondi e con un taglio corto da fatina davvero fico. Aveva due occhioni color whisky e un cuore d'oro zecchino. A parte Remy, era l'amica migliore che avessi mai avuto. Le volevo bene perché non c'era bisogno che le raccontassi ogni cosa perché la esaminasse – ci arrivava da sola. Anche se magari non capiva come potessi passare il mio tempo a detestare e amare in egual misura una persona che mi vedeva solo come una seccatura, non mi condannava né mi giudicava mai per quello.

«Quel ragazzo è proprio un bel tipo».

«Non lo so, magari questa distanza mi farà bene. Magari stare lontana dall'intera famiglia mi darà finalmente quell'attimo di respiro per cancellare i sentimenti che ho sempre provato per lui. Non posso passare il resto della vita ad allontanarmi dagli altri solo perché non sono Rule».

«Be', non posso dire che mi dispiaccia che Gabe non ci sia più, ma ti meriti davvero qualcuno che ti tratti in modo meraviglioso e ti ami come si deve. Te lo sei guadagnato, perché non ho mai conosciuto nessuno in vita mia che ami senza limiti e dia tanto quanto te. Considerando che i tuoi potrebbero benissimo essere stati scolpiti nel ghiaccio, è un miracolo. Sei una brava ragazza, Shaw, e come minimo ti meriti un bravo ragazzo».

Unii le mani e ci appoggiai la guancia. La testa cominciava poco per volta a smettere di pulsare e tutto quello che volevo era fare un sonnellino e magari cercare di elaborare le cose successe quel giorno.

Ayden aveva ragione, mi meritavo davvero un bravo ragazzo. Sapevo che aspetto doveva avere e come doveva comportarsi; in effetti il perfetto esemplare era stato il mio migliore amico. Remy incarnava tutto quello che ogni femmina sana di mente avrebbe voluto in un uomo, eppure non avevo mai provato niente per lui, nemmeno una volta. Ricordavo bene il giorno in cui mi aveva portato a casa sua. Avevo quattordici anni e mi pesava davvero tanto andare d'accordo con tutti i ricchi figli di papà del primo anno di liceo. Ora sapevo che l'immagine e le firme contavano, ma all'epoca volevo solo portare i jeans e legare i capelli in una coda. Remy aveva diciassette anni ed era il capitano della squadra di football. Un giorno mi aveva trovato in lacrime fuori dallo spogliatoio delle ragazze, dopo che avevo perso uno scontro verbale particolarmente brutto con Amy e la sua banda. Non si era preso gioco di me, non mi aveva fatto domande né si era fatto problemi perché io ero una primina e lui era al terzo anno, mi aveva preso e portato a casa con sé perché ero triste e sola e lui non voleva che mi sentissi più così. Mi aveva detto che dai miei occhi aveva capito che ero gentile, che avevo bisogno di qualcuno che si prendesse cura di me e da quell'istante aveva deciso che sarebbe stato lui a farlo. Ricordavo i sentimenti calorosi e confusi che avevano segnato quel momento, la gratitudine e la gioia enorme che avevo provato perché finalmente qualcuno si era accorto che anche io valevo e mi meritavo un amore incondizionato, ma soprattutto ricordavo che mi ero sentita tutta sottosopra quando Rule era entrato in cucina e aveva inclinato il mento verso di me, chiedendo: «Chi è la pollastra?».

Il mio cuore si era fermato, i polmoni erano stati sul punto di scoppiare, d'un tratto la pelle si era tesa su tutto il corpo e non ero più stata in grado di formulare un pensiero razionale o una frase coerente. Allora l'avevo presa per una stupida cotta adolescenziale, tutti i figli degli Archer erano belli e avevano delle qualità che li rendevano meravigliosi ed era scontato che tutte prima o poi avessero un'infatuazione per un cattivo ragazzo. Ovviamente, di solito la superavano quando capivano che lui era solo un coglione e che meritavano di essere trattate meglio. Col passare del tempo le cose erano cambiate, ma non i miei sentimenti. Era chiaro che non sarei mai stata ricambiata, Rule mi vedeva solo come il cagnolino di Remy, come una ragazzina viziata e poi, crescendo, come la ragazza di Remy. Era uno schifo perché non ero mai stata nessuna di quelle cose e di conseguenza avevo sabotato ogni relazione e respinto un tipo dopo l'altro semplicemente perché non volevo un bravo ragazzo, ma quello guasto e cieco davanti ai miei sentimenti.

Io *ero* una brava ragazza – ero leale, onesta, lavoravo sodo e investivo un sacco di tempo ed energie per costruirmi un futuro sicuro. Mi tenevo lontana dai guai e mi sforzavo di essere la figlia tirata a lucido e perfetta che volevano i miei genitori e la donna ambiziosa e di successo che la fiducia degli Archer mi avevano permesso di diventare. Ma non ero mai la persona che mi sentivo davvero. Quella persona era rinchiusa da qualche parte nel profondo di me, soffocata e ancora attaccata alla speranza che Rule si sarebbe accorto della sua esistenza. Era estenuante e, nei momenti di vulnerabilità in cui ero spietatamente onesta con me stessa, ero costretta ad ammettere che non sapevo quanto ancora sarei riuscita a sopportarlo.

Capitolo tre
Rule

Allo studio fu una settimana da pazzi. Secondo me, soprattutto perché eravamo nel pieno del periodo dei rimborsi fiscali e la gente aveva dei soldi extra da spendere. Ebbi un appuntamento dietro l'altro fino a sabato e andai al lavoro persino nel mio giorno libero per il tatuaggio che avevo iniziato alcuni mesi prima sul braccio di un tipo. Nash era occupato quanto me. Quando finalmente arrivò sabato sera, eravamo entrambi pronti a scatenarci e darci dentro con l'alcol. La domenica pomeriggio trascorse come la settimana precedente, con la differenza che questa volta accompagnai la ragazza alla sua macchina senza preoccuparmi che Shaw irrompesse su una scena che non avrei voluto mostrarle. Chiamai Rome per capire quando sarebbe venuto in città, ma a quanto pareva la situazione a casa non era migliorata e lui non era ancora pronto a lasciare da sola la mamma. Avrei voluto che mi importasse, sentirmi male per lei, ma non ce la facevo.

Mi stavo preparando ad aprire una birra e stravaccarmi davanti allo schermo piatto per rilassarmi e guardare la partita, quando Nash uscì dalla sua stanza infilandosi una felpa e un cappellino nero sulla testa rasata. Era più basso di me di qualche centimetro, molto più tarchiato, ma in realtà molto più bello. Portava i capelli neri tagliati cortissimi perché aveva due tatuaggi identici sui lati della testa e aveva due occhi brillantissimi che sembravano più viola che azzurri e spiccavano sempre sulla sua carnagione più scura della mia. Non aveva tutti i piercing che avevo io in faccia, solo un anello al centro del naso e due dilatatori in ossidiana alle orecchie. Per qualche motivo, non voleva coprirsi le mani e il collo d'inchiostro, cosa chc mi aveva sempre fatto ridere visto quello che si era impresso in modo permanente sulla testa. Eravamo una bella coppia, perciò quando uscivamo insieme di solito era scontato che non tornassimo a casa soli. Nash era molto più simpatico, solo che sembrava un brutto ceffo, ancora più di me.

«Jet e Rowdy sono al Goal Line a vedere la partita. Vogliono che li raggiungiamo, se ci stai».

Rowdy lavorava allo studio con noi e Jet era il cantante di un gruppo metal del posto che ci piaceva, e completavano la compagnia con cui uscivamo io e Nash. Andare a vedere la partita in un locale mi parve molto più divertente che starmene da solo a rimuginare sul divano, quindi rimisi la birra in frigo e infilai i miei stivali neri.

Nash guidava una Dodge Charger del '73 completamente rimessa a nuovo, un mostro nero cromato tutto motore. Ero abbastanza sicuro che nel complesso dove vivevamo tutti sapessero ogni volta che uscivamo o tornavamo, perché faceva un rumore forte e tonante, ma era bella da guidare. Per lui era molto importante perché l'aveva sistemata quasi tutta da solo. Sapevo poco del passato di Nash, ma visto che il mio era tutt'altro che spettacolare, non l'avevo mai spinto a parlarne. Sapevo che suo padre era morto quando lui era molto piccolo e sua madre si era risposata con un ricco coglione con cui, fino a quel momento, Nash si era rifiutato di avere a che fare. Phil, quello che ci aveva affidato lo studio, era stato essenziale perché Nash raggiungesse l'età adulta con la fedina penale immacolata e senza una mandria di figli illegittimi.

Il locale era a *lower downtown* o LoDo, come diceva la gente del posto. La zona era un luogo di ritrovo popolare tra gli abitanti e il mondo dell'industria e, visto che erano anni che non uscivo la domenica, avevo scordato quanto fosse affollato durante una partita dei Broncos. I ragazzi avevano preso un tavolo sul fondo proprio sotto un grande schermo piatto e ci aspettavano con una brocca di birra. Ci salutammo battendo i pugni e con un cenno del capo e, quando i Broncos segnarono, dalla folla si alzarono grida sguaiate.

«Come va, ragazzi?». Mentre ci sedevamo, Nash ci versò il primo giro. Rowdy alzò e abbassò le sopracciglia, accennando a un punto oltre me, verso il bancone.

«Non è meglio qui che stare in famiglia? Nessuno vorrebbe vedere la propria madre vestita così».

Tutte le ragazze che lavoravano là indossavano delle uniformi sportive sexy, alcune da cheerleader supersensuali e altre con magliettine e shorts che ricordavano quelli da football americano. La mia preferita era quella minuscola da arbitro, che copriva a malapena il sedere.

«No, certo che no». Era bello stare un po' con i ragazzi di domenica, mentre di solito era il giorno peggiore della settimana. Era molto meglio che farmi ridurre a pezzi dai miei genitori per il semplice fatto che respiravo. Avvertii una fitta colpevole per il mio egoismo, ma sapevo che una certa dose di birra l'avrebbe spazzata via.

Jet alzò lo sguardo dal piatto di *nachos* che stava sbranando e puntò un dito oltre me, verso il bancone. «Aspetta di vedere la tipa che ci serve. Ragazzi, non ci sono parole».

Il gruppo di Jet, gli Enmity, andava piuttosto forte a livello locale e sapevo per esperienza che lui aveva il suo bel seguito di groupie e rockettare. Se era rimasto impressionato da una tipa, allora era probabile che fosse uno schianto e non vedevo l'ora di metterle gli occhi addosso. Chiacchierammo e svuotammo la brocca in meno di mezz'ora, i ragazzi erano sempre più rumorosi e chiassosi, ma ci stavamo divertendo. Ci serviva un altro giro, ma quella figacciona della cameriera non si era ancora fatta vedere. Sentii drizzarsi i peli sulla nuca e di colpo mi misi sull'attenti. Una biondina si stava facendo largo verso il nostro tavolo. Aveva i capelli talmente biondi che parevano quasi bianchi, raccolti in due codini ai lati della testa. I suoi occhi verdi sorpresi mi fissavano da sotto la frangetta drittissima. La bocca sembrava uno squarcio rosso sul viso pallido che conoscevo bene come il mio. Indossava l'indispensabile divisa da arbitro, completa di pantaloncini neri a balze e calze a rete. Portava anche degli stivali neri che assomigliavano un sacco ai miei, ma da donna, e che le coprivano le gambe davvero splendide fin sotto le ginocchia. Mentre mi sforzavo di accettare quel che vedevo e i miei amici idioti le lanciavano occhiate lascive, Nash si alzò e la cinse in un forte abbraccio.

«Ehi, ragazzina, cosa ci fai qui?». A Shaw sfuggì un urletto mentre rispondeva all'abbraccio del mio coinquilino, ma i suoi occhi non si staccarono mai dai miei.

«Uh... ci lavoro, da un po'. Di solito la domenica non sono di turno, ma visto che i miei piani sono cambiati e c'è da fare, ho accettato di venire. Cosa ci fate voi qui?».

Sapevo che la domanda era rivolta a me, ma ero ancora troppo stupito nel vederla così diversa per rispondere. Tenendole un braccio sulle spalle, Nash indicò i nostri amici «Il tipo con le basette è Rowdy, lavora allo studio con me e Rule. Quello con la faccia piena di nachos è Jet, canta negli Enmity e siamo cresciuti insieme. Ragazzi, questa è Shaw, è cresciuta con Rule e i suoi fratelli».

Con un misto di meraviglia e repulsione, rimasi a guardarli mentre si affrettavano a stringere la mano che lei stava porgendo. Non avevo ancora detto niente e l'atmosfera cominciava a essere un po' imbarazzata, ma lei mi sorrise, prese la brocca vuota e disse che ne avrebbe portata un'altra nel giro di pochi minuti. Mentre si allontanava, quattro paia di occhi seguirono i suoi capelli ondeggianti e le balze sul suo culo. Avrei voluto dare un pugno in faccia a tutti, compreso me. Non appena si fu allontanata, Rowdy si voltò verso di me e allungò un braccio sul tavolo per darmi un bel colpo in testa. Imprecai e gli lanciai un'occhiataccia, ma senza rispondergli.

«Perché cazzo me l'hai dato?».

Lui scosse il capo e mi puntò contro un dito. «Sarebbe quella la ragazza di cui ti lamenti e con cui torni ogni weekend? Quella di cui ti lagni di continuo perché ti sorprende a fare lo scemo? Quella di cui rifiuti le chiamate e che eviti come la peste? Cazzo, Rule, non sapevo fossi gay».

Nash ridacchiò e Jet scoppio in una risata di pancia. Mostrai il medio a Rowdy e strizzai gli occhi.

«Chiudi la bocca. Non sai di cosa parli».

«No? Ma ho gli occhi e quella ragazza è una bomba, quindi o sei cieco o sei stupido, perché se io restassi chiuso in macchina con lei per due ore a settimana ringrazierei il Signore, non starei qui a fare storie».

Nash scosse la testa. «Non riesco a credere che tu non sapessi che lavora qui. Ma ignori proprio tutto quello che ti dice?».

Lo guardai storto. «Neanche tu lo sapevi e ci parli sempre quando viene la domenica».

«Le chiedo se vuole un caffè, non come si guadagna da vivere. Amico, ammettilo, sei una merda». Stavo per ribattere, ma lui proseguì. «Ed è una gran figa, da sempre. Solo che a te non piace e allora non te ne accorgi. Sta bene con qualunque cosa si metta addosso, ma ragazzi, con quell'uniforme...».

«Sì che mi piace». Mi rifiutai di commentare quanto fosse

sexy perché era strano. Avevo anch'io gli occhi, s'intende, quindi sapevo bene che era una bella ragazza, ma mi era sempre sembrata così fredda e intoccabile che non l'avevo mai considerata attraente – mi pareva più una notevole opera d'arte concepita per essere ammirata in un museo piuttosto che per goderne ogni giorno.

«Non mentire. Voi due non vi sopportate».

Feci spallucce. «È di famiglia. E sai come la penso sulla mia famiglia».

Jet alzò un sopracciglio. «Vorrei che anche nella mia famiglia ci fosse qualcuno così».

Alzai gli occhi al cielo. «Ma smettila. Piantala di essere così viscido».

Shaw tornò con ben due brocche e un piatto di alette di pollo. Sorrise a Nash e agli altri, ma quando il suo sguardo allegro si posò su di me abbassò le palpebre. «Le alette ve le offro io. Non riesco a fare a meno di assicurarmi che tu mangi la domenica». Si voltò, buttando indietro i capelli chiari, e si avviò a un tavolo pieno di tizi di mezza età che indossavano magliette della taglia sbagliata. Quando uno le appoggiò una mano sul sedere coperto dai pantaloni a balze, strizzai gli occhi. Lei, che ovviamente ci era abituata, sfoggiò il suo sorriso da urlo e scansò il palpeggiatore senza problemi. La vedevo così diversa che, quando passò di nuovo accanto al nostro tavolo, con il chiaro intento di ignorarmi, allungai una mano e le afferrai il braccio.

Fissi sulle dita tatuate con cui le stringevo il polso, dai suoi occhi scaturirono scintille color smeraldo. Rimasi sorpreso dalla scarica elettrica che mi risalì fino alla spalla per quel contatto. Sollevai le sopracciglia e le rivolsi un ghigno cattivo.

«I tuoi lo sanno che lavori qui? E Margot? Faccio fatica a credere che gli adulti che cerchi così tanto di impressionare sappiano che te ne vai in giro mezza nuda».

Mi rivolse un'occhiataccia e si liberò della mia mano. «No, i miei non lo sanno perché non me l'hanno mai chiesto e Margot sa che lavoro in un locale ma non com'è la divisa, e comunque non sono per niente mezza nuda. Lasciami in pace, Rule. Anche la mia coinquilina lavora qui e mi sta guardando, il che significa che sta per chiamare l'artiglieria. A meno che tu non voglia essere trascinato fuori da tre buttafuori molto grossi, tieni giù le mani e chiudi quella boccaccia. Mi piace Nash, è sempre stato piuttosto simpatico con me, ma non ho problemi a far allontanare da qui te e i tuoi amici se continui a darmi fastidio».

Ci guardammo in cagnesco fino a quando la chiamarono a un altro dei suoi tavoli.

«Solo un weekend». Aggrottai le sopracciglia per le parole che aveva mormorato così piano che le avevo sentite a malapena.

«Cosa?».

Mi guardava con occhi così ardenti che non riuscii a leggervi una sola emozione. «Volevo non doverti gestire solo per un weekend». Si allontanò con passo ostentato e, per la prima volta da quando l'avevo incontrata, mi resi conto che forse passare del tempo insieme era uno strazio per lei quanto lo era per me.

Quando mi voltai di nuovo verso i miei amici, mi stavano guardando tutti con un misto di pena e stupore. Accentuai ulteriormente il cipiglio dopo aver bevuto tutta la mia birra in un solo sorso.

«Cosa c'è?». Ero ben conscio del mio tono scontroso.

«Amico, cosa sta succedendo?». A chiederlo fu Rowdy, ma si capiva che Nash e Jet avevano in mente la stessa domanda.

«Di cosa stai parlando?».

Nash sollevò la birra per nascondere un sorriso. «Sembravate sul punto di prendervi a pugni tutti e due oppure per strapparvi i vestiti e farlo proprio qui in mezzo al locale. Cosa c'è, pensavo che per te fosse una scocciatura».

«Certo che lo è. È ricca e viziata e non andiamo d'accordo su niente. Da sempre».

Con un'occhiata Rowdy mi fece capire che per lui era una gran cazzata. «So quel che ho visto e te la saresti fatta se te l'avesse proposto».

Avrei voluto urlargli che si sbagliava, e di grosso, perché prima ancora di essere una tipa che mi infastidiva e mi irritava, Shaw era la ragazza di Remy e non c'era niente in cielo o in terra che me l'avrebbe fatto dimenticare. Per smorzare la rabbia, mi versai un'altra birra e mi rintanai in un silenzio imbronciato. Non ero attratto da Shaw. La vedevo solo in un ambiente nuovo, con indosso qualcosa di diverso dai soliti vestiti strambi che costavano più di quanto guadagnassi io in un mese.

Avevamo quasi finito la seconda brocca e Shaw ne aveva portata un'altra senza dire una parola, quando all'improvviso all'estremità del tavolo comparve una ragazza bellissima con i capelli scuri e molto corti. Era alta e con gli occhi del colore del Jack Daniels. La sua bocca avrebbe fatto invidia ad Angelina Jolie e il suo corpo avrebbe fatto fermare il traffico. Portava la stessa uniforme di Shaw, solo che invece degli stivaloni aveva dei tacchi a spillo ricoperti di borchie con cui probabilmente era più alta di Nash e Jet. Sul suo bel visino non c'era nulla di cordiale.

Jet si raddrizzò sulla sedia e Rowdy, di gran lunga il più brillo tra noi – da venti minuti beveva anche shot di tequila – cadde quasi dallo sgabello quando lei si piazzò proprio tra loro due. Ma il suo sguardo era puntato su di me, dunque la fissai a dovere finché non parlò. Aveva una cadenza dolce del Sud e avrei potuto giurare che Jet si fosse innamorato all'istante.

«Sei Rule». Non era una domanda, perciò annuii. «Sono Ayden Cross. Vivo con Shaw».

Non ero certo del perché dovesse importarmi, quindi rimasi in silenzio mentre il mio migliore amico voltava la testa di scatto verso di me. Ero piuttosto scortese, ma ero alticcio e ancora incazzato con Shaw, quindi non me ne fregava niente.

«Non so cosa tu voglia, ma lasciala in pace. Non ha bisogno che tu la confonda, quindi fatti da parte».

Sbattei le palpebre perché, onestamente, non avevo idea di cosa stesse parlando. «Io non do fastidio a Shaw».

Strizzò gli occhi e mi puntò contro un dito. «So esattamente cosa fai e cosa non fai, Mister Tattoo. Io adoro Shaw. È dolce, gentile ed è la migliore coinquilina al mondo. Vai a fare le tue stronzate da cattivo ragazzo irrequieto da qualche altra parte, lei non ne ha bisogno…». Si stava preparando ad attaccarmi ancora di più, ma qualcosa attirò la sua attenzione e d'un tratto dai suoi occhi sfavillarono fiamme dorate. «Oddio! Non ci credo che quell'idiota ha avuto il coraggio di presentarsi qui. Devo chiamare Lou». Girò sui tacchi e si allontanò spedita tra la folla, lasciandomi di stucco. Non avevo idea di cosa parlasse ma era chiaro che qualcosa l'avesse fatta incazzare. Mi girai e il mio istinto protettivo tornò in vita all'istante.

Shaw era vicino al bancone. C'era un sacco di gente, ma i suoi capelli biondo chiaro erano inconfondibili. Pareva stressata e su tutte le furie per un ragazzo con una polo bianca che la bloccava. Le teneva una mano sulla spalla ed era chino sul suo viso. Qualsiasi cosa le stesse dicendo, lei pareva sul punto di dargli un pugno nelle palle o vomitargli sulle scarpe. Non avevo mai visto il panico sul suo volto prima; di solito era così fredda e impassibile. Contro ogni buon senso, mi alzai in piedi. Non ero il tipo a cui gliene fregasse qualcosa di una fanciulla in difficoltà e sapevo per certo che quella era capacissima di prendersi cura di sé, ma Shaw aveva bisogno di aiuto e, malgrado quel che pensavo di lei, sarei intervenuto.

«Torno tra un secondo».

Date la mia altezza e la gran parte della mia pelle visibile coperta di disegni che gridavano "non fatemi arrabbiare", non dovetti preoccuparmi degli avventori del locale affollato, che si scansarono al mio passaggio. Quando le fui abbastanza vicino, gli occhi di Shaw scattarono su di me e fui abbastanza sicuro di vedere del sollievo in quelle profondità verdi scintillanti. Mister Polo si sporse ancora di più verso di lei e mi parve di sentirlo parlare di cosa sarebbe sembrato se fosse tornato a casa da solo per le vacanze invernali. La vidi irrigidirsi e cercare di scostarsi, ma lui si avvicinò di nuovo e la bloccò contro il bancone.

«Non mi interessa cosa ti ha detto mia madre, Gabe. È finita. Non mi interessa andare ad Aspen con te e la tua famiglia. Smettila di chiamarmi e smettila di presentarti nei posti in cui vado».

«Piccola, siamo fatti l'uno per l'altra e quando la smetterai di fare la testarda capirai quanto potremmo stare bene insieme». Odiavo chi chiamava le ragazze "piccola". "Piccola" lo usavi quando non ti ricordavi il loro nome o eri troppo pigro per inventarti un soprannome.

Lei si dimenò e notai lo sguardo di lui fisso sulla profonda scollatura della succinta uniforme.

«Lasciami andare, Gabe, non volevo stare con te quando uscivamo insieme, e di certo non voglio stare con te adesso. Lasciami in pace».

A quel rifiuto eloquente, Mister Polo diventò tutto rosso in faccia. Stava per sporgersi ancora di più verso di lei e metterle anche l'altra mano addosso, quando allungai un braccio e afferrai il polso di Shaw, liberandola con uno strattone. Lui era di dieci centimetri buoni più basso di me, perciò infilai il corpo esile di Shaw sotto al braccio e gli lanciai un'occhiataccia da sopra la sua testa.

«Scusa il ritardo, Casper». Senza perdere tempo, lei mi cinse la vita con un braccio e crollò praticamente contro il mio fianco. Quando eravamo piccoli, la prendevo in giro con quel soprannome per via dei suoi capelli quasi bianchi e sapevo che lei lo odiava. Adesso appariva intimo e personale, come se avessimo un segreto di cui Mister Polo non era a conoscenza.

«Nessun problema. Mi resta un'oretta alla fine del turno. Mi aspetti?». I suoi occhi mi imploravano di stare al gioco, ma ero troppo impegnato a chiedermi perché mai sentissi il fianco in fiamme nel punto in cui ci toccavamo.

«Nessun problema. Chi è il tuo amico?».

Mister Polo mi guardava in cagnesco e si stava facendo di un'allarmante sfumatura rossa. Non diede nemmeno a Shaw la possibilità di rispondere.

«Sono il suo ragazzo, Gabe Davenport. Chi sei tu?».

Accanto a me, Shaw si irrigidì e sentii le sue dita stringere il retro della mia camicia.

«Gabe, questo è Rule Archer. Rule, questo è Gabe, il mio *ex* ragazzo, solo che fa fatica a digerire il prefisso di ex».

«Shaw, stai lontana da lui. Ma cosa pensi? Nessuno crederebbe che passi da me a qualcuno come lui, no? Ma guardalo, è un disastro».

Ero immune alla tattica del "qualcuno come lui", la sentivo sempre, ma a quanto pareva Shaw non lo era. Si arrabbiò come un gatto bagnato e fece per colpirlo al petto. La tirai di nuovo contro il mio fianco e cercai di calmarla con furbizia, accarezzandole il braccio con la mia mano.

«Conosco Rule da tanto, Gabe. Non me ne frega un cavolo

del suo aspetto perché lui non è il burattino di nessuno, e lo stesso non si può dire di te. Non credere di poter stare qui e giudicare lui o me, non quando ti comporti come uno stalker e cerchi di costringermi a stare con te manipolando i miei genitori perché sai che gli piaci. C'è anche Ayden qui, e puoi scommetterci il culo che se ti ha visto avrà chiamato Lou. A lui non piace che qualcuno infastidisca le sue ragazze, quindi, a meno che tu non voglia una scenata che sono certa non dimenticheresti mai, vattene e non tornare. Puoi chiamare mia madre e parlare con mio padre quanto vuoi, io non voglio stare con te e non c'è niente che mi farà cambiare idea».

Pareva che lui volesse proseguire lo scontro, ma ci fu un trambusto improvviso vicino al bancone e Shaw si strinse ancora di più nel mio abbraccio, mentre io ne approfittai allineando perfettamente il suo corpo esile al mio. Quella ragazza aveva delle curve niente male e mi chiesi cosa diavolo avessi fumato per essermele perse fino a quel momento.

«C'è qualche problema, amico?», gli chiesi. Lei si ritrasse con le sopracciglia aggrottate e appoggiò le mani al centro del mio petto per avere un po' di spazio.

«Sì, amico. Ma questo non è né il momento né il luogo. Non ho tempo di scherzare con un idiota come te. Shaw, ci vediamo dopo. Non finisce qui».

Con un'occhiataccia, mi urtò la spalla mentre passava oltre a noi. Strinsi Shaw e le lasciai fare un passo indietro, sempre con le mani intorno alla sua vita. Osservai Mister Polo che si allontanava e cercai di incrociare lo sguardo di Nash, che stava osservando Shaw. Lei si concesse un sospiro, e il suo fiato sul collo mi diede un brivido.

«Grazie».

«Nessun problema. Quel ragazzo deve afferrare il concetto». Finalmente Nash alzò lo sguardo e io accennai col capo alla porta da cui era appena uscito Mister Polo. Lui annuì e disse qualcosa a Rowdy e Jet, che si alzarono. Vidi la coinquilina mora di Shaw vicino alla porta con una montagna d'uomo. Lanciò un'occhiata stramba ai miei amici che uscivano uno dopo l'altro ma non disse nulla. Presi la carta di credito dal portafoglio e la misi in mano a Shaw. I suoi occhi luminosi mi guardavano incuriositi.

«Usala per pagare il nostro conto, ok? Torno tra un secondo».

Prese la carta e fece un passo indietro. Incrociò le braccia sul seno e io mi sforzai di non guardarle il petto.

«Dove vai?»

«A risolvere una questione».

«Lascia stare Gabe, Rule. Non è come te e Rome. È nato per diventare un politico. Minacce e intimidazioni non vogliono dire niente per un ragazzo del genere, dimenticati di lui. L'idea che io lo lasci per un tipo tatuato con i capelli viola è un colpo abbastanza forte per il suo ego perché mi lasci in pace per un po', fidati. E poi parlerò con Lou, il buttafuori. Se gli dico che Gabe mi tormenta, lo farà allontanare, per sempre».

«Senti, Rome mi manderebbe a calci fino in Nebraska se scoprisse che un imbecille ti ha dato fastidio e io non ho detto niente, e poi odio i tipi che credono di poter fare tutto quello che vogliono a una ragazza solo perché influenzano i suoi genitori. Torno tra un secondo, tu paga il nostro conto e tieniti stretta la carta, in caso dovessi venire a togliere uno di noi o tutti quanti di prigione».

Pensai che fosse una bella battuta, ma lei non accennò nemmeno un sorriso. Mi guardò come se di colpo mi fosse cresciuta un'altra testa. Dovevo darmi una mossa prima che il coglione se ne andasse.

«Andrà tutto bene, Shaw. Sul serio, è tutto sotto controllo».

La staccai completamente da me e le girai intorno per seguire i ragazzi fuori. La bella coinquilina attirò la mia attenzione e sollevò un sopracciglio. «Forse dopotutto hai qualche qualità che ti salva, Archer».

Le mostrai il dito medio perché, be', perché è così che faccio. Mi avviai all'angolo dell'isolato dove Nash e gli altri stavano appoggiati a una Lexus. Mister Polo camminava avanti e indietro nervosissimo davanti a loro, minacciando di chiamare la polizia con il suo iPhone e chiedendo di continuo se avessero idea di chi fosse suo padre. Infilai le mani nelle tasche davanti e inclinai la testa di lato. Capivo come mai i genitori di Shaw adoravano quel tipo. Aveva un'aria a posto, se ti piacevano i ragazzi su cui pareva che Banana Republic avesse vomitato. Aveva una carnagione simile alla mia, i capelli scuri senza i ciuffi viola e gli spuntoni, e gli occhi azzurro chiaro, ma trasudava privilegi e vanità come solo i pigri ricchi sanno fare. Sarebbe diventato il perfetto marito con l'amante, mentre la bella mogliettina sorrideva alle telecamere in campagna elettorale. Anche se, nel migliore dei casi, il mio rapporto con Shaw era tumultuoso, nel profondo sapevo che lei si meritava qualcosa di meglio di quel che quell'essere viscido vendeva.

«Ehi, Mister Polo, rallenta un attimo, voglio solo parlare con te per un secondo». Stava dicendo a Nash che l'avrebbe citato per questo e quello e che suo padre era un giudice e quindi gli avrebbero dato il massimo della pena quando finalmente si accorse che mi ero aggiunto al gruppo. Smise di agitare le braccia come un matto e mi guardò in cagnesco.

«Lo so chi sei. Shaw potrà anche pensare di essere intelligente, ma in camera sua ha una foto di voi tre sul comodino. I suoi mi hanno parlato svariate volte del suo attaccamento morboso nei confronti tuoi e della tua famiglia. Suo padre ha persino minacciato di smettere di pagarle gli studi se continuerà a scegliere in modo così discutibile le persone con cui passa il suo tempo. Magari questo incontro porrà fine alla questione». Dovevo riconoscerglielo a quel viscido: già da solo ero un tipo abbastanza intimidatorio, e in quel momento era circondato da tizi molto più grossi e abituati all'uso della violenza fisica di lui, ma malgrado questo non si scomponeva. «Non capisco cosa la attiri in un fenomeno da baraccone come te, ma è ora che la superi. Deve stare con qualcuno come me, non con qualcuno che non può passare in un metal detector senza ripulirsi la faccia».

Nash ridacchiò mentre Rowdy scoppiò in una grassa risata. Scossi il capo e increspai le labbra in un ghigno contorto. «Dovrebbe stare con qualcuno più interessato a entrare nelle sue mutande che nel portafoglio di suo padre. Shaw è una brava ragazza e ha la testa sulle spalle. Il fatto che non ti abbia nemmeno lasciato avvicinare alla prima base in sei mesi parla chiaro, amico. Da quel che ho sentito, avresti più fortuna a portare fuori i suoi piuttosto che lei. Senti, lei per me è una di famiglia e non mi piace quando qualcuno dà fastidio alla mia famiglia. Questa è una chiacchierata tra amici perché siamo per strada e mi sento generoso. La prossima volta non saremo in pubblico e la mia generosità ha un limite. Lasciala stare, fine della storia».

Lui parve sul punto di discutere, di ribattere, ma la montagna umana del buttafuori voltò l'angolo. Lou guardò i ragazzi appoggiati alla macchina, poi l'infervorato Mister Polo e scosse il capo.

«Basta. Voi quattro tornate dentro. Ayden mi ha detto cosa stava succedendo quindi pagherò io il vostro conto. E tu», puntò un dito paffuto contro Gabe, «tu non puoi più venire al Goal Line, considerati escluso. Se Shaw non ti vuole qui, non mi interessa quanto hai nel portafoglio o che contatti ha il tuo vecchio, questa è casa mia e tu non sei il benvenuto. La prossima volta che ci provi con una delle mie ragazze o le metti le mani addosso, non dovrai preoccuparti di questi qua perché mi assicurerò che non trovino mai il tuo cadavere, capito?».

Nemmeno io avrei osato contraddire quel mostro, quindi Mister Polo deglutì e annuì leggermente. I miei amici si staccarono dall'auto e, nel venirmi incontro, Nash gli diede "accidentalmente" uno spintone. Gabe imprecò e si infilò in macchina. Si allontanò e, mentre si immetteva nel traffico, ci mostrò il dito medio. Il buttafuori mi squadrò dalla testa ai piedi e scrutò il nostro gruppetto variegato con sguardo impassibile.

«Siete amici di Shaw?».

Allora, non eravamo proprio amici, ma era la spiegazione più semplice, quindi alzai le spalle e risposi: «Certo».

Lui annuì. «Io sono Lou. Tengo d'occhio le cameriere del locale. Shaw e Ayden sono tra le mie preferite. Sono brave ragazze e lavorano sodo, non vengono solo a far vedere il culo e a ficcarsi nei guai, e io lo rispetto. Non permetto a nessuno di dare fastidio a loro due; anzi, la prendo sul personale se qualcuno ci prova».

Non ero sicuro del perché mi stesse dicendo quelle cose ma, sinceramente, quel figlio di puttana faceva paura, quindi tenni la bocca chiusa senza smettere di fissarlo negli occhi.

«Shaw è dolce ma cerca troppo di fare da sola. Se quel cretino continua a importunarla, lei soffrirà in silenzio». Adesso mi guardava con uno sguardo significativo e io sollevai un sopracciglio. «Voglio saperlo, se c'è bisogno di fare qualcosa con lui».

«Io e Shaw non siamo proprio intimi, non mi direbbe mai una cosa del genere. Forse dovresti chiederlo alla sua coinquilina».

«Lo sto dicendo a te, amico».

Non sapevo bene come rispondere, ma proprio quando stavo per fare una battuta sarcastica, la porta del locale si aprì e i tizi di mezza età uscirono e passarono tra noi. Lou mi lanciò un'ultima occhiata per farmi sapere che faceva sul serio e rientrò. Mi voltai verso i miei amici e alzai le mani in aria.

«È questo che mi perdo quando vado fuori città la domenica?».

Scoppiarono a ridere tutti e tre e Jet decise che era ora di andare in un altro posto, perciò entrai a recuperare la mia carta da Shaw. I ragazzi mi avevano dato dieci dollari a testa di mancia per lei e mi feci largo fino al bancone, dove stava parlando con un'altra cameriera – questa aveva i capelli color miele e l'uniforme da cheerleader. Shaw si bloccò nel bel mezzo di una frase e mi guardò strizzando gli occhi. Le sorrisi e le diedi i soldi. «Il tuo amico buttafuori ha detto che offre lui per noi, ma i ragazzi hanno pensato a te».

Mi passò la Amex. «Cos'hai fatto a Gabe?»

«Niente». Sospirò, e non provai nemmeno a guardare la minuscola uniforme tutta tirata sul seno.

«Be', grazie per essere intervenuto. Non capisco che problema abbia».

La cheerleader mi stava scopando con gli occhi e, anche se di solito apprezzavo quando succedeva, in quel momento la notai appena perché Shaw si era piegata per prendere i suoi drink e l'unica cosa che riuscivo a vedere erano le balze dei pantaloncini sul suo sedere. Era bassa, quindi non avevo mai pensato che avesse delle gambe così belle, ma erano toniche e con le curve al posto giusto. Con un po' di tempo avrei potuto inventarmi qualche fantasia davvero stupenda con quelle gambe, quelle tette e niente altro.

«Il suo problema è che sei sexy, ricca da paura, i tuoi hanno un sacco di contatti e non gliela vuoi dare. Non solo l'hai lasciato fisicamente a secco ma hai anche mandato in bianco il suo sogno di giocare a golf con tuo padre al country club e sedersi accanto a tua madre alla convention repubblicana. Hai demolito tutto ciò che cercava di costruire».

Agitò un codino e prese il vassoio pieno di bicchieri. «Devo tornare al lavoro. Credi che riusciremo mai ad avere una domenica senza scenate e liti?».

Mi passai una mano tra i capelli in disordine e scossi il capo con aria mesta. «La domenica non è mai stata un gran giorno per me. Ci vediamo, Shaw».

«Ciao, Rule».

Uscii dal locale pensando che probabilmente era la prima volta da quando la conoscevo che avevo visto Shaw essere se stessa. La cosa mi rendeva un po' nervoso, perché con la guardia abbassata e senza i suoi altezzosi meccanismi di difesa, pareva così fallibile, così innegabilmente umana, così accessibile e così… raggiungibile.

Capitolo quattro
Shaw

Contai per la quinta volta la pila di soldi che avevo davanti. Facevo fatica a concentrarmi per diversi motivi: primo, il locale si era riempito, ero rimasta due ore in più rispetto al mio turno ed ero sfinita; secondo, c'erano altre dieci ragazze che controllavano gli incassi e le loro chiacchiere erano come uno sciame di api che ronzavano di portafogli e ragazzi; terzo, Ayden continuava a fissarmi come un falco, in cerca di qualcosa, ma non sapevo cosa e, infine, Loren Decker, la Amy Rogers che mi assillava dopo il liceo, non la smetteva di blaterare su Rule.

Loren viveva per stare nella pagina centrale di una rivista, come succedeva alle barbie una volta finito il liceo ed entrate nel mondo reale. Era insulsa, noiosa e, quando era di turno, faceva più soldi della maggior parte di noi messe insieme, perché il suo lavoro consisteva nel flirtare e nel mostrarsi disponibile – non che dovesse sforzarsi molto per riuscirci. Per qualche motivo, moriva dalla voglia di scoprire ogni singolo dettaglio su Rule di cui fossi a conoscenza. Voleva sapere come facevo a conoscerlo, perché non era mai venuto al locale prima, quanti anni aveva, cosa faceva nella vita, se uscivamo insieme, se aveva la ragazza, se gli piacevano le bionde e così via. Era estenuante, non la smetteva più e mi dava fastidio il fatto che un'altra ochetta fosse tanto impaziente di accaparrarselo. Pur sapendo che quello che provavo per lui era un fardello che avrei dovuto sopportare da sola, non gli avrei comunque offerto quella puttanella della mia collega su un vassoio d'argento. Perciò continuavo a rispondere bofonchiando ed eludendo le domande personali, cosa che sfortunatamente non le impedì di divagare su quanto fosse bello.

«Cioè, di solito non mi intrigano i tipi pieni di tatuaggi e piercing, ma Dio, quegli occhi, hai mai visto qualcosa di simile? Sembrano il dentifricio alla menta o qualcosa del genere, sono così carini! E il suo corpo, scommetto che va in palestra. Cioè, di solito mi piacciono i tipi con la tartaruga, ma quel fisico alto e snello si adatta benissimo al suo aspetto. Che tipo di ragazze gli interessano? Sei sicura che non sia impegnato? Sul serio, Shaw, ho voglia di leccare l'anello che ha all'angolo del labbro, oh quanto lo vorrei. Non riesco a credere che tu abbia un amico così sexy e che non ci sia mai stata. È contro natura».

Non ero stata con nessuno, mai, non che ci fosse bisogno che lei lo sapesse. Diversi ragazzi ci avevano provato e io ero stata tentata, ma ogni volta che ci ero andata vicino il mio cervello era andato in cortocircuito e mi aveva ricordato che non erano loro quello volevo davvero, e mi ero spenta come una lampadina. Alzai lo sguardo su di lei e strizzai gli occhi.

«Lore, sto cercando di contare i soldi, non puoi aspettare?»

«Basta che mi dai il suo numero». Stavo per perdere la pazienza e infilarle in gola i biglietti da un dollaro. Ayden doveva aver annusato la tempesta nell'aria, perché si sistemò sulla sedia accanto a me e lanciò uno sguardo torvo alla biondina. Ayden aveva un non so che per cui la gente le prestava attenzione, e qualunque cosa fosse io la adoravo per quello.

«Lore, lasciala respirare. Non è il suo migliore amico. Se volevi chiedergli di uscire, avresti dovuto farlo quando era qui».

Loren fece una faccia con cui probabilmente conquistava

i ragazzi, ma a me fece solo storcere gli occhi. «L'avrei fatto, ma era troppo impegnato a squadrare il culo a Shaw, ecco perché ho chiesto cosa c'è tra loro. Cioè, non ti ha nemmeno abbracciata né niente quando è andato via, ma vi guardavate come se steste per mettervi a limonare da un momento all'altro».

Stupita, guardai Ayden. Da quando in qua Rule, che in genere mi ignorava o fingeva che non esistessi, si era messo a squadrarmi? Lei alzò un sopracciglio.

«Se Shaw lo incontrerà in un prossimo futuro sono sicura che gli riferirà che vuoi il suo numero oppure può dargli il tuo, nel caso a lui interessi. Adesso, parliamo di qualcosa di davvero importante, cosa vuoi fare per il tuo compleanno? Mancano solo due settimane».

Gemetti e rinunciai a contare per bene. Passai le banconote a Ayden e mi misi a sistemare e graffettare le ricevute delle carte di credito, cosa che richiedeva molta meno concentrazione. Odiavo il mio compleanno. Di solito era una lotta per capire con quale genitore e patrigno/matrigna avrei avuto una cena imbarazzante – quando si prendevano la briga di ricordarselo. L'anno prima avevo ricevuto solo un biglietto da papà con un assegno da mille dollari e una telefonata da mia madre con la promessa di fare qualcosa quando avesse avuto tempo, ma non era mai successo. Alla fine Ayden mi aveva portato al giapponese e a vedere una stupida commedia romantica e la giornata era trascorsa noiosa e insignificante. Persino gli Archer erano un po' sottotono per il mio compleanno. Credo che ricordasse loro che era passato un altro anno e Remy non c'era più. Rome mi mandava sempre qualcosa da qualsiasi parte del mondo in cui fosse e, fino a quel giorno, i suoi erano sempre stati i miei regali preferiti. Visto che avrei compiuto vent'anni, avrei dovuto fare qualcosa di speciale, ma non ne avevo voglia.

«Perché non andiamo a ballare?». Guardai Loren come se avesse tre teste. Non socializzavo molto con le ragazze al lavoro, ma non perché non mi piacessero. Alcune erano molto dolci e la maggior parte era proprio come me e Ayden, si sforzava di pagare le bollette e andare bene all'università, ma di solito beveva, andava alle feste, incontrava ragazzi, usciva e faceva tutte le cose che non mi interessavano. Non avevo bisogno che altra gente al mondo pensasse che fossi senza speranza, perciò evitavo le interazioni sociali.

«Uh… io non ballo».

Ayden si accigliò con la biondina. «E poi, a te chi ti ha invitato?».

Lei sbatté le ciglia dal trucco pesante e arricciò il naso. «Ho pensato che visto che è il tuo compleanno magari ci sarà anche Mister Sono-Alto-Scuro-e-Tatuato. Lasciate che ve lo dica, ragazze, sono malata terminale di sesso e solo Rule può curarmi».

Io e Ayden ci guardammo e poi tornai a graffettare. «No, il mio compleanno non è niente di che quindi Rule non ci sarà. Voglio fare qualcosa di semplice».

«Vuoi dire di noioso».

Io e Loren non eravamo amiche anzi, lei non mi piaceva particolarmente, quindi stavo per dirle di andarsene al diavolo – cosa abbastanza insolita per me – ma Ayden proseguì la conversazione come se Loren non fosse nemmeno lì.

«Dài, Shaw, facciamo qualcosa di divertente. Sai che i tuoi ti stresseranno e vent'anni si compiono una volta sola. Devi fare qualcosa di divertente ed eccitante». I suoi occhi ambrati brillavano e capii che stava escogitando qualcosa e che molto difficilmente sarei riuscita a dissuaderla. Ficcai la pila di foglietti nel sacchetto dei i soldi, presi le banconote che Ayden mi stava dando e le contai. Guadagnavamo sempre bene, ma chissà per quale motivo quel giorno avevamo tirato su davvero un bel gruzzolo. Slegai i capelli e li pettinai con le dita.

«Ne parliamo dopo, va bene? Voglio solo trovare Lou, farci accompagnare fuori, nel caso Gabe abbia deciso di farsi vedere di nuovo, e poi andare a casa».

Mi prese a braccetto e ci avviammo alla porta. «Credi che ne avrebbe il fegato? Cioè, Rule e i suoi amici parevano abbastanza decisi a fargli capire di stare alla larga e Lou gli ha detto di smammare o l'avrebbe ucciso».

«Non lo so, Ayd. Si comporta come un pazzo. Non avrei mai pensato che si sarebbe presentato qui e avrebbe fatto tutte quelle scene proprio sotto i miei occhi. Non so più cosa succede. Cioè, non è che tra noi ci fosse questa grande storia e che io gli abbia spezzato il cuore o che altro. Eravamo tiepidini nei giorni migliori. Rule crede che si senta in imbarazzo perché l'ho mollato, tutto qui».

«Probabilmente ha ragione».

Feci una smorfia mentre Lou ci scortava fino alla mia macchina.

Lo salutammo e andammo a casa. Volevo così tanto prendere le decisioni migliori per tutti, che Rule ricevesse l'amore e il sostegno della sua famiglia, che Margot si facesse aiutare e la smettesse di sminuire suo figlio, che Gabe la facesse finita e andasse avanti con la sua vita e, soprattutto, volevo smetterla di sentirmi tanto responsabile di tutto.

La settimana successiva passò in fretta. Ebbi due esami, accettai un turno extra al lavoro e mi impegnai nel complicatissimo gioco di schivare il mio ex. Anche Gabe frequentava la DU e anche se stava alla facoltà di legge e di solito stava all'altro capo del campus, sbucava fuori a ogni angolo. Mi chiamava almeno due volte al giorno e stavo pensando di cambiare numero, ma mi pareva una tale seccatura che deviavo le sue chiamate alla segreteria e diventai molto brava a fingere di non vederlo.

Rome mi chiamò e disse che Margot non stava migliorando. Rifiutava categoricamente di vedere uno specialista del lutto e ora incolpava Rule del fatto che io non andassi più a Brookside nel fine settimana. Stando a lui, era convinta che in qualche modo Rule mi avesse fatto il lavaggio del cervello e mi avesse messo contro di lei. Non se la sentiva ancora di lasciarla sola, anche se Rule lo assillava per stare da lui in città. Capii che si sentiva preso nella morsa familiare tra sua madre e suo fratello che avvertivo spesso anch'io. Mi scocciava non vederlo per il mio compleanno, ma lui aveva così tanto da fare che non dissi nulla.

All'arrivo del weekend, fui tentata di cambiare il turno della domenica per evitare un altro fine settimana di drammi, ma il locale era pieno e, se Rule venne con i suoi amici, io non lo vidi.

Era ancora strano non dover litigare con lui per il brunch in famiglia, ma una volta finito il turno senza mal di testa, accuse o sentimenti feriti, mi concessi il primo sospiro di sollievo da anni. Ero così rilassata che mi lasciai convincere da Ayden a saltare un gruppo di studio e andare a mangiare messicano. Era la prima volta da un sacco di tempo che mi sentivo me stessa e quasi non sapevo che cosa fare.

Essendo l'inizio di un nuovo semestre, ero sommersa di compiti, quindi rinunciai ai turni di venerdì e domenica, mentre sabato ero di riposo perché era il mio compleanno e al locale sapevano tutti che Lou mi voleva bene e che avrebbe ucciso chiunque avesse provato a farmi lavorare proprio il giorno in cui compivo vent'anni.

Venerdì pomeriggio i miei non si erano ancora fatti sentire, quindi immaginai di essere scampata all'obbligo di stare in famiglia. Avevo ricevuto un messaggio da Margot, che mi chiedeva di ripensarci per quella domenica visto che era il mio compleanno. Le avevo risposto che sarei stata contenta di andare se anche Rule fosse stato invitato e poi non l'avevo più sentita. Ayden era vaga su quello che aveva in serbo e la cosa mi rendeva nervosa. Mi sarebbero andati bene ancora il sushi e il cinema, ma lei insisteva che dovevamo cambiare, lanciarci in un'avventura e fare qualcosa di nuovo. Quelle parole e il suo atteggiamento ostinato erano la ricetta giusta per un disastro, ma cercavo di restare di umore positivo perché lei voleva solo essere carina con me.

Stavo uscendo dal corso di Anatomia e scrivendo un messaggio a una collega per ricordarle che quella sera avrebbe dovuto fare il mio turno fino alla chiusura, quando andai a sbattere contro qualcuno e indietreggiai subito, impaurita e irritata. Davanti a me c'era Gabe, ben stirato e pettinato come sempre. Pareva che si fosse passato ininterrottamente le mani tra i capelli scuri, e quando allungò una mano per tenermi in piedi scattai così in fretta all'indietro che quasi caddi sul sedere.

«Cosa stai facendo?». Avrei voluto sembrare indignata e ostile, ma avevo la voce rotta e dovetti schiarirla per ritrovare un contegno. I suoi occhi azzurri scrutavano attentamente i miei e mi chiesi come diavolo avessi fatto a trovarlo attraente, mentre adesso mi dava solo sui nervi.

«Uh... non rispondi alle mie chiamate e ultimamente è difficilissimo rintracciarti».

«Perché non voglio parlarti né vederti. Togliti di mezzo».

«Shaw, aspetta». Alzò una mano, trasse qualcosa di tasca e me lo porse. «So che domani è il tuo compleanno e volevo darti una cosa per farti capire che sono dispiaciuto per il mio comportamento. L'idea che fossi passata a quel fenomeno da baraccone mi faceva impazzire, ma tua madre mi ha spiegato che le cose tra voi non stanno così. Prendi». Mi porse la scatola in velluto e io indietreggiai come se avesse in mano un serpente vivo.

«Non la prendo, non prenderò niente da te. Lasciami in pace, Gabe. Sul serio».

«Senti, Shaw, non puoi credere davvero che ci possa mai essere qualcosa tra te e quel ragazzo. Tua madre mi ha detto che sei cotta di lui da anni e lui non ti ha mai guardata. Non sei il suo tipo, sei troppo brava per lui e lui lo sa. Dammi solo un'altra possibilità; stiamo così bene insieme».

Avrei voluto dargli un pugno, ma lasciai che il ghiaccio che mi invase a quelle parole smorzasse la rabbia che sentivo crescere.

«No». Non dissi altro, solo "no", perché non ero tenuta a spiegare niente, né i miei sentimenti né il fatto che quasi tutto ciò che aveva detto su Rule era vero, e io lo sapevo. Non si trattava di essere *troppo brava* per lui, ero solo troppo *me stessa* perché lui mi vedesse diversamente da come mi aveva sempre visto ed erano anni che avevo fatto pace con quella cosa. Indietreggiai di qualche altro passo, traballante, girai sui tacchi e corsi via da lui. Lo sentii gridare il mio nome, ma non mi interessava, filai via e basta. Cominciava davvero a farmi paura e il fatto che mia madre gli avesse rivelato i dettagli più intimi della mia vita mi dava la nausea. Non riuscivo a credere che una donna che non si era nemmeno preoccupata di appuntarsi la data in cui avrei lasciato la sua casa per andare all'università si fosse accorta dei miei sentimenti per Rule. Se Gabe non l'avesse smessa, avrei dovuto cambiare il mio numero di cellulare e forse richiedere un ordine restrittivo nei suoi confronti.

Quando arrivai a casa l'appartamento era vuoto e, come una stupida, mi assicurai che tutte le porte fossero chiuse a doppia mandata e che all'ingresso ci fosse il chiavistello. Mi nascosi in camera mia a studiare e mi crogiolai nell'autocommiserazione che minacciava di soffocarmi. Non mi ritenevo eccessivamente estroversa e ottimista, conseguenza degli anni passati rinchiusa in casa e dei goffi rapporti sociali a scuola. Per un po' Remy era riuscito a farmi tirare fuori la testa dal guscio ovattato in cui ero solita rintanarmi. Avevo pensato davvero che una volta andata via da Brookside per studiare all'università sarei diventata indipendente, solo che Remy era morto e io stavo ancora cercando disperatamente di essere all'altezza delle aspettative di persone che non apprezzavano i miei sforzi.

Mi vestivo e mi comportavo bene perché i miei genitori non si scordassero del tutto della mia esistenza. Facevo da baby-sitter a Rule e tolleravo il suo comportamento terribile perché volevo che Margot e Dale si ricordassero che lui aveva bisogno e si meritava il loro amore proprio come era stato per Remy. Indossavo una divisa ridicola al lavoro e sopportavo ragazze stupide e clienti ubriachi perché Ayden si meritava una coinquilina affidabile sulla quale poter contare. E soprattutto fingevo che avere a che fare con Rule e guardarlo mietere vittime tra le giovani donne di Denver non mi importasse e non mi facesse morire dentro. E andare avanti così giorno dopo giorno cominciava a trasformare i pezzetti della vera me in un'ombra.

Inizialmente avevo accettato di uscire con Gabe perché, in modo molto vago, mi ricordava Rule. Aveva i capelli scuri, gli occhi chiari, e anche se era un figlio di papà dall'aspetto curato, in lui c'era comunque un non so che di dispettoso che aveva superato le mie normali riserve. Dopo i primi appuntamenti avevo capito che non era scattata la scintilla, che non c'era mai stata. Ero sempre in cerca di qualcosa, o piuttosto di qualcuno, che non c'era. Gabe si era mostrato educato e piacevole fino a quando aveva capito che non volevo passare all'intimità sul piano fisico. Sei mesi erano tanti per prendere in giro qualcuno, lo sapevo, ma ciò non giustificava il suo strambo comportamento ossessivo e aggiungeva un ulteriore fardello sulle mie spalle.

Ero pronta a lasciar perdere tutto. Infilai i pantaloni della tuta e mi rannicchiai sotto le coperte per guardare qualche film. Ayden non sarebbe rientrata dal lavoro fin dopo le due, quindi sarei rimasta sola con il mio broncio. Avrei dovuto essere fuori, avere un telefono pieno di amici da chiamare e con i quali passare un raro venerdì sera libero, ma non era così, ed era triste. Mi mancavano solo due gatti e un barattolo di gelato per completare quella scena patetica. A un certo punto dopo il secondo film romantico e la consegna del cinese, giurai di accettare qualsiasi cosa Ayden avesse in serbo per il mio compleanno il giorno dopo, perché quel che stavo facendo in quel momento era deprimente. La mia coinquilina aveva ragione, dovevo divertirmi, rilassarmi e ci sarei stata qualsiasi cosa avesse deciso. Mi addormentai davanti a un'altra sfigata che aveva bisogno di un trucco fantastico perché per qualche motivo il ragazzo che le piaceva non riusciva a vedere quanto fosse bella sotto gli occhiali e i capelli in disordine.

Mi svegliai la mattina seguente con i messaggi di auguri di Rome e di mio padre. Come al solito, non c'era niente da parte di mia madre e, per quanto odiassi ammetterlo, mi rattristai nel vedere che Margot non mi aveva scritto. Decisi di preparare la colazione e andai in cucina. Restai sorpresa dal bel bouquet sul tavolo e feci un balzo all'indietro nel leggere il mittente del bigliettino. Dovevo seriamente fare qualcosa per Gabe.

Ayden si alzava sempre presto; andava a correre ogni mattina, a prescindere da quanto avesse fatto tardi la sera prima al lavoro. Accennò ai fiori con la tazza e fece una smorfia. «Erano sul portico quando sono tornata dalla corsa».

«Forse dovrei chiedere un ordine restrittivo».

«Suo padre non è mica un giudice o qualcosa del genere?».

Sospirai. «Sì». Far capire a Gabe di stare alla larga sarebbe stato più difficile di quanto avessi pensato. «Vuoi che prepari la colazione?».

Scosse la testa e i suoi occhi brillarono per l'eccitazione. «No, ho in programma per te il miglior giorno del compleanno nella storia dei compleanni. Per prima cosa, andiamo da Lucile's».

Adoravo Lucile's. Era un famoso ristorante cajun a Washington Park e probabilmente uno dei pochi fuori da New Orleans dove trovare un autentico *beignet*.

«Sì! Che bello. Cos'altro c'è in programma per oggi?»

«Shopping».

Feci una smorfia perché odiavo lo shopping. Portavo un'uniforme ridicola al lavoro e abiti costosi e firmati che i miei genitori insistevano a farmi mettere perché mi vestissi in funzione del mestiere a cui puntavo e non di quello che avevo – a quanto pareva nessun tipo di medico se ne andava in giro in jeans e maglietta, nemmeno quando non era di turno.

Nel vedere la mia faccia, Ayden mi rivolse un ghigno malefico. «No, non saremo due ragazze ricche che fanno acquisti, ma due universitarie che fanno shopping per tutti i giorni. Andremo al centro commerciale, nel mio negozio dell'usato preferito, in quel bel negozio vintage in Pearl Street e tu, amica mia, non potrai spendere più di cinquanta dollari per pezzo. Niente scarpe alte da duecento dollari, niente twin-set in cachemire da cinquecento dollari e niente pantaloni perfetti su misura cuciti a mano da monaci ciechi delle Ande o che altro. Saremo solo due amiche normali che passano la giornata a spendere tutte le mance per delle stronzate inutili».

In effetti, sembrava divertente ed era qualcosa che non avevo mai fatto. «E poi», spalancò in modo drammatico gli occhi color whisky, «andremo al salone di bellezza e ci faremo fare capelli, mani e piedi. Una tipa nel mio corso di Chimica inorganica ha dei capelli stupendi, brillano come l'arcobaleno, e dice che quel posto è il massimo. Perciò ci faremo belle, ci infileremo i nostri vestiti nuovi da ragazze normali e andremo a cena in quel ristorante brasiliano che moriamo tutte e due dalla voglia di provare».

Pareva fantastico, tutto quanto. Stavo per lanciarmi e abbracciarla per la gratitudine ma lei alzò una mano. «Non ho finito». Sparì nella sua stanza per un minuto e tornò con una busta rosa. «Poi prenderai questo regalo di compleanno fighissimo e assolutamente necessario che ti ho comprato e uscirai con me. E non sto parlando di Dave and Buster's o di Old Chicago, voglio dire *uscire uscire*. Ti farò divertire per bene, o che io possa morire, che cavolo».

Aprii la busta con una certa trepidazione. Non sapevo cosa intendesse con "uscire uscire". Dentro c'era un piccolo regalo dalla carta lucente che a prima vista assomigliava a una carta di credito. Lessi il dolce biglietto d'auguri, tolsi con attenzione la carta e restai senza fiato davanti a ciò che mi guardava. «Ayd, non posso usarla».

Sulla carta d'identità c'erano la mia faccia e la mia data di nascita, ma di un anno in più, e sembrava proprio una patente del Colorado. In effetti era talmente uguale a quella nel mio borsellino che la differenza era minima.

«Oh, sì che puoi. Hai passato vent'anni a fare la brava bambina per tutti e sono stanca che soffochi te stessa. La maggior parte delle ragazze della tua età esce, si intrufola nei locali, bacia dei ragazzi, ha avventure di una notte, litiga con le amiche per questioni ridicole mentre tu, Shaw, tu non fai niente di tutto ciò. Stasera prenderai questa carta d'identità e uscirai con me e ti comporterai come qualsiasi ventunenne idiota che conosco. Berremo troppo, faremo le stupide e ci divertiremo – te lo meriti. Non riesco a ricordarmi l'ultima volta che ti ho visto sorridere o ridere. Stai lasciando appassire la tua anima per essere qualcuno che non sei e non ce la faccio più a starti a guardare».

«Compirò ventun anni l'anno prossimo». Non so perché mi fosse parso un valido argomento contro i suoi più che accurati, ma per qualche motivo mi uscì dalla bocca.

Lei scosse la testa. «Chissenefrega! Oggi compi vent'anni e vivi come se ne avessi cinquanta». Quelle parole mi colpirono perché nell'ultimo viaggio a Brookside, Rule mi aveva detto praticamente la stessa cosa. Con un sospiro ripensai al proposito della notte precedente di piegarmi ai piani di Ayden e di lasciarmi andare per una volta. Sistemai i capelli dietro le orecchie e allargai le spalle.

«Ok».

Con le sopracciglia aggrottate, Ayden alzò lo sguardo. «Ok?»

«Sì. Facciamolo. Che il divertimento e i festeggiamenti sfrenati per il mio compleanno abbiano inizio». Cacciò un urletto così acuto da farmi male alle orecchie e fece di corsa il giro del tavolo per stritolarmi con un abbraccio.

«Fidati di me, Shaw, non ti scorderai mai di oggi». Aveva ragione, perché a fine serata quel compleanno mi avrebbe cambiato la vita.

La colazione fu fantastica. Ci ingozzammo talmente tanto di squisitezze fritte che, arrivate al centro commerciale, dovetti fare qualche giro per muovermi un po'. Provai un milione di jeans e ne comprai diversi. Acciuffai un paio di All Star che avevo sempre voluto ma non avevo mai potuto avere. Feci scorta di T-shirt e canottiere. Al negozio dell'usato scovai una bella giacca di pelle vintage e due camicie da cowboy con i bottoncini di perla che sarebbero state benissimo con i miei nuovi jeans attillati. Al negozio vintage persi la testa per tutti i vestiti stile anni Cinquanta e Sessanta. Con alcuni sembravo un personaggio di *Mad Man* e con altri Bettie Page, ma più bassa. Comprai delle scarpe col tacco blu pavone con piume di lustrini sui lati e un bel cappellino a tamburello che probabilmente non avrei mai messo ma che adoravo. Cosa più importante, però, risi per ore con Ayden mentre ci provavamo un capo dopo l'altro. Era come se mi fossi tolta un peso enorme dal petto. Fu divertente, per farla breve, ed era triste che avessi scordato come ci si sentiva.

Al salone di bellezza mi feci mettere lo smalto fucsia a mani e piedi e, per gioco, feci aggiungere delle stelline nere. Era bello e del tutto diverso dai colori pallidi e perlati che usavo di solito. La ragazza che me l'aveva messo aveva dei rasta verde acceso e un tatuaggio sulla fronte, perciò avvertii un brivido di eccitazione quando mi rivolse un sorriso d'approvazione. Lo staff del salone era figo e avevano tutti un'aria rock and roll. In genere mi sarei sentita fuori posto e sarei stata riservata, ma erano tutti così simpatici e amichevoli che era impossibile non rilassarsi e divertirsi. Il tipo che mi sistemò i capelli era un grosso afroamericano palesemente gay con la testa pelata e lucida e un grande occhio tatuato. Era leopardato dalla testa ai piedi e portava delle scarpe che di certo costavano più delle mie. Fu dolce, disse che i miei capelli erano stupendi e mi suggerì di scalarli per dargli volume e fargli prendere vita. Accettai e gli chiesi persino se potesse fami un colore nuovo. Avevo i capelli così chiari che di solito non li tingevo semplicemente perché mi sembrava esagerato. I suoi occhi scuri brillarono di eccitazione quando gli chiesi qualcosa di forte ma comunque dignitoso. Alla fine mi lasciò il mio biondo cenere e tinse di nocciola i capelli sotto. Era fantastico, diverso, ma abbastanza celato da non essere allarmante. La cosa che preferivo era che aveva diviso in due la mia frangetta liscissima e aveva tinto di scuro solo un lato. Era un taglio alla moda e così diverso dal solito, per me. Uscendo, lo abbracciai forte per la gioia e lui fece altrettanto, molto probabilmente perché gli avevo lasciato una mancia sufficiente per un fine settimana fuori porta. Ma non mi interessava, perché ero stupenda.

Tornammo a casa di corsa per farci belle per cena. Indossai uno dei miei nuovi outfit, una gonna a tubino attillatissima e un top blu trasparente sopra una canottiera nera. Arricciai i miei capelli, mi truccai più del solito e decisi che, per non farmi mancare niente, avrei messo i miei nuovi bellissimi stivali neri che parevano adatti a una pubblicità della Harley Davidson. Davano al mio look quella grinta che sentivo di avere dopo aver lasciato a briglia sciolta la vera Shaw per tutto il giorno.

Al ristorante, grazie al vestito rosso aderente di Ayden, che faceva sembrare infinite le sue gambe già lunghe, il cameriere sbavava praticamente nella nostra acqua ogni volta che si fermava per riempirci i bicchieri. Dovetti provare la mia nuova carta d'identità ordinando un drink, e funzionò a meraviglia. Prima che me ne rendessi conto, eravamo tutte e due sbronze e ci divertivamo un sacco saltando da un locale all'altro a LoDo e tra quelli di tendenza a Capitol Hill. Con mia sorpresa, nella maggior parte non dovetti nemmeno mostrare il documento falso – una gonna stretta e la scollatura in bella vista sortivano lo stesso effetto.

Ridevo come una pazza mentre Ayden imitava un ragazzo che si sbracciava sulla pista da ballo. Avevamo attirato l'attenzione ovunque fossimo state e avevamo pagato pochissimi drink. Al momento, un tipo della University of Colorado Boulder mi stava raccontando della sua illustre carriera nel football, o piuttosto lo stava raccontando alle mie tette, perché non aveva mai alzato lo sguardo dalle bambine. Ayden alzava gli occhi al cielo e cercava di evitare un tizio in giacca e cravatta che si era offerto di farle gratis la dichiarazione dei redditi in cambio del suo numero. La serata era leggera e divertente e non dovetti impegnarmi molto per flirtare o fare la carina perché ero sulla buona strada per ubriacarmi, quindi la conversazione era fuori questione. Dovevo solo sorridere e sedermi bene sullo sgabello, due cose in cui stavo diventando molto brava. Davanti a me comparve un altro Cosmopolitan, di cui non avevo certo bisogno, e Mister Football si chinò un po' più verso di me quando d'un tratto si fece sentire il mio sesto senso, o forse il mio meccanismo di reazione "combatti o fuggi".

Alzai la testa e mi voltai sullo sgabello, gambizzando praticamente il giocatore di football. Mi guardai intorno, allungai il collo per vedere come mai avessi la pelle d'oca, ma scorsi solo la normale folla che si mischiava in un locale. Il tipo cercò di recuperare la mia attenzione accarezzandomi il braccio con un dito, un gesto che avrebbe dovuto essere sexy, ma ormai ero ubriaca e innervosita e volevo solo che smammasse. Di colpo ero pronta ad andare e mi guardai intorno in cerca di Ayden per prendere un taxi e uscire da quel posto. Prima che ci riuscissi, sentii scivolare una mano calda sotto i miei capelli e sistemarsi sulla nuca. Una voce profonda mi disse nell'orecchio: «Come cazzo hai fatto a entrare, Casper? E cos'hai fatto ai capelli?».

Il giocatore di football strabuzzò gli occhi perché, be', Rule era Rule. Il groviglio di spuntoni viola era scomparso. Aveva rasato i capelli sui lati e li aveva tinti e pettinati in un'impressionante cresta bianca, alta diversi centimetri. Indossava una camicia nera aderente con un teschio in fiamme con un elmo vichingo, che lasciava in bella mostra le braccia tatuate, dei jeans dello stesso colore con un buco sul ginocchio e i pesanti stivali neri da motociclista. Accanto al giocatore con il maglione col collo a V sarebbe dovuto apparire sciatto, ma non era così. Aveva un'aria sexy, trasandata, di qualcuno che di certo non si voleva far arrabbiare. Lo studente si allontanò in fretta dal tavolo e svanì tra la folla.

Ero ubriaca, probabilmente non lo stato migliore per scontrarsi con Rule, ma mi piacevano i miei capelli e lui non avrebbe guastato la mia festa di compleanno, soprattutto visto che non si ricordava nemmeno che giorno fosse. Scansai la sua mano e ingollai il mio drink amaro in un colpo solo.

«Cosa ci fai tu qui?».

Lui sollevò un sopracciglio e si sistemò nel posto lasciato libero dal giocatore di football, guardando il mio top dalla scollatura profonda. «Questo locale è vicinissimo allo studio, io e Nash ci fermiamo sempre dopo il lavoro. Ho appena finito con un cliente. So che controllano i documenti all'ingresso, come hai fatto a entrare?».

Spostai i capelli dietro la spalla, come avevo visto fare a un sacco di fastidiose ragazze, solo che caddi praticamente dallo sgabello, cominciando a capire che pessima idea fosse stata bere d'un fiato l'ultimo drink. Mi aggrappai al bordo del tavolo e Rule allungò una mano per tenermi in equilibrio. Sentii bruciare il braccio nel punto in cui lo stringeva. Avrei dovuto ascoltare la risposta "combatti o fuggi" un minuto prima. Mi portai una mano alla fronte perché avevo caldo e d'un tratto mi sentivo sudata. «Devo andare». Faceva troppo caldo, c'era troppo rumore e se non fossi uscita all'aria fresca, diciamo all'istante, ero abbastanza sicura che avrei vomitato ovunque.

Provai ad alzarmi, ma la stanza cominciò a girare e dovetti stringere i bicipiti di Rule per stare in piedi. Ero così contenta di aver scelto gli stivali e non i tacchi, altrimenti sarei caduta di faccia.

«Chi guidava?». La voce di Rule mi giunse da lontano e sentii il suo profumo buonissimo. Con un sospiro mi appoggiai a lui e nascosi il naso contro il suo collo. Era così alto che dovetti fare leva sul suo braccio per arrivarci. «Sul serio, Shaw, come sei arrivata qui?»

«Io e Ayden abbiamo preso un taxi».

«Dov'è lei?»

«Con un banchiere. Devo andare a casa». Le gambe molli per l'alcol cominciavano a tremarmi e lui mi serrò la vita con un braccio, tenendomi ancorata al suo petto. Era una piacevole sensazione. Senza pensarci, gli cinsi il collo con entrambe le braccia. Era bello come avevo sempre saputo.

«La sua coinquilina è qui in giro; vedi se riesci a beccarla? Io la porto a casa nostra». Non capivo bene con chi stesse parlando ma una voce familiare borbottò qualcosa in segno di affermazione. Poi venni trascinata fuori dal locale. Abbassai la testa per l'aria fredda di gennaio e Rule mi spostò al suo fianco, tenendomi un braccio intorno alle spalle. Gli strinsi la vita snella e mi rannicchiai contro di lui. Era logico che la vodka mi facesse comportare come una matta, ma non riuscivo a fermarmi.

«Siamo appena a tre isolati da casa mia. Ti infilerò in gola un litro di caffè e delle patatine o un *burrito* congelato e poi ti metterò su un taxi. Sei persino più pallida del solito e se provassi a salire in macchina adesso vomiteresti dappertutto. Perché sei ubriaca e ti sei vestita tutta sexy stasera?».

Tremai un po' per il vento sulle gambe nude. Voltai il naso freddo verso il suo petto e inspirai. Sapeva di antisettico dello studio, sigarette di Nash, prodotti per capelli della sua cresta e sotto a tutto ciò c'era il suo odore, caldo e avvolgente. In sei anni, non gli ero mai stata così vicino tanto a lungo. Bastò per sovreccitare il mio corpo bisognoso di sesso e zuppo d'alcol.

«Mi trovi sexy?». Mi parve quella la parte importante del discorso. Ci fermammo a uno stop e lui abbassò su di me gli occhi chiari palesemente esasperati.

«Shaw, ogni ragazzo al locale ti girava intorno come se fossi un'esca in un mare pieno di squali. Lo sai che stai bene, anche se per me non importa. Quello che importa è perché di colpo ti vesti e ti comporti come un'altra persona. Cosa ti sta succedendo?».

Avrei voluto rivolgergli uno sguardo torvo ma era troppo difficile, soprattutto visto che la sua maglietta si era sollevata sulla schiena e il mio braccio strisciava contro la sua pelle calda e sensuale. Incespicai giù dal marciapiede mentre percorrevamo un altro isolato e poi comparve il suo palazzo vittoriano che mi era familiare. Mi strinse più forte al suo fianco e non provai nemmeno a nascondere il lieve gemito che mi sfuggì. «Tutti pensano che io debba comportarmi in un certo modo – tu, i miei genitori, i tuoi genitori, le ragazze al lavoro, Gabe. Tutti vogliono sempre che io sia questo, che faccia quello, che mi comporti bene, che stia in riga e ne ho le scatole piene. Forse per una volta voglio solo comportarmi come voglio io, e sentirmi come voglio io, senza che qualcuno mi giudichi e si aspetti qualcosa in cambio da me».

Rimase in silenzio mentre salivamo i gradini verso il suo appartamento. Forse stava cercando di tradurre il mio discorso da ubriaca perché persino io mi ero accorta che biascicavo e mi battevano i denti. Aprì la porta e girò la serratura. Dentro faceva caldo, perciò tolsi la giacca e mi passai le mani tremanti tra i capelli. Lo guardai con occhi annacquati e quasi inghiottii la lingua. Era appoggiato alla porta e mi fissava con gli occhi socchiusi. Non mi lanciava frecciatine sarcastiche né mi ignorava, mi guardava e basta. Mi concessi un sospiro e sentii sulla lingua il sapore aspro del succo di mirtillo rosso.

Feci qualche passo instabile verso di lui. Era così alto che dovetti mettermi in punta di piedi per arrivargli all'orecchio. Appoggiai una mano sulla sua spalla e l'altra sulla porta accanto alla sua testa e sussurrai: «È il mio compleanno, Rule».

Mi aspettavo che si scostasse, che mi spostasse con gentilezza, invece allungò le braccia e mi cinse i due lati della vita con le mani. Per un secondo, i suoi occhi chiari brillarono e la sua bocca si contorse verso il basso, con un luccichio dell'anello al lato del labbro. «Mi dispiace, Shaw. Non ne avevo idea».

Feci spallucce e mi avvicinai a lui ancora di più. «Va tutto bene, nemmeno la mia famiglia se n'è ricordata». Ero così vicina da avere il petto schiacciato contro il suo. Avvertii che quella vicinanza aveva un effetto su di lui. Se non avessi dovuto concentrarmi per stare in equilibrio perché ero in punta di piedi, avrei anche potuto riderne. Tutto quello che avevo sempre voluto nella vita era di colpirlo, di fargli provare qualcosa, qualsiasi cosa, che non fosse semplice sopportazione nei miei confronti.

«So cosa puoi fare per me per renderlo ufficialmente il miglior compleanno della storia». Avrei voluto avere un'aria sicura, sexy e sensuale, ma di certo sembravo solo eccitata e sbronza. Non mi importava. Ero lì, la vera me, quella che lo desiderava disperatamente e l'aveva sempre voluto. E ormai non c'era più modo di rimetterla in gabbia. Non pensavo, non ragionavo, sfruttai semplicemente la presa su di lui per sollevarmi ancora di più e schiacciare la mia bocca sulla sua. L'anello sul suo labbro era freddissimo, ma tutto il resto di lui era innegabilmente caldo e duro. Era tutto ciò che avevo sempre desiderato e, anche se lui non ricambiò il bacio, per me era comunque il più bel regalo di compleanno di sempre. Stavo per riappoggiare del tutto gli stivali a terra quando qualcosa cambiò e, da destinatario passivo, Rule si trasformò in qualcosa di completamente diverso.

Capitolo cinque
Rule

Shaw era sbronza – davvero, davvero sbronza. Vestita in quel modo pareva uscita da una fantasia rétro e i suoi stivali mi facevano venire l'acquolina in bocca. Ero stato scontroso e imbronciato per tutta la settimana – se n'erano accorti gli amici, se n'erano accorti i clienti, se n'era accorta la tipa che avevo piantato in asso sabato sera. Non riuscivo a capire come mai. All'inizio avevo pensato che fosse per Rome, ero incazzato perché non diceva semplicemente alla mamma di crescere e superare le sue nevrosi. Volevo passare del tempo con lui, che ci divertissimo insieme prima che lo rispedissero nel deserto, ma lui non era pronto ad abbandonare la speranza di poter aggiustare i frantumi della nostra famiglia e io non volevo litigare con mio fratello, l'eroe di guerra del cavolo. Avevo pensato che forse mi serviva solo una scopata, ma la bionda sexy con cui ero tornato a casa sabato aveva cominciato a darmi fastidio già durante il tragitto in macchina. Arrivati nella sua stanza, l'ultima cosa che volevo era vederla nuda, quindi me l'ero filata. Domenica era arrivata e passata, e il mio umore si era fatto ancora più nero. I ragazzi avevano proposto di andare al Goal Line, pensando che forse per scacciare il malumore avessi bisogno di una dose di assalti verbali da parte di una gelida biondina, ma io avevo rifiutato e avevo passato la giornata a rimuginare e giocare a *Call of Duty*. Non sapevo assolutamente quale fosse il problema, ma davanti a Shaw ubriaca cominciavo a farmene un'idea.

Per giorni non ero riuscito a togliermi dalla testa l'immagine di lei e del suo sedere con i pantaloncini a balze. Datemi del superficiale, del maiale sciovinista, ma vederla in versione così informale e con quell'abbigliamento succinto me la mostrava sotto una luce completamente nuova. Era come se me l'avessero presentata di nuovo, come se la signorina puritana e a modo che Remy aveva venerato fosse stata spodestata da una studentessa sexy che mi aveva fatto stare sveglio di notte a fare pensieri a luci rosse. Adesso che mi guardava con quegli occhioni e ondeggiava instabile, sapevo che la cosa giusta da fare era rimetterla in sesto e mandarla per la sua strada. Ma poi lei mi baciò e io mi scordai persino il mio nome. All'inizio ero troppo scioccato per reagire, cioè, avevo baciato centinaia di ragazze ed era sempre bello, ma con Shaw non era solo bello, mi faceva andare fuori di testa.

Quando il mio sangue riprese a scorrere anche sopra la cintura, mi accorsi che lei si stava staccando, o piuttosto allontanando. E sì, ero un idiota patentato perché sapevo che era sbronza e che, in pratica, era ancora la ragazza del mio gemello. Ma nulla di tutto ciò mi fermò, perché lei aveva un sapore dolce e amaro, migliore di qualsiasi cosa ricordassi in tutta la mia vita, perché portava un top aderente che sfregava in modo sensuale sul mio petto, e perché mi cingeva il collo con le mani e giocherellava con gli spuntoni in fondo alla mia nuova acconciatura – insomma, mi andò tutto dritto al cazzo, che mi gridava di fare qualcosa. E, da bravo bastardo, lo feci.

La sollevai perché era bassa ed ero stanco di stare piegato. Aveva la gonna attillata, che alzai e arrotolai senza fatica sui suoi polpacci torniti, perché mi stringesse le gambe intorno alla vita. Ansimò. Magari le avrei lasciato in pace la bocca se lei non avesse sfruttato la nuova posizione per sfregarsi contro la mia erezione e infilarmi le mani sotto la maglietta.

Tra tutte le cose che avevo pensato di Shaw, di certo non c'era il fatto che, toccandola nel modo giusto, sarebbe esplosa come una bomba. Sembrava sempre così fredda e composta, ma adesso mi stava togliendo la maglietta dalla testa e con la lingua giocava con il mio anello al labbro tanto da farmi incrociare gli occhi. Sapevo che nel giro di qualche minuto Nash sarebbe potuto entrare dalla porta con la sua coinquilina e che dovevamo smetterla. Non sarei mai riuscito a vivere in pace con me stesso se avessi permesso che la situazione ci sfuggisse di mano quando lei era ubriaca. Mi fermai quando lei si ritrasse e la appoggiai a terra davanti a me sui piedi incerti. Pensai che forse, solo forse, anche ubriaca marcia sarebbe stata lei la voce della ragione.

Invece mi guardava con quegli occhi color giada socchiusi e si leccava le labbra che avevano subìto un esame accurato – per mia gentile concessione. Non c'era mai stato niente di più sexy al mondo.

Cominciò a tirare i lacci del top di seta e si avviò verso la mia stanza. Mi ero scordato che sapeva dov'era, che conosceva casa mia – che aveva le chiavi, che cavolo. Ero sul punto di dirle di fermarsi, che l'avrei messa a letto per smaltire qualsiasi cosa avesse, ma mentre la seguivo il top blu cadde a terra, seguito dalla canottiera nera e dalla gonna, che le stava benissimo su quel suo culetto. Raccolsi i vestiti e provai a calmarmi. Non potevo farlo, non l'avrei fatto. Era già abbastanza brutto che l'avessi baciata come un assetato di sesso. Dovevo riprendere il controllo, come il giorno prima. Quella era Shaw, non un'ochetta incontrata in un locale, che potevo sbattere fuori senza pietà la mattina dopo senza più parlarle.

«Shaw». Si voltò a guardarmi e, per un secondo, non capii più niente. Lasciai cadere a terra il mucchietto di vestiti che reggevo e cercai di staccare la lingua dal palato. Avevo visto un sacco di ragazze nude, ma nessuna di loro era lei, nessuna ci andava vicino. In qualche modo riuscì a togliersi gli alti stivali da motociclista senza cadere di faccia e mi fissò con gli occhioni verdi, con indosso solo un po' di pizzo, più bello da guardare che funzionale – ogni buona intenzione, ogni idea di fare il bravo, di fare la cosa giusta andarono a farsi benedire.

Aveva capelli chiarissimi, una perfetta carnagione pallida, una vita sottile e un seno alto che implorava "Dio, toccami". Il suo corpo era fatto apposta per far ammattire gli uomini e io non ne ero immune. Azzardai un passo verso di lei, chiudendo la porta alle mie spalle. Da qualche parte la mia coscienza mi sussurrava di metterla a letto, cercare una bottiglia gigante di Crown in cui rintanarmi e farmi una doccia fredda per tenere a bada la libido, ma non sarebbe successo niente di tutto ciò perché lei mi venne incontro a metà strada e con le mani andò dritta alla fibbia della mia cintura.

«Shaw», ripetei. Le misi le mani sulle spalle e, mentre io pensavo di allontanarla, il mio corpo mi tradì e mi ritrovai ad abbassarle le spalline del costoso reggiseno. Lei si schiacciò contro di me, mentre con le mani liquidava la mia cintura e la cerniera dei pantaloni. Le sue labbra fremevano sulla vena che pulsava sul mio collo. Mi accarezzò il petto e gli addominali, duri di desiderio. Infilò una gamba tra le mie e la sfregò contro la prova del fatto che non l'avrei fermata, pur sapendo che era la cosa giusta da fare.

«Smettila di pensare così tanto». Aveva la voce roca e carica di desiderio. Lei era l'ultima persona sulla faccia della terra con la quale avrei dovuto pensare di farlo ma, nonostante le obiezioni provassero a scalfire la mia voglia di averla, le slacciai il reggiseno con una mano e infilai l'altra tra i suoi capelli mentre le sigillavo la bocca con la mia.

Baciare Shaw era un'esperienza diversa dal baciare qualsiasi altra ragazza. Tanto per cominciare, era davvero brava.

La maggior parte delle donne si perdeva o restava confusa dall'anello al labbro e dalla pallina di metallo al centro della mia lingua, ma Shaw non si curava di nessuna delle due e mi baciava come se fosse nata per farlo. Era anche molto più bassa della maggior parte delle tipe con cui uscivo di solito, quindi c'era tutto un gioco di piegamenti per allineare le parti migliori dei nostri corpi. A quanto pareva, non le importava che io fossi un po' brusco, di colpo impaziente. Se mi fossi preso troppo tempo per capire quello che stavamo facendo, avrei esitato e mi sarei fermato. E, ragazzi, non volevo per niente fermarmi, perché le sue mani si erano insinuate nei miei pantaloni e il mio uccello mi avrebbe ucciso se avessi staccato la spina in quel momento.

Mi abbassò i jeans sotto al sedere con uno strattone e io la sollevai, così da stare schiacciati dalle spalle fino alle cosce. Lasciai scivolare i pantaloni fino a terra e le diedi una spintarella, per farla cadere sul letto sfatto. Con qualche manovra e parolaccia riuscii a sfilarmi gli stivali e, quando strisciai sul letto, il mio cervello andò in cortocircuito perché lei mi aspettava solo con le mutandine in pizzo e un'aria sognante in viso. Da quel letto erano passate tante ragazze e in effetti il weekend precedente era stata la prima volta da tanto tempo che avevo passato la notte da solo. Malgrado la smania di farmi strizzare i testicoli, sapevo oltre ogni ombra di dubbio che nessuna di loro era mai stata come Shaw, distesa sulle lenzuola scure e sul piumone. Scrutò il mio corpo nudo con apprezzamento, non come se non l'avesse mai visto prima ma, adesso che ero steso sopra di lei, come se volesse dirmi "scopami" piuttosto che "Rule, sei volgare".

Passò la mano sul tatuaggio del cuore in fiamme che avevo al centro del petto e poi risalì sulle costole, su quelli giganti che mi coprivano gran parte del torace. La mia pelle era coperta da un sacco di colori e disegni e quando ero nudo era impressionante, tanto che altre mie partner meno avventurose ne erano rimaste sopraffatte. Cioè, non ero vanitoso né arrogante, ma sapevo di essere un bello spettacolo. Ero alto, asciutto e in forma e andavo in palestra diverse volte a settimana, ma niente di tutto ciò importava perché lei mi guardava come se fossi tutto quello che aveva sempre desiderato e la cosa mi dava in un certo senso alla testa. Avevo anche un piercing sulla punta del pene, a indicare che ero coraggioso e idiota, perché metà delle tipe che l'avevano notato non avevano saputo cosa farci. Shaw mi aveva visto abbastanza da sapere che l'avevo, ma non le importava. Lo accarezzò col pollice e io trattenni il respiro.

Capii che stavo lasciando decidere tutto a lei, che stavamo per fare sesso e ci eravamo detti a malapena una parola, che mi stava toccando, mi stava facendo impazzire e glielo stavo permettendo. Dovevo darmi da fare, quindi infilai le dita nelle minuscole mutandine e gliele abbassai lungo le gambe. Lei tremò e, adesso che era completamente nuda e intrappolata sotto di me, nei suoi occhi lucidi lessi una punta di trepidazione.

«Sei bellissima». L'avevo detto a molte altre prima, ma era la prima volta che lo pensavo davvero.

Mi prese la testa tra le mani e mi resi conto che la mia nuova acconciatura non era facilissima da gestire durante il sesso – non c'era niente a cui aggrapparsi, tra cui fare scorrere le dita, solo spuntoni intimidatori – ma non che le importasse più di tanto. Mi graffiò lo scalpo e mi rivolse un sorriso sbilenco. Non capivo se stesse svanendo l'effetto dell'alcol o se finalmente avesse capito che eravamo a letto nudi e stavamo per superare un confine definitivo, ma stava riaffiorando una traccia della Shaw che conoscevo.

«Anche tu, non dovresti, ma lo sei sempre stato. Mi ricordo che la prima volta che ti ho visto non riuscivo a credere che fossi il gemello di Remy. Lui era così bello, sempre in ordine, ma tu... Dio, Rule, tu eri perfetto».

Il fatto che avesse pronunciato il nome di Remy mentre mi stringeva l'uccello con la mano avrebbe dovuto essere come una doccia gelata in quel momento. Ma non fu così. Le diedi un bacio sotto l'orecchio e le mordicchiai il collo, e al suo gemito sentii qualcosa muoversi al centro del petto. Mi cinse il fianco con una gamba, premendo tutto il suo calore contro la mia erezione. Per un secondo sbattei gli occhi perché avevo la sensazione di scordarmi qualcosa. Lei mi stringeva le spalle con le braccia e ansimava, e io le tempestai di baci i capezzoli turgidi. Proprio quando stavo per permetterle di accogliermi, sentii un brivido di apprensione lungo la spina dorsale e mi staccai da lei. «Il preservativo».

Facevo sesso da quando avevo quattordici anni e chiunque fosse la ragazza o per quanto fossi sbronzo, non me lo dimenticavo mai. Il fatto che lei mi avesse fatto girare la testa e che fossi così preso da quello che stavamo facendo da mettere quasi a rischio tutti e due, mi spaventò a morte.

«Ne ho uno nella borsa». La guardai e sbattei le palpebre.

«Ne ho una scatola nel comodino, Shaw. Dài, vuoi farlo davvero? Pensaci, sei ubriaca persa. Probabilmente te ne pentirai domattina».

Si mise a sedere e i suoi bei capelli bicolore le ricoprirono il seno gonfio. Era proprio come in tutti i sogni spinti che avevo fatto su di lei e non riuscivo a credere che stessi cercando di dissuaderla davvero. Di colpo i suoi occhi si inumidirono e capii che stava per piangere. Fece per scendere dal letto, ma la presi tra le braccia e la feci voltare, per stare di nuovo allineati.

«Non piangere».

«Non mi hai mai voluto».

Ero stupito e rimasi a bocca aperta. «Uh... sono abbastanza sicuro che puoi sentire la prova del fatto che non è vero. Anzi, l'hai appena tenuta stretta tra le tue manine bollenti».

Scosse la testa e i suoi capelli biondi e setosi mi sfregarono il petto. «Non è quello che intendo».

«Che vuoi dire?». Si dimenò e allungò un braccio verso il cassetto del comodino. Se fosse stata un'altra mi sarei incazzato, ma era Shaw. Non c'era niente in quel cassetto che potesse sorprenderla né farla arrabbiare, compresa la pistola carica. Sentii uno strappo e le sue mani di nuovo sotto la vita. Non ricordavo di essermi mai lasciato mettere un preservativo né che fosse così bello.

«Rule, è il mio compleanno e la mia vita è quasi sempre un gran casino, per una volta potresti fare qualcosa di carino per me, per favore?».

Quale aitante americano avrebbe respinto una biondina sexy da paura e nuda che gli chiedeva di farla contenta? Non io, no di certo, perciò la baciai di nuovo, lasciai scivolare la lingua contro la sua e le sollevai una gamba sul mio fianco. Sapevo quel che facevo in quelle situazioni, o così mi piaceva pensare, perché dopotutto avevo molta più esperienza di quanto volessi ammettere, ma per qualche ragione con lei mi pareva che fosse tutto nuovo. Lei rispose al bacio e ansimò piano mentre la penetravo. Era stretta, piccola, calda e bagnata, e sarei morto se non fossi entrato del tutto nel giro di un secondo.

Sussurrò il mio nome contro il mio collo e inarcò la schiena. Affondò le unghie nelle mie spalle e io la sollevai un po' per arrivare fino in fondo. Imprecai e lei restò di ghiaccio perché sentii chiaramente una certa resistenza, ma ero troppo preso e lei era troppo eccitata per fermarsi. La vidi spalancare gli occhi e formare con la bocca una piccola O di sorpresa e dolore.

«Che cazzo, Shaw».

Scosse la testa, mi cinse il fianco con l'altra gamba e si spostò contro di me, facendomi pronunciare tutte le parolacce che conoscevo. «Non fermarti. Rule, ti prego non fermarti». Ansimava e comunque era troppo tardi per quell'opzione. Stare dentro di lei era la sensazione più bella che avessi mai provato in vita mia e non mi sarei mai fermato, a meno che non volessi camminare in modo strano fino ai trent'anni. Infilai le dita di una mano tra i suoi capelli e appoggiai il peso sull'altra, per non schiacciarla, e mi preparai al sesso migliore della mia vita con una vergine bugiarda.

Shaw si muoveva proprio come volevo, mi toccava in un modo il cui ricordo mi avrebbe costretto a svegliarmi nel cuore della notte, mi baciava come se fosse nata apposta per farlo come piaceva a me, seguiva il mio ritmo come di solito succede solo a chi ha fatto un sacco di sesso insieme. Ero al settimo cielo ogni volta che sussurrava il mio nome o si lasciava andare a un gemito sexy di soddisfazione e piacere. Da tempo non facevo sesso da sobrio, e nemmeno con qualcuno che conoscevo da più di qualche ora, e non riuscivo a credere alla differenza tra le due cose.

Volevo che fosse bello per lei, che si sentisse scombussolata come mi sentivo io e, visto che per lei era la prima volta, volevo assicurarmi che poi l'avrebbe usata come termine di confronto con tutti i ragazzi che sarebbero venuti dopo di me. Ci muovevamo insieme, lei inarcò la schiena e mi mise le mani sulla nuca.

«Oddio, Rule». Era vicina; sentivo dei piccoli tremiti lungo tutto l'uccello. Non le avrei mai rovinato quel momento, perciò la toccai sapendo per certo che sarebbe andata in pezzi e come ricompensa ottenni due occhi spalancati e un gemito di arresa. Fu un gran sollievo, perché non sarei durato ancora a lungo. Affondai il naso nel suo collo e la seguii. Una volta venuti entrambi, mi tremavano le braccia e avevo il fiatone come se avessi corso la maratona. Scivolai fuori da lei e mi sdraiai di lato, pronto per essere invaso dal rimorso e dalla disperazione, ma lei aveva chiuso gli occhi. Mi alzai, andai in bagno e mi pulii. Infilai i pantaloni della tuta e presi una salvietta per lei. Quando tornai in camera, si era acciambellata su un fianco, con la guancia appoggiata sulle mani intrecciate, e aveva l'aria di una sedicenne. Da come si alzava e si abbassava regolarmente il suo petto capii che dormiva, perciò la ripulii come meglio potei senza svegliarla e mi stesi accanto a lei. Incrociai le braccia sotto la testa e fissai il soffitto.

Cosa diavolo avevo fatto? E cosa diavolo aveva fatto Remy con lei per tutti quegli anni se non c'era andato a letto? Avevano sempre detto di essere solo amici, ma nessuno ci aveva creduto. Spesso ero stato geloso dell'amore che provavano l'uno per l'altra, del senso di protezione, del cameratismo che condividevano e adesso non sapevo cosa diamine pensare. Per gran parte della mia vita Shaw era stata nella categoria delle "ragazze con cui non posso o non voglio fare sesso", ma adesso era andato tutto a rotoli e non sapevo come comportarmi. Non era una tipa che potevo non chiamare più e sbattere fuori dalla porta la mattina dopo e non avevo la più pallida idea di cosa fare. Aggiungiamo che probabilmente era stato il sesso più intenso e bello della mia vita e che mi sembrava di perdere il controllo. Non avrei dovuto sentirmi così per Shaw; non avrebbe dovuto essere lei a sconvolgere il mio mondo come nessuno aveva mai fatto prima. Francamente, non riuscivo a credere che lei fosse stata più eccitata dai miei tatuaggi e piercing della maggior parte delle ragazze che portavo a casa. Ero confuso, avevo la ragazza sbagliata nel letto e non sapevo proprio cosa fare.

Mi addormentai all'alba e, quando mi svegliai per la suoneria del telefono, la prima cosa che feci fu guardare dall'altro lato del letto. La mia mente fu invasa da tutto ciò che era successo la notte prima. Shaw se n'era andata. Il mucchio di vestiti che avevo lasciato per terra era piegato con cura in fondo al letto ma i suoi erano scomparsi. Gemetti e, coprendomi gli occhi con il braccio, risposi.

«Cosa c'è?». Sentii qualcosa spiegazzarsi sotto il mio fianco, mentre mio fratello mi ridacchiava nell'orecchio.

«Ho interrotto qualcosa?».

Su un foglio pulito che avevo lasciato in giro per disegnare qualcosa per i clienti, lei aveva scritto con la sua calligrafia ordinata, femminile: "Il miglior regalo di compleanno di sempre! Grazie!".

Non l'aveva firmato, non diceva che avrebbe chiamato né mi chiedeva di farlo. Era chiaro e semplice e non sapevo se ne fossi contento o furioso. Mio fratello aspettava ancora una risposta, quindi mi schiarii la mente e mi misi seduto sul letto. C'era odore di sesso e di lei.

«No, solo che non ho dormito bene ieri notte».

«Capita se porti a casa delle sconosciute e devi dormire con un occhio aperto per assicurarti che non ti derubino o non ti pugnalino nel sonno».

Gemetti. «Amico, devi lasciare l'esercito. Mica tutti gli sconosciuti sono dei ribelli».

Mormorò qualcosa a voce bassa che non riuscii a capire. «Ehi, verrò a Denver per una settimana. La mia spalla fa i capricci e devo sentire il mio chirurgo ortopedico, e poi la mamma mi dà sui nervi. Shaw si è rifiutata di venire a pranzo oggi perché la mamma non voleva invitare anche te. Adesso è convinta che in qualche modo tu abbia corrotto la sua cara ragazza. Io continuo a dirle che deve vedere qualcuno e anche papà è d'accordo, ma è così ostinata. Sarà da lei che abbiamo preso».

Trasalii; per fortuna era una conversazione telefonica, perché di certo avevo il viso rosso per il senso di colpa. Mia madre avrebbe dato di supermatto se avesse avuto idea di come avevo appena finito di corrompere Shaw.

«Quanto ti resta prima di dover ripartire?»

«Prima devo essere a posto dal punto di vista medico e devo incontrare il consulente del dipartimento dei veterani per assicurarmi che non soffra di disturbo postraumatico da stress dopo l'incidente. Devo avere un certificato di buona salute prima di rientrare».

«Be', sarà bello avere finalmente una possibilità di uscire senza drammi familiari».

«Sì, è tutta la mattina che chiamo Shaw per invitarla a cena o fare qualcosa per il suo compleanno. Sono sicuro che quegli idioti dei suoi genitori non hanno fatto niente di nuovo e odio l'idea che probabilmente abbia dovuto passarlo da sola. Dovresti muovere quel tuo culo pigro e venire con noi, se riesco a parlarci».

Cominciai a tossire. Ero sul punto di dirgli che non era stata per niente sola, ma si trattava di Shaw e, per quanto io e Rome fossimo intimi, non c'era bisogno che lui sapesse cosa avevamo fatto la notte precedente.

«No, credo che ne abbia abbastanza di me. L'ho incontrata per caso qualche settimana fa e ci siamo visti in giro. Le fa bene non essere costretta ad avere a che fare con me ogni fine settimana».

Rise. «Probabilmente hai ragione. Starò dal mio amico Drew visto che la mia spalla non è pronta per dormire sul tuo divano di merda e lui ha una stanza, ma ti avviso quando arrivo in città. Se non riesco a contattare Shaw, tu e io possiamo andare a cena da qualche parte e potrai disgustarmi con le storie delle tue ultime conquiste».

Mi passai una mano sul viso stanco e infilai il biglietto di Shaw nel comodino. Sentivo ancora addosso le sue mani.

«Devi muovere il culo e cominciare a fare qualche conquista anche tu. Sei un eroe, amico, le ragazze vanno pazze per queste cose».

«Io non sono come te, Rule. Non ho ventidue anni e non vivo improvvisando. In questo momento voglio solo rimettermi in forma e finire il periodo di servizio senza altri cadaveri. Ho visto il peggio che l'umanità ha da offrire e negli ultimi quattro anni ho seppellito più amici di quelli che mi sono fatto. Sarò fuori dall'esercito in meno di due anni e non so ancora cosa ha in serbo per me il futuro, quindi agguantare ogni bella ragazza che mi capita a tiro è decisamente in fondo alla mia lista di priorità. Un giorno capirai».

Aveva ragione. Le mie priorità erano molto diverse dalle sue. Guadagnavo bene, avevo un sacco di risparmi e guidavo una bella macchina. Nel profondo, sapevo che passavo la maggior parte del tempo a cercare di superare l'ombra del mio gemello morto. Sguazzavo in relazioni superficiali perché nessuno potesse avvicinarsi a me, giudicarmi e dire che mi mancava qualcosa. Cercavo ragazze facili, che non si aspettavano niente oltre quello che avevo da offrire – qualche bel momento e pochi minuti spensierati di liberazione. Non avevo mai avuto una fidanzata e non permettevo mai a nessuno di conoscermi del tutto, perché temevo di non essere abbastanza una volta scoperto chi ero davvero. Sapevo di essere un casino, un disastro emotivamente parlando e che quello che era successo con Shaw avrebbe solo peggiorato le cose.

«Come vuoi. Un po' di divertimento non ha mai ucciso nessuno. Chiamami dopo».

Buttai il telefono sul letto e andai in bagno per fare quel che dovevo. Quando entrai in soggiorno, Nash era spaparanzato sul divano e guardava una partita sullo schermo piatto. Aveva una tazza di caffè in una mano e una ciambella nell'altra.

«'Giorno».
Spostò lo sguardo su di me. «Che succede?»
«Niente. Hai visto Shaw stamattina?».
Annuì e alzò la ciambella. «Ha lasciato queste. Allora, cos'è successo? Stamattina era in cucina, quindi immagino che abbia passato la notte con te. Pensavo che l'avresti messa su un taxi».
«Che fine ha fatto la sua coinquilina?». Provai a cambiare argomento mentre prendevo anch'io un caffè.
«Mi sono offerto di accompagnarla qui per aspettare Shaw, ma si stava divertendo quindi abbiamo bevuto qualche altro drink e poi le ho chiamato un taxi. A quanto pare, per lei era una brillante idea che la sua amica ubriaca persa tornasse a casa con te, perché?».
Grugnii e mi lasciai cadere sul divano accanto a lui.
«Boh. Io e Shaw abbiamo un passato contorto, chi lo sa».
«Ma ha passato la notte con te?»
«Sì».
«E, visto che vi conoscete da sempre, immagino che non abbiate parlato di politica e guardato la TV, giusto?».
Gli lanciai un'occhiataccia. «No».
Scosse la testa e schioccò la lingua. «Cosa stavi pensando?»
«Ovviamente non stavo affatto pensando».
«Amico, lei non è una di quelle. Non puoi farmela mandare via al mattino e poi non parlarle più».
«Ehi, mi sono svegliato da solo. Non l'ho fatta andare da nessuna parte».
«Ma l'avresti fatto e Shaw è troppo di classe e furba per la sfilata umiliante fino alla porta. Dio, non riesco a crederci che ti sei fatto la ragazza di tuo fratello. Tu hai proprio un problema, è un gran casino in cui io non mi ficcherei mai, per quanto lei sia sexy».
Feci un rumore strozzato e mi sporsi in avanti, con i gomi-

ti poggiati sulle ginocchia. «Diciamo solo che non credo ci sia motivo di preoccuparsi di infangare la memoria di Remy. Non so cosa ci sia stato tra quei due per tutti quegli anni, ma dopo ieri notte ho la prova innegabile che non andavano a letto insieme».

Nash imprecò e spalancò gli occhi. «Era vergine?».

Annuii. Probabilmente non avrei dovuto dirglielo, ma ero confuso e lui era il mio migliore amico. Era una situazione troppo difficile.

«Era vergine e l'ha fatto con te? Merda, amico, questa sì che è una storia grossa!».

Sospirai. «L'ho pensato anch'io, ma quando mi sono svegliato lei era sparita. Era piuttosto sbronza ieri sera, quindi forse sono stati l'alcol e i troppi Martini a scegliere al posto suo».

«Stamattina mi sembrava a posto. Cioè, aveva il dopo sbornia e pareva piuttosto esausta, ma non era nervosa né strana né altro. Ha chiamato Ayden per farsi venire a prendere e mentre la aspettava è uscita a fare colazione. Non lo so, amico, non mi sembrava follemente innamorata né una stalker incazzata, sembrava la solita Shaw. Certo che l'ho sempre pensato che avesse una cotta per te».

Mi voltai verso di lui, sbalordito. «Cosa?»

«Sopporta le tue cazzate, anche le peggiori. Non ti ricordi quel Capodanno che è venuta per te e tu avevi portato a casa la rossa e la sua amica? Era una scena grottesca e Shaw non ha fatto una piega, ti ha lanciato i pantaloni e ti ha detto di prepararti. Ti lascia fare il lunatico, lo scorbutico e l'irritabile e non batte ciglio – e fidati, amico, che la gente si stanca in frettissima di queste cagate. È pronta a scontrarsi con gli unici genitori che le abbiano mai mostrato un po' di amore perché vuole che ti trattino bene e la smettano di incolparti della morte di Remy. Non lo fa per Margot o Dale, e di certo non lo fa per Remy. L'unica persona che ne trae vantaggio sei tu. Per quanto tu sia ostinato ed egocentrico, dovresti riuscire ad accorgertene».

«Ma è Shaw. La perfetta Shaw. Anche da piccola era intoccabile e distaccata. Era sempre a casa nostra con Remy e ogni volta che dicevo o facevo qualcosa mi guardava come se fossi un idiota».

Storse il naso. «Ma tu eri un idiota. Non ti ricordi com'era avere sedici anni? Eravamo un incubo e non siamo mai stati gentili con lei. La prendevi in giro per i capelli e prendevi in giro Remy senza pietà perché stava sempre con lei, eri un coglione».

«Davvero?»

«Amico, lo sei ancora. E Shaw è Shaw. È così bella che a volte guardarla fa male, ma lei non lo sa nemmeno. È ancora intoccabile perché sarà sempre più ricca e più intelligente di noi, ma a lei non gliene frega niente. È a posto, non gli importa che tu sia come sei e sinceramente, Rule, qualsiasi ragazza che riesca a sopportare il tormento che sei, be', io le metterei un cavolo di anello al dito».

Gli diedi un pugno sulla spalla. «Non sono così male».

Mi guardò storto. «Sì che lo sei. Pensaci, dopo tutto questo tempo hai dovuto vederla vestita da arbitro sexy per accorgerti che è una ragazza. Sei una merda».

«Ma, Dio, come stava bene con quella divisa».

«Vedi, una merda totale. Allora, che farai adesso, la chiami?»

«Non lo so. Rome sta venendo in città e visto che vorrei conservare le miei parti intime, devo tenere segreta questa storia. Non credo che lei gli dirà qualcosa».

«Probabilmente no, sa che sarebbe il colpo di grazia per quella svitata di tua madre».

«Già».

«Allora», fece una pausa e mi rivolse uno sguardo tagliente. «Ne è valsa la pena di aver incasinato tutto?».

Abbandonai la testa contro il divano e fissai il soffitto. «Assolutamente».

Avevo fatto il sesso migliore della mia vita con una ragazza che avevo considerato ben al di fuori dalla mia portata e innamorata del mio gemello morto. Sì, forse Nash aveva ragione, se qualcuno riusciva a sopportare tutte le mie pazzie probabilmente avrei dovuto sbrigarmi e tenermela stretta, perché persino io capivo quanto ero incasinato.

Capitolo sei
Shaw

«Smettila di guardarmi così». Giocherellai con i capelli e sistemai la sciarpa intorno al collo. Rome mi scrutava come se cercasse di leggermi nel pensiero e la cosa non mi piaceva per niente. Per tutta la domenica avevo ignorato le sue chiamate perché stavo ancora cercando di digerire il fatto che, ubriaca, avevo chiesto a Rule di prendersi la mia verginità ed ero ancora dolorante – sia per l'alcol sia per le acrobazie tra le lenzuola. Lunedì avevo dato un esame e avevo fatto l'ultimo turno al lavoro, martedì la volontaria all'ospedale pediatrico e mi ero sorbita una cena assurda con mio padre e la sua nuova moglie. Rome aveva dovuto aspettare fino a mercoledì per la mia cena di compleanno in ritardo. Fin da quando mi ero seduta, mi aveva fissato intensamente e io mi ero dovuta assicurare che la sciarpa coprisse il bel succhiotto che Rule mi aveva lasciato sabato notte. Ayden mi aveva già sgridato abbastanza al riguardo e non avevo bisogno che Rome saltasse sul carro della "Shaw è un'idiota".

«Sono i capelli. Ti stanno bene, solo che sono abituato a vederti tutta bionda. Sembri diversa, più matura».

«Grazie, a me piacciono».

«E non ti ho neanche mai visto con i jeans».

«Ho fatto shopping per il mio compleanno. Ho deciso che non devo mettermi perle e tacchi ogni volta che esco di casa. Ne ho un sacco per quando devo fare la donna di società per i miei».

«Parlando di compleanni, ti ho portato questo da parte di mamma e papà». Mi passò una borsetta che sistemai sul tavolo tra noi.

«Tua madre non vuole parlarmi. L'altro giorno ho provato a chiamarla».

«È dura, per lei, adesso che hai stabilito tu le regole. Ti ha sempre considerato un'alleata nella battaglia perché Rule dia una sistemata alla sua vita. Non riesce a capire quello che sta facendo a lui, e a noi».

Sospirai. «Lo so, ecco perché dovevo smetterla».

«Questo è da parte mia». Mi diede un buono regalo per il mio negozio preferito di prodotti da bagno e per il corpo. Sorrisi e lo abbracciai forte.

Adoravo quel ragazzo, sembrava un guerriero ma aveva un cuore davvero buono.

«Grazie, Rome, è proprio dolce. Sono così contenta che tu sia a casa».

«Anch'io, ragazzina. Ho cercato di far venire anche Rule ma aveva un cliente fino a tardi. Ha borbottato qualcosa sul fatto di dover fare un altro tatuaggio di Harry Potter o qualcosa del genere. Mi ero scordato che in realtà lavora».

Sbirciai nella borsa – era una foto. Margot aveva ritrovato una delle primissime scattate a me e Remy e l'aveva messa in una bella cornice d'argento. Io ero piccolissima e goffa e Remy altissimo e bello – eravamo ridicoli. Era un gesto dolce e sentii le lacrime agli occhi. La mostrai a Rome e la infilai di nuovo nella borsa.

«Mi manca ogni giorno».

«Anche a me. Mi manca il modo in cui riusciva a fare andare tutti d'accordo».

Risi e bevetti un sorso di tè freddo. «Sì, era bravo a stare attento a come ci trattavamo l'un l'altro. Non tollerava le stupidate che noi invece lasciamo correre».

«Rule ha detto che vi siete incrociati un paio di volte, com'è stato?».

Mi schiarii la gola e pregai di riuscire a tenere a bada il rossore che per tutta la settimana aveva accompagnato il nome di Rule. «Piuttosto bizzarro. È venuto al locale dove lavoro con degli amici per vedere una partita. È strano comportarci come due persone normali».

Annuì e notai che la cameriera che ci stava portando la cena lo squadrava apertamente. «Mi ha detto che hai dei problemi con il tuo ex».

Gemetti e scosse la testa. «Ha la lingua lunga». Tra le altre cose, ma non avrei permesso alla mia mente maliziosa di pensarci.

«Allora, che succede, ragazzina?».

Feci una smorfia e mi infilai in bocca della pasta. «Rule gli ha già parlato e anche l'enorme ex marine che fa il buttafuori al locale. Gabe è solo un ragazzo viziato che non è abituato ai rifiuti. Fa fatica a capire quando gli dico di no».

«Ti chiama ancora?».

Non volevo mentirgli, perciò tentai di cambiare argomento. «Cosa ti ha detto il dottore della spalla?».

Lui strizzò gli occhi e spiluccò qualcosa dal piatto. «Crede che debba intensificare la terapia e, se non funzionerà, forse avrò bisogno di un'altra operazione. In entrambi i casi, resterò a casa più a lungo di quanto pensassi».

«È un bene, no?».

Fece spallucce ed ebbi l'impressione che la prospettiva non lo eccitasse tanto quanto me.

«Credo di sì».

«Vuoi tornare nel deserto?»

«Voglio portare a termine la missione, non voglio che finisca così. Odio lasciare il mio plotone scoperto. Sono nell'esercito da sei anni, Shaw. Non so fare nient'altro».

«Ci sono un sacco di persone che ti vogliono bene, Rome. Non dovresti avere paura di lasciare l'esercito sano e salvo».

«Lo so, ma è così».

Restammo in silenzio per un minuto, poi lui tornò a Gabe. «Cos'ha detto Rule al tuo ex?».

Sollevai una spalla e la lasciai ricadere. «Non lo so. Gli ha detto di lasciarmi in pace e Gabe è subito saltato alla conclusione che io l'abbia lasciato per Rule. Tutti pensano sempre che quello che faccio dipenda da Rule. Sono stufa di questa storia».

Rome mi fissò con due occhi davvero simili a quelli del fratello. Dalla smorfia sulla sua bocca capii che le sue parole non mi sarebbero piaciute.

«E non è così?».

Lo guardai storto e giocherellai con il piatto. «No».

«Rule ha convinto Remy a trasferirsi a Denver appena dopo il liceo e anche tu sei venuta qui. Rule fa il coglione rendendo le cose impossibili a mamma e papà e tu hai deciso di fare da paciere e trascinarlo a casa ogni fine settimana. Rule agisce e gli altri possono solo reagire; lo facciamo tutti da anni, tu compresa».

«Non ho rotto con Gabe per Rule». Non era del tutto vero, ma non c'era bisogno che Rome mi criticasse.

«Sul serio?». Fremetti di rabbia alla sua voce incredula. «Non conosco tutti i dettagli della tua relazione con Remy...».

Intervenni automaticamente. «Eravamo solo amici, migliori amici».

Rome proseguì come se non avessi detto nulla: «Ma so che quando pensavi che nessuno ti guardasse, tu fissavi Rule come un falco. So che ogni volta che lui rientrava ubriaco, puzzando di sesso e del profumo da quattro soldi della sgualdrinella di turno che aveva convinto a lasciarlo entrare nelle sue mutande, pareva che qualcuno ti avesse dato un pugno allo stomaco. So che era così ogni domenica per te quando lo portavi a casa, quindi Shaw, vuoi davvero dirmi che le tue scelte non coinvolgono Rule?».

Sospirai e allontanai il piatto; d'un tratto non avevo più appetito. «Cosa vuoi che ti dica, Rome? La mia vita è legata a quella di voi Archer da quando ho memoria. Quanta verità pensi di poter gestire? A parte il fatto che non sono affari di nessuno. Vuoi sentire che ho voluto bene a Remy dall'istante in cui mi ha portato a casa ma che ero *innamorata* di Rule? Vuoi sentire che Remy lo sapeva e che si è portato il segreto nella tomba? Vuoi sentire che ho passato anni e anni triste e sola, con Remy e voi ragazzi come unici amici, ma che mi andava bene perché non avevo bisogno di nessun altro? Vuoi sentire che anche se ogni giorno il mio cuore andava in frantumi perché Rule non sapeva nemmeno che esistevo almeno mi sentivo viva? Vuoi sentire che senza tua madre e tuo padre probabilmente sarei stata spedita in collegio e poi in qualche benedetta università della Ivy League perché i miei non dovessero avere a che fare con me? Dimmi, Rome, cosa vuoi sapere davvero?».

Quando finii, avevo un tono amaro e avevo appallottolato il tovagliolo in grembo.

«Perché Remy ti stava così vicino se sapeva che eri presa da Rule? Di certo sapeva che non vi sareste mai messi insieme. Rule non fa nulla che richieda un po' di impegno e, per quanto io ti voglia bene, ragazzina, tu non sei un tipo facile».

Ecco le domande alle quali Remy, se ci fosse ancora stato, avrebbe saputo dare una risposta. Sospirai. «Aveva le sue ragioni, tra cui tenermi il più lontano possibile dalla mia famiglia. Non voleva che mi trasformassi nella figlia perfetta, anche se ci è riuscito solo in parte. A volte mi sembra di non potermi sottrarre del tutto alle loro aspettative».

Tamburellò sul tavolo con le dita. «Quindi sei innamorata di mio fratello da quando avevi quattordici anni?».

Storsi il naso. «Diciamo di sì, e pare che lo sappiano tutti al mondo tranne lui». Mi sforzai di tenere a bada i ricordi di sabato notte.

«Perché non glielo dici?»

«Ah... conosci tuo fratello, vero? Mister Mi-scopo-chiunque-abbia-due-belle-tette-e-un-quoziente-intellettivo-sotto-lo-zero, Mister Faccio-quello-che-voglio-quando-voglio. Non c'è bisogno che Rule lo sappia perché non cambierebbe niente».

Rome sollevò la spalla sana e fece l'occhiolino alla cameriera, che ci aveva portato il conto. «Non lo so, magari gli farebbe bene saperlo. È così tanto che vive la sua vita come sostituto di Remy che forse si sveglierebbe se sapesse che una ragazza dolce, gentile e affettuosa come te, prova qualcosa per lui e da tanto. So che nel profondo è un bravo ragazzo, solo che lo nasconde sotto un sacco di cazzate e può essere difficile accorgersene».

Il mio piano era di evitare Rule fino alla fine dei tempi. Non mi pentivo di essere andata a letto con lui, anzi, era stato all'altezza di tutte le aspettative che avevo sul sesso, e in particolare di quelle relative al farlo con lui. Non c'era altra persona a cui avrei potuto pensare di donare la mia verginità. Anche se avrei voluto essere sobria e che fosse stata più una questione di emozioni che di attrazione fisica, era stato magnifico e la punta di rimorso che provavo valeva senz'altro pena. Sapevo che il mio rapporto con Rule non sarebbe mai più stato lo stesso e dovevo accettarlo. Mi rifiutavo di struggermi per lui, di tormentarlo e chiamarlo cento volte al giorno. La mattina dopo avevo deciso che, in fin dei conti, ero stata fortunata che fosse stato tanto bello e, se anche non avessi mai avuto altro da Rule, mi sarebbe bastato.

«No, anche se lo sapesse non cambierebbe niente, mi farebbe solo stare peggio. Sappiamo tutti e due che non sono il suo tipo e ho già ricevuto abbastanza rifiuti dalle persone che dovrebbero amarmi da bastarmi per tutta la vita. Io e Rule possiamo continuare a sentirci a disagio quando saremo costretti a vederci ed è così che dovrà essere». Non c'era bisogno che Rome sapesse che le cose sarebbero state ancora più tese e goffe tra noi.

«La cena con tuo padre è andata così male quest'anno?»

«Si è sposato di nuovo, con una venticinquenne». Alzai gli occhi. «Ha passato tutto il tempo a raccontarmi perché dovrei entrare nella confraternita in cui stava lei l'anno scorso, prima di laurearsi. Papà ha provato a convincermi di dare a Gabe un'altra possibilità. Mi ha dato un assegno di mille dollari lasciandomi intendere che avrebbe raddoppiato la cifra se mi fossi ripresa Gabe, quindi è stata più un'estorsione e una tortura che una cena».

Rise, ma per nulla divertito. «Tua madre non si è fatta viva?»

«No».

«Non riesco a capire come abbia fatto a uscire da quei due una persona dal cuore gentile come te».

«Nemmeno io. Ma sono contenta di doverli sopportare solo a piccole dosi. È estenuante essere una delusione continua».

Sollevò un sopracciglio scuro. «Probabilmente il mio fratellino ne sa qualcosa».

«Intelligente».

«Ci provo».

«Quel che succede durante le cene di compleanno resta nelle cene di compleanno, giusto Rome?»

«Non dirò niente. Se non se n'è accorto dopo tutto questo tempo, non è compito mio fargliela entrare in testa, ma sono convinto che ci siano buone probabilità che voi due siate fatti l'uno per l'altra. Sai, gli opposti che si attraggono e tutto il resto...».

Il problema era che, dal mio punto di vista, Rule e io non eravamo del tutto opposti. Cioè, sì, lui era ricoperto di tatuaggi e piercing dalla cresta alla punta degli stivali, mentre io portavo perle e antichi cammei, ma cercavamo entrambi di vivere oltre i limiti che chiunque altro fissava per noi. Avevamo entrambi gravi problemi con i genitori, che ci facevano stare male, amavamo entrambi gli Archer oltre ogni misura, volevamo entrambi disperatamente essere visti per quello che valevamo a prescindere dalle aspettative altrui circa quello che dovevamo o non dovevamo fare e, dopo sabato, sapevo anche che a entrambi piaceva il sesso un tantino brutale e spinto. Sì, non eravamo così distanti come si poteva pensare a una prima occhiata.

«È da quando è morto Remy che cerco di non far vivere Rule nell'ombra. Va sempre peggio, non meglio, e lui non può continuare su quella strada che non porta da nessuna parte».

Rome sospirò, poi ci alzammo e uscimmo all'aria fresca. «In fin dei conti, ragazzina, non abbiamo altro che noi, perciò, per quanto sia dura per ognuno di noi, dobbiamo comunque andare avanti e stare insieme».

Lo abbracciai e mi sfregai le mani fredde. Con la foto stretta al petto, rabbrividii per la brezza notturna pungente che penetrava nella mia sciarpa. «È facile dirlo per te, perché sei dall'altra parte dell'oceano. Il più delle volte ci siamo solo io e Rule in una tregua scomoda, i tuoi genitori che ci stanno col fiato sul collo e i miei che mi ignorano».

«L'hai detto tu, Shaw, non sei più una bambina, saprai cavartela. Confido in te».

Rome era fatto così. Era nato per proteggere noialtri e alla fine voleva il meglio per tutti noi. Gli dissi di chiamarmi prima di tornare a Brookside e mi avviai al mio appartamento. Era uno dei rari giorni in cui né io né Ayden eravamo di turno al lavoro, perciò la trovai spaparanzata nel salotto invaso di libri. Era così concentrata a studiare con la radio ad alto volume che non mi sentì entrare. Era tutta la settimana che mi rompeva le scatole per Rule. Anche se mi spronava a divertirmi un po' e prendere decisioni che mi rendessero felice – e credetemi, lui mi aveva reso *davvero* felice – sapeva che i miei sentimenti per Rule erano più complicati di quanto ammettessi ed era convinta che rischiassi di ritrovarmi con il cuore completamente a pezzi.

Mi avvicinai a lei in punta di piedi e le diedi una pacca sulla spalla, facendola strillare e voltare. La sua reazione fu così teatrale che mi piegai in due dalle risate. Crollai sul divano con un gemito e mi tolsi cappotto e sciarpa. Lei mi guardò di traverso mentre abbassava la radio. «Non è per niente bello. Com'è andata la cena?»

«Bene».

«Solo bene?»

«Mi ha fatto il terzo grado su Rule; a quanto pare, pensa che possiamo aggiustarci a vicenda o qualche altra stupidaggine del genere».

«Parlando di quel piantagrane, si è fatto sentire?».

Scossi la testa. «No. So come fa lui, Ayd. Lo sai quante ragazze tristi e confuse gli ho visto mollare la mattina dopo? Mi rifiuto di essere una di loro».

«Sì, ma voi due vi conoscete, eravate una specie di amici».

Feci spallucce. «Non vuol dire niente per lui. Le donne sono sempre state intercambiabili. È così da quando siamo piccoli».

Mi passai una mano tra i capelli aggrovigliati e repressi uno sbadiglio. Avevo studiato un sacco perché la metà del semestre era dietro l'angolo e il nuovo turno al lavoro nel fine settimana cominciava a sfinirmi. Considerando poi che la notte mi svegliavo tutta eccitata, ecco come mai ero stanca.

«Credo che andrò sotto le coperte con un libro e crollerò presto».

«Tengo bassa la musica».

«Non preoccuparti, buonanotte».

«Anche a te e, ehi, se non altro il succhiotto sta cominciando a sparire».

Le feci la linguaccia e andai nella mia stanza. Mi buttai sul letto e imprecai a denti stretti nel sentire la suoneria del telefono nella borsa. Normalmente l'avrei ignorata, ma era quella di mia madre – *We're Not Gonna Take It* dei Twisted Sister. Se non avessi risposto, avrebbe continuato a chiamare. Il suo tempo era così prezioso. Mi girai e recuperai il cellulare.

«Ciao, mamma».

«Shaw, mi spiace se ci ho messo tanto a farmi sentire per il tuo compleanno. Eravamo in California. Jack aveva un viaggio di lavoro e visto che qui fa così freddo ho pensato che ai bambini sarebbe piaciuto andare in spiaggia».

Probabilmente i telefoni non funzionavano in California. «Nessun problema».

«Ho sentito tuo padre e ha detto che sembravi distratta e sfasata. Ne abbiamo parlato e credo proprio che qualsiasi gioco tu stia facendo con Gabe devi piantarla. Ormai sei una donna matura, Shaw; devi cominciare a prendere decisioni più sagge nella vita. Non puoi più schizzare da un ragazzo all'altro».

Non mi aveva nemmeno fatto gli auguri. «Non mi interessa Gabe, mamma, per niente».

«L'interesse è frivolo. Lui viene da una buona famiglia e ha un futuro ben programmato, sono queste le cose che una giovane donna della tua stirpe deve cercare in un uomo».

Emisi un sibilo e strinsi gli occhi. «Allora sono queste le cose con cui Marissa ha attratto papà? Viene anche lei da una buona famiglia? Ha un futuro sicuro? O forse a lui piacciono solo le sue due belle coppe D e che faccia tutto quello che le dice. Dài, mamma, sei ridicola. Non passerò di certo del tempo con un ragazzo che mi fa accapponare la pelle solo perché piace a te».

«Il linguaggio, signorina! Non so da dove pensi che venga tutta questa tua furbizia, ma non sono né stupida né cieca, so che c'entra quell'Archer. È sempre così».

Mi massaggiai la fronte dove sentivo nascere l'emicrania. Lei riusciva a farmela venire più in fretta di qualsiasi altra cosa. «E se anche fosse?»

«Oh, Shaw, quando ti passerà questa stupida cotta?»

«Mamma, mi sta venendo il mal di testa. Non possiamo parlarne in un altro momento?».

Rimase in silenzio per un lungo minuto e avvertii le sue ondate di biasimo all'altro capo del filo. «Inviterò a cena i Davenport. Devi venire anche tu».

«No. Non se ci sarà Gabe».

«Sì, certo che verrai. Non dimenticarti che siamo io e tuo padre a pagarti gli studi».

Bene, altri ricatti da parte dei miei genitori. Ragazzi, ero davvero fortunata. «Sì, bene, come vuoi». Non la salutai nemmeno, lanciai il telefono sotto l'altro cuscino e provai a dormire. Non capivo come Rome potesse pensare che io fossi in grado di raddrizzare qualcuno, di far bene a qualcuno, perché non avevo nemmeno il controllo sulla mia vita e la cosa cominciava a farmi stare male fisicamente.

Passai il resto della settimana e del weekend da brava studentessa universitaria. Studiai ogni volta che potevo, finii il mio progetto di laboratorio e mi portai avanti con un saggio che dovevo consegnare a metà semestre. Riuscii persino a ritagliarmi del tempo per aiutare Ayden, visto che lei aveva dei problemi con l'esame di chimica, che io avevo superato senza fatica. Stavo preparando un lavoro per un corso propedeutico, un discorso sul perché il suicidio assistito dovesse essere legalizzato – una cosa divertentissima – ma l'appartamento era troppo silenzioso ed ero stanca di ignorare il telefono ogni volta che squillava, per paura che fosse uno dei miei genitori o Gabe. Perciò misi il portatile nella borsa e andai a finire il discorso da Pikes Perk. Ayden mi aveva scritto di andare al locale perché era piuttosto calmo, ma avevo bisogno di un ambiente meno stimolante e un caffè pieno di *hipster* mi pareva l'ideale. Davanti a me avevo una pila di ricerche e accanto al gomito un latte al caramello che si raffreddava. Ero così presa dal lavoro da notare che la sedia dall'altra parte del tavolino veniva spostata solo perché le gambe in metallo strisciarono sul pavimento.

Anzi, ero così assorta nella lettura delle carte sparse davanti a me che non mi accorsi di avere compagnia fino a quando una mano che conoscevo bene, con il tatuaggio di un serpente e il suo nome impresso sulle nocche, mi chiuse il computer. Sbattei le palpebre per la sorpresa e alzai lo sguardo, per incontrare due occhi glaciali che mi fissavano attentamente. Aveva ancora la cresta, che adesso era rosso shocking, e stava benissimo con una maglietta attillata a maniche lunghe e dei jeans un tantino larghi. Non provai nemmeno a nascondere il fatto che lo stessi squadrando.

«E se non avessi salvato niente?»

«Ci siamo già incontrati, ricordi? Ti conosco abbastanza bene da sapere che probabilmente salvi dopo ogni frase».

Dopo ogni paragrafo, comunque. «Questo posto è un po' fuori mano per te, cosa ci fai qui?». Non lo vedevo e non gli parlavo da dieci giorni esatti. L'idea che fosse venuto apposta a cercarmi era troppo inverosimile, perciò mi rimproverai di non leggere nulla nella sua improvvisa comparsa.

«In realtà ero andato al locale. Ho visto la tua coinquilina e lei mi ha detto che probabilmente eri qui a fare i compiti. Shaw, dobbiamo parlare». Non l'avevo mai sentito così serio e la cosa mi rese nervosa. Dovevo fare qualcosa con le mani, perciò presi il latte e le nascosi dietro al bicchiere.

«Non credo». Ero quasi sicura che stesse per dire qualcosa che mi avrebbe fatto venire voglia di tirargli in testa il latte tiepido.

Alzò il sopracciglio con i due piercing e si sporse in avanti, appoggiando i gomiti sulle ginocchia, per fissarmi dritto negli occhi. Non sapevo come interpretare le ombre interessanti che ballavano e lampeggiavano in quelle profondità argentee, ma non l'avevo mai visto più attraente di così.

«Dài, pensi davvero che le cose possano andare come sono andate e far finta che non sia mai successo?»

«Perché no? È quello che stiamo facendo e mi pare che funzioni».

«Shaw», pareva esasperato, «non si può fare del sesso davvero stupendo – soprattutto visto che per te era la prima volta – senza poi parlarne. Prima di tutto, voglio sapere cosa avete fatto tu e Remy per tutti quegli anni se non andavate a letto insieme, non ha senso. E voglio sapere anche perché te ne sei andata la mattina dopo, senza darmi nemmeno la possibilità di parlarti».

Appoggiai il latte sul tavolo, mi scostai i capelli dal viso e mi chinai verso di lui, quasi nella sua stessa posizione. Eravamo così vicini che riuscivo a distinguere le sue ciglia che gli sfioravano la guancia quando sbatteva le palpebre.

«Ve l'ho detto fino a diventare livida di rabbia che io e Remy eravamo solo amici. Tra noi non c'è mai stata una storia, mai. La nostra amicizia era profonda, potente e intima, una di quelle che gli uomini primitivi non riescono a capire, ma non c'è mai stato niente di fisico e non riesco a credere che tu abbia pensato che avrei aspettato di farmi sbattere fuori dalla porta da te la mattina dopo. Ti ho visto in azione molte più volte di quanto voglia ammettere, Rule. Non sarei mai diventata un altro grattacapo della mattina dopo. Ho più orgoglio».

«E tu sei rimasta vergine per vent'anni per poi darmela senza nessun motivo apparente?». Nel sentirlo un tantino contrariato mi sfuggì un sorrisetto.

«Avevo le mie ragioni, Rule».

«E sarebbero?»

«Le conosco io. Senti, non ti ho chiesto niente dopo e non mi aspetto niente da te, quindi possiamo andare avanti?»

«No che non possiamo».

Indietreggiai appena e lo guardai storto. «Cosa? Perché no? Ci conosciamo da sempre; è solo una cosa che ci è capitata». Agitai il polso con fare liquidatorio, o così speravo, e rimasi di sasso quando lui mi afferrò la mano con la sua, molto più grande. Restai affascinata dalle dita tatuate intrecciate alle mie.

«Senti, ci è capitata questa cosa», aveva abbassato la voce di diverse ottave e d'un tratto mi resi conto che il locale era pieno e che, per qualche motivo, avevamo suscitato l'interesse dei clienti, che osservavano rapiti il nostro scambio di battute. «Non è stata una cosa insignificante che possiamo ignorare, credimi, ci ho provato. Venerdì sono uscito e ho incontrato una rossa bollente».

Con espressione accigliata, cercai di staccarmi da lui, che mi sorrise e mi tirò ancora più vicino a sé, fruttando la mia mano che teneva in trappola. «Purtroppo, ci ho messo cinque minuti a capire che stavo usando una ragazza per togliermene un'altra dalla testa, allora ho pensato che sabato mi sarei cercato una bionda o magari una morettina, magari tutte e due, che diavolo, perché avevo i pensieri sconvolti dalla ragazza sbagliata».

Strattonai la mano, ma lui mi avvicinò ancora di più a sé, fino a bisbigliarmi nell'orecchio, tenendomi quasi seduta sulle sue gambe. Fui costretta ad aggrapparmi alla sua coscia soda per non finirgli addosso. Toccarlo in quel modo era troppo intimo, troppo familiare, e invece io cercavo di mettere della distanza tra noi. «Allora io e Nash siamo usciti e c'erano delle rosse e delle more e persino una tipa supersexy che sembrava Pink, ma credi che mi sia andata bene una di loro? No, Shaw, nessuna, perché non erano te, cazzo. Da quando te ne sei andata domenica ho pensato solo a te. Perché?».

Le sue parole mi fecero rabbrividire. «Perché era una novità, perché abbiamo un passato comune ed è più difficile per te ricordarmi senza volto e senza nome. Non lo so, Rule».

Sollevò una mano e mi passò il pollice sulla guancia. Trattenni il fiato e sentii il cuore sobbalzare.

«Qualsiasi sia il motivo, Shaw, è importante. Davvero importante».

«Cosa stai cercando di dire, Rule?»

«Non lo so, so solo che le altre non sono te e non fanno per me. Credo che dovremmo capire cosa sta succedendo tra noi».

Scossi la testa e il suo sguardo si illuminò di un bagliore argenteo. «Non sarò una delle tante. Come ho detto, avevo le mie ragioni per lasciare che le cose andassero a quel modo, ma se pensi che io accetti di riempirti il letto perché al momento non c'è nessun'altra all'altezza, mi spiace ma ti sbagli. Ti conosco, Rule; ti conosco da quando hai scoperto che le ragazze sono più complicate dei ragazzi e non hai mai voluto impegnarti».

Il tocco leggero come una piuma del pollice sulla guancia mi fece quasi sciogliere. «Allora questa volta lo farò, usciremo, faremo delle cose. Cioè, ci conosciamo da sempre, ma a essere sinceri non so niente di te. Dài, Shaw, cos'hai da perdere?».

Non il mio cuore, perché era già suo, anche se lui non lo sapeva. «Quindi vuoi che… ci frequentiamo?».

Scoppiò a ridere. «Non sono proprio quel tipo, ma ti prometto che mentre cerchiamo di capirci qualcosa lo terrò nei pantaloni. Niente scopate, niente altre ragazze. Lo devo a te e a me, dobbiamo vedere se c'è qualcosa o se è stato solo un caso». Sembrava così sincero, serio e determinato a farmi credere a quel che diceva.

Mi schiarii la gola e mi morsi il labbro superiore. Era proprio quello che avevo sognato: Rule che di colpo si accorgeva che ero una ragazza e voleva stare con me. Certo, nei miei sogni mi faceva anche una dichiarazione di amore e devozione eterni. Nella realtà, la sua curiosità e la promessa di capire la situazione probabilmente erano tutto quello che avrei ottenuto. Non sapevo quanto mi fidavo di lui, ma l'avevo sempre, sempre desiderato e non l'avrei rifiutato mentre mi si offriva su un piatto d'argento.

«Se lo facciamo, se ci frequentiamo, se passiamo del tempo insieme… i tuoi, i miei, Rome… non piacerà a nessuno di loro».

«E chi se ne frega?».

A me fregava, ma ero sempre l'unica a preoccuparmi di certe cose.

«Ok».

«Ok?».

Mi concessi un lieve sospiro e per un attimo, quando il mio fiato gli arrivò sulla bocca, lui chiuse gli occhi, perciò feci l'unica cosa rimasta da fare: mi sporsi in avanti e premetti le labbra sulle sue. Senza la disperazione dell'altra volta, senza il panico che potesse cambiare idea, senza gli anni e anni di desiderio e frustrazione repressi e senza il rimpianto che sarebbe stata una cosa da una notte e via – solo la dolce pressione delle mie labbra sulle sue e il lieve pizzico del suo piercing sul mio labbro inferiore. Baciare Rule sarebbe sempre stato diverso dal baciare chiunque altro, aveva qualcosa per cui apparteneva a una categoria a sé stante. Sentii le sue labbra curvarsi in un sorriso mentre da diversi tavoli intorno a noi si levavano dei sospiri. Lui si ritrasse e mi batté un dito sulla punta del naso.

Mi sedetti di nuovo sulla sedia e mi schiarii la voce. «Bene, allora».

Scoppiò a ridere. «Sì, se non altro non dobbiamo sforzarci troppo per questa parte».

Mi spostai un po' e accennai con aria distratta al lavoro sparso sul tavolo tra noi. «Per quanto sia bella la tua visita, devo finire questa presentazione».

Nei suoi occhi balenò un lampo di delusione, ma la nascose dietro il suo sorriso semplice. «Quando lavori questo weekend?»

«Sempre, ma sabato sera finisco presto, solo che domenica mattina riprendo alle dieci».

«Che ragazza impegnata».

«Non immagini nemmeno».

«Allora questa cosa del frequentarci potrebbe rivelarsi più difficile di quanto credessi?».

Lo disse con fare spensierato, ma conoscevo Rule, era il tipo che voleva essere soddisfatto subito. Se il mio orario pieno ci avesse reso difficile stare insieme, non mi illudevo certo che avrebbe aspettato che mi liberassi – sarebbe passato a qualcosa di più facile e più gestibile.

«Sabato finisco intorno alle dieci e la domenica di solito

alle sette. Il turno della domenica non è obbligatorio, l'ho accettato solo perché non andiamo più a Brookside e ho pensato che valesse la pena fare qualche soldo extra».

«Il mio amico Jet suona al Cerberus questo weekend, perché non vieni con la tua amica sabato sera?»

«Che musica fa?». Il Cerberus aveva una reputazione piuttosto ambigua in città. Si trovava nella zona dei magazzini e l'avevano chiuso più volte per una cosa o per l'altra. Non era un posto in cui di solito pensavo di passare del tempo. Anzi, di solito lo evitato a tutti i costi per la remota possibilità di incontrare qualcuno che conoscevo e l'avrebbe spifferato ai miei genitori, ma se volevo impegnarmi a passare del tempo con il ragazzo che desideravo da sempre, allora avrei dovuto allargare i miei orizzonti.

«Metal».

Storsi il naso. «Ayden è del Kentucky, le piacciono Taylor Swift e Carrie Underwood. Non so se riuscirò a convincerla».

«Sono bravissimi, l'anno scorso sono andati in tour con una band abbastanza famosa. E poi, Ayden mi sembra una tipa a posto, scommetto che verrebbe solo per farti da spalla. E se non accetta, vieni da sola, non ti abbandonerò».

«E Rome?»

«Deve andare a Fort Carson per il fine settimana. Deve prendere appuntamento con un consulente. Se la passa male perché non sta guarendo in fretta come pensava».

«Che brutto».

«Non nasconderò a nessuno questa cosa, Shaw. Se vuoi fare questi giochetti forse dovresti pensare bene se lo vuoi fare davvero oppure no».

Gli presi un braccio e conficcai la punta delle dita nel corpo del serpente tatuato. «No, non lo nasconderò, ma non farmi sembrare un'idiota, Rule. È importante».

«Anche per me, Casper». Si alzò in piedi, svettando su di me. Si chinò e mi diede un bacio leggero sulla testa. «Comunque, stai bene con i jeans. Vieni al concerto sabato».

«Va bene». Lo osservai uscire dal locale, consapevole che ogni altra ragazza presente stava facendo altrettanto. Repressi un sospiro e scossi il capo con aria mesta. Stavo per riaprire il computer quando la giovane seduta di fronte a me catturò la mia attenzione. Era un po' più grande di me, con lunghi rasta blu oceano e mi fissava chiaramente invidiosa. Sbattei le palpebre, perché ero abituata a essere io a guardare così le ragazze che uscivano dal suo letto. Mi rivolse un sorriso imbarazzato.

«Avrai un bel daffare con quel tipo».

Considerando che non ero nemmeno sicura al cento percento di quello che stavamo facendo, non avevo dubbi che avesse ragione. Rule non mi aveva chiesto di diventare la sua ragazza né di andare a un vero appuntamento, aveva detto solo che voleva frequentarmi e passare del tempo insieme. Non era una cosa definita né chiara e non sapevo nemmeno cosa significasse per lui. Apprezzavo il fatto che fosse disposto a tenerlo nei pantaloni, che fosse consapevole che qualsiasi cosa ci fosse tra noi era abbastanza importante da cercare di capirla senza altre tipe a complicare la situazione, ma sapevo bene che le vecchie abitudini erano dure a morire e che Rule non era certo un modello di moderazione. Sospirai. «Puoi dirlo forte».

Lei ridacchiò. «Ha tatuato un fiore di loto gigante sulla gamba di una mia amica, che ha passato tre sedute a cercare di farsi invitare a un appuntamento. Posso dirle che ha una ragazza, così si sentirà meglio».

Ripresi il latte e cercai di scacciare dalla testa la nebbia di cui Rule l'aveva riempita e tornare in modalità buona studentessa universitaria.

«Non sono la sua ragazza».

«Sul serio? Sembrava proprio di sì».

«Ci conosciamo da tanto, è complicato».

Mi fece l'occhiolino e mi rivolse un sorriso sfacciato. «Oh, cara, è sempre complicato quando hanno quell'aria che dice "scopami"».

Be', ecco il punto. Se dopo averci visto insieme per soli cinque minuti una perfetta sconosciuta aveva capito esattamente che avrei sempre dovuto lottare per avere una storia regolare con lui, che possibilità avevo di far funzionare qualcosa tra noi? Con quel pensiero deprimente, tornai al suicidio assistito e cercai di tirarmi su il morale.

Capitolo sette
Rule

Il locale era affollato. Gli Enmity erano un'attrazione locale per metallari e amanti del punk-rock e poi Jet era sulla scena da quando era un ragazzino, perciò aveva un bel seguito in zona. Come spalla avevano una brutta copia degli Slayer, che si stava già scaldando. Poi ci sarebbe stata una band punk-rock tutta al femminile, dunque il concerto sarebbe cominciato in ritardo, ed era un bene perché le undici erano passate da un pezzo e io non riuscivo a smettere di guardare lo schermo del cellulare per controllare l'ora. Ogni volta che lo facevo, Nash roteava gli occhi e Jet rideva di me ma, visto che ci stavano dando dentro per svuotare una bottiglia di Patron, non la presi sul personale. Avevo mandato un messaggio a Shaw più di un'ora prima per assicurarmi che sarebbe venuta e non avevo ricevuto risposta.

Ero nervoso e di malumore, in parte perché per me era un territorio sconosciuto e innegabilmente perché la storia della monogamia mi era del tutto nuova. Ero abituato a togliermi il prurito quando volevo, ad assecondare i bisogni primari e lasciarmi guidare dall'istinto carnale, e fare il bravo non perché mi veniva chiesto ma perché lo volevo era una novità. E gli effetti collaterali facevano schifo. Ero eccitato e irritabile ed ero stanco di rincorrerla al telefono. Non avevo idea di quanto fosse piena la vita di Shaw. Quella ragazza rimbalzava tutto il giorno dalle lezioni, al lavoro, al volontariato. Quando prima la vedevo nel fine settimana, immaginavo che avesse del tempo libero e scegliesse di passare la domenica coi miei, ma chiaramente non era così. Ogni minuto della sua giornata era attentamente pianificato e cominciavo a capire quanto si sacrificasse per occuparsi della mia famiglia sfasciata. «Rilassati. Se ha detto che verrà, allora verrà».

Nash mi piantò un gomito nelle costole e urtai il telefono che penetravo con lo sguardo. Lo infilai di nuovo in tasca e presi la birra che stavo sorseggiando da più di un'ora. Incrociai lo sguardo di una bionda da paura che mi stava squadrando di nascosto fin da quando eravamo arrivati e dovetti farmi un veloce riassunto mentale del perché passare del tempo con Shaw e capire come mai mi avesse sconvolto la mente mi paresse una buona idea, quando all'improvviso me la ritrovai davanti. Mi rivolse un sorriso che gridava "Voglio che mi abbassi le mutandine con i denti" e mi fece quasi strozzare con la birra che mi andò di traverso.

Jet ridacchiò e si passò una mano tra i capelli neri disordinati. Sembrava una rockstar; era smilzo e aveva sempre quell'aria di chi si è fatto una scopata ed è appena uscito dal letto, che faceva impazzire e sognare le ragazze senza il minimo sforzo. Aveva anche una voce stupenda e avrebbe potuto cantare sul serio, per cui era ironico che avesse scelto di stare in una band heavy metal visto che nella maggior parte dei pezzi degli Enmity gridava e si sgolava. Era un musicista consumato e sapeva scrivere canzoni pazzesche così come suonare qualsiasi strumento volesse. Una sera, dopo una sbronza da birra particolarmente brutta, aveva confessato che gli piaceva il metal perché non poteva sopportare la fama e l'adulazione che implicavano i generi musicali più popolari. Voleva far parte di una band ma, per qualche motivo che pareva sensato solo a lui, non gli interessava essere una rockstar matura, anche se aveva l'aspetto e le corde vocali per diventarlo.

«Giuro che attiri più figa tu di me, e io sto in una band, che cazzo. Ti basta sbattere le ciglia e le tipe si accalcano per provarci con te».

Mi schiarii la voce e rimisi la birra sul tavolo. «Sì, be', ve l'ho detto che devo smetterla per un po' con queste stronzate».

Jet si voltò a guardare la biondina e poi di nuovo me, con un sorrisetto. «Buona fortuna».

Nash buttò giù uno shot e sibilò tra i denti. «Dagli tregua, amico, ha in ballo una gran cosa».

«Dicevo solo per dire – non deve neanche impegnarsi».

Presi il telefono e controllai l'ora per la centesima volta. «Qualcosa mi dice che non è per niente vero».

Jet e Nash si fecero un altro giro e Jet gemette. «Il primo gruppo è pronto a iniziare, quindi devo assicurarmi che i ragazzi abbiano voglia di spaccarsi il culo stasera. Stiamo finendo l'album su cui stiamo lavorando e oggi dobbiamo fare il botto». Battemmo i pugni e sospirai, mentre la biondina mi lanciava un'altra occhiata significativa. Non volevo continuare a guardare verso di lei, ma le vecchie abitudini sono dure a morire.

«Che schifo».

«Sul serio, rilassati. Shaw è stupenda, è uno schianto, ha abbastanza palle da rinfacciarti le tue stronzate e ti conosce, eppure è comunque disposta a darti una possibilità. Verrà, quindi calmati e di' al tuo pacco di rilassarsi, che cazzo».

Avevo ancora la cresta e non potevo infilare le mani tra i capelli, allora mi massaggiai la nuca e tamburellai con le dita sul bordo del tavolo.

«Perché pensi che voglia provarci? Cioè, logicamente sa che scommettere su di me è una brutta idea, conosce il mio passato e di solito non abbiamo niente in comune. So che non riesco a togliermela dalla testa, ma secondo te che motivo ha lei per voler vedere di cosa si tratta?»

«Credo sia una tipa molto intelligente e, qualsiasi siano le sue ragioni, ci ha pensato un sacco. Non credo che sia venuta a letto con te tanto per farlo e dubito seriamente che abbia accettato di spassarsela con te solo perché gliel'hai chiesto. Se riuscirai a tenere la testa a posto e l'uccello nei pantaloni, alla fine scoprirai perché lo sta facendo e sono abbastanza sicuro che quando lo saprai finirai col culo a terra».

«Dovrebbero internarmi solo perché ho pensato di riuscirci». Mi piacevano le ragazze, il sesso senza legami, andare dove volevo quando volevo e non dover rispondere a nessuno se non a me stesso – frequentare Shaw metteva tutto in stand-by. Sospirai e vagai con lo sguardo di nuovo alla bionda. Mi fissava ancora, ma adesso il suo bel viso era accigliato. Aveva la bocca tirata come se avesse mangiato qualcosa di amaro e non capivo cosa fosse cambiato nel giro di un minuto dall'ultima volta che avevo colto il suo sguardo, ma poi sentii Nash mormorare: «Dannazione», e mi accorsi che ogni ragazzo presente si era voltato per guardare Shaw e Ayden che superavano il bancone dirette verso di noi.

Erano una coppia impressionante, di gran lunga le tipe più di classe del locale. Era ovvio che nessuna delle due si fosse mai avventurata al Cerberus prima. Shaw portava i capelli lunghi e biondi sciolti, che le ricadevano sulle spalle lasciate nude da un top nero legato dietro il collo. Indossava dei jeans così attillati che avrebbero dovuto essere rimossi chirurgicamente e delle scarpe blu acceso con il tacco che sarebbero state ridicole a un concerto del genere, ma che invece facevano sbavare nei loro boccali anche i vecchi rockettari. Ayden aveva degli spuntoni scuri e sexy in testa, portava una gonna minuscola e un top viola largo che le cadeva da una spalla. Ai piedi aveva degli stivali neri da cowboy che avevano visto giorni migliori, ma ciò non impedì a quelle due di far girare ogni testa, di uomini e donne, mentre si avvicinavano al nostro tavolo.

Non sapevo cosa fare, perciò mi limitai a fissare Shaw, che mi scrutava a sua volta. Ero abbastanza sicuro che tutto il sangue che avevo in testa fosse virato a sud, perciò sbattei le palpebre come un idiota mentre Nash ridacchiava e le salutava.

«Ehi, scusa il ritardo, c'era un addio al celibato e c'è voluto più tempo del previsto per venire via».

«Ti ho mandato due messaggi per vedere cosa stava succedendo». Avrei dovuto chiederle se voleva da bere, farle in qualche modo sapere che ero felice che fosse venuta, invece ero scontroso e strano.

Lei aggrottò le sopracciglia. «Ho il telefono spento».

Ayden appoggiò i gomiti sul tavolo e accettò lo shot che Nash le stava porgendo. Lanciò un'occhiataccia all'amica e le puntò contro un dito. «Digli perché ce l'hai spento». Aveva un tono d'accusa e, nonostante la luce tenue, notai che Shaw era arrossita.

Misi una mano alla base della sua schiena e mi piegai, sfiorandole l'orecchio con le labbra. Si irrigidì, ma appoggiò il fianco contro di me. «Perché hai il telefono spento, Casper?».

Spostò il peso da un piede all'altro. «Perché Gabe mi assilla. Mia madre ha invitato a cena i suoi genitori al Brookside Country Club il prossimo weekend e si aspettano che ci andiamo tutti e due. Lui si è messo in testa che dovremmo andarci insieme e non mi lascia in pace, allora ho spento il telefono perché mi sta facendo impazzire e io non ho per niente voglia di andarci».

Una cameriera scelse quel momento per avvicinarsi, le ragazze ordinarono da bere e io un'altra birra. Strinsi ancora più forte Shaw al mio fianco e mi voltai, per guardarla in faccia.

«Cosa farai?».

Appoggiò un palmo al centro del mio petto, proprio sul cuore, e mi guardò con gli occhi verdi e tristi. «Non lo so. Devo andarci, altrimenti mia madre mi renderà la vita un inferno, ma non voglio avvicinarmi nemmeno lontanamente a Gabe. Sto cercando di ignorare la faccenda».

«Non funzionerà a lungo». Mi piaceva come si adattava bene al mio fianco, come se fosse fatta apposta per starci.

«Lo so». La cameriera lasciò i drink e, quando la prima band attaccò, Ayden storse il naso. Risi e le versai un altro shot.

«Sopporta i primi due gruppi, ti prometto che quello di Jet è davvero bravo».

Fece una smorfia. «Mi piace la musica con un po' più di vibrato e il banjo».

Scoppiammo tutti a ridere. «Dai una mano a Nash a finire la tequila, ti aiuterà a reggerli e, se ti fa troppo schifo, scommetto che Jet ha dei tappi per le orecchie che possiamo farci prestare per te». Disse qualcosa che non riuscii a sentire ma Nash si mise a ridere come un matto, perciò mi voltai di nuovo verso Shaw. Sentii un brivido dentro di me nel vedere che si stava scambiando delle occhiate con la biondina di prima. Le cinsi la vita con la mano e la tirai per schiacciarla bene contro di me.

«Ehi, non farlo».

«Non è che deve essere per forza così spudorata».

«Shaw, guardati intorno. Ci sono almeno dieci tipi seduti a meno di due metri che ti stanno spogliando con gli occhi, ma è tutto a posto. Io sono qui con te, non con lei e tu sei qui per me, non per loro, è questo che conta, giusto?».

Mi fece una smorfia e mi venne voglia di succhiarle il labbro inferiore. Allungai una mano e le sistemai una ciocca di capelli dietro l'orecchio. Parevano di raso e scivolarono via all'istante. «Non ho mai aspettato tutta la settimana di stare con una ragazza che mi piace, e a essere sinceri è uno schifo, ma voglio passare del tempo con te».

«Mi dispiace davvero per il ritardo. È stata una fatica convincere Ayden a venire. Questo non è il suo ambiente, e nemmeno il mio per quel che conta, ma sono contenta che siamo qui».

Passò l'indice sopra il tatuaggio della fenice che spuntava dalla manica della mia maglietta sul mio bicipite. «Anche io voglio passare del tempo con te, Rule. Mi spiace che la mia vita sia così frenetica».

«Non preoccuparti». Infilai la mano sotto la sua folta chioma e mi chinai per sussurrarle nell'orecchio: «Allora stanotte vieni a casa con me o cosa?». Se avesse detto di no, molto probabilmente avrei dovuto farmi una doccia fredda prima di togliere i jeans. I suoi occhi verdi brillanti si spostarono su di me. Nessuna ragazza, soprattutto una che conoscevo da così tanto, era mai riuscita a nascondermi quello che pensava. Era difficile decifrare Shaw; i suoi occhi parevano riflettere quello che sentivo io dentro di me.

«Siamo venute in taxi, quindi se per Ayden va bene, direi che è una possibilità». La sua voce si era fatta più roca di un'ottava e non avevo mai sentito niente di più sexy. Grugnii in segno di approvazione, da bravo uomo primitivo e spostai la mano dalla sua vita al sedere.

Chiacchierammo tutti e quattro e ci facemmo altri due giri, soffrendo durante l'esibizione delle prime due band. La seconda sarebbe stata brava se la cantante si fosse concentrata più sul canto che sulle apparenze, ma perlopiù gridarono e saltarono per un'oretta, tanto che Ayden era pronta a balzare sul palco e strappare il microfono alla poverina. Rimasi sorpreso da quanto fosse divertente uscire tra amici. Ayden era simpatica e ironica, tra lei e Nash era un botta e risposta continuo come se si conoscessero da anni e, quando toccò agli Enmity, la tequila era ormai finita ed erano tutti e due ubriachi.

Shaw era più tranquilla, osservava tutti e tutto intorno a sé, faceva domande e rispondeva quando era impegnata in una conversazione, ma perlopiù teneva d'occhio quello che succedeva piuttosto che prendervi parte. A un certo punto mancò poco che non dessi il via a una rissa: ero dovuto andare in bagno e Nash era uscito per fumare, ci eravamo assentati solo un minuto, ma quando tornai al tavolo c'era un metallaro sudato che tormentava Shaw.

Non sono il tipo che si ingelosisce, in tutta la mia vita non ero mai stato bravo come il mio gemello, perciò non riuscii a capire la furia che d'un tratto mi aveva invaso, il bisogno improvviso di rivendicare qualcosa, di annunciare al mondo che lei era mia. Per fortuna Nash tornò per primo e spedì via quel tipo senza mezzi termini, perché probabilmente io l'avrei annientato e avrei passato la notte in prigione. Eppure, di nuovo al tavolo, sollevai Shaw sulla punta delle sue belle scarpe blu e le schioccai un bacio sulla boccuccia rosa, abbastanza forte da pungerla con l'anello che avevo al labbro. Pensavo che magari si sarebbe ritratta, che avrebbe fatto storie perché mi comportavo come un idiota, invece afferrò la mia maglietta con le mani piccole e mi lasciò fare. Quando alla fine la rimisi a terra, aveva gli occhi lucidi ed era tutta rossa. Si passò la lingua sul labbro inferiore e tornò al mio fianco. «Devo dirtelo, Rule, mi piace un sacco baciarti con tutti i piercing che hai in faccia. Non l'avrei mai pensato, ma con te funziona benissimo».

Ragazzi, era la cosa più eccitante che avessi mai sentito. Le cinsi le spalle con un braccio. «Sai, magari la prossima volta puoi farmi pipì tutt'intorno, così gli altri sapranno che sei già passato tu».

Risi della battuta pungente ma non mi scomodai a negare

a cosa fosse dovuta la mia reazione. Continuammo a chiacchierare e a divertirci, ma quando le luci si spensero e Jet salì sul palco, ormai ne avevo abbastanza degli amici e volevo stare da solo con lei. Per mia sfortuna, Jet sapeva come fare un buon concerto e, pur affermando che il frastuono del gruppo non poteva proprio chiamarsi musica, ad Ayden bastarono due canzoni per trascinare Shaw in prima fila.

Il gruppo faceva casino, era aggressivo e passava in fretta da una canzone all'altra, ma Jet era un bel ragazzo e sapeva come lavorarsi la folla perciò, quando le due amiche corsero da lui, non mi sorpresi del luccichio d'interesse nello sguardo ebbro di Ayden. Sfortunatamente rimasi solo col mio migliore amico sbronzo marcio.

«Ce la fai?».

Gli occhi viola di Nash erano mezzo chiusi ed ero abbastanza sicuro che, se non ci fosse stato il tavolo a sostenerlo, sarebbe caduto a terra sbattendo la faccia. Di solito avevo anch'io quell'aspetto dopo una serata passata a darci dentro con l'alcol ed era un tantino strano assistervi dall'altra parte.

«Eh?». Biascicava parole vaghe e vidi andare in fumo le immagini della serata sexy, sostituite dalla realtà, per cui avrei dovuto trascinarlo all'appartamento e portarlo in bagno, subito.

«Amico, sarà meglio che non mi vomiti in macchina. Vado a cercare le ragazze e gli dico che dobbiamo andare».

«Smhhh...». Ok, era fondamentale portarlo fuori prima che la tequila tornasse a galla. Con un sospiro, mi avviai verso il palco ma, prima di arrivarci, fui intercettato dalla biondina di prima. Adesso che c'era Shaw e che il controllo l'aveva la mia testa e non quello che avevo nei pantaloni, vidi chiaramente che non c'era confronto tra le due. Shaw era perfetta e bella senza bisogno di chili di trucco e vestiti che lasciavano scoperto più di quanto nascondessero. Era anche deliziosamente ignara dell'effetto che aveva sull'altro sesso, mentre quella ragazza era venuta apposta per farsi guardare e ammirare. Mi puntò un dito al centro del petto e sbatté le ciglia truccate pesantemente.

«Ehi».

«Uh… ciao». L'avrei anche superata, ma il locale era pieno e il gruppo stava facendo impazzire la folla. La gente saltava su e giù e agitava la testa dappertutto quindi, a meno che non l'avessi calpestata, non potevo passare.

Essendo alto, scorgevo bene una testa scura e una chiara che sobbalzavano a tempo con la musica proprio in prima fila. Ero contento che Shaw si stesse divertendo, ma per nulla felice che fosse impossibile raggiungerla.

«Ti ho visto prima, sei amico del gruppo».

«Già». Era il tipo di ragazza che di solito cercavo – facile, senza legami, consapevole della direzione che avrebbe preso la serata e di quello che riservava la mattina.

«Allora magari ti va di uscire, di andare in un posto più tranquillo dove possiamo… parlare?».

Inarcai le sopracciglia. Da ubriaco quell'approccio mi sarebbe parso persuasivo, ma adesso che ero sobrio mi sembrava solo squallido e disperato. «Grazie, ma sono venuto con una persona».

Increspò la bocca rossa e indietreggiò di un passo. «Sì, ho visto, e ho anche visto che non starà con te ancora a lungo».

Ero abituato a essere giudicato, a sentirmi dire che non ero all'altezza o abbastanza bravo per qualsiasi motivo, ma detto da una habitué del locale alticcia, che aveva appena cercato di convincermi ad andare a letto con lei, mi fece vacillare.

«Ok». Non sapevo che altro dire.

La ragazza storse il naso e spostò dietro la spalla i capelli troppo maltrattati. «Quella ha i soldi e la posizione sociale scritti addosso, tu i tatuaggi e solo qualche bel momento.

Per quanto credi che penserà che hai qualcos'altro in più da offrirle?».

Aggrottai la fronte, ormai a corto di gentilezza. La spostai fisicamente e gridai voltandomi: «Non lo so, ma sarei un idiota se non le restassi intorno fino a quando lo capirà».

Scansai a colpi e gomitate dei corpi sudati fino a raggiungere le ragazze. Jet era proprio davanti a loro in ginocchio, con la testa reclinata, la maglietta strappata e il grande angelo della morte che gli avevo tatuato sul petto in bella mostra. Ululava come un vero dio del rock e mentre Shaw sembrava affascinata, Ayden era letteralmente sul punto di sciogliersi. A quanto pareva, il mio amico aveva reso il topo di campagna rock and roll per una notte. Misi una mano sul fianco di Shaw e mi chinai per dirle: «Devo portare via Nash, è andato».

Mi guardò con i suoi occhioni e annuì, senza fare storie. Si sporse per strillare qualcosa ad Ayden, che rispose allo stesso modo. La brunetta agitò le dita verso di me e poi mi ritrovai trascinato via attraverso la folla dal corpo esile di Shaw. Nash era quasi del tutto sdraiato sul tavolo e non mi sfuggì l'occhiataccia che gli rivolse il buttafuori.

«E Ayden? Hai detto che dovevi assicurarti che torni a casa sana e salva».

«Ha promesso di chiamarmi quando se ne va. Ha detto che prenderà un taxi».

«Se la caverà da sola?»

«Sì, è grande e sa badare a se stessa, e poi credo che abbia smaltito quasi tutto l'alcol ballando. Credo che voglia restare per dire al tuo amico quanto le è piaciuto il concerto».

«Jet fa questo effetto alle donne».

«Capisco come mai».

Sollevai Nash e lo portai fuori dal locale tenendogli un braccio intorno alla vita. Era grosso ed era difficile gestire quel corpo massiccio.

«Vuoi cambiare idea e lasciarmi per una rockstar?».

Lei storse il naso e prese le chiavi che le lanciai per aprire le portiere e permettermi di spingere Nash di traverso sui sedili posteriori. «Sarà meglio che non vomiti qui dentro, amico», lo avvertii.

Non ottenni risposta, perciò aiutai Shaw a salire e mi resi conto che non aveva avuto la minima esitazione a venire via con me. A quel pensiero, sentii qualcosa di caldo al centro del petto che non riuscivo a spiegarmi.

«Dico solo che è piuttosto carismatico e anche se non ho capito la metà di quello che ha cantato, è stato comunque potente. Aveva tutto il locale nelle sue mani, è impressionante come attiri la gente».

«Sì, Jet è nato per fare la rockstar. Solo che ha un problema con le luci della ribalta e la fama, da sempre».

«Lo conosci da tanto?»

«Andavamo a vedere i suoi concerti quando ero piccolo, quando faceva ancora punk. Nash, Jet e Rowdy sono i miei amici più cari da tanto. Rowdy l'abbiamo incontrato dopo, quando ha iniziato a lavorare allo studio, ma ci consideriamo tutti fratelli di madri diverse».

Shaw si sistemò sul sedile in pelle e, nel vederla massaggiarsi le braccia con la pelle d'oca, regolai il riscaldamento. «Dev'essere bello avere tanti buoni amici. Io non sono mai stata quel tipo».

La guardai con la coda dell'occhio. «Cosa vuoi dire?»

«Sono timida e impacciata. Non so mai come farmi degli amici. Al liceo mi prendevano un sacco di mira. Remy era il mio unico vero amico e adesso ho solo Ayden. Faccio fatica a lasciar avvicinare gli altri, probabilmente perché so quanto sia doloroso quando sono le persone più vicine che ti deludono sempre».

«E io e Rome?»

«Tu?».

Sentii Nash gemere e sbirciai dietro con apprensione. Non aveva un bell'aspetto. «E noi? C'eravamo anche noi, non eravamo tuoi amici?».

Le sfuggì un gemito sordo, che le parti più vitali del mio corpo notarono all'istante.

«Rome è sempre stato come un fratello maggiore, bada a me, mi prende in giro, cerca di tenere lontano ciò che mi fa male e mi fa soffrire. E tu, be', tu sei sempre stato qualcos'altro, non un amico, non un fratello, solo qualcos'altro».

«Ed è un male, questo qualcos'altro?».

Più che vederla, la sentii alzare le spalle. «Sì, e a volte no». Non sapevo come prendere quella risposta, perciò lasciai cadere l'argomento. Guidai per il resto del tragitto con un occhio sulla strada e uno su Nash, i cui versi sofferenti erano sempre più forti. Arrivati all'appartamento, la guardai dall'altra parte dell'abitacolo, ma lei si era piegata sullo schienale del sedile per accarezzare la testa pelata di Nash e sussurrargli qualcosa per calmarlo.

«Ehi, non so quanto ci metterò a sistemarlo, puoi aspettare e poi ti porto a casa o come vuoi».

Si girò verso di me e sollevò un sopracciglio chiaro. «Rule, è tutto a posto. Non è che non sappia come fai a ritrovarti nello stato in cui sei di solito la domenica mattina. Come ti ho detto, mi basta essere al lavoro per le dieci di domani. Se me lo prometti, va tutto bene».

Non sapendo che dire, la fissai per un momento, ma il gorgoglio di Nash mi diedi una mossa. «Sei sempre stata così fantastica?».

Shaw chiuse tutte le portiere e mi aiutò a trascinare Nash su per i gradini. Non aveva risposto alla mia domanda, ma portò a Nash un bicchierone d'acqua e rovistò in bagno in cerca degli antidolorifici. Lasciò entrambi sul lavabo che usava Nash e mi rivolse un'occhiata tagliente. «Vieni da me quando hai finito».

Con una lunga sequela di imprecazioni a denti stretti, aiutai Nash a togliersi la maglia termica e i jeans. Stavo pensando di buttarlo sotto una doccia fredda quando la tequila cominciò a prendersi la rivincita. La testa tatuata sparì nella tazza e io passai l'ora successiva ad assicurarmi che non svenisse, a infilargli dei liquidi in gola e a scansarmi quando gli tornavano su. Quando finalmente fui certo che non avrebbe più vomitato, lo trasportai di peso a letto, controllando che dormisse a faccia in giù, per poi dare una pulita veloce al bagno e a me stesso e cercare Shaw.

La porta della mia stanza era accostata e la TV era accesa. Non sapevo bene cosa avrei trovato e la parte più maliziosa della mia mente aveva già immaginato tutta una serie di scenari, ma quello che mi aspettava non era tra quelli. Il mio letto gigante era scoperto fino al materasso e lei stava cambiando le lenzuola. Le scarpe blu pazzesche erano abbandonate al centro della stanza, del tutto fuori luogo accanto alle magliette e ai jeans che avevo lasciato a terra e non potei fare altro che osservarla, appoggiato allo stipite. Pareva che parlasse da sola, ma a voce troppo bassa perché potessi sentire quel che diceva. Aspettai cinque minuti buoni perché alzasse lo sguardo e mi vedesse intento a guardarla, ma non accadde, perciò chiesi: «Cosa stai facendo?», facendole fare un salto di mezzo metro.

Si portò una mano al petto ed ebbe la grazia di assumere un'aria colpevole.

«Sto cambiando le lenzuola».

«Perché?»

«Uhh... perché?»

«Sì, Shaw, perché stai cambiando le lenzuola del mio letto quasi alle tre del mattino?».

Fu esonerata dal dovermi rispondere quando dalla sua tasca si levò il suono di una canzone di Garth Brooks. Le piaceva scegliere le canzoni adatte alla persona che chiamava.

Ebbe una beve conversazione probabilmente con Ayden e lasciò il telefono sul comodino. Prese l'estremità del piumone e cominciò a sistemarlo di nuovo sul grande letto.

«Ayden si è fatta dare un passaggio a casa, il tuo amico della band dev'essersi ricordato di averla vista al Goal Line e si è offerto di accompagnarla».

«Bene, anche se Jet non è particolarmente noto per la sua monogamia, quindi spero che lei non legga niente nella sua offerta».

«Come ho detto, Ayden sa prendersi cura di sé e, a essere sinceri, nemmeno tu sei noto per quel motivo», accennò al letto con la mano, «quindi che io sia dannata se accetterò di dormire o figuriamoci di fare qualcos'altro in un letto che ha avuto più visitatori di un aeroporto senza prima cambiare le lenzuola». Aveva il labbro inferiore sporgente e un'aria lievemente di sfida.

«Shaw». Superai la soglia, assicurandomi di chiudere la porta a chiave. «Non è entrato nessuno in quel letto dopo di te. Te l'ho detto, sabato ho capito che tra noi stava succedendo qualcosa di diverso».

A mano a mano che mi avvicinavo, la vidi rabbrividire e nei suoi occhi lessi pura vulnerabilità. Mi spaventava sapere con quanta facilità potevo farle del male e quanto disperatamente desideravo che non accadesse.

«Non so come farlo con te, Rule. Mi sono buttata tra le tue braccia da ubriaca e per fortuna tu ci sei stato, ma da sobria è dura guardare quel letto e non vedere ogni singola ragazza che ci è passata prima di me, più di una alla volta in qualche caso».

Cercava di minimizzare, ma sentivo la tristezza sincera che

le colorava la voce. Le presi il viso tra le mani e le sollevai il mento per guardarla negli occhi.

«Non posso cambiare il passato, Casper, nemmeno una parte. Non posso far sparire quelle ragazze o cancellare il fatto che tu le abbia viste in continuazione domenica mattina. Non posso riportare qui Remy o tornare indietro nel tempo e non chiamarlo per farmi venire a prendere quella notte. Probabilmente ho un milione di rimpianti e se si metteranno tra noi qui o a letto allora è meglio farla finita subito, perché non ho intenzione di combattere il passato quando finalmente il futuro sta diventando qualcosa in cui voglio investire».

Sollevò le mani e mi afferrò i polsi; all'inizio pensai che volesse respingermi, invece no. Si sporse in avanti e appoggiò la fronte al centro del mio petto. «Rule, se le cose vanno male, sarà bruttissimo». La sua voce era un sussurro rauco contro il mio torace.

«È vero, ma se vanno bene, sarà bellissimo». Infilai le dita tra i suoi capelli e lei abbassò le mani sulle mie spalle. Non eravamo un'accoppiata perfetta, lei era molto più bassa di me e sul piano fisico dovevo ammettere che eravamo strani insieme, ma c'era qualcosa in lei, nel modo in cui si piegava contro di me, in cui sussurrava il mio nome come una preghiera, in cui profumava di sole, dolcezza e cose deliziose per cui tutto il resto non contava. Lei era l'unica che ricordavo di aver mai voluto stringere per più di un solo fugace minuto.

Cominciò a sfilarmi la camicia da sopra la testa e scoppiai a ridere vedendola impazzire per liberarla dagli spuntoni. Fece una smorfia e la gettò sul pavimento dietro di sé. Con un dito diede un colpetto alla mia cresta e sollevò un sopracciglio. «La cresta ti dona, Rule, ma ti dirò, crea più problemi di quanto valga».

Fece scorrere le dita sulle mie costole e si fermò per ammirare l'opera d'arte che le copriva. Su un lato era raffigurata la morte con la falce che andava da sotto l'ascella fino all'attaccatura della coscia, sull'altro un bell'angelo e tra loro sulla schiena un'enorme croce gotica da scapola a scapola che scendeva fino all'osso sacro, con un elegante striscione da spalla a spalla con la scritta "Remy" in grassetto. La maggior parte della mia pelle era coperta d'inchiostro e, anche se di solito non ci pensavo, stare nudo davanti a lei in tutta la sua bellezza chiara e perfetta mi parve un tantino opprimente. Spostò le mani più in basso e, prima che riuscissi a baciarla, si mise ad armeggiare con la fibbia della mia cintura.

«A Remy sarebbe piaciuto questo, sai? Mi diceva sempre che era così contento quando hai cominciato a farti tatuare. Diceva che avere qualcuno con la sua stessa faccia era sempre stato troppo strano, ma poi tu hai cominciato ad avere un aspetto così diverso, ed era contento che fossi tu perché lui non sarebbe mai riuscito a stare seduto immobile a farsi disegnare qualcosa».

Era vero. Remy era sempre in movimento, si agitava e si dimenava, non sarebbe mai stato in grado di stare fermo abbastanza per una seduta e ogni volta che ero tornato a casa sfoggiando un nuovo tatuaggio, lui era stato il primo ad ammirarlo. Se fosse vissuto abbastanza a lungo da vedermi finire l'apprendistato, aveva promesso che mi avrebbe lasciato disegnare qualcosa per lui. Rientrava nel milione di rimpianti di cui avevo parlato prima. Shaw si stava sbarazzando dei miei pantaloni e d'un tratto avvertii il bisogno di farla rallentare, perciò la sollevai come se fosse una bambola e la gettai in mezzo al letto. Lei rimbalzò e finì sdraiata di schiena con braccia e gambe divaricate. Tolsi gli stivali e lasciai cadere i pantaloni e, visto che di solito non indossavo mutande, quando le strisciai addosso io ero nudo e lei ancora tutta vestita. Spalancò gli occhi quando le infilai le mani sotto la maglietta e mi abbassai per darle una valanga di baci sul collo.

«Sei come il buon whisky, Shaw. Vai alla testa in fretta e senza problemi. L'altra volta abbiamo bruciato un mucchio di tappe divertenti. Perché stavolta non ce la prendiamo un po' più comoda?». Accarezzai il reggiseno e la sentii irrigidirsi. Piegò le gambe circondandomi e, nonostante l'altezza diversa, ci incastrammo alla perfezione. Vagò con le mani sulla mia schiena e sentii la punta delle unghie spingere sulla pelle e la pressione dei talloni sul sedere, ed era stupendo.

«L'altra volta avevo paura che se avessimo rallentato per pensare, tu ti saresti fermato e in quel caso mi sarei sentita morire».

Adesso avevo infilato le mani sotto il reggiseno e lei ansimava, rendendomi sempre più eccitato. Le sfilai la maglietta dalla testa e le sigillai la bocca con la mia. Non esitò a rispondere al bacio e in quel momento decisi che probabilmente baciarla era la cosa più vicina al paradiso che avrei mai provato. C'era la giusta quantità di dare e avere, di lingua e denti, di attrazione incontrollata che mi faceva vedere le stelle e venire voglia di strapparle i pantaloni e prendere il comando come un predatore. Non scherzava quando diceva che le piacevano i gioielli che avevo in bocca. Con la lingua sfregò la pallina e con il labbro inferiore l'anello, facendomi chiudere gli occhi e quasi dimenticarmi che avrei dovuto mostrarle che c'erano un sacco di cose belle che l'altra volta avevamo sorvolato.

«Vedi, non credo che ci siamo presi del tempo per questo». Feci scorrere il pollice su un capezzolo e lo guardai inturgidirsi subito al mio tocco. «Sei così bella e fresca, Shaw, e tu non lo sai nemmeno lontanamente». Le leccai la base del collo e poi giù, fino a prendere un seno in bocca. Aveva un sapore dolce come il suo profumo e l'idea che fossi l'unico a farle quelle cose, che lei fosse mia, solo mia, rendeva tutto più bello. Mormorò il mio nome e inarcò la schiena mentre la mia bocca si dedicava al suo seno. Ondeggiava sotto di me, mi tirava a sé con le mani avide e si sfregava contro quella parte di me d'accordissimo con lei sul fatto che andassi troppo piano. Con un lieve schiocco, lasciai andare la pelle che torturavo e le baciai lo sterno. «Vedi che belle cose».

Lei sospirò. «Davvero». Spostai il peso su un gomito e vagai con la mano dal suo collo fino all'ombelico. La pelle tesa sulla pancia trasalì quando tracciai un cerchio intorno al piccolo incavo. Mi piaceva l'effetto della mia pelle tatuata contro la sua molto più chiara e avvertivo anche un certo piacere quando appiattivo il palmo sul suo ventre e il mio nome andava da un fianco all'altro, come a reclamare ciò che cominciavo già a considerare mio. Infilai il pollice nei pantaloni e la accarezzai, facendola dimenare in modo allettante contro di me.

«Rule», la sua voce tremava. «Cosa stai aspettando?»

«Niente». La baciai di nuovo e mi presi del tempo. Volevo che sapesse che anche lei aveva un effetto su di me quanto io su di lei. Di solito, quando stavo con una ragazza, pensavo solo al piacere istantaneo, niente climax né preliminari. Mi piaceva pensare che negli anni avessi sviluppato delle mosse piuttosto buone, ma adoravo anche arrivare al traguardo nel minor tempo possibile. Non volevo creare ricordi, volevo un orgasmo che intorpidisse la mente e un minuto di pace, ma lei era diversa. Con lei *io* ero diverso e quello che stava succedendo tra noi era sicuramente diverso.

Mi infilai nei suoi pantaloni attillatissimi e con sorpresa scoprii che non si era preoccupata di indossare nulla sotto. Alzai la testa e la guardai con un sorrisetto. «Niente slip?».

Lei fece spallucce e si spostò un poco quando le mie dita accarezzarono le sue parti morbide e calde. «Che c'è? Questi pantaloni mi sono praticamente dipinti addosso e per quanto siano piccole le mutandine, si vedono, quindi l'unica opzione era non metterle».

«Non avrei mai detto che fossi quel tipo di ragazza». Sussurrò il mio nome mentre mi insinuavo nel punto umido e caldo. Il suo corpo si inarcò contro il mio e le cinsi la schiena per tenerla ferma e prendermi cura di lei. L'attrito tra il mio tocco e i pantaloni stretti la fece fremere tra le mie braccia e sapevo che era solo questione di tempo prima che venisse tra le mie mani. «Sei sempre così pulita e composta, chi l'avrebbe detto che fossi una tale birichina». Era scivolosa e tremante, proprio come volevo io, e poi emise un dolce rumore di sorpresa e spalancò gli occhi su di me. Con le mani mi strinse il collo e, proprio prima di sciogliersi, mi tirò verso il basso e mi confuse la mente con un bacio. Sorrisi contro la sua bocca e mi spostai per aiutarla a togliersi i pantaloni, anche se lei si muoveva molto più piano di me. Una volta spogliata, mi concessi un minuto per godermi quella vista, perché nuda Shaw era un bello spettacolo, ma nuda e splendente di piacere era una cosa che un grande artista avrebbe ucciso per riuscire a catturare sulla tela.

Si sporse oltre di me per prendere un preservativo dal cassetto. Mi sdraiai sulla schiena e la lasciai strisciare sopra di me. Sistemai le mani dietro la testa e la osservai mentre apriva il pacchetto con i denti e si apprestava a infilarmi il preservativo. Aveva un tocco gentile e credo avesse paura di farmi male, ma era un bene che si prendesse il suo tempo perché a volte il piercing là sotto rendeva difficile mettere una protezione. Quando fui pronto e abbastanza duro da piantare un chiodo, lei mi guardò con una certa apprensione e si sistemò sul mio grembo.

«Non so come farlo così».

Non era meraviglioso? Dovevo insegnare a quella ragazza

bellissima, stupenda e grandiosa tutto sul sesso e sulle meraviglie che comportava. Mi spostai così da metterla dove doveva e la aiutai a capire come scivolare verso il basso e poi di nuovo su. Digrignai i denti e imprecai, perché non c'era niente che potesse prepararmi a sentirla cercare un ritmo. Mentre si muoveva su e giù, avanti e indietro e riduceva la mia mente in poltiglia, mi sforzai di mantenere un minimo di controllo, ma fu inutile. Quando capii che stava per venire, la girai sulla schiena e la penetrai come se volessi nascondermi dentro di lei e viverci per sempre. Non parve dispiacersi troppo che l'avessi maltrattata, mi graffiò sulla parte rasata della testa e con i denti mi mordicchiò la spalla. Bastò un altro rantolo e la seguii oltre il limite, per poi sdraiarmi sopra di lei, distrutto. Sentii le sue mani scorrere sulle mie spalle e la sua voce roca che mi chiedeva nell'orecchio: «Sei sempre stato così fantastico?».

Capitolo otto
Shaw

Facevo fatica a concentrarmi nel mio gruppo di studio, e non era un bene perché tutti noi dovevamo fare la nostra parte. Ero abbastanza brava in Anatomia, quindi non mi preoccupavo troppo di restare indietro, ma non volevo che capitasse a qualcun altro perché io non riuscivo ad applicarmi. Trovare del tempo per Rule nel mio orario già pieno si stava rivelando un compito scoraggiante e frustrante. Nelle ultime due settimane ero riuscita a incastrare solo un paio di appuntamenti per pranzo quando lui era libero tra un cliente e l'altro, un venerdì sera in cui era venuto al locale con gli amici e aveva aspettato che finissi il turno e il sabato sera successivo a cui, ovviamente, era seguita la domenica mattina. Io dovevo lavorare, perciò c'eravamo salutati con un bacio veloce e poi me n'ero andata per la mia strada. Parlavamo al telefono e ci mandavamo messaggi in continuazione, ma non mi bastava. Adesso che dormivamo insieme regolarmente non mi bastava, perché non volevo altro che rotolarmi a letto con lui a ogni occasione.

Ero arrossita a un ricordo piuttosto piccante quando una ragazza mi diede un colpetto sulla spalla per richiamare la mia attenzione. Dovevo avere la faccia in fiamme, perciò mi schiarii la gola e mi sventolai con il quaderno che usavo per prendere appunti. «Scusa, cos'hai chiesto?».

Lei riformulò la domanda e io incespicai nel rispondere, ripetendomi di concentrarmi per l'ora di studio che restava.

Il cellulare che avevo in tasca suonò un paio di volte ma, da brava studentessa universitaria, lo ignorai e strinsi i denti per il resto della parte dedicata a domande e risposte. Non appena l'incontro terminò, raccolsi le mie cose e schizzai fuori dall'aula. Era scortese, ma non mi preoccupai di salutare i miei compagni. Volevo vedere cosa c'era sul telefono. A Rule piaceva mandarmi messaggini sconci quando meno me l'aspettavo, che mi toglievano il fiato e mi facevano sentire una stupida, e non vedevo l'ora di vedere cosa mi aveva scritto. Solo che il nome sullo schermo non era il suo, ma quello di Gabe, e mi venne voglia di scagliare a terra l'aggeggio. Mia madre insisteva ancora per un incontro di famiglia, ma per fortuna era impegnatissima e nelle ultime due settimane ero riuscita a evitare lei e Gabe, tuttavia a giudicare dal messaggio che lui mi aveva lasciato non sarebbe più stato così.

Shaw, ho parlato con tua madre oggi. Vuole che ti accompagni a Brookside sabato sera per cenare al club. Vorrebbe che tu restassi per la notte e poi ci vedremo tutti a casa sua domenica per un brunch. Ci saranno anche i miei, insieme ad altre persone influenti.

Sconfortata, passai al messaggio successivo.

So che sei titubante a passare del tempo sola con me dopo il mio comportamento stravagante, ma ti assicuro che le mie intenzioni sono buone. Ti sto solo offrendo un passaggio.

Non volevo restare bloccata in macchina con Gabe per un'ora e di certo non volevo dover gestire mia madre per un intero weekend. E poi il sabato era l'unica sera della settimana che riuscivo a passare con Rule e non volevo assolutamente rinunciarvi, ma non vedevo altra scelta. Mi morsi il labbro e risposi che ci sarei andata, ma che avrei guidato io. Non esisteva che andassi a Brookside senza un mezzo per fuggire. Gabe rispose che gli andava bene e mi chiese se potevo dargli un passaggio. Avrei voluto dirgli di no, ma dopotutto prenderlo e scaricarlo non avrebbe fatto male a nessuno. Ci accordammo per incontrarci sabato mattina alla panetteria a metà strada tra casa mia e la sua e, proprio quando stavo per mettere via il cellulare, i Black Rebel Motorcycle Club si misero a suonare nella mia mano. Il viso beffardo di Rule mi guardava dallo schermo e non riuscii a trattenere un sorriso.

Ayden mi ripeteva ogni singolo giorno di stare attenta. Io ero innamorata di Rule e Rule non era innamorato di me. Facevamo sesso, del sesso davvero stupendo, da fermare il mondo, ma lui non aveva mai parlato di una relazione o dei suoi sentimenti, mai. La mia coinquilina era sicura che stessi sull'orlo del precipizio, pronta per farmi spezzare il cuore in modo epico. Per il momento mi bastava quello che lui era disposto a darmi, cioè più di quanto avesse mai dato a chiunque altro, ma in fondo sapevo che non mi sarebbe bastato per sempre e che alla fine qualcosa tra noi avrebbe dovuto cambiare, o se non altro essere definito in termini più chiari con cui potessi convivere.

«Ehi, pensavo che lavorassi fino a tardi».

«Sì. Ma sto morendo di fame e mi chiedevo se tu avessi già mangiato».

«No. Ho appena finito con il gruppo di studio e devo lavorare a un progetto per il corso di Anatomia».

«Puoi farlo qui?».

Sistemai una ciocca di capelli dietro l'orecchio e mi avviai allegra per il parcheggio gelato.

«Allo studio?»

«Sì, c'è il WI-FI e ci siamo solo io e il mio cliente, quindi è tranquillo. Puoi portare del cibo e lavorare qui per un paio d'ore mentre io finisco e poi possiamo andare da me, se ti va».

Certo che mi andava. Mi morsi il labbro e salii in macchina. «Sei sicuro di riuscire a lavorare con me nei paraggi, cioè, non voglio essere una distrazione o che altro».

Rise piano, facendomi venire la pelle d'oca lungo le braccia.

«Anche se sei una bella distrazione, Casper, il mio cliente è un detective della omicidi cinquantacinquenne in pensione che sarebbe felicissimo di tirarmi il collo se facessi un casino col suo tatuaggio. È in memoria del figlio morto in Afghanistan. Portami da mangiare così potrò fare un buon lavoro e lui non mi prenderà a calci in culo».

Risi e incastrai il telefono tra la spalla e l'orecchio. Non ero mai stata allo studio di Rule, era una linea che non avevamo oltrepassato nel nostro precedente rapporto, ma dovevo ammettere che ero curiosa di vedere come fosse una vera officina di tatuaggi.

«Cosa vuoi?»

«Non mi interessa. Non sono schizzinoso, basta che sia tanto, qualsiasi cosa sia».

«D'accordo. Sono ancora all'università, quindi dammi mezz'ora circa».

«Bene».

Chiuse la telefonata senza salutarmi, cosa che mi faceva impazzire perché per lui era un'abitudine, ma stavo imparando che aveva un sacco di strane manie che non avevo mai notato prima. Stavo imparando molte cose di lui, cose che mi ero sorprendentemente persa nel corso degli anni, come il fatto che fosse un buonissimo amico. L'avevo visto interagire con Rome e Remy quindi sapevo che dava molto e amava le persone a cui teneva, ma faceva altrettanto con i suoi amici. Nash e Rule erano sicuramente una squadra. Vivevano in sintonia, lavoravano in sintonia ed era chiaro che si capivano e, per quanto Rule fosse difficile e complicato, starli a guardare era affascinante. Ridevano l'uno dell'altro e si innervosivano per i difetti reciproci, Rule era disordinato e Nash era un maniaco dell'ordine. Si prendevano cura l'uno dell'altro in modi diversi, Nash tendeva a essere più tranquillo, a lasciar passare le cose, come quando il coglione all'altro lato della strada aveva occupato il suo parcheggio anche se nevicava e faceva freddo e lui non aveva fatto storie, mentre Rule era un combattente nato, una testa calda che si rifiutava di lasciar correre. Quel tizio era uscito e si era ritrovato dipinta sul cofano con la vernice lavabile una scena dettagliata con un dinosauro viola che si faceva fare un pompino da quello che sembrava uno Yoda pervertito. Si era infuriato e avrebbe chiamato la polizia, ma Nash l'aveva dissuaso facendogli notare che avrebbero potuto sequestrargli la macchina, cosa che gli sarebbe costata molto più dell'autolavaggio. Si capiva bene come quei due si bilanciassero a vicenda.

Optai per il cinese perché avrei potuto prendere una varietà decente di cose e adoravo il pollo al sesamo. C'era la coda e dovetti aspettare per quella che mi parve un'eternità. Era passata quasi un'ora quando trovai lo studio e un parcheggio abbastanza vicino da non dover camminare un'ora per arrivarci. Parcheggiare a Capitol Hill era un incubo e percorrere il marciapiede affollato con le borse piene di cibo d'asporto e la valigetta del computer si rivelò una sfida interessante, ma ce la feci e, prima ancora di riuscire a destreggiarmi con le mani occupate per aprirla, una porta di vetro con un bel mix di tatuaggi da marinai vecchio stile si spalancò davanti a me. Rule mi prese il cibo di mano, mi diede un rapido bacio sulla bocca e mi fece strada nello studio. Girò il cartello alla porta su CHIUSO e mi guidò oltre un lungo bancone in marmo su cui stavano diversi portfolio aperti e un enorme computer ultimo modello.

Ogni postazione era separata da un muretto alto fino alla vita e dotata di una TV a schermo piatto. Era tutto brillante e pulitissimo, una miriade di opere d'arte alle pareti e ogni tipo di disegno vecchia scuola, tra cui la gente poteva scegliere, tappezzavano lo spazio disponibile sui muri. Era una visione stimolante e l'impianto audio diffondeva un vecchio album dei Bad Religion a basso volume. Si addiceva molto a Rule, come se avesse trovato un posto dove lavorare che lo rappresentasse appieno ed era davvero speciale da vedere. Mi condusse in una stanza sul retro con un tavolo, un divano, un piccolo frigorifero e un sacco di tavoli da disegno con luci particolari destinati agli artisti. Seduto al tavolo c'era un uomo di mezza età che avrebbe benissimo potuto essere un compagno di golf di mio padre, tranne per il fatto che si era tolto la camicia e il centro del suo petto era coperto non da peli grigi ma dal contorno nerissimo di un'aquila e della bandiera americana.

Rule appoggiò le borse sul tavolo e iniziò a frugarci dentro. «Shaw, questo è Mark Bradley. Mark, questa è Shaw. Spero non ti dispiaccia se rimane un po' qui visto che è stata così gentile da portarci la cena».

Cominciò a mettere il cibo su alcuni piatti comparsi dal nulla. «Ma certo, non sapevo che ti fossi trovato una ragazza, Rule, e pure carina».

Rule mi fece l'occhiolino sopra la testa dell'uomo e mi passò un piatto strapieno che avrei solo piluccato. «Certo che è carina».

Mangiammo in un silenzio tollerabile per qualche minuto, ma continuai a sbirciare il vistoso disegno sul petto di Mark. Era enorme ed era un bell'impegno per un uomo che aveva superato i cinquant'anni.

«Il suo tatuaggio è impressionante». Lui abbassò lo sguardo su di sé e poi lo riportò su Rule.

«Questo ragazzo ha davvero talento. Ho girato tutta la città in cerca di qualcuno che rendesse giustizia a quello che volevo. Rule l'ha capito subito e il fatto che suo fratello si sia arruolato non guasta, così ha capito l'importanza che c'è dietro».

«Mi ha detto che è in ricordo di suo figlio».

«Sfortunatamente sì. Una bomba sul ciglio della strada qualche anno fa, era il mio figlio maggiore e questo mi è sembrato il modo più appropriato di mostrare quanto sono fiero di essere suo padre».

Sentii gli occhi riempirsi di lacrime. Ero così abituata a genitori sconsiderati o persi nel proprio lutto per riuscire a esprimere il loro dolore in modo salutare. Mi sporsi e gli strinsi la mano, sbattendo le palpebre per trattenere le lacrime. «È bellissimo».

«Mio figlio amava i tatuaggi vecchia scuola. Gli facevo un sacco di storie ogni volta che tornava a casa con uno nuovo. Sarebbe contento di sapere che ho scelto questo modo per tenere vivo il suo ricordo».

«Lo finirai oggi?», chiesi a Rule, che mangiava in piedi e osservava attento lo scambio di battute tra me e il suo cliente.

«No. Un tatuaggio così grosso richiede diverse sedute. Oggi faremo il resto del nero e il grigio, qualche riflesso e le ombre, e la prossima seduta durerà solo un'oretta per il colore. Sarà classico, una volta completato».

Finimmo di mangiare e io mi offrii di pulire il casino, mentre Rule andò a preparare tutto per Mark. Stavo prendendo il computer e i libri per sistemarmi nella stanza sul retro, quando fece capolino e mi indicò con il dito. «Vieni di qua e mettiti in una postazione libera».

«Non voglio starti tra i piedi».

«Dài, Casper, con te c'è una vista migliore».

Alzai gli occhi e andai a prendere posto davanti a lui. Mi sedetti sulla sedia sorprendentemente comoda, con il computer sulle gambe. Lo stereo passò ai The Gaslight Anthem e mi misi a canticchiare.

«Cosa stai studiando?».

Alzai lo sguardo verso Mark, che faceva una smorfia interessante mentre Rule era chino sopra di lui, con il ronzio costante della macchina per i tatuaggi simile a una ninna nanna rassicurante.

«Voglio diventare medico. Mi piacerebbe lavorare in medicina d'urgenza».

«È un obiettivo piuttosto grosso. Perché medicina d'urgenza?».

Raccolsi i capelli in uno chignon molle in cima alla testa. «Ho sempre voluto fare il dottore, mio padre è un chirurgo cardiovascolare, ma qualche anno fa ho perso un caro amico in un terribile incidente d'auto e mi è sembrato che, se l'avessero curato meglio quando è arrivato al pronto soccorso, ce l'avrebbe fatta. Voglio fare la differenza quando conta di più».

Rule alzò lo sguardo e ci fissammo per un lungo momento prima che riabbassasse la testa e tornasse al suo lavoro. Mark grugnì. «Hai una ragazza speciale, amico. Sarà meglio che la tratti bene».

Rule mormorò qualcosa che non riuscii a sentire e tornai a concentrarmi sul progetto a cui dovevo lavorare ancora un sacco. Per due ore buone scrissi al computer mentre la macchina ronzava. Non parlammo molto – io perché studiavo e sbirciavo Rule, Mark perché, col passare del tempo, era chiaro che soffrisse e Rule perché, quando lavorava, si concentrava unicamente su quel che faceva ed era straordinario da guardare. Metteva una parte di sé in quello che stava incidendo su Mark e non si sarebbe accontentato di un lavoro meno che perfetto. Osservarlo al lavoro, mentre cambiava coscienziosamente e per sempre il corpo di quell'uomo, mi fece innamorare di lui ancora di più.

Mark ebbe bisogno di due pause e, mentre lui si alzava,

Rule venne da me. La prima volta mi diede un bacio sulla testa. La seconda ci baciammo come si deve, tanto che dovetti risistemarmi la gonna quando Mark rientrò dopo aver fumato una sigaretta. Nel complesso fu un bel modo di trascorrere la serata e riuscii a lavorare molto. Quattro ore più tardi, Rule ripulì le sbavature di inchiostro nero dalla pelle arrossata di Mark e sul suo petto restò l'immagine di un bel tatuaggio, un tributo d'onore al figlio caduto. Gli dissi di nuovo quanto mi sembrasse carino e che mi sarebbe piaciuto vederlo finito. Lui mi abbracciò come avrebbe fatto un vero padre e mi disse di prendermi cura di me. Poi pagò Rule e io trasalii. Non avevo idea di quanto costasse farsi un tatuaggio e per di più gli lasciò una mancia gigantesca.

Rule mi disse di preparare le mie cose, poi pulì la sua postazione e chiuse lo studio per la notte. Ci volle un'altra ora prima di andarcene e ormai io sbadigliavo e avevo sonno. La mia auto non era lontano, perciò decisi di lasciarla dov'era e di non cercare un parcheggio più vicino all'appartamento di Rule, che promise di alzarsi presto e accompagnarmi a riprenderla il mattino dopo. Camminammo in fretta perché faceva freddo, ma essere stretta a lui per tutto il tragitto fu d'aiuto. Salutammo Nash e pensai che magari Rule volesse sedersi un attimo a chiacchierare, invece appoggiò la mia roba sul tavolino, prese due birre dal frigo e mi trascinò in camera sua.

Non parlammo, non ce n'era bisogno. Ormai cominciavo a prenderci la mano quando si trattava di sesso, o almeno di sesso con Rule. Gli piaceva usare le mani, con mio grande beneficio. Dopo esserci rotolati non una ma due volte, stavo distesa tutta contenta sul suo petto nudo, spostando le dita sulle squame del serpente sul suo braccio accanto al mio viso. Lui era appoggiato al cuscino, beveva una birra e trafficava col cellulare, disegnando sulla mia schiena con un dito. Ero sazia e quasi addormentata quando la sua voce mi penetrò la mente.

«Ti va di venire a un altro concerto con me sabato? Faccio i tatuaggi a un membro degli Artifice e ho dei pass per il backstage».

Aprii gli occhi di scatto e mi irrigidii, e il mio cuscino umano se ne accorse. Scostai i capelli dal viso e lo guardai. Anche lui aveva gli occhi mezzo chiusi e assonnati, ma capii che voleva una risposta. Deglutii e mi morsi il labbro, come facevo sempre quando ero nervosa.

«Devo andare da mia madre per il fine settimana. Parto sabato e tornerò solo domenica nel pomeriggio».

Ora era lui a essersi irrigidito sotto di me. «Ci vai da sola?»

«No», risposi a malapena in un sussurro. «Ho detto a Gabe che lo accompagnerò dai suoi, che sono di strada».

«Hai detto al ragazzo che ti perseguita e ti molesta che gli darai un passaggio?». Il suo tono incredulo mi innervosì.

«Sì».

«Perché?»

«Perché era più semplice che affrontare il senso di colpa e l'enorme delusione che mia madre mi sbatterebbe in faccia se non lo facessi. Tu non capisci».

«Oh, capisco perfettamente invece. Tua madre ti dice di saltare e tu lo fai dritto tra le braccia di quel pazzo. Non riesco a crederci, Shaw. Già ti vedo a malapena così. Metà delle volte impazzisco perché mi sveglio nel cuore della notte per toccarti e tu non ci sei e adesso tu te ne scappi per un weekend con quello psicopatico del tuo ex. Non ci credo».

Rotolai per spostarmi da lui e mi avvolsi nel lenzuolo perché mi sentivo scoperta e vulnerabile, e non perché ero nuda. «Non è così e lo sai. Non voglio andarci, non voglio passare del tempo con Gabe, ma darla vinta a mia madre è più facile che provare a sfidarla».

«Come fai a saperlo? Ci hai mai provato, almeno?».

Inspirai tra i denti dell'aria fredda. «È mia madre, Rule».

«Come vuoi. Ne parliamo domani». Si girò su un fianco lontano da me; lo conoscevo abbastanza bene da sapere che non ne avremmo parlato per niente il giorno dopo. In effetti, la mattina seguente mi lasciò alla mia macchina senza dirmi nulla, senza baciarmi, senza guardarmi, senza fare niente per darmi a intendere che una conversazione avrebbe potuto sistemare quello che avevo fatto.

Il giorno successivo gli mandai un messaggio dopo il lavoro per dirgli che mi dispiaceva e che volevo vederlo, ma lui non rispose. Lo chiamai martedì per vedere se volesse pranzare insieme e parlare, ma partì direttamente la segreteria. Mercoledì ero praticamente fuori di me e pronta a presentarmi allo studio o al suo appartamento pretendendo che mi parlasse, solo che Rome era tornato in città e mi requisì per cena. Si lasciò sfuggire che stava da Rule per qualche giorno perché la famiglia del suo amico era andata a trovarlo per una settimana. Sentii il cuore lacerarsi, perché Rule non si era nemmeno preso la briga di farmi sapere di Rome. Avrei benissimo potuto presentarmi e fare una gran figura di merda davanti a suo fratello e a lui non importava. Passai giovedì e venerdì a singhiozzare sulla spalla di Ayden e a superare i vari turni al lavoro. Ero in uno stato disastroso e sabato mattina, quando mi fermai alla panetteria per incontrare Gabe, l'unica cosa che volevo era passare con la mia BMW sulla sua faccia compiaciuta e sorridente

Quando lui si sporse per darmi un bacio sulla guancia, mi ritrassi così violentemente da sbattere la testa contro il finestrino.

«Non provarci». Riuscivo quasi a vedere il gelo nella mia voce, ma non mi importava. Mi mancava Rule, mi faceva impazzire il fatto di dover scegliere tra lui e un'altra famiglia ed ero incazzata che non riuscisse a capire perché dovevo farlo. Per tutta la settimana ero stata assillata da visioni della sua stanza che tornava a essere una porta girevole di conquiste sessuali e la cosa mi mandava in iperventilazione. Capivo perché era arrabbiato con me, ma odiavo il fatto che mi tagliasse fuori.

«Dài, Shaw, non puoi almeno provare a rendere piacevole questo fine settimana? I nostri genitori sarebbero elettrizzati se riuscissimo a sistemare le cose tra noi».

Alzai la radio e lasciai che il rock dei georgiani Drive-by Truckers riempisse il vuoto destinato alla conversazione. Gli scansai la mano con un colpo quando la allungò verso la manopola del volume. «Non pensarci neanche».

«Dài, Shaw, dobbiamo parlare».

«No».

«Smettila di essere così ostinata».

«Gabe, sto con un altro, non c'è niente di cui dobbiamo parlare. L'unico motivo per cui sto venendo è per togliermi di torno mia madre».

«Quel punkettone pieno di tatuaggi? Non puoi credere di avere qualcosa di serio con lui, Shaw, davvero, ma cosa pensi? Che tornerai a casa dopo un turno di settantadue ore in ospedale e lui sarà lì seduto ad aspettarti come un casalingo? Immagini davvero il tuo futuro in questo modo con una persona del genere? Più probabilmente inizierai il tirocinio e non appena lui capirà quanto tempo tu starai via e lui dovrà stare da solo, comincerà a portare a casa tutte le ragazze che c'erano prima che arrivassi tu. Sii seria, i ragazzi così non restano a lungo, ma solo finché non svanisce la novità».

Fremevo di rabbia perché mi stava pungendo un po' troppo sul vivo, perciò alzai ancora di più la musica e feci del mio meglio per ignorarlo per il resto del viaggio. Guidai più veloce del dovuto ma volevo disperatamente uscire da quello spazio chiuso con Gabe. Più volte aveva cercato di intavolare una conversazione, ma io avevo sempre alzato il volume, fino a quando la musica dei Truckers non ci spaccò i timpani, per cui sarebbe stato ridicolo parlare. Alla fine lo capì e si cucì la bocca. Arrivati a casa sua a Brookside, lo spinsi praticamente fuori dalla macchina in corsa. Mi fece cenno di abbassare il finestrino per dirmi qualcosa, ma io strinsi i denti e mi allontanai tra lo stridore delle ruote.

I miei genitori vivevano in un altro residence, perciò mentre attraversavo la città decisi di fermarmi per ricompormi nello Starbucks dove avevo portato Rule l'ultima volta che ero venuta. Tanto per torturarmi ulteriormente, presi il cellulare e mi sentii morire nel vedere che non c'erano messaggi vocali né di testo. Non sapevo che fare e mi pareva che tutto quello che avevo sempre voluto mi stesse scivolando tra le dita.

«Shaw? Shaw Landon, sei tu?». Alzai gli occhi dal caffè e repressi un gemito perché Amy Rodgers mi stava venendo incontro. Avrei dovuto ricordarmi che lei e quello Starbucks erano culo e camicia.

«Certo, Amy. Come stai?».

Mi diede due baci senza toccarmi le guance e mi rivolse un sorriso a trentadue denti. Non aveva nemmeno mai finto di essere così carina con me al liceo, perciò mi misi subito all'erta.

«Oh, bene. Ho appena finito la scuola da estetista e lavoro in un salone super alla moda e di lusso a Denver. Anche tu vivi lì adesso, giusto?».

Annuii e vidi che i suoi occhi indugiavano sulla mia nuova e bella acconciatura. «Be', sono così contenta di averti incontrato, stavo pensando di venire a trovarti».

Sollevai un sopracciglio. «Perché?».

Spostò i capelli dietro la spalla. «Be', qualche weekend fa

ero a casa per fare il bucato e ho visto uno dei gemelli Archer, quello con i tatuaggi. Comunque, mi sono ricordata che tu eri amica loro e mi stavo chiedendo se potessi darmi il suo numero. Non mi ricordo mai chi è chi, ma Dio se era bello. Ho sentito che anche loro si sono trasferiti a Denver e speravo di poter combinare qualcosa con lui».

Mi sentii raggelare. Ebbi l'istinto di lanciare il caffè contro quel visino grazioso e perfetto ma riuscii a trattenermi per il rotto della cuffia.

«Remy è morto, Amy. C'è solo Rule, c'è solo lui da quasi tre anni ormai e sono sicura che gli piacerebbe tantissimo sapere che un'idiota non sapeva nemmeno chi fosse, ma solo uno dei gemelli Archer. Mi viene voglia di vomitare e sei fortunata che siamo in pubblico, altrimenti in questo momento ti starei spaccando la faccia».

Mi guardò a bocca aperta mentre la superavo e gettavo nella spazzatura il caffè, di cui ormai non avevo più voglia. «Non ti darò il suo numero perché lui è mio e se provi ad avvicinarti giuro su Dio che quello che ti farò sarà citato per anni nei programmi di cronaca nera».

Quando tornai in macchina stavo tremando e bastò un secondo perché gli occhi mi si riempissero di lacrime. Mi mancava Remy, mi mancava Rule e mi mancavano Margot e Dale. Rule aveva ragione, non sapevo cosa significasse sfidare mia madre perché non l'avevo mai fatto e adesso lei era solo una persona in più che cercava di mettersi tra me e il ragazzo con cui volevo stare. Non avevo problemi a rivendicarlo con un'ochetta come Amy, ma con mia madre, be', con lei era una faccenda molto più grossa. Avevo sempre saputo che lui ne valeva la pena, era quello che aspettavo disperatamente che capissero i suoi genitori, ma quando era stato il momento di dimostrarlo avevo fatto come chiunque altro con lui e avevo permesso a mia madre di costringermi a fare qualcosa che mi allontanava da lui. Appoggiai la fronte al volante e ripresi il telefono. Lo fissai per cinque minuti buoni, con il motore acceso, pensando a cosa dirgli e l'unica cosa che mi venne in mente fu: "Mi dispiace tanto, non volevo ferirti. Sarei dovuta restare. Mi manchi davvero".

Lo riposi prima di impazzire controllando se mi rispondesse e mi rimisi in moto per andare dai miei. La casa assomigliava più a un elegante chalet di montagna. Superati i cancelli, era tutto fine e costoso e, mentre parcheggiavo e mi avviavo alla porta d'ingresso, mi ricordai quanto mi sentissi piccola accanto a tutta quell'imponenza. Quando Remy era entrato nella mia vita e mi aveva preso sotto la sua ala, avevo colto al volo l'opportunità di passare ogni secondo che potessi dagli Archer. Malgrado tutti i loro difetti, da loro era chiaro che le persone si amavano e tenevano le une alle altre. Sia la casa di mia madre sia quella di mio padre non erano per nulla così; erano piene di servitù e opere d'arte. Mentre mi guidavano in soggiorno, rimasi colpita ancora una volta da quanto non volessi stare là e da come, se non avessi risolto le cose con Rule dopo il fine settimana, molto probabilmente avrebbero dovuto internarmi perché avrei potuto uscire di testa.

Mia madre mi si avvicinò con occhio critico in tutta la sua gloriosa raffinatezza. Non mi abbracciò, non mi chiese com'era andato il viaggio, non si scusò per essersi dimenticata il mio compleanno, si limitò a guardarmi brevemente con aria glaciale dalla testa alla punta dei miei stivaletti di pelle con i lacci. La sua bocca già stretta si piegò in una smorfia di disapprovazione. «Cos'hai fatto ai capelli, Shaw? Sono orribili e spero che ti sia portata dei vestiti più appropriati, andremo a cena al country club, non dai vicini».

Portavo dei leggings e un maglione lungo con una grossa cintura in pelle abbinata agli stivali. Era di gran lunga troppo sofisticato per un semplice viaggio in auto verso casa, ma avevo cercato di evitare proprio quella scenata. Per l'ennesima volta non ero riuscita a soddisfare i suoi standard esigenti. Strinsi più forte le mani intorno alla borsa che mi ero rifiutata di dare alla cameriera che mi aveva aperto la porta. Avevo il cuore in gola, be' in effetti era rimasto a Denver e al momento mi ignorava, ma non era importante.

«Immagino che tu e Gabe abbiate avuto tempo di parlare venendo qui».

«Non proprio. Ti ho detto che non ho più niente da dirgli».

Se fosse stato possibile, la sua smorfia divenne ancora più tirata – pareva che stesse succhiando un limone. Mia madre era una bella donna, avevo ereditato i suoi capelli e la carnagione chiara, ma guardandola obiettivamente, forse per la prima volta in vita mia, mi resi conto che la sua bellezza era rigida e racchiusa in così tanto ghiaccio e amarezza che era difficile vederla.

«Ti ho chiesto di smetterla di comportarti in modo ridicolo, signorina. Questo fine settimana ti mostrerai gentile e piacevole. Non tollererò più un atteggiamento ostile o scortese verso Gabe o i Davenport, hai capito?».

Da qualche parte nel profondo, la Shaw che ero quando stavo con Rule, quella che avrebbe dovuto rifiutarsi di andare a quella farsa di weekend alzò la testa. Spostai ciocche di capelli bicolore dietro le spalle e superai mia madre diretta alle scale e alla mia camera. «Mi hai ordinato di venire qui, mamma, perciò adesso devi accettarne le conseguenze, che ti piacciano o no». Mi gridò qualcosa in tono stridulo ma io la ignorai. «Fammi sapere quando siamo pronti a uscire per cena».

Chiusi la porta della stanza che non avevo mai davvero sentito mia e lasciai cadere a terra la borsa. L'interior designer di mia madre l'aveva decorata in sfumature di grigio e rosa chiaro. Era adorabile, femminile e adatta a una ragazza, con una miriade di cuscini infiocchettati sul letto a baldacchino con la copertura in pizzo. Una stanza che sarebbe piaciuta a chi voleva dormire nel lusso e circondato da milioni di lenzuola spesse, ma a me era sempre sembrata inanimata e vuota. Non c'erano foto personali, né macchie di colore, TV o radio – nulla che dicesse qualcosa sulla persona che ci viveva. Mi sedetti a gambe incrociate al centro del grande letto e mandai un messaggio ad Ayden. Si comportava in modo strano dalla sera in cui Jet l'aveva accompagnata a casa dal locale, ma non voleva parlarne e, visto che io avevo già un dramma con un uomo, non mi andava di litigare per cavarle qualche informazione.

Non avevo fatto nemmeno due passi oltre la porta che ha criticato i miei capelli e i vestiti. Che bello essere a casa L

Che schifo, tesoro.

Sì e Rule non mi ha ancora scritto niente.

Ehmmm...

Cosa c'è?

Non so se dovrei dirtelo.

Dirmi cosa?

Devi promettermi che non darai di matto.

Be', adesso sì che sto per dare di matto!

Loren diceva che ieri sera è uscita; ha detto che ha visto Rule e i ragazzi nel locale dov'era lei.

Oddio...

Sì, be', ha detto che voleva provare a parlargli o qualcosa del genere perché è una stupida troia, ma lui era appiccicato a una rossa e lei non è riuscita nemmeno ad andargli vicino.

Cazzo.

Sì, be', ha detto anche che lui se n'è andato con quella, con la rossa, cioè ha detto che tutto il gruppo se n'è andato insieme e so che lei è un'odiosa pettegola e le piace creare casini ma credo che dovresti drizzare le antenne visto che non riesci a parlare con lui.

Grazie.

Stai bene?

No, per niente.

Vuoi che lo tratti male da parte tua?

Magari, ti chiamo dopo questa stupida cena. Ti voglio bene.

Anch'io. xoxo

Passai un dito sullo schermo e trattenni il fiato per un secondo, per poi sbottare in uno strillo furioso e scagliare il costoso apparecchio contro la parete. Nascosi la testa tra le mani e mi sforzai di non vomitare. Non riuscivo a credere che stesse succedendo. Avevo avuto tutto quello che avevo sempre desiderato solo per pochi secondi ed era bastato un solo scontro, un piccolo disaccordo per mandare tutto a puttane. Non avrei dovuto star male perché mi aveva sostituita con tanta fretta e facilità. Conoscevo Rule, sapevo come si comportava, ma mi sentivo comunque come se qualcuno stesse scavando dei buchi nella mia anima con un attizzatoio bollente. Essere innamorata di Rule non era mai stato facile, e adesso che sapevo cosa voleva dire *amarlo* davvero, non ero sicura di poter tornare indietro.

Passai il resto del pomeriggio segregata nella mia stanza.

Mia madre mandò una domestica a vedere se volessi pranzare, ma mi rifiutai di rispondere quando bussò alla porta. Verso le cinque mandò il marito a dirmi che saremmo usciti dopo un'ora per andare al club e, anche se una parte di me non voleva altro che mettere i jeans attillati e gli stivali da motociclista, decisi che litigare con mia madre davanti ai miei fratellastri sarebbe stato infantile e ridicolo, perciò infilai un vestito svasato viola e bianco con le maniche lunghe che mi arrivava diversi centimetri sopra il ginocchio e in qualche minuto mi stirai i capelli, che mi ricadevano sulle spalle come un sipario. Degli stivali viola con il tacco a spillo e delle borchie sul dietro completavano il look. Non era esattamente la mise perfetta da country club, ma mi avrebbe permesso di uscire di casa senza troppe storie.

Quando scesi le scale mia madre mi lanciò un'occhiataccia e Jack mi aiutò a infilare la giacca da marinaio grigia. Nessuno disse niente mentre salivamo nell'Escalade familiare e partivamo per il country club. Mentre i ragazzi chiacchieravano senza sosta, io rimuginai su Rule e sulla rossa sconosciuta, sperando che non significasse quello che pensavo e che bucassimo una gomma per evitare Gabe e la sua famiglia. Ma non accadde e quando arrivammo e dovetti rivolgere a Gabe un sorriso forzato e permettergli di baciarmi sulla guancia e scostarmi la sedia, ci volle letteralmente ogni singolo grammo di forza di volontà che avevo in corpo per non scappare urlando. Presi posto tra Gabe e mia madre e mi preparai a soffrire durante la cena più imbarazzante e orribile della mia vita.

Capitolo nove
Rule

«Allora, vuoi confessarmi come mai questa settimana fai lo stronzo ancora più del normale?». Ero sdraiato sulla panca a sollevare i pesi e Rome incombeva su di me. Mi aveva chiesto di andare in palestra sabato perché doveva cominciare la riabilitazione alla spalla. Anche ferito, mi ero scordato quanto fosse muscoloso mio fratello. Mi vergognavo ad allenarmi con lui e per la maggior parte del tempo mi sforzai di non tirarmi indietro davanti al peso in più che alzava rispetto a quanto facevo di solito io. Una volta rimessa a posto la sbarra, mi misi seduto e mi passai un asciugamano sul viso sudato e sulla testa appena rasata. Non mi ero rapato a zero come Nash, ma la cresta non c'era più e mi restavano solo dei capelli cortissimi e scuri. Con i piercing al sopracciglio e i tatuaggi che mi risalivano il collo, assomigliavo a un evaso.

«Direi di no». Seguii Rome che passava ai pesi liberi e cominciava a sollevarne uno avanti e indietro con il braccio dolorante. Gli dava ancora fastidio, perché faceva una smorfia ogni volta che lo piegava e lo stendeva, ma non si lamentava e andava avanti. Avrei dovuto dirgli che ero fuori di me per Shaw; probabilmente lui mi avrebbe dato qualche valido consiglio perché ero piuttosto sicuro di essere sulla buona strada per mandare a puttane qualcosa che si stava rivelando davvero stupendo. Quando mercoledì l'aveva portata a cena, ci era voluto tutto il mio meglio per non fargli il terzo grado e chiedergli se lei avesse chiesto di me e se stesse bene. Ma poi mi ero ricordato che non rispondevo di proposito ai suoi messaggi e alle sue chiamate e avevo lasciato perdere.

Con il viso contratto in una smorfia di dolore, incontrò i miei occhi nello specchio. «Non c'entra niente il fatto che Shaw pareva un fantasma quando l'ho vista mercoledì, vero?»

«Perché pensi che le due cose siano collegate?»

«Perché non sono stupido. Ha un debole per te da un po' e pensavo fosse solo questione di tempo prima che ci facessi caso. E poi tutti e due avete passato la settimana a guardare il telefono come se contenesse tutte le risposte dell'universo, non trovandoci qualsiasi cosa cerchiate, con l'aria di due cuccioli presi a calci».

Imprecai e attaccai l'anello al labbro con la lingua. «Ti starebbe davvero bene se ti dicessi che io e Shaw ci frequentiamo? O mi picchieresti?»

«Mi va benissimo, purché sia più che frequentarvi. Shaw non è una tipa da una notte e via e se la tratterai come se lo fosse ti spezzerò tutte e due le gambe».

Lo guardai in cagnesco e gli mostrai il dito nello specchio. «Cosa vuol dire che ha un debole per me da un po'? Una sera era ubriaca persa e la situazione si è fatta bollente e non sono riuscito a evitarlo, e allora ho pensato, perché non continuare. Lei mi piace. Cioè, mi piace passare del tempo con lei. È divertente ma è sempre impegnatissima e questo weekend è tornata a Brookside con quello svitato del suo ex perché gliel'ha detto sua madre. Non so se posso uscire con una così. Ha vent'anni, dovrebbe vivere la sua vita, non piegarsi a ogni capriccio dei suoi».

«Lasciami indovinare, quindi invece di avere una conversazione ragionevole e razionale con lei per esprimere le tue preoccupazioni, probabilmente l'hai tagliata fuori e ti sei rifiutato di parlarle mentre fremevi e ti crogiolavi nella rabbia».

Alzai una spalla.

«Rule, Shaw ti conosce da tanto. Riesci a immaginare cosa penserà che tu stia facendo mentre la ignori? Dài, fratellino, usa la testa per un secondo, cavolo. Vale la pena di rovinare tutto prima ancora di iniziare? Quella ragazza ti capisce, cioè, sul serio, e penso che ti capisca fin dall'inizio, quando tutti guardavano sempre oltre te per vedere Remy. Smettila di fare il testardo e sistema le cose con lei».

«È andata con il suo ex, Rome».

«Sì, e ieri sera tu sei uscito e ti sei lasciato infilare la lingua in gola da una troietta. Non tutti seguono lo stesso copione, Rule. La maggior parte della gente vuole rendere felici i propri genitori, avere la loro approvazione per quello che fa nella vita. Non tutti bruciano ogni ponte come te. La maggior parte della gente vuole tornare a casa».

Rabbrividii un po' perché le sue parole mi colpirono nel profondo. Se fossi stato un tantino più ubriaco e più stupido, probabilmente la sera prima avrei commesso un errore e non ci sarebbe stato modo di tornare indietro. Per fortuna la rossa sapeva di lucidalabbra dolce e appiccicoso e aveva un profumo floreale da quattro soldi. Non aveva la morbidezza e la perfezione che sentivo quando stavo incollato alle labbra di Shaw, perciò l'avevo mandata per la sua strada e mi ero sentito di merda per il resto della serata. Sapevo che avrei dovuto parlare con Shaw. Non potevo andare avanti ancora così, altrimenti avrei finito per sabotare quello che stava nascendo tra noi.

«Ho paura, Rome».

«Perché?»

«Lo sai. Quando ti butti, poi ti senti morire quando l'altro se ne va».

«Dài, Rule, di solito chi ci tiene abbastanza per buttarsi non vuole andarsene. Guardati intorno, io sono ancora qui, Nash non è andato da nessun parte, Jet e Rowdy ucciderebbero per te e, se ci pensassi un attimo, anche Shaw c'è da tempo. Avrai anche pensato che ci fosse in nome di Remy, perché lui la teneva sempre d'occhio e la proteggeva, ma penso che tu sia abbastanza intelligente da capire adesso che magari lei cercava di prendersi cura di te per altri motivi».

Lasciò cadere i pesi nella rastrelliera con un tonfo e si voltò per guardarmi con occhi freddi.

«Cresci, Rule, smettila di fare il ragazzino viziato che non riesce a uscire dall'ombra del fratello. Hai una carriera di successo, un bel gruppo di amici, una famiglia che sarà anche a pezzi ma che ti ama comunque e una ragazza spettacolare che aspetta solo che tu capisca che può essere tua senza problemi».

«Ragazzi, quando fai il fratello maggiore ti ci metti sul serio».

Alzò gli occhi mentre ci avviavamo allo spogliatoio. Mi rimisi i vestiti normali e lanciai un'occhiata veloce al telefono. Sentii una stretta al cuore nel vedere il messaggio che mi aveva mandato. Da quelle parole si capiva quanto fosse triste. Ero proprio uno stronzo; avrei potuto parlarle invece di mandarla via con quel somaro senza dirle una parola. Stavo pensando a qualcosa da scriverle quando Rome mi colpì alla nuca con la mano.

«Andiamo».

«Devo essere al lavoro a mezzogiorno. Ehi Rome». Aspettai che si girasse e mi guardasse negli occhi. «E mamma e papà?»

«In che senso?»

«Per me e Shaw. Se riesco a capirci qualcosa, a non rovinare tutto alla grande, cosa dovrei fare con loro? Non capirebbero mai».

«Chissenefrega! Ti meriti di essere felice e anche Shaw. Remy è morto, le cose stanno così».

Mi schiarii la voce e mi passai una mano sulla nuca. «Sì, be', comunque Shaw non è mai stata con lui in quel senso».

Sgranò gli occhi e spalancò la bocca. «Dici che voglio conoscere come fai a saperlo?»

«Probabilmente no, ma diciamo solo che so per certo che lei e Remy non avevano quel tipo di relazione».

«Be', a ogni modo, non sono affari di mamma e papà».

Sospirai di nuovo. «Sì, credo di sì».

Ci lasciammo e io mi avviai allo studio. Ero pieno di clienti per tutto il giorno e la sera dovevo andare al concerto con gli altri. Brent, il cantante della band, mi faceva una bella pubblicità mostrando su di sé i miei lavori, perché negli ultimi anni gli Artifice avevano fatto il botto. Andai a casa, mi cambiai e mi preparai a uscire con i ragazzi, ma avevo ancora in testa Shaw e il messaggio che mi aveva mandato quella mattina. Mi aveva ferito e, anche se ero troppo caparbio per ammetterlo, ragion per cui l'avevo allontanata, non volevo che avesse intorno il suo ex perché era logico che lui fosse più adatto a lei e io non volevo non essere all'altezza. Se la respingevo senza darle l'occasione di parlarne o di risolvere le cose, accantonavo ogni possibilità che mi rifiutasse o mi trovasse inadeguato ancora prima di cominciare. Ero un idiota, di tutte le persone nella mia vita Shaw non mi aveva mai fatto sentire una nullità. Sì, poteva mostrarsi critica e fredda quando si sentiva sotto pressione o messa all'angolo, ma non mi faceva mai sentire come se io non fossi abbastanza.

Il concerto fu stupendo e, visto che eravamo nel backstage e io conoscevo il gruppo, ci trattarono come rockstar. Le ragazze che ci giravano intorno erano seducenti e attraenti, ma al momento dell'*after party* me ne andai presto e tornai a casa da solo. Mi feci una doccia e strisciai a letto, senza togliere gli occhi dal telefono. Incapace di trattenermi ancora, alla fine le mandai un messaggio.

Ieri sera ho baciato una tipa.

Trattenni il fiato perché non sapevo cosa avrebbe risposto. Ero prontissimo a sentirmi dire che era finita, che mi ero spinto troppo oltre, ma non arrivò nulla. Fissai lo schermo per venti minuti buoni, con il cuore a tavoletta, ma non ricevetti niente.

Mi dispiace, non l'ho fatto per ferirti, sono solo un idiota ed è più difficile di quanto pensavo.

Non ottenni ancora risposta e sentii quella strana sensazione strisciante nel petto. Tutto quello che sapevo era che dovevo sistemare le cose, che non ero ancora pronto a lasciarla andare. Rome aveva ragione, dovevo crescere. Non ci avevo nemmeno provato sul serio – come al solito la mia testa calda firmava assegni che il resto di me non era pronto a pagare. Mi rigirai per tutta la notte; lei non mi richiamò né mi mandò un messaggio e io andai nel panico. A un certo punto, dopo le quattro, sentii Nash che rientrava incespicando e sperai che non svegliasse Rome. La mattina mi alzai e cominciai a camminare per la casa a passo frenetico. Lavai i denti e mi ficcai in bocca un *bagel*. Rovistai nell'armadio in cerca della camicia con i bottoni e dell'unico paio di pantaloni neri Dickie che non fossero jeans. Infilai una felpa nera con il cappuccio e un blazer rigato e saltai fuori dalla porta, sotto lo sguardo di mio fratello e del mio coinquilino che mi scrutavano come se avessi perso la testa.

«Torno dopo».

«Dove vai? In chiesa?». Nash non aveva una bella cera e Rome mi fissava con aria d'intesa.

«Devo parlare con Shaw».

«Allora chiamala».

«Non risponde al telefono».

«Credi che sua madre ti permetterà di presentarti a casa sua e di entrare?»

«Non mi interessa; ho bisogno di parlarle e quindi ho intenzione di farlo».

Rome mi fece l'occhiolino e il saluto militare con la tazza di caffè. «Bravo ragazzo. Chiamami se ti arrestano e stai certo che verrò a tirarti fuori».

«A più tardi».

Dovetti fermarmi a fare benzina e, per qualche motivo, c'era un sacco di traffico in uscita dalla città. Quando finalmente arrivai a Brookside, ero impaziente e stavo per abbandonarmi alla rabbia del guidatore. Provai di nuovo a chiamarla e partì direttamente la segreteria. Schiacciai quasi il telefono in mano quando la sua voce registrata mi disse allegramente di lasciare un messaggio.

Sapevo dove abitava sua madre perché ero stato costretto ad andare a prendere più volte Shaw e portarla da noi quando ancora dividevo l'auto con Remy. Superai il cancello seguendo la macchina davanti a me e trovai la casa senza problemi. Parcheggiato fuori della villa che assomigliava a uno chalet, c'era un'esposizione di ogni tipo di auto costose e strane, davvero fuori luogo in Colorado.

Salii di corsa i gradini e suonai il campanello. Mi aspettavo che ad aprire venisse una cameriera o magari un eccentrico maggiordomo, di certo non una versione più vecchia e arcigna di Shaw. Era senza dubbio sua madre, perché avevano gli stessi capelli chiari e gli stessi occhi verdi penetranti, ma mentre Shaw era delicata e adorabile, quella donna pareva intagliata in un blocco di ghiaccio. Strizzò gli occhi nel vedermi, ma ero in missione e non mi interessava chi fosse lei, non si sarebbe messa in mezzo, anche se avessi dovuto passarle sopra.

«Devo parlare con Shaw».

Con la bocca tirata, piantò il corpo esile proprio sulla soglia. «Sei il figlio di Margot e Dale, vero?»

«Uno dei figli». Non eravamo amici, non lo saremmo mai stati e lo stava mettendo bene in chiaro.

«Cosa vuoi da mia figlia?»

«È una questione personale. Devo solo parlarle un minuto e poi me ne andrò».

«Stai interrompendo una riunione privata; Shaw è qui con il suo ragazzo e non penso che voglia vederti».

Repressi l'istinto di alzare gli occhi. Quella donna manipolava la realtà e la spacciava per un dato di fatto, ma io non ero stupido e perciò ressi il suo sguardo.

«Davenport è uno stalker, non il suo ragazzo. Può andare a chiamarmela, per favore?». Vedevo che la mia mancanza di rispetto cominciava a darle sui nervi già tesi.

«Come puoi pensare di sapere cosa succede nella vita privata di mia figlia? Sei sempre stato una cotta, lo sappiamo tutti che non siete fatti l'uno per l'altra ed è ora di smetterla con questi giochi infantili».

«Senta, signora, quello che succede tra me e Shaw non la riguarda e le assicuro che non è un gioco. Non mi dispiace fare una scenata se servirà a ottenere quello che voglio, ma qualcosa mi dice che lei non vuole che tutti i suoi ospiti si chiedano a cosa sia dovuto il trambusto». Sollevai il sopracciglio con l'anellino. «Dico bene?». Stava per dirmi che avrebbe chiamato la polizia o il marito, ma non ne ebbe la possibilità perché la pesante porta le venne strappata di mano e d'un tratto oltre lo stipite comparve il viso pallido di Shaw.

«Rule? Cosa ci fai qui?».

Aveva i capelli raccolti in una strana acconciatura dall'aria dolorosa. Portava una collana di perle che pareva uscita dall'Ottocento e un maglione rosa peloso e morbido. Indossava dei pantaloni larghi color crema e delle scarpe alte rosa che a occhio costavano quanto il mio furgone. Era così diversa dalla Shaw con cui mi rotolavo nudo che stavo per voltarmi e andarmene senza dire una parola, ma i suoi occhi verdi erano sgranati e tristi e la fitta che sentivo al centro del petto e non riuscivo a spiegarmi cominciò a pulsare. Non mi importava che sua madre mi scrutasse con il suo sguardo di lince, la afferrai per il braccio e la tirai sul gradino accanto a me. Le presi il viso tra le mani e la guardai dritto negli occhi.

«Mi dispiace». Mise le mani sopra le mie e mi guardò sbattendo le palpebre.

«Cosa?»

«Ieri sera ti ho mandato un messaggio, ho cercato di chiamarti tutta la notte ma tu non hai risposto. Mi dispiace. Scusami se ti ho allontanato, scusami se mi sono comportato come un idiota, scusami se non so come gestire bene le cose tra noi, scusami».

«Il mio telefono si è rotto».

«Cosa?», chiesi ridendo. Avevo voglia di baciarla, sollevarla tra le braccia e portarla lontano da quel posto.

«L'ho buttato contro il muro perché Ayden mi ha detto che venerdì sera sei tornato a casa con una ragazza. Lo schermo si è frantumato».

«Merda, te ne prenderò uno nuovo». Chiuse gli occhi e mi strinse le mani.

«L'hai fatto davvero, sei andato a casa con lei?»

«No, l'ho baciata, ed è stata una cazzata da parte mia e mi sento uno stronzo, ma sapevo che era sbagliato e mi sono fermato. Giuro che se risolveremo le cose tra noi non permetterò mai più che accada. Sto cercando di capire come funziona questa cosa, Shaw, e odio il fatto che sia tu a soffrire mentre lo imparo».

«Mi hai tagliato fuori, mi hai lasciato sola al buio, Rule. Non ho mai sofferto così per niente».

«Lo so, Casper; lo so, ma non rinunciare a me adesso, ok?»

«Hai guidato fin qui solo per scusarti?».

Annuii. «Dobbiamo sistemare le cose».

Mi rivolse un sorriso sbilenco. «Prima dobbiamo imparare a non rovinarle». Repressi l'improvvisa ondata di emozioni che sentivo in gola e la strinsi forte. Mi sentivo a casa, una sensazione che non avevo mai provato davvero prima. Le diedi un bacio leggero dietro l'orecchio e sussurrai: «Comunque, tua madre mi odia, e intendo dire odia odia».

Infilò le mani nelle tasche posteriori dei miei pantaloni e si alzò in punta di piedi per baciarmi sotto la mascella. «Va tutto bene, odia anche me. Perché ti sei tagliato tutti i capelli? Ti stanno bene, sei carino, ma mi piaceva la cresta».

A disagio, mi passai una mano sulla testa pelata. «Non lo so, avevo bisogno di cambiare».

Mi rivolse uno sguardo serio e mi prese una mano. «Assomigli di più a Remy che con le altre capigliature».

«Shaw, saluta il tuo amico e torna dentro, abbiamo ospiti e il tuo comportamento è molto scortese».

Si voltò a guardare la madre e mi strinse più forte la mano. «Non torno dentro senza Rule». Oh merda, lo stava facendo di nuovo, si stava mettendo tra me e un altro genitore che non mi approvava.

«Ehi, mi basta che siamo a posto. Ci sentiamo quando torni in città. Posso aspettare e vederti dopo».

«No».

«Shaw». La voce di sua madre era un colpo di frusta.

«Questa storia finisce qui. Mandalo via e torna dentro, questa scenetta è durata fin troppo».

«No. Sto con lui e se vuoi che me ne stia seduta per un altro pranzo in cui ignorerai apertamente Gabe che mi molesta e mi metterai apposta a disagio, allora verrò con Rule che lo terrà d'occhio».

«Shaw, queste persone non sono il suo ambiente».

Eccolo, il giudizio, la censura, l'idea per cui, visto che vivevo secondo le mie regole e a modo mio, non andavo bene per quella ragazza.

La tirai accanto a me e incontrai lo sguardo cupo di sua madre. Remy doveva averla certo protetta dandole un rifugio sicuro, ma io ero un combattente per natura e quella signora mi aveva già pungolato abbastanza da bastarmi per anni.

«Giusto, ma sono io la persona con cui è stata per il suo compleanno, che la rende felice e che è pronta a proteggerla da quel verme che continuate a spingere verso di lei. Avrei voglia di portarla via con me e non importunarla più, ma dubito che lei vorrà spiegare ai Davenport come mai sua figlia se n'è andata in fretta e furia, allora perché per una volta nella vita non lo accetta e le concede qualcosa, qualcosa che la rende felice?»

«Shaw?». Ora il tono della donna era confuso.

«Vado dove va lui, perciò se non vuoi che entri, io me ne vado. Non sarei mai dovuta venire. Sono stanca di essere manipolata e usata come una pedina e un accessorio. Ti ho detto di Gabe e tu ti rifiuti di starmi a sentire».

«Ma siete perfetti insieme».

«Sì, solo che io voglio stare con lui». Mi indicò con il pollice.

«Ha appena ammesso apertamente di averti tradito appena un giorno fa, che tipo di relazione pensi di avere con lui?

Credi che tuo padre continuerà a pagarti gli studi quando sentirà questa storia?».

Shaw fece spallucce e io le appoggiai una mano sul fianco per tirarla a me. «Sono stufa marcia di pensarci, mi fa venire l'emicrania e sta a me gestire la mia relazione. Rule non è perfetto e neanche io lo sono e se scelgo di perdonarlo oppure no tu non puoi dire niente».

Mi sentivo una carogna. Non avrei dovuto dare per scontato che Shaw si sarebbe scordata della rossa, ma comunque mi permetteva di abbracciarla, quindi non ero troppo preoccupato.

«Bene. Entrate, mangiate e cercate di non mettervi in ridicolo. Shaw, voglio che tu te ne vada non appena sarà finito il brunch e non pensare nemmeno per un secondo che finisca qui. Aspetta che racconti a tuo padre di questo circo».

Girò sui tacchi e sparì all'interno della grande casa. Abbassai lo sguardo su Shaw e le passai un dito sulle sopracciglia aggrottate. «È tutto a posto tra noi?»

«Quasi. Adesso arriviamo in fondo al brunch e poi penseremo al resto». Fece per staccarsi, ma io le cinsi la vita e la tirai di nuovo a me.

«Shaw».

«Sì?».

La baciai. La baciai per farle sentire il mio senso di colpa, il desiderio di comportarmi bene, il fatto che adesso un pezzo di me fosse suo e che non stavo mollando. La baciai perché dovevo e quel bacio mi fece sentire meglio. Quando sollevai la testa, aveva la bocca gonfia e bagnata e lo sguardo imbambolato, colmo di passione.

«Mi sei mancata anche tu».

Ridacchiò e mi prese a braccetto. «C'è un branco di tipi da country club e politici colleghi di mia madre. Ti sei dato una ripulita, ma non aspettarti che ti accolgano a braccia aperte.

Credo che nessuno di loro abbia mai visto un tatuaggio da vicino, quindi preparati a venire trattato a metà tra un emarginato e un animale da zoo».

«Me la caverò. Ma non posso prometterti di fare il bravo se quel cretino cerca di metterti le mani addosso davanti a me».

La sentii rabbrividire al mio fianco. «Ieri sera si è comportato in modo orribile. Io mi allontanavo e lui mi seguiva. Mia madre è pazza se pensa che passerò ancora un minuto con lui».

«Non devi riportarlo in città oggi?»

«Stavo pensando di fingere un mal di testa, sdraiarmi sul sedile posteriore e lasciarlo guidare».

L'idea non mi piaceva per niente; non doveva mostrarsi vulnerabile e prestarsi a quella scemenza.

«Dagli le chiavi della tua macchina e torna con me. Ti fai mandare un messaggio quando è a casa e io e Nash andremo più tardi a riprenderla».

«Sul serio?»

«Sì, senti, so che ho combinato un casino, ma adesso faccio sul serio. Staremo insieme e ti prometto che ce la metterò tutta per prendermi cura di te. Dovrai avere pazienza, perché sto andando alla cieca, ma avrei già dovuto cominciare a fare questo genere di cose per te. E poi non voglio che ti avvicini a quel tipo. Sta tramando qualcosa sotto quella sua polo e i pantaloni kaki e non mi fido di lui nemmeno un po'».

«Va bene, sono d'accordo, e se lui rifiuta gli dirò di trovarsi un altro modo per tornare a casa».

Mi condusse nella sala da pranzo, stipata di ogni casalinga di Brookside e ogni singola persona della fetta di popolazione più ricca dello stato. Giravano soldi e potere e Shaw aveva ragione, mi guardavano tutti come se fossi un animale selvatico tirato fuori dalla gabbia. Mi strinse più forte il braccio e mi portò a un tavolo con cibi di ogni tipo. Si tennero tutti a debita distanza per circa tre minuti, ma non appena Shaw si mosse per raggiungere il nostro tavolo, fummo intercettati da Mister Polo e da tutto il resto dei benefattori. Mi squadrò dalla testa ai piedi e si soffermò su Shaw, facendomi venire voglia di impiccarlo a un albero con le sue stesse budella.

«Questo è un ricevimento privato, dubito che tu sia stato invitato».

Sollevai un sopracciglio e posai una mano alla base della schiena di Shaw.

«Lui sta con me», disse lei in tono freddo, senza lasciare spazio a repliche.

«Per adesso».

«Lascia stare, Mister Polo. Questo non è il momento né il luogo».

«Questo non è il tuo ambiente. Sei un teppista e uno sfigato. Shaw si stancherà di vivere in modo avventuroso e riacquisterà la ragione».

«Tieni». Lei gli lanciò le chiavi e mi trascinò nella stanza alle sue spalle, dove tutti sedevano a un tavolo massiccio. Ci osservavano tutti mentre ci precipitavamo a sederci e lei scandiva a chiare note, voltandosi verso di lui: «Non passerò un secondo di più con te. Torna tu con la mia BMW oppure trovati un passaggio».

Lo sentii farfugliare qualcosa, ma ero troppo impegnato a scostare la sedia a Shaw e prendere posto accanto a lei per godermi la scena. Sentivo addosso la maggior parte degli sguardi, compreso quello compiaciuto di sua madre, seduta a capotavola. Stavo per dire a Shaw che era da stupidi e che tutti erano a disagio, quando mi sentii chiamare da una voce sorpresa.

«Rule? Rule Archer, sei tu? Cosa ci fai qui per il brunch?». Alexander Carsten, un mio cliente di lunga data, si sistemò sulla sedia accanto alla mia. Gli sorrisi e strinsi la mano che mi porgeva.

«Come va Alex, è tanto che non ci si vede. Come va il tatuaggio sulla gamba? Si è cicatrizzato bene?».

Rise di cuore. Alex era un avvocato o qualcosa del genere, sui quarant'anni e abbastanza di successo. Sapevo che guidava una Jaguar e aveva un bel loft da qualche parte a LoDo, ma per essere un tipo dall'aria abbottonata era davvero un grande. Gli avevo fatto un paio di grossi lavori sulla gamba e sulla schiena e, sotto la camicia ben stirata e la cravatta in seta, sapevo che aveva le braccia coperte d'inchiostro, una a opera di Nash e l'altra di Rowdy. Pagava molto e lasciava laute mance. Considerando che quello era l'ultimo posto al mondo in cui avrei pensato di incappare in un cliente, rimasi un attimo in silenzio, stupito. Sentii la mano di Shaw spostarsi sulla coscia e la coprii con la mia.

«Alla perfezione. In effetti, stavo pensando di passare a trovarti tra qualche settimana e farti disegnare qualcosa sul petto. Allora, cosa ci fai qui?»

«In realtà sono di Brookside, ma sono qui perché la mia ragazza è testarda e vuole farsi valere». Inclinai la testa verso Shaw, che mi guardò strizzando gli occhi. Alex ci osservò e rise.

«Esci con la figlia di Eleanor Landon? Scommetto che l'ha presa come se avesse trovato del carbone nella calza». Probabilmente non aveva cambiato cognome dopo aver lasciato il padre di Shaw oppure le pareva migliore per la campagna politica.

«Oh sì, non le piaccio molto».

«Be', non preoccuparti, da quel che ho sentito, non le piacciono molte cose. È bello vedere un volto familiare a queste feste. Spero che ti tenga nei paraggi, a questa gente farebbe bene lo shock culturale. Di solito sono eventi così noiosi».

Ci battemmo i pugni e tornai a voltarmi verso Shaw per chiederle quanto ancora dovessimo rimanere, ma ora l'intera stanza mi stava fissando come se mi fosse cresciuta un'altra testa.

«Cosa c'è?».

Lei scoppiò a ridere e appoggiò la testa sulla mia spalla. «Hai idea di chi fosse quello?».

Misi in bocca un pezzo d'arancia e schiacciai più forte la sua mano sulla mia coscia. «Alex. Gli faccio i tatuaggi, cioè glieli facciamo tutti. È un cliente abituale dello studio».

Rideva così forte che aveva le guance solcate dalle lacrime. «Quello è Alex Carsten».

«Te l'ho appena detto».

«Rule, Alex è il procuratore generale dello Stato. È il legale più influente di tutto il Colorado. Mia madre l'ha aiutato a farsi eleggere».

Mangiai un altro spicchio di arancia e notai che la madre di Shaw mi stava guardando in modo del tutto diverso. «Strano. È pieno di tatuaggi, sotto il completo e la cravatta ha dei veri capolavori».

«È troppo divertente».

«Eh, quanto ancora dobbiamo stare qui?»

«Finiamo di mangiare e poi devo prendere la mia cose in camera. Puoi salire ad aiutarmi».

«Credi che la regina del castello mi lascerà andare nella torre d'avorio?».

Si sporse verso di me e risalì con la mano lungo la mia coscia, facendomi quasi strozzare con l'arancia che stavo masticando.

«Lei non ti vorrà lassù», i suoi occhi verdi scintillavano allegri, «ma io di certo sì».

Quello stupido brunch non sarebbe mai finito abbastanza in fretta. Mi misi in bocca un altro pezzo di arancia e cercai di contare all'indietro da cento per tenere la libido sotto controllo. E io che pensavo che il brunch con i miei fosse pesante. Cominciavo a capire come mai Shaw fosse così interessata a rimettere insieme i pezzi della mia famiglia. Per quanto incasinati fossimo noi Archer, quei ricconi ci battevano alla grande.

Capitolo dieci
Shaw

Stavo facendo del mio meglio per andarmene dalla casa di mia madre ma, anche se il piano era di scappare non appena finito il brunch, Alex si era ripresentato al tavolo e aveva preso in ostaggio Rule. Disse che un suo collega era interessato a un disegno speciale per la stanza in cui riceveva gli amici e pensava che Rule fosse perfetto per farlo, perciò eccomi di nuovo fuori posto a uno dei terribili eventi di mia madre mentre il mio ragazzo pieno di tatuaggi e piercing girava tra gli ospiti come una celebrità. Per certi versi era divertente e dentro di me ero elettrizzata perché di certo dava sui nervi a mia madre, ma volevo andarmene. Volevo stare sola con lui e recuperare il tempo perso. Mi sembrava che le cose fossero cambiate in modo drammatico tra noi e mi serviva del tempo per osservare tutto dalla giusta prospettiva, per capire cosa significasse di preciso per lui, perché per me il fatto che si fosse presentato per scusarsi aveva definito la nostra relazione e avevo bisogno di sapere se per lui era lo stesso.

Mia madre si lavorava la sala, Jack era impegnato con i bambini, Gabe stava con gli altri futuri dirigenti d'America e lanciava occhiate trucide a Rule, che era nel bel mezzo di uomini dai vestiti eleganti a descrivere qualcosa con le mani, mentre loro annuivano convinti e chiacchieravano con lui. Mi parve una buona opportunità per scappare un minuto, quindi scivolai in cucina e andai nella mia stanza. Ficcai tutte le mie cose nella borsa che avevo portato, con in cima il telefono rotto. Me ne sarei fatta comprare uno nuovo da Rule visto che il motivo per cui l'avevo lanciato contro la parete era lui. Stavo controllando intorno al letto di non aver dimenticato niente, quando due mani calde mi scivolarono intorno alla vita.

Conoscevo il tocco di Rule e quello non era il suo, perciò mi sollevai con un salto e sbattei forte contro il petto di Gabe.

«Cosa pensi di fare?». Mi afferrò con forza il braccio e mi tirò a sé. «Esci dalla mia stanza, Gabe».

«Ho capito tutto, Shaw». Continuava a tirarmi il braccio, abbastanza perché mi restasse un livido. Cercavo di respingerlo ma lui faceva molta più pressione ed era più robusto di me. «Mi hai mollato per andare a letto con Archer. Be', ormai dovresti essertelo scopato più che a sufficienza. Non mi hai mai dato modo di mostrarti quello che so fare. Penso che ti serva un giusto paragone prima di allontanarmi per sempre».

Spalancai gli occhi mentre rinnovavo gli sforzi per liberarmi. «Stai scherzando? Non sono venuta a letto con te perché non sono attratta da te. Non volevo fare sesso con te allora e non voglio farlo adesso. Vattene o Rule ti ucciderà».

Mi tirò il polso dietro la schiena, così forte che strillai. Abbassò il viso fino ad averlo proprio davanti al mio e mi prese la mascella con l'altra mano. Cominciavo ad avere davvero paura, la mia stanza era al piano di sopra e dall'altro lato della grande casa. Qualcuno mi avrebbe sentito se avessi urlato, ma non ero certa delle ripercussioni di quella scena. Mi dimenai per liberarmi ma lui rise.

«Non ho paura di quel teppista di strada né sono impressionato dal suo genio artistico o da qualsiasi altra cosa dicesse Carsten. È un pezzente e non si metterà in mezzo con quello che voglio e Shaw, tu sei mia, dovresti saperlo ormai».

Mi diede una gran spinta che mi fece cadere sul letto. Scattai all'istante dall'altra parte del grande materasso, per metterlo tra noi. «Sarà meglio che tu ci stia, Shaw, prima che le cose si mettano male».

Avevo il fiatone e mi portai una mano alla gola. Tremava, come me. Lanciò le chiavi sul letto. «Mi farò dare un passaggio a Denver. Non voglio che passi più tempo del necessario sola con quel ragazzo, giusto?».

Uscì dalla stanza come se non mi avesse appena aggredito e minacciato. Mi ripresi dallo shock, raccolsi le mie cose e schizzai giù per le scale. Trovai Rule che vagava in cucina con aria smarrita, chiaramente cercando me. Gli passai la borsa e lo spinsi fuori di casa senza preoccuparmi di salutare nessuno, nemmeno mia madre. Fu solo in autostrada, diretti verso casa, che crollai. Di punto in bianco, fui scossa da singhiozzi rotti. Non riuscivo a smettere di piangere. Tremavo così forte ed ero in preda a un tale attacco isterico che Rule si spaventò e accostò. Mi chiese più volte se fosse l'emicrania, ma non riuscivo a rispondere e così gli strisciai sulle gambe e piansi.

Ci vollero venti minuti buoni perché il diluvio smettesse e ormai Rule era sconvolto e minacciava di portarmi al pronto soccorso più vicino.

«No. Va tutto bene, dammi solo un minuto». Mi massaggiava la schiena e i suoi occhi azzurri parevano di ghiaccio. Premetti la fronte contro la sua e sollevai le maniche della giacca. Il polso era interamente circondato da segni rossi e brutti lividi viola. «Gabe mi ha teso un'imboscata in camera mia quando sono andata a prendere la mia roba. Mi ha spinto e mi ha minacciato. Ha detto che devo starci, qualsiasi cosa volesse dire, prima che le cose si mettano male. Mi ha fatto male, Rule, e mi ha spaventato. Non so cosa c'è che non va in lui, ma la situazione sta diventando brutta».

Si irrigidì come una statua sotto di me e sollevò una mano per prendermi il polso ferito. Si voltò per darmi un bacio leggero sulla tempia e disse, in un tono che mi provocò dei brividi lungo la schiena: «Lo ammazzo».

«Lo so». Mi lasciai confortare per un minuto, poi scesi da lui e tornai a sistemarmi sul sedile del passeggero. «Domani devo tornare a Brookside a riprendere la macchina».

«Non preoccuparti, andrò a recuperarla con Rome».

«Non devi lavorare?»

«Non fino all'una. Voglio chiamare Mark e chiedergli di farti ottenere un ordine restrittivo».

«Non riesco a credere che stia succedendo tutto questo».

«Non riesco a credere che siamo andati via senza affrontarlo. Avresti dovuto sputtanarlo davanti ai suoi genitori e a tutta quella gente che cercava così tanto di impressionare».

«Avevo paura, volevo solo scappare. Volevo solo te». La mia voce si spense in un sussurro e lui si allungò per tirarmi al suo fianco. Era un bene che nel grosso furgone ci fosse un sedile unico.

«Sono tuo, Shaw, in qualsiasi modo tu abbia bisogno di me, in qualsiasi modo tu mi voglia, io sono tuo».

Premetti il viso nell'incavo del suo collo e sospirai. Era la cosa più bella che qualcuno mi avesse mai detto. «Che mi dici del fatto che eri il re della festa? Scommetto che mia madre è furiosa. Sembrava che stesse per avere un infarto».

«Ho un sacco di clienti nel mondo degli affari, c'è sempre più gente che sfoggia un po' di inchiostro. Non dovrebbe essere così critica».

«No, non dovrebbe. Non voglio che tu finisca nei guai per Gabe. Voglio solo che mi lasci in pace».

Mi cinse con un braccio. «Non preoccuparti per me, Casper. Ti prometto che non farò niente di troppo stupido. Anche io voglio solo che ti lasci stare e mi assicurerò che accada. Nel frattempo credo che non dovresti uscire da sola dal lavoro, quindi fatti accompagnare da Lou e se riusciamo a organizzarci con i nostri orari pazzeschi, voglio che tu stia con me oppure starò io con te».

«Non devi farlo, non voglio che riprogrammi tutta la tua vita solo perché qualcuno fa lo stronzo con me».

«Sì invece, e non lo farò perché devo ma perché voglio. Non ti metterà di nuovo le mani addosso, Shaw. Mai più».

Era un bel pensiero perciò non replicai, invece mi accoccolai contro il suo fianco e, mentre guidava, gli accarezzai distrattamente la gamba.

Non gli chiesi se mi stesse portando a casa o da lui e, a essere sinceri, non mi importava, fino a quando mi ricordai che Rome dormiva sul suo divano.

«Ehi, andiamo da te o da me?»

«Pensavo da me visto che devo chiedere a Rome di aiutarmi con la tua macchina domattina. Va bene?»

«Uh... non sarà strano entrare insieme davanti a lui? Ho già avuto abbastanza traumi per oggi».

Lo sentii scuotere la testa. «No, ne abbiamo parlato. Sa che c'è qualcosa tra noi e gli sta bene. Anche se ha detto che mi romperà tutte e due le gambe se continuo a fare il coglione».

«Mmh... perché l'hai fatto?». Sapevo che avrebbe capito la domanda senza bisogno di spiegazioni.

«Perché è così che faccio». Imprecò sottovoce. «Le ragazze sono sempre state facili e di solito profumano e hanno un buon sapore e per un solo secondo le cose sono semplici e belle e tutte le stronzate che si scontrano nella mia testa si zittiscono. Sapevo che non volevo una tipa che non fossi tu, ma ero incazzato e confuso e così ho fatto come sempre, pensando che magari mi sarei sentito meglio. Ma non è stato così, mi sono sentito una merda assoluta e ho capito chiaramente che non posso sostituirti. Ho fatto un errore, ma avrebbe potuto andare molto peggio e spero sinceramente che tu possa perdonarmi».

Mi piangeva il cuore, ma capivo anche lui. «Non mi piace, ma comprendo. Ma non può essere una scusa per tradirmi ogni volta che litighiamo. Non è da me guardare dall'altra parte ogni volta che usi un'altra ragazza per vederci chiaro nei tuoi sentimenti feriti».

«Ti ho detto mai più. Risolverò la cosa, Shaw, te lo giuro».

«Lo spero, perché non andremo sempre d'accordo, Rule, litigavamo prima di cominciare ad andare a letto insieme, quindi sai che probabilmente litigheremo di più adesso».

Mi accarezzò il braccio. «Va bene, perché scommetto che sarà straordinario fare sesso con te per far pace».

Non negai, rimasi in silenzio e mi lasciai calmare mentre guidava; decise persino di ascoltare gli Straylight Run invece del solito punk-rock o dell'heavy metal a tutto volume. Quando parcheggiammo davanti al suo palazzo ero di nuovo padrona di me stessa. Mi prese la borsa e mi condusse nell'appartamento. Rome e Nash erano sul divano a strillare alla TV, quindi immaginai che i Broncos stessero perdendo. Volsero tutti e due lo sguardo verso di me con aria sollevata.

«Grazie a Dio. Adesso forse la smetterà di fare il marmocchio isterico che ha saltato il pisolino». Rule colpì Nash sulla nuca mentre Rome si alzò e mi sollevò in un abbraccio.

«Sono contento che tu gli abbia dato un'altra possibilità, ragazzina».

Quando mi rimise a terra, rivolsi a entrambi un sorriso docile e mi voltai verso Rule. «Devo chiamare Ayden e il mio telefono è da buttare, posso usare il tuo?». Mi aspettavo che si prendesse un minuto per cancellare i messaggi o ripulire la cronologia, invece me lo passò subito. Cercai di nascondere la felicità mordendomi il labbro e mi allontanai in corridoio. «Vado in camera tua, altrimenti non riesco a sentirla con le grida».

«Vai pure, voglio parlare un attimo con i ragazzi». Dal tono lugubre capii che voleva aggiornarli sulla situazione con Gabe. «Vengo tra un minuto».

Resistetti alla tentazione di scorrere la rubrica e sbirciare le conversazioni e feci il numero di Ayden. Non sapevo se avrebbe risposto visto che non conosceva quello di Rule, ma lo fece al terzo squillo.

«Pronto?»

«Ehi, sono io».

«Che numero è?»

«Sto usando il telefono di Rule perché io sono un genio e ho lanciato il mio contro il muro».

Ridacchiò. «L'hai fatto perché ti ho detto della ragazza al locale, vero?»

«Già».

«Ma adesso hai il suo cellulare, quindi vuol dire che avete risolto le cose».

«È venuto a Brookside per scusarsi e poi si è imbucato al brunch di mia madre e alla fine ne è diventato l'attrazione principale. Era impossibile non perdonarlo».

«Buon per te. Qualcosa mi dice che quel tipo si porta appresso un vagone di drammi, tanto vale che ti ci abitui».

«Sì, be', non che io invece non ne abbia, di drammi». Andai in bagno e mi appoggiai al lavabo. L'immagine che mi fissava dallo specchio era allarmante. Ero sconvolta e ancora più pallida del solito. «Gabe mi ha afferrato e mi ha spinto. Mi ha bloccato nella mia stanza e mi ha fatto delle minacce folli. Non so come comportarmi con lui. Rule è deciso a mettere insieme uno squadrone vecchio stile per linciarlo e non voglio che finisca nei guai per colpa mia. È un gran casino».

«Quel cretino ti ha messo le mani addosso?».

Sospirai. «Sì, ho dei lividi».

«Allora dico di lasciarlo a Rule. Sarà meglio che pensi a un ordine restrittivo».

«Ci sto pensando. Un cliente di Rule faceva il poliziotto e lui lo chiamerà. Ha detto anche che vuole stare con me oppure farmi stare qui da lui fino a quando tutta questa storia non sarà risolta».

«Sembra che il tuo ragazzo faccia sul serio».

«Ci prova».

«Be', meglio di niente per il momento. Quando prenderai un telefono nuovo?»

«Probabilmente domani, Rule ha detto che me ne comprerà uno».

«Ragazzi, mi piacciono i tipi che sanno come scusarsi. Ci vediamo domani?». L'ultima parte era una domanda.

«Credo di sì, ti faccio sapere».

«Ti voglio bene, piccola. Sta' al sicuro e per un po' lascia che sia Rule a prendersi cura di te, te lo sei meritato. L'hai fatto con lui per tutto questo tempo, adesso è il suo turno».

«In una relazione non bisognerebbe prendersi cura l'uno dell'altro allo stesso modo?».

Scoppiò in una risata, ma dall'aria amara. «Lo stai chiedendo alla persona sbagliata, tesoro. Con i miei precedenti, non ho proprio niente di cui vantarmi».

«Ayden, vuoi parlare di qualcosa? Sembri… non so, più aspra del solito».

«No. Sto bene, adesso preoccupati solo per te, tesoro. Mi sei mancata questo weekend».

«Anche tu».

Terminai la conversazione e appoggiai il telefono sul bordo del lavabo. Arrotolai le maniche del maglione e mi spruzzai dell'acqua fredda in faccia. Rimossi l'elastico e sciolsi la treccia stretta, lasciando ricadere i capelli sulle spalle. Tolsi la collana di perle e le scarpe alte e cominciai a sentirmi un po' più me stessa. Sentii la porta della camera che si apriva e si richiudeva e Rule che mi chiamava piano.

«Sono qui».

Lo udii trascinare i piedi e imprecare mentre avanzava tra le cose abbandonate sul pavimento. La porta del bagno si spalancò e il suo sguardo incontrò il mio nello specchio. Mi si avvicinò alle spalle, con i profondi occhi velati di preoccupazione. «Stai bene?»

«Sono spaventata, ma per il resto sì».

«Sei preoccupata che tua madre spifferi tutto a tuo padre?». Mise le mani sui miei fianchi, intrappolandomi tra il suo corpo e il lavabo.

«Non posso fermarla, quindi se lo farà affronterò la situazione».

«E l'università? Ha detto che lui smetterà di pagartela se non fai come vuole lei».

Mi lasciai andare contro il suo petto. «Usare questa minaccia piace a tutti e due, è la loro arma di ricatto preferita. Credo che in realtà abbiano troppa paura di dover spiegare alla gente che la loro figlia lavora da Subway invece che frequentare la facoltà di Medicina per smettere davvero di pagarmi gli studi e, se lo faranno», alzai una spalla e la lasciai ricadere, «allora mi inventerò un piano B».

«E basta?»

«Sì».

«Non avrei mai detto che tu fossi così adattabile». Gli feci una smorfia, lui rise e spostò le mani in avanti, sulla mia pancia. «I ragazzi vogliono ordinare una pizza e finire la partita. Gli ho detto che avrei sentito cosa pensavi di fare tu per il resto della serata».

Spostai i capelli all'indietro e posai la testa sulla sua spalla. «Voglio farmi una doccia bollente e poi penso che mi concederò un pisolino. Questa settimana è stata uno schifo, sono stressata e distrutta per l'università. Non riesco a ricordarmi l'ultima volta che mi sono rilassata».

Inarcò le sopracciglia scure. «Non ti dispiace se mi diverto un po' con loro?».

Scossi la testa. «No, sul serio, vai pure coi ragazzi. Io sto bene».

Mi guardò per un minuto buono, per vedere se lo stessi prendendo in giro e, per dimostrargli che mi stava bene che stesse con gli amici, gli diedi un bacio sulla mascella. Lui me ne diede uno sui capelli e uscì dal bagno. «Ti porto la tua borsa».

La mise sulla tazza e mi diede un bel bacio, poi mi scrutò il viso in cerca di qualcosa. Scoppiai a ridere e lo spinsi fuori dalla porta, per poi chiudergliela in faccia. «Va' a fare il maschietto. Poi mi trovi qui». Aspettai di sentirlo uscire, mi spogliai ed entrai nella doccia. Strofinai ogni centimetro del corpo fino a diventare tutta rosa e lucente, e risi come una pazza perché dovetti usare il sapone da uomo di Rule e finii per avere l'odore di un ragazzino di diciassette anni che aveva appena scoperto il deodorante Axe. Anche lo shampoo e il balsamo erano da uomo, così, invece che cocco e lime come al solito, avevo i capelli che sapevano di sandalo e spezie. Li pettinai ancora bagnati con le dita, mi infilai dei leggings e una maglietta e mi buttai sul letto sfatto. Per la prima volta da una settimana mi pareva di poter davvero respirare. Occupai il suo lato del letto e mi addormentai nel giro di qualche secondo, nonostante il trambusto e le urla che venivano dal salotto.

Due mani calde si spostavano sotto i miei vestiti in una carezza lenta. Mi svegliai già eccitata e dimenandomi sotto il tocco seduttivo di Rule. Sbattei gli occhi per abituarli all'oscurità, ma li richiusi quando la sua bocca si posò sull'interno della mia coscia. Era il più bel sogno che avessi mai fatto, solo che adesso ero sveglia e mi agitavo all'idea di quel che mi aspettava, con il suo respiro sulle mie parti più sensibili. Gli afferrai la testa e ridacchiai mentre con le dita sfioravo la superficie rasata. I capelli corti mi fecero il solletico alle punte delle dita.

«Mi manca la cresta».

«La farò ricrescere». Sentii l'anello che aveva al labbro scivolare sulla pelle umida e inspirai così forte da sentire male ai polmoni. Lui rise contro di me e spostò le mani nel punto in cui mi voleva. «Mi è mancata questa. Nessuna è mai stata dolce come te, Shaw».

Avvertii la pressione del piercing alla lingua che si muoveva dentro e intorno alla parte di me che si era svegliata pronta per ricevere quello che lui aveva da darmi. «Probabilmente dovrei essere furiosa che tu mi stia paragonando alle legioni di ragazze venute prima di me, ma penso che sceglierò di prenderlo come un complimento». Le mie ultime parole si spensero in un gemito tirato, perché mi sollevò i fianchi e sistemò la bocca proprio dove mi sentivo ardere di desiderio. Avevo sentito storie dalle mie colleghe e persino da Ayden, stando alle quali spesso farsi leccare da un ragazzo era la parte migliore del sesso, ma avevo sempre avuto dei dubbi perché mi pareva una cosa invadente e troppo intima, e non mi sbagliavo. Persi la testa mentre mi baciava e leccava ovunque tra la carne bagnata e palpitante. Non c'era modo di nascondere l'effetto che aveva su di me quello che mi stava facendo e Dio, sapeva benissimo come farlo. A un certo punto mi venne voglia di gridare il suo nome, ma all'ultimo secondo mi ricordai che suo fratello era appena oltre la parete e mi ficcai un pugno in bocca per soffocare quella reazione mentre il mondo vorticava in ogni direzione come un caleidoscopio dai colori brillanti. Non sapevo come fosse con un altro uomo, ma come ogni cosa che avevo provato con Rule, lui la rendeva bellissima.

Rimasi sdraiata, inerte, mentre lui si alzò e cominciò a togliersi i vestiti alla rinfusa. Lo spettacolo era una delizia perciò, quando strisciò di nuovo a letto accanto a me, ero pronta a fare le fusa e ad avvinghiarmi a lui, come la brava gattina sessualmente appagata in cui mi stava trasformando.

«È stato un bellissimo modo di svegliarsi». Misi le mani sulle sue spalle e lui si spostò sopra di me, con un ginocchio tra le mie gambe.

«Hai dormito quasi tutto il pomeriggio. Aspettavo che facessi capolino e ti unissi a noi, ma non è successo». Abbassò la testa e sfregò il naso contro la mia guancia. «Sono venuto a controllarti ed eri perfetta, addormentata sul mio letto, e non sono riuscito a resistere». Mi lasciò una scia di baci leggeri da dietro l'orecchio fino all'incavo sensibile del collo. Con le dita mi sfiorò il braccio scendendo fino a circondare piano i lividi intorno al polso. Gabe mi aveva lasciato un cerchio di segni blu e neri che spiccavano sulla mia carnagione pallida, perciò sentii un groppo in gola quando Rule massaggiò con delicatezza la pelle lesa e mi sollevò il polso per sfiorarlo con le ciglia.

«Non sarebbe mai dovuto accadere, mi dispiace».

Abbassai una mano lungo il suo fianco e allargai le dita sulla superficie colorata delle costole. «Non sarei mai dovuta andare. Devo imparare a fissare dei limiti con i miei genitori e rispettarli. Non vale la pena sacrificare ciò che conta per me per cercare di renderli felici».

Mi bloccò l'altra mano sopra la testa, con gli occhi chiari fissi nei miei infiammati da un misto di desiderio e tenerezza. «Shaw, sono io quello che ha voglia di bruciare la casa quando il rubinetto perde. So che tendo ad agire in modo estremo e che devo fare un passo indietro, però, se credi che resterò a guardare mentre ti metti di nuovo intenzionalmente in pericolo con quel cretino, allora preparati a fare i conti con me».

Non ebbi modo di rispondere perché mi diede un bacio, un bacio vero, intenso, per cui non ebbi dubbi che facesse sul serio e dovessi stare attenta a quello che stava succedendo tra noi.

Avvertii un morso, la pressione del piercing e tutte le qualità di Rule mentre le nostre lingue scivolavano insieme e le mani si mettevano in moto. Mi prese la mano libera e la bloccò insieme all'altra sopra la mia testa, così da avermi distesa sotto di sé, e mi guardò con gli occhi maliziosi che brillavano di pura determinazione.

«Mi piaci così». Piegò la mano libera e la passò sulla pelle sensibile e sulla carne umida. Gemetti, perché era bellissimo e avrei voluto muovermi, ma lui mi teneva ferma con la pressione del suo corpo, molto più grosso del mio. «Mi piace averti alla mia mercé. Posso farti tutto quel che voglio». E per dimostrarlo prese in bocca un seno e lo succhiò fino quasi a farmi male. La prima volta che l'avevamo fatto mi aveva lasciato un succhiotto, ma adesso era diverso, più per marcare il territorio, per rivendicarmi.

«Buon per te che mi piaccia tutto quel che vuoi farmi». Mi sollevò una gamba e la mise intorno ai suoi fianchi snelli. Sentii la sua erezione calda che premeva contro di me e cercai di spostarmi per farlo entrare. Lui si ritrasse e mi sorrise.

«Sei sempre così impaziente». Diedi uno strattone alle mani intrappolate.

«Non sai quanto».

Ridacchiò ancora e mi baciò. «Allora dimmelo».

Provai a farmi penetrare con la sola forza di volontà, ma lui continuava ad allontanarsi con un sorrisetto sarcastico. «Davvero, Shaw, dimmelo».

Chiusi forte gli occhi perché era così vero che ero pronta a concedermi a lui in un giorno. Mi spostò l'altra gamba e si avvicinò a me di me di uno o due millimetri appena, facendomi fremere. «Dimmi perché pensavamo tutti che tu e Remy faceste sul serio e invece io sono stato il primo. Dimmi perché Rome pensa che tu abbia un debole per me da un po' ormai. Dimmi perché, quando lo facciamo, è così diverso da tutte le altre volte che l'ho fatto».

Volevo che si muovesse, che mi lasciasse muovere, ma quando riaprii gli occhi per la curiosità lui mi stava fissando attentamente, con un controllo su di sé che gli permetteva di aspettarmi. Sostenni il suo sguardo tagliente per un secondo e poi sussurrai: «Perché ci sei sempre stato tu, anche quando non volevo, anche quando mi spezzavi il cuore in continuazione. Ci sei sempre stato tu».

Le mie parole cambiarono qualcosa in lui, nei suoi occhi passò una scintilla gelida e d'un tratto mi penetrò e cominciò a muoversi e il resto del mondo si fermò e sbiadì. Contava solo quello che stava succedendo tra noi in quel momento e il fatto che importasse a lui tanto quanto a me. A ogni affondo cambiava ritmo, lui era sempre un po' folle, disinibito a letto, ma era come se le mie parole avessero smosso qualcosa dentro di lui e quello fosse il vero Rule, il ragazzo che usava le acconciature da pazzi e il corpo ricoperto di inchiostro per allontanare chiunque si avvicinasse troppo. Trattenni il fiato e gemetti, gridando infine il suo nome con voce tremante mentre arrivavamo insieme al traguardo. Era diverso, come aveva detto lui, più potente, più intenso e, quando abbassò la fronte contro la mia, completo.

Sospirai appagata e lo strinsi a me. Lui mi tirò a sé e si girò, per non schiacciarmi. Chiusi gli occhi e stavo per ricadere in un sonno molto soddisfatto, quando avvertii tutto il suo corpo irrigidirsi sotto di me. Spalancai gli occhi nel sentire le sue mani agitate tra i miei capelli e mi costrinsi ad alzare la testa per guardarlo.

«Cosa c'è che non va?»

«Il letto è bagnato».

Lo fissai, perplessa. «E allora?»

«Allora vuol dire che non abbiamo usato protezioni. Non faccio sesso senza preservativo da quando ero un ragazzino idiota. Cavolo, ci credo che è stato così bello».

«Prendo la pillola».

«Perché?».

Feci una smorfia e rotolai giù da lui. «Perché mi ha costretto mia madre. Pensava che uscissi con uno o con tutti e due voi gemelli Archer già molto prima che succedesse. Poi ho continuato a prenderla perché mi ha reso il ciclo meno irregolare, quindi siamo a posto».

Mi strinse di nuovo al petto e mi scostò i capelli dal viso. «Visto il mio passato, vuoi davvero rischiare?».

Sospirai. «Certo che sai proprio come rovinare un bel momento, Rule».

«Ehi, ti ho detto che il mio compito è proteggerti, anche se significa farlo da me stesso. Per lavorare al lo studio dobbiamo avere gli esami a posto visto che traffichiamo con fluidi corporei, aghi e pelle infiammata e i miei ultimi erano cristallini e, come ho detto, non faccio mai sesso non protetto, tranne che con la biondina dagli occhi verdi assassini difficile da accontentare che mi fa impazzire così tanto da farmelo dimenticare».

Mi accoccolai nell'incavo del suo corpo e mi lasciai stringere tra le sue braccia. Mise sul mio petto la mano sulle cui nocche era tatuato il suo nome e con l'indice percorsi le lettere in grassetto. «Mi fido di te e stiamo bene, perciò non ne farò un problema».

«Sì?»

«Sì, perché, come ho detto, ci sei sempre stato tu, Rule, anche quando non lo volevo affatto».

«Comincio a rimpiangere di non aver fatto più attenzione».

Intrecciai le dita alle sue. Mi piaceva come stavano insieme. Le sue erano lunghe e coperte di disegni brillanti, le mie piccole e con lo smalto di un rosa noioso, ma le une accanto alle altre erano più interessanti, più vitali. Mi riaddormentai ascoltando il suo respiro regolare nel mio orecchio e pensando che, se anche non avessi usato la pillola, fare del sesso selvaggio, disinibito e del tutto non protetto con lui valeva di certo tutti i rischi che comportava. Non riuscivo a pensare a un destino peggiore che mettere al mondo un altro Archer piantagrane.

Capitolo undici
Rule

«La prima volta che sono tornato a casa e ti ho vista seduta in cucina con Remy, ricordo che ho pensato: in cosa diavolo si sta cacciando? Eri così pallida e spaventata, con gli occhi grandi il doppio del normale e l'aria di un uccellino caduto dal nido. Remy aveva sempre avuto un debole per gli emarginati, quindi non ero sorpreso, ma sono rimasto stupefatto da quanto in fretta ti ha accettato il resto della famiglia. Avevo sempre pensato che saremmo stati noi Archer contro il mondo e poi sei arrivata tu e tutto è andato in pezzi e io sono diventato ancora di più la pecora nera. Rome ti adorava, mamma e papà hanno accettato te e Remy come un tutt'uno e io ero rimasto fuori al freddo, come al solito. Credo di averti ritenuto responsabile del mio senso di alienazione e distacco dagli altri. Io e Remy eravamo sempre stati due parti di una cosa sola e quando sei arrivata tu tutto è cambiato, per certi versi. Ero geloso che passasse così tanto tempo e si sforzasse tanto di essere il tuo eroe e non mio fratello».

«La prima volta che ti ho incontrato ero terrorizzata. Avevo visto te e Remy a scuola e tutti parlavano sempre dei gemelli Archer come di creature mitiche. Remy era così atletico e aveva gli amici giusti e i voti migliori, tu eri sempre nei guai, te ne andavi in giro con i ragazzi più grandi e ti facevi chiamare di continuo nell'ufficio del preside perché saltavi le lezioni o qualsiasi altra cosa avessi combinato. Remy mi ha salvato e mi ha portato a casa, mi ha fatto ridere quando nella mia vita non c'era niente di lontanamente divertente ed è stato gentile quando nessuno in vita mia aveva mai provato a esserlo prima. Mi ha fatto sedere in cucina e mi ha detto di non preoccuparmi quando fossero rientrati i suoi fratelli – li avrebbe tenuti in riga lui. Poi tu e Rome siete entrati di corsa dalla porta. Rome mi ha guardato e ha scosso la testa e ha chiesto a Remy se fossi un'altra randagia e tu, tu mi hai attraversato con lo sguardo, come se fossi un fantasma e gli hai chiesto se volesse ancora uscire con te e Nash per una pizza. Ho pensato che eri bello, in modo diversissimo da Remy. Eravate così simili, ma la tua bellezza era così interessante che non riuscivo a distogliere lo sguardo. Ti ho fissato per un quarto d'ora buono e poi, quando tu e Rome ve ne stavate andando, mi hai guardato e hai detto: "Cavoli, Rem, dalle una tazza di tè o qualcosa. Sembra Casper". Remy ha scosso la testa e si è seduto davanti a me e in quel momento ha capito, l'ha sempre saputo, e mi ha detto: "Rule è un bravo ragazzo, Shaw, anzi, il migliore. Per me è più caro di qualsiasi cosa al mondo, ma ha sedici anni ed è un Archer. Non andare a cercarti pene d'amore quando puoi evitarle". Per anni mi ha ripetuto all'infinito che ero una stupida, che non avrei dovuto preoccuparmi per te visto che le tue priorità erano altre. Poi, circa un anno prima di morire, ha cambiato idea. Quando vi siete trasferiti insieme a Denver, d'un tratto ha cominciato a dire di continuo che dovevo andare anch'io alla DU dopo il liceo, che dovevo arrivare a poterti dire quello che provavo per te. Di colpo era diventato cupido, era strano, e poi c'è stato l'incidente e non ho mai avuto la possibilità di chiedergli cosa gli avesse fatto cambiare idea».

«Be', sono contento di saperlo adesso e mi sembri ancora Casper».

«Anche io sono contenta e non mi dispiace se mi chiami

così, è dolce. E poi quando hai cominciato mi sono sentita speciale, perché nessuna delle altre ragazze ha mai avuto un soprannome, le chiamavi solo dolcezza, o piccola, o tesoro».

«Tu sei speciale; eri speciale anche allora. Ero solo troppo stupido per vederlo».

«Non penso che sarei stata pronta per te allora».

«E adesso, sei pronta per me?»

«Sempre».

Quella conversazione sommessa mi diede una prospettiva tutta nuova da cui guardare la ragazza che cominciava a significare così tanto per me. Portò anche a galla un sacco di domande che non avrei potuto fare al mio fratello morto. Volevo sapere come mai, se sapeva che Shaw aveva una cotta per me, aveva lasciato che io e il resto della famiglia credessimo allegramente che stessero insieme per tutti quegli anni. Mi pareva una cosa disonesta e ambigua e decisamente non da Remy. Volevo anche sapere perché non mi aveva detto niente di lei – pensavo che condividessimo tutto e, pur non avendo niente da offrire a Shaw da ragazzino, mi pareva comunque strano che non mi avesse rivelato cosa provava lei per me, così che potessi stare più attento invece di calpestare i suoi sentimenti come un branco di bisonti.

Avevamo avuto quella conversazione sottovoce la mattina presto, mentre Shaw incespicava per la stanza e si preparava per andare all'università. Aveva con sé solo i vestiti sofisticati da "cena con la mamma" e non aveva voglia di fare un salto a casa sua, perciò le dissi di prendere dall'armadio una delle mia magliette. Era divertente guardare una bella ragazza che girava mezza nuda e sceglieva nel mio guardaroba maschile piuttosto essenziale. Alla fine mise dei leggings, gli stivali e la mia maglietta dei Black Angels che le arrivava quasi al ginocchio, e d'un tratto alzarmi per darle un passaggio mi parve molto più divertente. Ridendo, schivò le mani con cui cercavo di afferrarla mentre legava i capelli in una coda. Ecco il tipo di rapporto che mi era perso impegnandomi solo in insignificanti conquiste da una notte. Mi piaceva giocare con Shaw, lasciarle usare il mio bagno e i miei vestiti, e più ci pensavo più mi rendevo conto che nella settimana precedente avevo sentito la sua mancanza in molti aspetti della mia vita oltre che a letto.

Mi diede un rapido bacio sulla bocca e mi disse che avrebbe preparato il caffè e qualcosa per colazione, quindi mi alzai e cercai il telefono per chiamare Mark. Non avrei perso tempo a mettere più ostacoli che potessi tra Shaw e Davenport. Infilai un paio di jeans scuri e una camicia e andai in bagno per spruzzarmi dell'acqua fredda in faccia. Mentre lavavo i denti, il telefono suonò e Mark rispose proprio mentre sputavo nel lavabo.

«Che succede, ragazzino?». Controllai allo specchio l'ombra di barba che avevo e decisi che, non avendo i capelli, l'avrei lasciata crescere, magari in un pizzetto o qualcosa del genere.

«Ehi, Mark, scusa il disturbo, ma ho un problema e mi serve un consiglio».

«Hai fatto incazzare la tua bella ragazza?».

Risi e mi appoggiai al lavabo. «Sì, ma sono riuscito a risolvere le cose da solo. Però è lei il motivo per cui ti chiamo. Ha un ex lunatico che non accetta un no come risposta. Si presenta al lavoro, la segue, la chiama un milione di volte al giorno ed è amico della sua famiglia, quindi i suoi genitori continuano a inventarsi delle scuse per farla stare con lui. Questo fine settimana l'ha bloccata quando era sola e l'ha presa a spinte. Le ha lasciato dei lividi sulle braccia e l'ha minacciata di quello che farà se non torna con lui».

«Mi sorprende che tu non sia in prigione».

«Be', lei me l'ha detto solo dopo che ce n'eravamo andati

da casa dei suoi e io gli avevo già detto senza mezzi termini di lasciarla in pace».

«Come si chiama?»

«Gabe Davenport».

Udii un fischio e riuscii praticamente a vedere Mark che camminava avanti e indietro. «Non è che per caso è il figlio del giudice George Davenport, vero?»

«Probabile. Continua a dire che non posso fargli niente per via di suo padre».

«Forse ha ragione. Direi che ci serve un ordine restrittivo il prima possibile, ma è molto probabile che non ci venga concesso se Davenport vede che è coinvolto suo figlio».

«Che cazzata».

«Sì, ma dobbiamo comunque provarci; altrimenti non ci sarà nessun rapporto. Sii razionale, ragazzino. Davenport è un cognome piuttosto potente nel nostro sistema, non vorrai finire dalla parte sbagliata».

Mi passai una mano sulla testa. «È semplice, Mark, non lo lascerò avvicinare a lei».

«Va bene, ma non andare a cercarti dei guai. Lei sarà un bersaglio facile se andrai dietro a quel tipo e finirai in galera».

«Sono incazzato, Mark, non stupido. Voglio che lei sia al sicuro e lui si prenda una bella strigliata, ma so bene che rimettergli a posto i connotati non mi permetterà di fare nessuna delle due cose. Tuttavia, se prova ad attaccarmi, non ti assicuro niente».

«Se ti attacca allora sbarazzati di lui, ma ricordati che i ragazzi come lui combattono con la legge e le norme, non con le nocche e i pugni nudi. Di' a Shaw di stare molto attenta, di cercare di stare sempre con qualcuno, prendile un taser o qualche spray e dille di chiamare la polizia se lui si fa vedere o le mette di nuovo le mani addosso. Se continua a perseguitarla, lei può ottenere un ordine di protezione e una volta che è coinvolta la polizia un giudice non può fare molto per far sparire un rapporto. Dalle il mio numero per sicurezza, dille di chiamarmi se ha delle domande o se ha bisogno di parlare. Come ho detto, ti sei trovato una ragazza speciale, amico. Tienila d'occhio».

«Faccio del mio meglio».

«Lo so, e Rule», attesi un momento che finisse, «è bello vedere che stai finalmente mettendo la testa a posto. Mi hai sempre ricordato un po' mio figlio, folle e spensierato, ma a tutti e due serviva qualcosa che vi desse uno scopo. Per lui è stato combattere per la nostra libertà e proteggere il Paese, per te è capire che ti meriti l'amore e l'affetto che una ragazza come quella può darti. Prendetevi cura di voi e fatemi sapere».

Chiusi la conversazione proprio mentre la porta si apriva e Shaw faceva capolino. «Dài, vieni a mangiare, così possiamo andare».

La guardai, cioè la fissai, e d'un tratto sentii di nuovo quella sensazione proprio al centro del petto. Spalancò gli occhi verdi quando la tirai in bagno e la sistemai tra le mie gambe divaricate, premuta contro il mio torace, e appoggiai il mento sulla sua testa. A volte la nostra differenza d'altezza era davvero piacevole.

«Stai bene?». Mi cinse la vita con le mani e mi strinse in un forte abbraccio.

Mi concessi un sospiro che mi pareva di trattenere da cent'anni. D'un tratto capii che, a prescindere da quello che pensavano i miei genitori, da quello che sarebbe successo in futuro – prossimo o lontano – per una volta stavo assolutamente facendo la cosa giusta. «Sì, sto bene. Anzi, più che bene».

«Ok, be' non voglio fare tardi, quindi vieni a mangiare i pancake e portami a lezione». Mi diede una pacca sul culo e saltellò fuori dalla stanza. Scossi la testa ridendo e la seguii. Rome si era già alzato ed era al tavolo ad ascoltare il racconto dello strano brunch del giorno prima, ma Nash non si vedeva da nessuna parte. Avevo detto a tutti e due cos'era successo con Mister Polo ed erano entrambi all'erta perché non uscissi dai binari. Mentre mi sedevo, mio fratello mi rivolse uno sguardo interrogativo, ma non sarei certo sceso nei dettagli con Shaw in giro che ci serviva la colazione.

«Ti va ancora di venire con me a riprendere la sua macchina?»

«Sì, ma passerò da mamma e papà già che ci siamo. Vuoi venire?».

Gli mostrai il dito medio perché sapeva che l'ultima cosa che volevo era vedere i miei. «Non posso, comunque, ho un appuntamento a mezzogiorno».

Shaw ci mise davanti i piatti e prese posto alla mia destra, mi fece un sorriso caloroso e capii che, oltre a essere la cosa giusta, era anche quello che mi ero perso per tanto tempo. Mi sentivo a casa, quella ragazza, mio fratello, i miei amici, tutto ciò di cui mi ero circondato d'un tratto aveva senso e recuperai la lucidità mentale che mi era mancata dalla morte di Remy. Amavo la mia famiglia, ma non me ne ero mai sentito parte. Il mondo che avevo costruito, la vita che vivevo erano belli, pieni di persone affidabili che mi vedevano per quello che ero e che tenevano a me in ogni caso. Sentii un groppo in gola e dovetti nascondere l'emozione con un bicchiere di succo d'arancia, altrimenti avrei rischiato di mettermi a frignare come un bambino. Mi schiarii la gola: «Porto Shaw all'università e poi torno a prenderti, va bene?»

«Certo. Sveglio Nash e vedo se gli va di venire in palestra con me mentre non ci sei».

Lanciai un'occhiata a Shaw. «Ti farai accompagnare al lavoro da Ayden dopo le lezioni, giusto?». Annuì, senza smettere di mangiare. «Bene. Verrò a prenderti al locale a fine turno. La tua macchina sarà qui, puoi scegliere se rimanere o tornare a casa tua».

Sollevò una spalla e la lasciò ricadere. «Non uscirò prima delle due, è lunedì e c'è il football, perciò ci sarà il pienone. Probabilmente resterò qui e poi domani devi portarmi a prendere un telefono».

«Perché te ne deve uno?». Guardai storto mio fratello, ma lei rispose prima che potessi dirle di stare zitta.

«Ho rotto il mio per sbaglio e Rule si è offerto di rimpiazzarlo».

«Davvero? Non è da te, fratellino». Sapevo che stava solo cercando di infastidirmi, ma con il sesso fantastico, Shaw a portata di mano e un piatto di pancake davanti era una missione impossibile. Con un sorrisetto, mi appoggiai allo schienale della sedia e allungai un braccio sulla schiena di Shaw.

«Sto voltando pagina».

Lui storse il naso, con gli occhi così simili ai miei che brillavano per le risate represse. «Tenere così tanto in considerazione qualcuno è come girare un libro intero, non solo pagina, ma buon per te. Mostrarti premuroso è un bel cambiamento».

«Vaffanculo». Shaw alzò gli occhi e lasciò cadere la forchetta nel piatto.

«Siete ridicoli e io farò tardi, quindi andiamo».

Mi sporsi e le diedi un bacio sulla guancia. «Metto le scarpe e usciamo. Tu prendi la tua roba. Grazie per la colazione».

«Certo». Corse fuori dalla stanza e io mi alzai, lanciando un'occhiataccia a mio fratello. «Vedi che so essere gentile?»

«Solo quando vuoi qualcosa».

«Vero. Voglio lei».

«Mi pare che tu ce l'abbia già».

«Adesso devo solo capire come non mandare tutto a puttane».

Anche Rome si alzò. «Non lo farai, Rule. Quando una cosa conta non lo fai mai, ricordalo. Ehi, cos'ha detto il tuo amico sbirro?»

«Che Shaw deve tenere gli occhi aperti e io devo prenderle un taser o uno spray. Secondo lui quel teppista è abbastanza tutelato per via del padre, ma ha detto che se prova a fare qualcosa a me posso stenderlo. È uno schifo, non dovrebbe poterle mettere le mani addosso e vivere abbastanza per raccontarlo».

«Le staremo vicino e la terremo sotto controllo, sai che siamo con te in questa storia, fratellino».

Feci una smorfia e abbassai la voce, perché sentii Shaw arrivare dal corridoio. «Se le succede qualcosa, Rome, perderò la testa. Cioè, lo so che ho dato di matto quando è morto Remy, ma qualcosa mi dice che non riuscirò a riprendermi se lei si farà male o peggio».

Probabilmente stava per rispondermi, ma accanto a me spuntò Shaw che, senza troppa delicatezza, mi diede uno strattone per farmi sapere che era pronta. Salutò Rome con la mano e mi spinse verso il furgone. Faceva freddo fuori, perciò la strinsi con un braccio e la tirai a me. Lei sfregò il naso freddo sul mio collo e, nel sentirmi imprecare, scoppiò a ridere.

«Ti serve un cappello». In effetti la testa appena rasata era gelata, ma ero un duro, perciò mi coprii con il cappuccio della felpa e sollevai il sopracciglio con i piercing.

«Meglio?»

«Come vuoi, mister macho. Grazie, per esserti offerto di recuperare la mia macchina».

«Nessun problema, ma stai in guardia oggi all'università. Non voglio che Mister Polo ti intercetti mentre vai a lezione».

«Mister Polo?»

«Davenport, porta sempre una stupida polo».

Rise così forte che dovetti sorreggerla e spingerla nel furgone, non che mi dispiacesse perché rimediai un bell'assaggio del suo superbo fondoschiena.

«È vero, ne ha sempre una. Mi assicurerò di andare a lezione con qualcuno. C'è una ragazza, Devlin, che segue un sacco di lezioni con me e siamo in due gruppi di studio insieme, quindi le resterò vicino. Credo che neanche lei sia una grande fan di Gabe, quindi sarà più facile chiederglielo».

«Bene. Che telefono vuoi? Non voglio che aspetti fino a domani. Andrò a prendertene uno tornando da Brookside».

Fece spallucce e trafficò con il mio iPod fino a quando la musica fumosa dei Lucero riempì l'abitacolo. «Non mi interessa. Come quello vecchio. Però devo far trasferire i miei contatti».

«Ci penso io».

Mi sorrise e si affrettò a mettermi una mano sul ginocchio. Mentre attraversavamo Denver verso l'università, batté con le dita il ritmo country-rock. Ci vollero circa venti minuti con poco traffico, ma stava per nevicare e capii che avrei dovuto posticipare il mio primo appuntamento a causa del tempo.

Dovevo andare fuori città. Shaw voleva che accostassi e la facessi scendere, ma io intendevo tenerla d'occhio il più a lungo possibile, quindi trovai un parcheggio a pagamento e le dissi che l'avrei accompagnata alla prima lezione. Lei alzò gli occhi ma, quando le aprii la portiera e la aiutai a scendere, non protestò.

La strinsi di nuovo al mio fianco e mi incamminai per il campus con lei, pensando che quella sarebbe stata l'unica volta in cui avrei messo piede in un posto del genere per un motivo diverso da una festa. Alcune persone le dissero ciao o la salutarono con la mano, lei rispose a sua volta e a me non sfuggirono le occhiate indagatrici nei nostri confronti. Eravamo una strana coppia e probabilmente i suoi compagni non erano abituati a vederla senza i soliti abiti da ragazza ricca. Ci fermammo davanti a un edificio imponente e lei reclinò la testa per guardarmi. I suoi occhi verdi brillavano, i capelli erano un groviglio sensuale a causa mia e, data l'aria pungente del Colorado, il naso aveva un'affascinante colorito rosa. Non avevo mai visto niente di più carino.

«Guida con prudenza. Sono d'accordo con tuo fratello, credo che dovresti vedere i tuoi genitori, già che ci sei».

Non volevo discutere con lei, perciò le diedi un bacio intenso, con la lingua, lungo abbastanza da farle capire che sarebbe stata nei miei pensieri per tutto il giorno. Pensavo che avrebbe avuto paura di quella dimostrazione d'affetto in pubblico, ma nel giro di due secondi le sue mani fredde risalirono sul mio petto e mi cinsero il collo. Rispose al bacio con il mio stesso fervore e, quando riappoggiò i piedi a terra, aveva il fiatone e le guance pallide erano di un bel rosso.

«Sii prudente anche tu. Ci vediamo più tardi. Ti porto il telefono al locale dopo il lavoro. Ricordati di non stare sola ogni volta che puoi evitarlo. E Shaw», incontrò il mio sguardo con gli occhi divertiti, «mi piace quando vai a lezione con i miei vestiti, sei davvero sexy».

Tornò in punta di piedi e mi baciò sulla punta del naso gelato. «D'accordo, e sei una merda per aver cambiato argomento, ma ho colto l'antifona, quindi ci vediamo stasera».

La osservai salire i gradini dell'edificio e fermarsi in cima, dove l'aspettava una ragazza. Le sorrise e la salutò. Sentii che l'altra le chiedeva, con voce sorpresa abbastanza forte da arrivare fino a me: «Chi era quello?». Ero curioso di sentire la sua risposta, considerando che non ne avevamo mai parlato sul serio.

Grazie all'aria invernale, la sua risata mi giunse acuta e chiara. «È Rule».

«Non sapevo che avessi un nuovo ragazzo».

«Be', non è proprio nuovo, ma sì».

Ero il suo ragazzo. E lei era la mia ragazza. Non era strano? In ventidue anni di vita non avevo mai avuto una ragazza abbastanza a lungo da chiamarla così; non avevo nemmeno amiche. Shaw era la più vicina a ricoprire anche quel ruolo. Ero il suo ragazzo e avevo voglia di ballare e alzare il pugno in aria. Invece, quando lei si voltò verso di me, le feci l'occhiolino e scoppiai a ridere davanti alla sua linguaccia. Perché non avevo capito prima che lasciar avvicinare qualcuno mi avrebbe reso felice, che lei mi rendeva felice? Non riuscivo a ricordare l'ultima volta che avevo riso così tanto. Anche a letto era divertente con lei. Rendeva tutto migliore e volevo fare lo stesso per lei.

Mandai un messaggio a Rome per dirgli che ero per strada e mi rispose che lui e Nash avevano appena finito in palestra, quindi sarebbe stato pronto al mio ritorno. Passai al rock dei Bloody Hollies e tornai all'appartamento. Feci un salto in casa a prendere il telefono di Shaw e mio fratello e, in men che non si dica, eravamo in autostrada diretti a Brookside. I primi fiocchi di neve cominciarono a bersagliare il parabrezza mentre imboccavamo l'Interstatale e io imprecai, sapendo cosa voleva dire per il traffico dei pendolari e il mio programma per il resto della giornata. Infatti, prima ancora di arrivare a destinazione, Nash mi chiamò per avvisarmi che sia l'appuntamento di mezzogiorno sia quello delle due volevano essere spostati a causa del maltempo, quindi non potevo più usare la scusa del lavoro per schizzare a casa senza vedere i miei genitori.

Rome, che non era stupido, ascoltò la telefonata e mi guardò con aria d'attesa dall'altra parte dell'abitacolo. «Fermarti un minuto a salutare non ti ucciderà mica. Possiamo andarci prima, così non ci chiederanno perché abbiamo la macchina di Shaw».

«Non ne vedo il motivo».

«Il motivo è che, a prescindere da come tu ti senta, loro sono comunque i nostri genitori e tu non puoi rinunciare a loro».

«Perché no? Loro l'hanno fatto con me nel momento in cui il gemello buono è stato dichiarato morto».

«Smettila e tira fuori le palle. Puoi benissimo sopportare una visita di cinque minuti da mamma e papà anche solo per dire che almeno ci hai provato. Se non altro Shaw sarà felice di sapere che hai fatto un minimo sforzo. Ricorda che lei li considera più genitori dei suoi, quindi se voi due avete intenzione di continuare quel che avete iniziato, dovrai farle vedere che anche se la mamma non cederà tu almeno ci hai provato».

Aveva ragione e sentii lo stomaco sottosopra. In quel momento Shaw cercava di forzare la mano a mia madre per avere un rapporto con me e accettarmi, ma dopo aver visto il modo orribile in cui la trattava la sua madre biologica non avevo dubbi che la separazione tra lei e i miei non sarebbe durata a lungo, il che significava che dovevo trovare il mio posto nel puzzle. Provarci non mi avrebbe ucciso, ma sicuramente sarebbe stato imbarazzante e scomodo, per tutti.

«Bene, possiamo fermarci, ma non sperare troppo. Non sento nessuno dei due da quando me ne sono andato dal brunch quel giorno».

«L'orgoglio degli Archer è pericoloso. Se non stiamo attenti distruggerà la nostra famiglia».

Per tutta risposta grugnii e cercai di dirmi che farlo non solo avrebbe reso felice Shaw, ma di certo significava qualcosa anche per Rome e, se c'era una persona al mondo per cui avrei fatto di tutto, era mio fratello. Lui non mi chiedeva mai niente e mi aveva sempre dato il suo sostegno e la sua approvazione, anche finendo ai ferri corti con il resto della famiglia, e gli dovevo almeno un tentativo di provare a riparare quello che si era rotto. Guidammo fino a casa dei miei in silenzio, mentre Rome mi lanciava occhiate furtive con la coda dell'occhio per tutto il tragitto. Credo che si aspettasse che superassi l'uscita o cambiassi idea per la paura, ma io continuai a ripetermi che non avevo bisogno che i miei mi guardassero come guardavano lui per tornare a casa e stare bene. Prima quel fatto mi tormentava e mi faceva comportare come un adolescente inquieto, incazzato con il mondo intero, adesso sapevo che a casa avevo un lavoro fantastico, un fratello che spaccava, una ragazza sexy che mi amava un sacco, malgrado i problemi e tutto il resto, e un bel gruppo di amici disposti a sopportarmi e difendermi in qualsiasi caso. E anche se il vuoto lasciato dalla morte di Remy non si sarebbe mai davvero riempito, la mia vita era bella e loro avrebbero dovuto essere fieri di me. Se non lo erano, potevano anche andare a cagare.

Quando imboccammo la strada dei miei, tutte e due le loro macchine erano nel vialetto. Espirando nervosa, cercai di non sussultare alla pacca sulla spalla e alla lieve spinta di Rome. «Su, faremo in fretta».

Scesi dal furgone e spostai un po' di neve con gli stivali. Vedevo la mia nuvoletta di fiato nell'aria, quindi il tempo sarebbe peggiorato prima che ci rimettessimo in viaggio verso casa e, in quella situazione, anche il mio umore. Sapevo che Rome aveva le chiavi ma, essendo con me, si fermò davanti alla porta e bussò, relegandosi allo status di estraneo proprio come il sottoscritto. Si sentì qualcuno trascinare i piedi e ci volle qualche minuto prima che mio padre venisse ad aprire. Ci sbirciò sorpreso e dovetti ammettere che in segreto fui contento che fosse sorpreso di vedere entrambi.

«Ragazzi? Cosa ci fate qui?».

Aprì la zanzariera e ci fece segno di entrare al caldo. Mi sfregai le mani per scaldarle, quindi non cercò nemmeno di abbracciarmi dopo averlo fatto con Rome, e mi stava bene perché non ero certo di essere pronto per quella fase.

«Rule doveva fare una commissione da queste parti prima del lavoro, allora ho pensato di fermarci a salutarvi. Non siete impegnati, vero?»

«No, vostra madre è di sopra». Spostò lo sguardo su di me. «Sono sorpreso di vederti, figliolo».

Avrei voluto fare una battuta frivola, ma essendo in vena di fare pace gli rivolsi un mezzo sorriso e risposi: «Ci credo. Rome ha pensato che andasse bene».

«Rule, questa è casa tua, sei sempre il benvenuto qui».

Avrei voluto ribattere che non mi sentivo il benvenuto da più di tre anni, ma mi limitai ad annuire e a dire: «Grazie, papà».

«Che commissione dovevi fare a un'ora dalla città sotto la neve?».

Mi passai una mano sulla testa e guardai Rome di traverso. «Uh… ho detto a Shaw che sarei venuto a riprendere la sua macchina. È venuta a trovare i suoi e l'ha lasciata qui».

«Shaw era a Brookside questo fine settimana? Non farlo sapere a tua madre. Fa fatica ad accettare le regole che ha fissato Shaw. Quella ragazzina è testarda come voi due e credo che Margot non fosse pronta a vederla così ferma sulla sua posizione. È davvero bello che la aiuti, Rome».

Alzai gli occhi perché in automatico mio padre aveva dato per scontato che lei si fosse rivolta a Rome, anche se lui gli aveva già spiegato che ero io a dover fare una commissione. Non avrei detto niente, ma Rome ridacchiò e diede una pacca sulla schiena a papà.

«Non io, vecchietto. Shaw e Rule sono in tregua. Dovresti

vederli; si comportano in modo civile e passano del tempo insieme come persone normali. È lui che si è offerto di recuperare la macchina, io sono stato coinvolto solo come secondo autista».

Mio padre guardò verso di me, che ero dietro a Rome, chiaramente scioccato. «Sul serio? Voi due siete sempre stati ai ferri corti, anche da piccoli».

Feci spallucce. «Sto provando a crescere. Lei fa parte della mia vita da tanto e sto vedendo la cosa da una nuova prospettiva. Andiamo d'accordo». E poi stare nudo con lei il più spesso possibile era la mia nuova priorità nella vita e fare in modo di renderla felice e tenerla al sicuro rendeva felice anche me, ed era una sensazione talmente nuova che non ero ancora sicuro di come gestirla.

«Be', magari puoi dirle quanto è dura per tua madre senza di lei. Sarebbe carino convincerla a venire a trovarci».

«Ha i suoi motivi per tenersi alla larga, papà». Il mio tono si era fatto più duro d'istinto, ma non lasciai trapelare niente dal volto, nel tentativo di smorzare la tensione che sentii crescermi dentro quando entrammo in soggiorno, dove mia madre stava guardando la TV sul divano. I suoi occhi andarono da Rome a me e poi di nuovo su di lui. Anche dall'altro lato della stanza, avvertivo il dispiacere che irradiava da lei.

«Cosa ci fai qui?». Non guardò nemmeno Rome, i suoi occhi erano incollati su di me e la sua rabbia mi colpì come una frustata sulla pelle. Infilai le mani in tasca e incontrai il suo sguardo con uno altrettanto diretto. Questa volta non le avrei permesso di infastidirmi; lo dovevo a mio fratello e alla mia ragazza.

«Sono venuto a salutare e a vedere come state».

«Non ti voglio qui». Rome si irrigidì accanto a me e sentii mio padre inspirare in fretta, ma non ero sorpreso.

«Lo so, ma ho pensato che provare ad aggiustare le cose non mi avrebbe ucciso».

«Perché disturbarti? Rovini sempre tutto». Aveva la voce roca e giuro che a ogni sillaba riuscivo a vedere spillare l'odio che covava. Mio padre fece un passo in avanti ma Rome lo fermò. «Margot, smettila. È nostro figlio, non un estraneo che butteremo per strada solo perché adesso non sei contenta di lui».

«Papà, è tutto a posto. So come si sente e non l'ha mai nascosto».

«Cosa ti aspetti, Rule? Per colpa tua tuo fratello è in una bara sottoterra e la ragazza che consideravo una figlia non vuole avere niente a che fare con me. Sei un veleno per questa famiglia».

Be', era stata un po' più dura e tagliente del solito, ma finalmente l'aveva detto a chiare lettere. Mi sfregai gli occhi con i pugni e sospirai. Mio padre e Rome si parlavano sopra, nel tentativo di farle ritrattare quelle frasi orribili e convincerla che non era vero, ma era tutto inutile.

«Ehi, ehi, fermatevi. Va tutto bene, dài Rome, non far finta di essere scioccato. Lei mi ha sempre incolpato per averlo chiamato quella notte, è tutto posto, lo accetto. Anzi, io stesso mi sono incolpato a lungo, fino a quando ho capito che potevano esserci un milione di altri motivi. È stato un incidente, un incidente che si è portato via una persona che amavamo, ma comunque un incidente. Lei avrebbe potuto incolpare l'autista del camion, o Remy che andava troppo veloce, o Dio che ha fatto piovere o persino il chirurgo che non ha fatto bene il suo lavoro, ma no, lei dà la colpa a me e lo farà sempre e va bene così se è quello che le serve per andare avanti. Posso sopportare questo peso». Tutti e tre mi guardavano a occhi spalancati. Era il discorso più lungo che avessi fatto ai miei in un colpo solo negli ultimi cinque anni, senza urli né scatti d'ira. «Shaw è una ragazza intelligente e ha delle idee chiare, quindi mi rifiuto di lasciare che tu dia a me la colpa delle tue azioni e delle conseguenze su di lei. Ti ha detto chiaro e tondo cosa dovevi fare per mantenere un rapporto con lei e tu ti sei rifiutata. La colpa non è di nessuno se non tua».

«Tu non sai niente di Shaw. Lei è su un piano completamente diverso dal tuo; lei e Remy avevano intrapreso una strada che tu non puoi neanche sognarti».

Scossi la testa con aria triste e accennai alla porta. «Mamma, non sai cosa dici. Shaw è la persona più affettuosa, gentile e indulgente al mondo. Si staccherebbe un braccio prima di mettere se stessa davanti a una persona a cui tiene. Non gliene frega un accidenti di una strada o dell'altra, purché le persone che ama vadano da qualche parte e alla fine siano felici. Me ne vado da qui. Ho delle cose da fare. Papà, è stato bello vederti. Rome, mi trovi sul furgone».

Mi voltai per scendere le scale e uscire, ma la voce fredda di mia madre mi bloccò. «Stai lontano da Shaw, Rule. Finirai per farle del male come hai fatto con tuo fratello».

Avrei voluto dirle che era troppo tardi per quell'avvertimento, che cominciavo a conoscere a fondo Shaw e che lei stava diventando una parte fondamentale di me, invece incontrai il suo sguardo gelido, gli occhi pieni di tristezza e rassegnazione. «Buona fortuna se intendi farla tornare all'ovile della famiglia Archer con questo atteggiamento, mamma. Continua così e Shaw non rimetterà più piede in questa casa».

«Perché dovrebbe scegliere te invece di questa famiglia non lo capisco proprio».

Le diedi l'unica risposta possibile. «Perché pensa che ne valga la pena».

Rivolsi a Rome un'occhiata priva di emozioni e lo superai, attento a evitare mio padre. Non mi voltai per vedere se uno dei due mi seguisse ma, quando uscii, mi concessi un sospiro e guardai la strada imbiancata di neve. Le sue parole mi avevano ferito, come sempre, ma invece della sensazione di autodistruzione e solitudine che provavo di solito, adesso capivo che erano solo problemi suoi e non c'era niente che potessi fare per farle cambiare idea, a meno che non fosse lei a cercare aiuto. Era da troppo che ricoprivo il ruolo dell'accusato perché le offrissi qualche spiegazione.

«Figliolo». La voce di mio padre mi sorprese. Si era fermato per mettersi la giacca ma mi aveva seguito sul vialetto. Rome non si vedeva. Spostai i piedi sprofondati nella neve e ficcai per bene le mani nelle tasche della felpa. «Dobbiamo parlare di quel che è successo».

«Questa è sempre casa mia, eh, papà?». Mi pentii non appena lo dissi. Dentro di me c'era ancora un ragazzino che voleva l'approvazione dei genitori e, per quanto mi sforzassi, non riuscivo a farlo stare zitto. «Scusa, ho detto una stupidaggine».

Mio padre scosse la testa e, per una volta, nei suoi occhi vidi un rimorso sincero. «Non avevo idea che andasse così male con tua madre, Rule. Non mi piacciono i capelli da pazzo e l'ossessione dei tatuaggi su tutto il tuo corpo e mi scoccia tantissimo che ti vesti come un teppista solo per darci fastidio, ma non ti ho mai incolpato per quel che è successo a Remy. Eravate molto diversi, lo siete sempre stati, ma vi volevo bene allo stesso modo. Ho sentito le parole di tua madre al funerale ma ero convinto che fosse solo il lutto, la reazione spropositata di una madre che ha perso un figlio troppo giovane. Pensavo davvero che avrebbe trovato il modo di superare il dolore e la depressione, ma dopo oggi capisco cosa intende Rome. Ci serve aiuto, a lei serve aiuto. Non caccerò mai un figlio da casa mia; i capelli rosa, blu o verdi non contano, perché ti voglio bene e voglio solo che tu sia felice e abbia una bella vita. Preferirei che la smettessi di far irritare un vecchio ogni volta che ne hai l'occasione, ma non voglio che pensi che io abbia mai desiderato che quella notte fosse toccato a te invece che a Remy. Non sarebbe mai dovuto succedere a questa famiglia, ma è successo, e hai assolutamente ragione quando dici che è stato un incidente».

Lo fissai come se fosse un estraneo. Faceva freddo e sentivo a malapena le dita dei piedi, ma il sangue pompava rapido e forte nelle mie vene. «Non mi hai mai detto niente del genere prima. Di solito ti arrabbi ed esci dalla stanza o lasci ogni volta che la mamma mi faccia a pezzi».

«È sempre stato difficile per me avere un rapporto con te, Rule. Rome era il mio compagno, Remy era il migliore amico di tutti e tu, be', tu hai trovato la tua strada quando eri ancora piccolo e mi è sempre sembrato che non avessi bisogno che io ti guidassi per andare dove volevi. Tua madre è fragile, più di quanto pensassi, e anche se sapevo che quello che è successo negli ultimi anni non era affatto un bene per la nostra famiglia, continuavo a sperare che si sarebbe ripresa. Più eravamo duri più tu reagivi, non ti sei mai lasciato turbare da lei come avrebbe voluto e, anche se avrei dovuto porre fine a tutto questo anni fa, adesso capisco quanti danni avrebbe potuto causarti il nostro comportamento».

«Vuole che io sia Remy». Dirlo a voce alta fu come rivelare segreti custoditi fermamente da un'eternità.

Lui tossì e sfregò le grosse mani. «Vuole avere con te il rapporto facile che aveva con Remy. Lui non era polemico e non creava problemi, si lasciava consigliare. Rome sapeva che non volevamo che si arruolasse, ma l'ha fatto comunque perché è testardo e determinato a fare la differenza al mondo. Tu non sei mai stato facile né malleabile. Odiavi il coprifuoco e ogni regola che ti abbiamo imposto, sei sempre stato creativo e particolare, ma difficile da gestire; ti dicevamo di andare a sinistra e tu andavi indietro; le è rimasto un figlio a cui non può dare ordini e che non sa gestire. Le manca avere qualcuno a cui fare da madre e a Remy non è mai dispiaciuto lasciarglielo fare e nemmeno a Shaw, ma adesso lei ha preso una posizione e Margot sta peggiorando in fretta».

«Papà, non posso tornare qui, non così. Apprezzo tutto quello che hai detto oggi, anzi, avrei sperato che tu lo dicessi anni fa, e magari adesso il mio passato non sarebbe disseminato di una sequela di comportamenti sbagliati e scelte discutibili, ma non sarò più il suo capro espiatorio».

Lui sospirò e guardò la porta, da cui uscì Rome con aria minacciosa. «Qualcosa mi dice che non sei l'unico Archer che ha preso questa decisione».

«Anche Shaw. Non lascerò che la mamma la usi come una pedina in questo casino».

«Sì, nemmeno io. È come una figlia per me».

Rome si unì al nostro gruppetto e, ragazzi, aveva un'aria infuriatissima. I miei occhi diventano chiari e argentati o grigi quando provavo un'emozione forte, ma quelli di mio fratello brillavano di un blu acceso, come quello che si vede alla base di una fiamma.

«È fuori di testa, che cavolo. Sul serio, papà, deve andare in terapia e forse prendere dei farmaci. Non riesco a credere che abbia detto quelle assurdità a Rule».

Mio padre sospirò di nuovo e si mosse, buttando a terra la neve che si era accumulata sulle spalle della sua giacca.

«Lo so, figliolo. Ho appena detto a Rule che capisco che il problema è peggio di quanto pensassi».

«Mi restano solo poche settimane di congedo; sarà meglio che le dici che non tornerò se non si chiarirà le idee. Ho provato a dirglielo a parlarle e lei ha cominciato a sparare cazzate sul fatto che Rule fa il lavaggio del cervello a tutte le persone a cui lei tiene. L'ha offeso a dovere, il suo stesso figlio. Mi rifiuto di appoggiarla se lo tratta così».

«Siete due bravi ragazzi. Per ora prendetevi cura di voi e io penserò alla mamma. Voglio bene a tutti e due. Non rinunciate a noi».

Dopo esserci abbracciati a turno con tanto di pacche sulle spalle, io e Rome risalimmo sul furgone. Dovetti lasciar scaldare il grosso motore prima che l'aria calda cominciasse a funzionare e mentre aspettavamo guardai pensieroso fuori dal parabrezza innevato, mentre mio fratello blaterava sulla mamma. Era disgustato dalla sua reazione alla mia visita a sorpresa, io invece no. Tuttavia, ero davvero stupito dalle parole di mio padre. Non riuscivo a ricordare l'ultima volta che qualcuno mi avesse detto che mi amava oltre ai miei fratelli. Avevo scordato quanto mi facesse sentire bene.

«Vuoi prendere la BMW o il furgone, visto che adesso viene giù abbastanza bene?»

«La BMW. Ti ho visto guidare, fratellino. Non riusciresti a tornare a Denver tutto intero con una macchina sportiva».

Aveva ragione. Volevo tornare tutto intero perché volevo comprare un telefono a Shaw e andare a prenderla dopo il lavoro e passare la notte a letto avvinghiato a lei. Volevo che sussurrasse il mio nome all'infinito con la sua voce roca. Non ne ero sicuro, ma la sensazione che non riuscivo a spiegarmi assomigliava tanto all'amore.

Capitolo dodici
Shaw

Stavo ancora cercando di capire il funzionamento del mio nuovo telefono. Invece di sostituire quello rotto con lo stesso modello, Rule mi aveva preso l'ultima versione completa di tutti i fronzoli e quell'affare era dieci volte più furbo di me. Volevo scrivere ad Ayden che ero in ritardo per il nostro caffè perché una lezione si era prolungata. Nelle ultime due settimane non l'avevo vista per più di qualche minuto di fila, quindi avevamo appuntamento per aggiornarci. Era ancora un po' strana. Tra le notti passate da Rule e quelle con lui da noi, e il dover fare attenzione per evitare di incappare in Gabe, mi era stato impossibile metterla alle strette e farla parlare. Ma ero riuscita a creare una bella routine. Nei giorni in cui lavoravo stavo a Capitol Hill da Rule, perché era più vicino al locale e a lui non dispiaceva entrare a bere qualcosa in attesa che io smontassi; lui e Lou erano grandi amici, ormai.

Nei giorni in cui andavo all'università o facevo volontariato, a volte lui si presentava all'ora di cena, ma più spesso appena prima di andare a letto, e passava la notte da me. Avevo deciso di rinunciare al turno del sabato per avere una serata libera nel fine settimana da trascorrere insieme a lui. A lui piaceva uscire con i suoi amici il venerdì e il sabato, quindi mi pareva bello lasciargli una sera per stare tra maschi mentre io lavoravo, e poi era divertente avere un giorno libero per fare shopping o guardare un film quando invece ero così abituata a essere sempre presissima. Avere una storia con Rule mi stava insegnando che il mio tempo era prezioso e che dovevo riempirlo con ciò che mi piaceva oltre a ciò che ero obbligata a fare.

Così giustificavo in parte il fatto di ignorare le chiamate che i miei genitori mi avevano fatto senza sosta dopo il viaggio a Brookside.

Finalmente riuscii a inviare il messaggio e lei rispose dicendo che aveva preso un tavolo e ordinato per noi. Quando arrivai, il caffè era pieno di gente, ma Ayden si era assicurata un posto vicino alla vetrina e trafficava col cellulare. Un gruppo di nerd poco distante cercava di attirare la sua attenzione parlando e ridendo a voce alta, ma lei li ignorava. Mi mancava il tempo che passavamo insieme e avrei voluto che mi parlasse di quello che l'aveva turbata nell'ultimo mese, ma con tutto quello che avevo in ballo sapevo bene che ultimamente non ero stata la migliore delle amiche.

Mi lasciai cadere di peso sulla sedia davanti a lei e, piena di gratitudine, afferrai il caffè schiumoso che aveva ordinato per me. Mi fece una smorfia e mise via il telefono. «Ho quasi visto il tuo ragazzo nudo stamattina».

Scoppiai a ridere davanti alla sua faccia. «Non so cosa dirti, prego?».

Storse il naso. «Non ha molta vergogna, o sbaglio?»

«Conosci Rule, vero?».

Prese la sua tazza e mi guardò oltre il bordo. «Non ha poi molto di cui preoccuparsi, no? Non so come fai a non lasciarti distrarre da tutto l'inchiostro che ha addosso. Io passerei tutto il tempo a guardargli i tatuaggi invece che a darmi da fare».

«È divertente».

«Ci scommetto». Nei suoi begli occhi c'era un'espressione distante che non potevo più ignorare.

«Su, Ayden, dimmi cosa ti succede ultimamente. So che sono stata presa dalle mie cose, ma lo vedo che sei cambiata. Sei sempre così triste e non è da te».

Il suo sguardo color whisky prese a vagare, per poi fermarsi sul tavolo tra noi. Posò il caffè e passò il dito sul bordo della tazza.

«Non lo so, cioè, lo so, ma non proprio». La fissai, perché non ero sicura di cosa stesse parlando. «Pensavo di aver sistemato tutto, lo studio, i ragazzi, il futuro, tutto. Sapevo che il fatto di venire da niente e nessuno non contava perché ero sulla strada giusta per diventare qualcuno di importante, e adesso non lo so più».

«A cosa è dovuto?»

«Alla sera del concerto rock, quando Jet mi ha portato a casa. Mi sono praticamente buttata addosso a lui». La vidi trasalire. «È stato abbastanza gentile, ma ha detto che non ero il suo tipo e che le brave ragazze come me si meritavano di meglio».

«Be', mi sembra un comportamento galante e carino da parte sua, non da cambiarti la vita».

«È questo il punto, Shaw, adesso sono una brava ragazza, ma non hai idea della vita che facevo prima di trasferirmi in Colorado. Quando stavo in Kentucky, ero sregolata. Andavo alle feste, facevo un sacco di cose sbagliate, andavo con troppi ragazzi ed ero un gran casino, dentro e fuori. Mi ci è voluto un miracolo per entrare in questa università e staccarmi da tutto, ma una parte di me è ancora quella ragazza e quando Jet mi ha rifiutato entrambe le parti di me sono andate a rotoli. Lui è carino e suona in una band, e io ero furiosa, davvero furiosa, quando mi ha detto di no perché sono una brava ragazza. Non è quello che voglio essere. È da allora che combatto con questa idea».

Misi giù il caffè e la guardai, strizzando gli occhi. «Hai permesso a un tipo di sconvolgerti la mente dopo un solo breve incontro? Non mi sembra per niente da te».

«C'era qualcosa in lui, Shaw. Non so cosa».

«Ayden, tu sei fantastica. Non mi interessa com'era la tua vita prima perché ora sei leale e gentile, mi fai ridere, sei più intelligente di tutte le persone che conosco, sei incredibilmente bella e sappiamo entrambe che negli ultimi due anni ci sono state volte in cui l'unica cosa che mi ha tenuto in piedi sei stata tu. Ho incontrato Jet diverse volte, è carino e di certo è un gran figo, ma è anche un tipo rock and roll, con una legione di groupie che gli ronzano attorno, quindi qualsiasi cosa tu abbia vissuto con lui, non vale la depressione e i dubbi su te stessa che ti ha provocato».

«Me lo dice quella che ha passato cinque anni a struggersi in silenzio per un ragazzo?». La sua ironia era pungente, ma me lo meritavo.

«Sì, e guarda com'ero miserabile e sola. Sto dicendo soltanto che se un uomo non ti apprezza per la meraviglia che sei, allora non vale la pena e se non vuole sporcare la bella immagine che ha di te, che sia vera o meno, allora odio dirtelo, ma forse non era interessato. Tu sei un tipo country e lui è rock. So che ho sguazzato per tutta la vita nella storia degli opposti che si attraggono e balle varie con Rule, ma forse in realtà non funziona così e semplicemente tu non eri il suo tipo. Ho visto le donne che girano intorno a loro quando escono. Cavolo, ho sorpreso Rule con loro un milione di volte e, fidati, tra le loro doti non ci sono certo il cervello, la sicurezza e l'ambizione».

Si concesse un forte sospiro. «Magari. Ma mi ha fatto pensare a quello che sto facendo. Ho degli appuntamenti, mi diverto, adoro vivere con te e vado benissimo all'università, ma mi sembra che mi manchi qualcosa e quando vedo quel superfigo del tuo ragazzo mezzo nudo coperto di tatuaggi con aria assonnata e soddisfatta, sento una stretta al cuore.

Mi sento sola, e i motivi non sono così banali e semplici. Credimi, mi è stracapitato quando ero giovane».

Risi, mentre con il dito raccolsi un po' di schiuma del caffè e me la infilai in bocca. Probabilmente i nerd erano rimasti senza fiato, ma non ne ero sicura perché quando rialzai lo sguardo battevano come matti al computer.

«Quindi ti scegli un cantante heavy metal per fare la sdolcinata e la sentimentale? Dio, abbiamo dei gusti incredibili in fatto di uomini».

Ridemmo insieme e poi Ayden si appoggiò allo schienale e incrociò le gambe all'altezza delle caviglie. «Probabilmente sparirà, ma nel frattempo devo capire come andare avanti senza dimenticarmi del tutto chi sono. Cioè, guardati, non è che di colpo sei coperta di tatuaggi dalla testa ai piedi e hai la faccia piena di piercing estremi. Hai fatto tesoro della filosofia di Rule di darsi le proprie regole e l'hai usata per rilassarti e riprendere il controllo del tuo destino, non per diventare un'altra persona».

In parte aveva ragione, quindi pensai fosse troppo dirle che stavo seriamente pensando di farmi un piercing ai capezzoli. Rule mi ripeteva sempre quanto fossero sensibili, quanto fosse facile farmi eccitare e spingermi a esplodere solo giocandoci. Dopo i diversi contatti intimi con un uomo dotato di piercing alle parti strategiche del corpo, sapevo esattamente come quei gioielli potevano accrescere il piacere. Per me c'era sempre stato solo Rule, perciò non sapevo come fosse farlo con una persona senza piercing all'uccello e sulla lingua, ma visto quanto era bello con lui, non desideravo scoprirlo. Non lo volevo fare per lui, lo volevo fare per me, ma non ero sicura di essere pronta a quel passo.

«Ha una certa influenza su di me, l'ha sempre avuta, ma non voglio stare con qualcuno che mi vuole solo per cambiarmi».

«Lo so, nemmeno io. Quando sono andata via di casa pensavo che, se non fossi cambiata, sarei rimasta bloccata per sempre a un punto morto e in qualche modo ho perso tutto della Ayden che ero prima di Denver, anche le cose buone».

Mi sporsi e le strinsi la mano che aveva appoggiato sul tavolo. «Forse stai solo entrando in una nuova fase; forse questa non è la Ayden attuale né quella vecchia, ma una nuova incarnazione eccellente di tutte e due. È tutto a posto per te, chiunque e qualsiasi cosa tu voglia essere andrà bene».

«Lo spero. Allora, hai visto o sentito Gabe?».

Scossi la testa e spostai indietro la sedia. «No. L'ho incrociato qua e là al campus ma si tiene a distanza. Il poliziotto in pensione amico di Rule ha sentito che il giudice Davenport non è stato contento che il nome di suo figlio venisse fatto in un'udienza pubblica, quindi l'ha messo al guinzaglio. I ragazzi sono stati bravissimi a starmi vicino, e non credo che abbia il fegato di scontrarsi con Rule o Rome. Sto evitando apposta ogni contatto con i miei genitori, quindi se sta cercando di metterli dalla sua parte non gli servirà a niente».

«Allora, cosa pensi di fare nei prossimi tempi? Presto Rome dovrà tornare a fare il soldato e per quanto sia certa che a Rule piaccia starti vicino, alla fine vi stancherete. La fase della luna di miele non durerà per sempre».

Ero preoccupata anch'io per lo stesso motivo. Al momento gli piaceva aspettarmi al locale e non si lamentava di doversi destreggiare tra i nostri orari frenetici per vederci e tenermi d'occhio, ma ero d'accordo con lei che non potesse durare ancora per molto.

«Non so cosa fare. Se la legge non può aiutarmi e i miei sono contro di me, non lo so proprio. Vorrei che si trovasse un'altra ragazza socialmente al suo livello e mi dimenticasse».

«Non lo so neanch'io, ma sono contenta che non cerchi più di gestire tutto da sola».

«Rule è quello giusto per me. Con lui mi sembra che la mia vita sia finalmente davvero mia».

«Gli hai detto che sei innamorata di lui e che va avanti da un'eternità?».

Inghiottii il caffè e mi andò di traverso. Tossii un attimo, fino ad avere gli occhi pieni di lacrime. «No! Sei pazza? Perché dovrei? Sa già che ho una cotta per lui da sempre e credo che per lui sia strano. Non voglio fargli pressione perché provi lo stesso per me. Vuole che stiamo insieme e si sta sforzando davvero per far funzionare questa relazione e per adesso mi basta».

Schioccò la lingua e agitò le dita. «Se pensi di riuscire a nascondere quello che provi per lui, ti sbagli di grosso. Irradi i tuoi sentimenti per lui come una luce brillante. Deve capirlo ogni volta che ti guarda».

Giocherellai nervosa con le punte dei capelli. «Be', non ha mai detto niente e per me va bene così».

«Che stupida che sei. Sei innamorata di questo tipo da quando eri una ragazzina e adesso che è tuo ti preoccupi ancora di essere aperta e onesta con lui? Pensavo non avresti voluto perdere altro tempo».

«Stiamo parlando di Rule. È imprevedibile e non gestisce le emozioni in modo normale. Non voglio spaventarlo rendendo tutto troppo intenso, troppo in fretta. Ho visto cosa fa con chi lo spinge e non è bello».

«Per quel che conta, credo che lui sia preso da te quanto tu da lui. Quel bagliore che hai tu ce l'ha anche lui, solo più oscuro e un tantino più confuso».

«Be', è bello sentirlo. Non so se ci credo, ma è comunque un bel pensiero».

Passammo un'altra ora e un altro caffè a chiacchierare. Parlammo dell'università e le raccontai del crollo di Margot quando Rule era andato a riprendere la mia macchina. Parlammo del lavoro e di quanto fosse ridicola Loren ogni volta che apriva bocca e decidemmo di andare a fare shopping il fine settimana seguente, dopo un altro giro al salone di bellezza. Finite le chiacchierc, lei dovette scappare per prepararsi per il lavoro. Ci lasciammo con un abbraccio che quasi certamente provocò un'erezione adolescenziale al tavolo dei nerd e poi andai a Capitol Hill. Visto che non lavoravo e Rome era tornato a Colorado Springs per un altro controllo medico, avevo promesso a Rule che sarei passata allo studio e avrei aspettato che finisse con l'ultimo cliente.

Non c'ero mai stata durante l'orario di apertura, perciò quando aprii la porta fui sorpresa di quanto fosse pieno. Dietro al bancone c'era una ragazza bionda con degli spuntoni cortissimi decolorati chiari quasi quanto i miei. Rispondeva al telefono, si occupava della gente che brulicava nella zona d'attesa e dava consigli ai potenziali clienti. Oltre a Nash, Rowdy e Rule, alle postazioni c'erano altri tre artisti. Una era una bella ragazza con i capelli neri e verdi che sembrava uscita da un fumetto. C'erano anche sei clienti in svariate posizioni che si facevano fare diversi disegni, con versi ed espressioni di dolore davanti a cui i loro amici e i tatuatori ridevano e ironizzavano. Dallo stereo uscivano gli Against Me! e c'era un'atmosfera vivace ed eccitante. Non capivo come qualcuno guadagnasse così bene in un ambiente tanto folle, ma calzava a pennello con personalità di Rule.

Rimasi incerta sulla soglia per un minuto intero a osservare la scena, fino a quando una ragazza con i pantaloni troppo attillati e dei disgustosi Ugg mi scansò con uno spintone. Aveva i capelli cotonati, dalla maglietta strettissima spuntavano le braccia ricoperte d'inchiostro ed era di una bellezza disperata e volgare, ma a quanto pareva la tipa dietro al bancone non aveva tempo per lei perché le disse senza troppa grazia, con voce forte e chiara e una punta di accento della costa est: «Fuori dalle palle, Liza. Ti ho già detto al telefono che è pieno di appuntamenti per le prossime due settimane e che non gli interessa lavorare fino a tardi per ritoccare i tuoi tatuaggi di merda».

La nuova arrivata mormorò qualcosa che non riuscii a capire e si sporse sul bancone. La receptionist, o qualsiasi cosa fosse, alzò gli occhi con fare teatrale. «Senti, lascia che te lo spieghi: non gli interessi. Tu sei una cliente, lo paghi per farti tatuare, non per uscire e flirtare con te. È impegnato, davvero, quindi se vuoi finire il tuo tatuaggio prendi un appuntamento come tutti gli altri e vieni quando sarà il momento. E poi adesso ha una ragazza e non gli interessano più le coniglietta tatuate».

Sbattei in fretta le palpebre, sorpresa nel capire che molto probabilmente stava parlando di Rule e che di certo io ero la ragazza a cui si riferiva. Non era strano? La cliente continuò a dare di matto, fino a quando le fu chiaro che non l'avrebbe spuntata con il vulcano biondo. Mi superò per uscire e un universitario dall'aspetto curato la sostituì al bancone. Fissò un appuntamento senza fare storie e io rimasi a guardare il viavai di gente, finché la bionda non spostò la sua attenzione su di me.

«Posso aiutarti?». Non fu esattamente amichevole, più che altro sbrigativa, quindi esitai.

«Sto aspettando una persona».

«Be', se aspetti un cliente puoi sederti laggiù».

Sistemai i capelli dietro le orecchie e inclinai la testa di lato per guardarla con attenzione. «In realtà aspetto Rule».

Adesso che mi stava guardando mi accorsi che aveva gli occhi di un colore insolito, uno era marrone scuro e l'altro un miscuglio di verde e azzurro. Sospirò forte e strizzò gli occhi. «Come ho detto all'altra puttanella tatuata, Rule è impegnato. Se vuoi vederlo, devi prendere un appuntamento come ogni altro cliente».

Ridacchiai mio malgrado. «Puttanella tatuata? È così che le chiami?».

Parve sorpresa dalla mia domanda. «Sì. Non hai idea di quante poverette girino per questa città con uno stupido tatuaggio alla base della schiena solo perché volevano abbassarsi i pantaloni davanti a uno dei ragazzi».

«Oh, ci credo».

Appoggiò i gomiti sul bancone e mi squadrò dalla testa ai piedi. «Come hai detto che ti chiami?»

«Non l'ho detto, ma tu non me l'hai chiesto. Sono Shaw, non sono una puttanella di nessun tipo e non ho tatuaggi, quindi non rientro nella categoria».

Non appena pronunciai il mio nome, lei spalancò la bocca e scansò la grossa sedia in pelle su cui sedeva. Sgranò i bellissimi occhi e batté forte le mani sulla superficie in marmo che ci separava.

«Cazzo santissimo! Tu sei Shaw? Sei vera? Incredibile! Gente, c'è qui la ragazza di Rule, esiste davvero e ha un cervello. È incredibile, cazzo. Sono settimane che il trio terribile parla di te e io non ci credevo, ma eccoti qui».

Come in un film, di colpo tutti gli occhi si spostarono su di me. Avevo passato molto tempo con Nash e Rowdy nelle ultime settimane, quindi mi rivolsero un "ehi" sbrigativo e tornarono al lavoro. Rule mi scombussolò col suo sguardo e mi fece l'occhiolino, poi disse qualcosa al ragazzo su cui lavorava e si risedette per togliere l'inchiostro in eccesso. Gli altri tre artisti mi fissarono apertamente, cosa che mi avrebbe messo davvero a disagio, ma la biondina aveva fatto il giro del bancone e adesso mi stava di fronte. Era alta quasi quanto me ma pesava una decina di chili in meno, anche se i capelli stravaganti la facevano sembrare più alta ed era difficile credere che una voce così forte provenisse da un corpo tanto minuto. Sembrava una fatina punk-rock.

«Hai idea di quanto ho aspettato che uno di loro si trovasse una ragazza seria? Da sempre! Non sono mai stata tanto soddisfatta di cacciare le coniglietta tatuate come adesso e non avrei mai e poi mai detto che il primo a capitolare sarebbe stato Rule».

Accennò con una mano dietro la spalla verso l'altra estremità dello studio, dove stavano i tre artisti che non conoscevo, e li indicò uno dopo l'altro. «Bixie è sposata con un pompiere quindi non ci ha mai dato troppi problemi con strani clienti stalker. Mase ha una ragazza tira e molla, quindi sa fare il bravo, ma quando non sta con lei dà del filo da torcere a Rule nel reparto puttanieri. Jasper, be', noi lo chiamiamo Jaz, non parla delle sue storie perché ha dei legami con i Kings of Sorrow, la banda di motociclisti della zona, che a quanto pare deve restare top secret e quindi le tipe non gli stanno intorno troppo. Ma con il trio terribile... ragazzi... caccio via quelle troiette tutto il giorno ogni giorno, e anche se Rule sta con te mi sembra comunque un lavoro a tempo pieno».

Parlava così forte e così in fretta che facevo fatica a capire tutto quello che mi stava dicendo, e poi Rule si era tolto i guanti e stava venendo verso di me con quella camminata che mi rendeva le gambe di gelatina. Avanzava con un'andatura disinvolta e sexy e sicura di sé. I capelli cominciavano a ricrescergli e mi piaceva la peluria quasi nera che gli ricopriva la testa.

«Stai raccontando delle storie alla mia ragazza, Cora? Te l'ho detto che Shaw mi conosce da tanto, non riuscirai a spaventarla». Girò l'angolo e, prima che potessi preoccuparmi se fosse appropriato toccarlo al lavoro, mi strinse e mi infilò le mani tra i capelli, la bocca sulla mia. Sapeva di caffè e menta e, a quanto pareva, non gli importava che avessimo addosso gli occhi di tutti mentre mi divorava, come se non ci vedessimo da settimane invece che solo da qualche ora. Con un ultimo guizzo della lingua, premette il piercing contro la parte posteriore dei miei denti. Quando si ritrasse, avevo gli occhi umidi e il fiatone. Mi schiarii la gola e appoggiai una mano tremante sul suo petto, per ricompormi. «Mi manca una mezz'oretta. Ti va di aspettare così tanto? Puoi venire sul retro e fare le tue cose per l'università o quello che vuoi». Annuii e feci un passo indietro. Rule era potente e mi dava alla testa in fretta.

«No, stai qui con me. Muoio dalla voglia di sapere tutto di questa creatura mistica che per una volta ti fa comportare come un essere umano».

Rule rivolse uno sguardo seccato alla fatina alle sue spalle. «Shaw, questa è Cora Lewis. È la direttrice dello studio e la nostra esperta di modificazione corporea».

Lei alzò e abbassò le sopracciglia con uno sguardo malizioso e lo indicò con un dito. «Visto che stai con questo tipo, sono sicura che conosci il mio lavoro».

Repressi una risata e mi portai una mano alla bocca, mentre il collo di Rule diventava tutto rosso. «Sul serio, Cora?».

Lei alzò una spalla minuscola. «Cosa c'è? È vero, no?».

Gli occhi artici di Rule tornarono su di me e, davanti all'umiliazione che contenevano, scoppiai a ridere forte. «Lei è di Brooklyn. Nessuno di noi sa dove l'abbia trovata lo zio Phil e loro si rifiutano di dircelo, ma fa andare avanti lo studio come una macchina ben oliata. Quasi tutti noi non sapremmo cosa fare senza di lei».

«Posso aspettarti qui. Però ho fame, quindi dovrai darmi da mangiare quando hai finito».

Si chinò, con le labbra accanto al mio orecchio. «Oh, lo farò di certo».

Fui attraversata da un brivido caldo e lo guardai con gli occhi socchiusi. «Wow». Mi diede un bacio sulla guancia e tornò dal cliente in attesa. Spostai lo sguardo su Cora e arrossii nel vedere che sorrideva come uno Stregatto fuori di testa.

«Allora è così, vero?».

Sbattei le palpebre e spostai il peso da un piede all'altro. Lei mi afferrò la mano e mi trascinò dietro al bancone, spingendomi su un'altra sedia in pelle.

«Così come?».

Girò la sedia in modo da guardarmi in faccia e scrutarmi. «Così bollente ed eccitato ma anche dolce e confuso. Non sapevo che quel coglione potesse esserlo. L'hai reso un essere umano».

Era la seconda volta che diceva qualcosa del genere, ma dovetti aspettare che rispondesse a due telefonate prima di chiederle spiegazioni. «Cosa vuoi dire, di preciso?»

«Ho lavorato con Rule negli ultimi cinque anni. Ero già qui quando lui e Nash hanno iniziato l'apprendistato appena dopo il liceo. Io e Phil ci siamo incontrati molto prima, quindi conosco i ragazzi da un po'. Adoro Rule. Credo che sia geneticamente impossibile non essere innamorata di lui se hai una vagina. Ha qualcosa a che fare con l'atteggiamento da spaccone arrabbiato e lunatico che ti fa venire voglia di stringerlo per farlo stare meglio».

Sapevo esattamente di cosa parlava, quindi mi limitai ad annuire. «Ma è anche arrogante ed esplosivo, tratta di merda le donne perché troppe glielo permettono e per tanto tempo dopo che suo fratello è morto l'ho visto vivere la sua vita come un automa. Veniva al lavoro, usciva con gli amici, mi faceva penare ogni giorno e si scopava tutta la zona, ma era chiuso in una bolla in cui nessuno di noi poteva entrare. Era freddo e irraggiungibile ma poi, d'un tratto, si è visto qualche spiraglio e il vecchio Rule ha fatto capolino. L'automa che era in funzione da così a lungo ha cominciato a sparire ed è riapparso il buon vecchio Rule, umano, e penso che tu c'entri qualcosa».

«Che bello».

«Non è bello se è la verità. Allora, dimmi com'è che una verginella come te, con la pelle immacolata e senza piercing, va dietro a uno come Rule. A prima vista, non direi mai che è il tuo tipo; sembri più da Brooks Brothers che da Dickies, se capisci cosa intendo».

Arrotolai una ciocca di capelli intorno al dito e la osservai mentre digitava qualcosa al computer. Era inaspettatamente efficiente e veloce e non ero certa di voler parlare di quanto trovassi sexy Rule con una persona che conosceva bene l'uccello del mio ragazzo.

«Un giorno, quando aveva sedici anni, è tornato a casa con un orribile tatuaggio sull'avambraccio: un ferro di cavallo e un trifoglio. Phil aveva dato a Nash una macchinetta per tatuaggi e dell'inchiostro per il suo sedicesimo compleanno e, invece di fare pratica sui maiali o sui meloni, loro avevano deciso di farlo l'uno sull'altro. Tutti e due sono sempre stati molto dotati dal punto di vista artistico. Nash era più per la street art e i graffiti, mentre Rule ci ha giocato un po' e ha scoperto di avere un grande talento. Comunque, io ero a casa sua e non so se hai mai avuto modo di conoscere Remy, ma dire identici non rende bene l'idea di com'erano quei due; stessi occhi, stessi capelli scuri e stessa consapevolezza di essere belli in modo assurdo; ma Rule era tornato con quel terribile tatuaggio e d'un tratto era diventato un ragazzo nuovo. Aveva rivendicato la propria pelle, con quel marchio aveva definito chi era e quanto fosse diverso da Remy e fu bellissimo vedere lo straordinario effetto che quel cambiamento nel suo aspetto ebbe sulla sua consapevolezza di sé. È sempre stato un gran figo, ma quando ha cominciato a personalizzare la sua bellezza è diventato sempre meglio. Senza tutti i tatuaggi e i piercing non sarebbe Rule».

«E tu? A te non piacciono queste cose?»

«Non lo so. Sono cresciuta con due genitori particolari e se fossi tornata a casa con un tatuaggio o un piercing estremo mi avrebbero rinchiusa fino alla laurea, quindi non ci ho mai nemmeno pensato».

«Quanti anni hai adesso?»

«Ne ho appena compiuti venti».

«Vivi ancora a casa?»

«No».

«Allora, non dovresti avere il permesso di fare quello che vuoi con il tuo corpo senza temere la loro reazione?».

Sospirai e dondolai avanti e indietro con la sedia. «Sì. In effetti stavo pensando di fare qualcosa».

«Un tatuaggio? Sai che Rule farebbe qualcosa di bello apposta per te, visto che sarebbe lui a doverlo guardare sempre».

Ridemmo e i ragazzi dello studio ci guardarono incuriositi.

«No, stavo pensando di farmi il piercing ai capezzoli». In genere non ero così aperta, ma visto che era il suo lavoro, era come parlare di un problema di salute con un medico. Spalancò gli occhi dal colore insolito e mi rivolse un gran sorriso.

«Che figata».

Feci spallucce e continuai a giocherellare con i capelli. «Mi piace l'effetto e, come hai detto tu, conosco il tuo lavoro, quindi so che può essere stupendo. Ma non so se sono pronta per qualcosa di così estremo».

«Ci mette un po' a guarire, ma poi è fantastico. Se decidi di farlo, dimmelo e ci penso io, gratis, ti farò pagare solo gli anelli».

«Be', il mese prossimo è il compleanno di Rule, quindi se lo faccio sarà prima di quel giorno».

Batté le mani e ridacchiò come una ragazzina. Era un po' matta, ma mi piaceva. Era sempre stato faticoso per me farmi degli amici, e sentirmi a mio agio con persone nuove era una prova dell'influenza positiva di Rule, per cui riuscii a parlare con quella tipa stravagante senza riserve o inibizioni.

«Oh, una sorpresa sexy, adoro l'idea. Come ho detto, fammi sapere e possiamo inventarci qualcosa. Mi piace vedere felici i miei uomini e fare il mio lavoro con una brava ragazza».

«Grazie».

Chiacchierammo per un'altra ora buona perché su qualsiasi cosa stesse lavorando Rule ci volle più tempo del previsto. Osservai Cora gestire i clienti che avevano finito i propri tatuaggi e aiutare alcune persone che erano entrate con delle domande e volevano fissare un consulto. Cacciò un'altra tizia venuta per Rowdy e, quando Rule arrivò al bancone con la sua tela appena bendata, avevo una nuova amica. Era sarcastica e spiritosissima, ma aveva una chiara idea di come funzionava la testa del mio ragazzo e mi aveva mostrato una prospettiva diversa che non avevo mai sentito prima.

Il cliente di Rule sembrava avere appena l'età per guidare, ma sfoggiava tatuaggi importanti e aveva tutta la parte superiore del braccio fasciata e lucente di inchiostro e pomata. Non mi sfuggì l'occhiata di apprezzamento che mi rivolse nell'uscire, e nemmeno a Rule, che lo colpì piano sulla nuca e lo avvisò di abbassare lo sguardo se voleva che gli finisse il tatuaggio. Mi chiese ancora una decina di minuti per pulire la sua postazione e poi ce ne saremmo andati. Lo osservai mentre si allontanava e notai che la cliente su cui lavorava Nash e la giovane sotto le mani dell'artista di nome Mase fecero lo stesso con lui. Cora aveva ragione, lui esercitava una specie di attrazione magnetica sull'altro sesso, fino a quando fossimo stati insieme, avrei dovuto imparare a conviverci.

Fece in fretta e, in men che non si dica, tornò a prendermi. Passò a Cora un sacchetto con i soldi, salutò senza rivolgersi a nessuno in particolare e mi trascinò fuori con sé nell'aria gelida della sera.

Rabbrividii involontariamente e mi rannicchiai al suo fianco mentre lui si tirava il cappuccio della felpa sulla testa e infilava le braccia nelle maniche di una giacca nera come quella dei meccanici con il logo e il nome dello studio ricamati sulla schiena a caratteri brillanti.

«Vuoi ordinare qualcosa d'asporto o andare da qualche parte?». Sfregò forte le mani e poi le infilò sotto i miei capelli. Sembravano due blocchi di ghiaccio, quindi presi a tremare ancora di più, finché mi tirò a sé e sistemò il mento sopra la mia testa.

«D'asporto, così non devo spostare la macchina».

«Bene, cosa ti va? Chiamo mentre torniamo».

«Quello che vuoi, davvero. Ho solo fame».

«Pizza?»

«Ok, ma niente peperoni e funghi sulla mia metà».

Lo presi a braccetto e cercai di star dietro alle sue lunghe falcate mentre raggiungevamo il suo appartamento. Sentii vibrare il telefono in tasca e aggrottai la fronte nel vedere che era di nuovo mio padre. Di certo qualsiasi storia si fosse inventata mia madre sulla mia ultima visita l'aveva irritato, ma non avevo la pazienza di sorbirmi una predica sulla moralità e sui partner adatti da un uomo la cui nuova moglie aveva appena qualche anno più di me. Dirottai la chiamata alla segreteria e mi staccai da Rule per superare un punto del marciapiede particolarmente pericoloso e ghiacciato.

Lui mi guardò di traverso e mi riprese la mano. Mi fece girare e mi schiacciò contro il petto senza smettere di camminare, lasciandomi andare all'indietro. «Non ti lascerei cadere».

Spostai le mani sulle sue spalle e lo guardai negli occhi, gelati come la neve che ricopriva il terreno intorno a noi. «No?»

«No. Non ti fidi di me?»

«La maggior parte delle volte sì».

«Perché non sempre?». Ci fermammo di fronte al suo palazzo e spostai le mani dalle sue spalle alla nuca, facendogli cadere il cappuccio.

«Perché non mi sono mai fidata sempre di nessuno. Sono le persone a cui tengo di più che fanno i danni maggiori».

«Non sarò tra loro, Shaw». Non l'avrebbe detto se solo avesse saputo quanto mi aveva ferito, ogni volta che avevo dovuto vederlo con una delle sue conquiste. Forzai un sorrisetto e passai le dita sui soffici capelli neri che cominciavano a ricrescere.

«Spero di no».

Lui scosse la testa e mi trascinò dentro casa, perché faceva troppo freddo per perdere tempo fuori. Si tolse la giacca e la felpa e mi fece segno di passargli il cappotto. «Nash ha un appuntamento stasera quindi tornerà tardi, se tornerà». Sparì in corridoio per mettere tutto in camera sua e quando tornò era al telefono con la pizzeria. Presi due piatti e gli passai una birra, mentre cercavo inutilmente di capire se i ragazzi avessero qualcosa in frigo per fare un'insalata. Dovevo portare del cibo normale in quel posto se volevo continuare a passarci del tempo, altrimenti sarei diventata delle dimensioni di un piccolo ippopotamo.

«Probabilmente ne ha abbastanza di avermi qui nel regno dei maschi. Ayden ha detto che ti ha dato una bella occhiata quando eri da noi stamattina. Non ne possono più di noi».

Lui scoppiò a ridere e bevve un sorso di birra. «Non volevo farle una sorpresa stamattina. Pensavo che fosse uscita. Non sapevo che fosse andata a correre».

«Sì, ci va ogni mattina ma non si è lamentata, anzi, si è complimentata per lo spettacolo».

Storse il naso. «A Nash non dispiace averti qui. Gli piace che cucini e che non dobbiamo sempre ordinare o comprare qualcosa ogni sera. E poi hai un buon profumo e raccogli sempre le cose che lasciamo in giro. Se averti qui gli desse fastidio, mi direbbe qualcosa e molto probabilmente anche a te. Non si fa problemi a dire a Rome quando si trattiene troppo a lungo».

Mi appoggiai al bancone e aprii una bottiglia d'acqua. «Allora, Cora mi ha raccontato delle conigliette e delle puttanelle tatuate, come le chiama lei. Non avevo idea di dove arrivasse il tuo fascino. Le tipe si fanno fare dei tatuaggi che tra dieci anni non gli piaceranno più solo per passare del tempo con te. È una follia».

«Cora ha la bocca larga ed esagera, ma farsi tatuare è qualcosa di piuttosto intimo, a prescindere da chi sia il cliente. Quando se ne vanno, gli hai lasciato qualcosa sulla pelle per sempre. Si fidano di te perché tu capisca la loro idea e la esegui alla perfezione, e a volte ciò significa che investono molto su di te come persona. Alcune ragazze, soprattutto le più giovani, si lasciano prendere molto dal processo e lo trasformano in qualcosa di più di quello che è. Ho una bella fetta di clienti con una cottarella per me che tornano a farsi tatuare. Non perché sono bravo, ma perché vogliono passare del tempo allo studio, ma il mio lavoro mi impone di restare professionale. Non ti mentirò, ho frequentato una o due clienti, ma mai dopo il lavoro e mai mentre le tatuavo. Il sesso e il lavoro non stanno bene insieme».

Bevvi dell'acqua e riflettei un minuto. «Ti dà fastidio che io non assomigli alle ragazze che di solito ti attraggono?»

«Cosa diavolo stai dicendo?».

Saltai sul bancone, con le gambe penzoloni. Tamburellai

sul piano con le unghie e inclinai la testa di lato, studiandolo attentamente. «Non ho tatuaggi né piercing. Non ho i capelli arruffati come se avessi appena fatto sesso e non porto vestiti in cui è impossibile respirare. Sono solo... una ragazza normale. Ti conosco da parecchio e ho visto un bel po' delle tue ragazze la mattina dopo per sapere che non sono il tipo a cui di solito ronzi intorno. Quando mi guardi, non ti chiedi se ti piacerei di più se fossi come te e i tuoi amici?».

Appoggiò la birra sul tavolo e mi si avvicinò, senza staccare gli occhi dai miei. Prima mi sarei sentita nervosa e sarei andata nel panico, ma adesso la cosa mi rendeva accaldata e senza fiato. Si fermò solo quando fu premuto contro di me, tra le mie gambe, con i fianchi allineati ai miei nella posizione perfetta per farmi dimenticare il mio nome.

«Quando ti guardo non vedo altro che te e tu sei perfetta, Shaw. Non mi interessa di che colore hai i capelli, se sei pallida o abbronzata, se sei truccata o se ti sei appena svegliata – tutto quello che mi interessa è che quando ti guardo, anche tu mi guardi e mi vedi. Sei bella dentro e fuori e se vorrai coprire di tatuaggi la tua bella pelle bianca dalla testa ai piedi, sarei onorato di farlo per te, ma se non vorrai, ti vorrei comunque pulita e immacolata ogni volta che posso».

Era romantico da spezzare il cuore. Era la cosa più dolce che mi avessero mai detto e stavo per mettermi a piagnucolare come una femminuccia e blaterare quanto fosse bello tutto quello che aveva detto e quanto significasse per me. O gli avrei strappato i vestiti e l'avrei preso là in cucina. Esitavo tra le due quando suonò il campanello e rovinò il momento. Rule si staccò da me e andò a prendere la cena. Mi ci volle un minuto per ricompormi. Quel ragazzo era forte, assolutamente, e io avevo intenzione di godermi ogni singolo minuto in cui il suo potere fosse rivolto a me.

Capitolo tredici
Rule

Nell'ultima settimana c'erano stati dei momenti così perfetti, così intensi, che mi avevano terrorizzato e fatto venire voglia di scappare il più in fretta e più lontano possibile. Stare seduto sul divano in salotto, a mangiare pizza e bere qualche birra fredda guardando una partita mentre lei faceva i compiti al computer era uno di quelli. Stare semplicemente a guardarla, d'un tratto mi aveva dato la sensazione di soffocare tanto era giusto, e dovetti scappare sotto una doccia bollente prima di fare qualcosa di stupido come chiederle di sposarmi o di smammare. Lei era perfetta per me, riempiva ogni vuoto nella mia vita e l'idea che non ci fosse più, che tutto sparisse, mi terrorizzava come niente prima di allora. Non volevo contare su di lei, non volevo considerare una montagna quella che poteva essere solo un'infatuazione agli albori di una relazione, ma qualcosa mi faceva pensare che, se fosse sparito tutto, io non sarei mai più stato lo stesso.

Le ultime settimane erano state stupende. Mi piaceva averla a casa mia e nella mia vita e mi divertivo a farmi spazio nella sua. I miei amici la adoravano e non riuscivo a essere geloso delle loro cottarelle. Shaw era così teneramente ignara del suo fascino che era difficile non innamorarsene. Nel momento in cui eravamo usciti dallo studio, avevo capito che a Cora piaceva. E voleva dire molto, perché lei era come una sorella maggiore e mi fidavo del suo istinto quando si trattava delle persone. Era quello a renderla una direttrice tanto brava. Shaw faceva già parte della mia famiglia e, dopo il resoconto di quanto era accaduto durante la mia visita a casa, non aveva perso tempo a scrivere un'email di fuoco a mia madre, facendole sapere senza mezzi termini che non avrebbe tollerato un simile comportamento e implorandola di farsi aiutare. Mi appoggiava, e io ero tornato a chiedermi da quanto stesse combattendo per me prima che io alzassi la testa e me ne accorgessi. Al pensiero mi sentivo sempre di merda.

Nei momenti di tranquillità mi calmavo e avevo l'impressione di gettare le basi per qualcosa di bello. Quelli di passione, in cui mi guardava come se fossi un regalo che aveva sempre voluto scartare, bastavano a farmi pensare di aver trovato la persona che non mi avrebbe mai stancato a letto. Il fatto di essere l'unico con cui fosse mai stata mi permetteva di insegnarle tutto e Shaw era sempre stata una studentessa da dieci e lode. Che fosse lento o veloce, gentile o brutale, una sveltina da lasciarmi stordito o una sessione da una notte intera che le faceva fare tardi a lezione la mattina dopo, non c'erano dubbi che sul piano sessuale fossimo compatibili. Stava cominciando a capire cosa preferiva; per esempio, le piaceva farlo in modo un po' più brutale e spinto di quanto pensassi. Riusciva anche a mostrarsi ironica quando le cose erano goffe o non andavano come volevamo. Non ricordavo di essermi mai divertito tanto tra le lenzuola in vita mia. Non sapevo che fosse possibile, ma con lei persino il sesso era migliore e il pensiero di perdere una parte di tutto quello mi faceva venire voglia di nascondermi in una buca e non uscire mai più.

Stavo cercando di scrollarmi di dosso la paura. Dopotutto, era solo una bella serata a casa e Nash era fuori, quindi avrei dovuto fare del mio meglio per farle gridare senza sosta il mio nome con tutto il fiato che aveva nei polmoni. Ma il dubbio mi restava e rimasi sotto la doccia fino a quando l'acqua diventò fredda, costringendomi a uscire. Mi passai un asciugamano morbido sui capelli e sul viso e ne legai uno in vita non troppo stretto. Lasciai i vestiti ammucchiati sul pavimento e andai in camera mia, pensando che lei fosse ancora in salotto a fare i compiti e che avrei avuto un paio di minuti in più per schiarirmi le idee. Ma la TV era spenta e lei era seduta al centro del mio grande letto, a bere la birra che avevo abbandonato quando ero schizzato via. Come se non bastasse, indossava solo la mia maglietta con il logo dello studio, che le stava meglio che a me, e mi guardava con occhi serissimi del colore dell'erba appena spuntata.

«Cosa succede?».

Mi schiarii la gola e provai a far finta di nulla. «Niente. Perché?». Ma era Shaw e conosceva le mie cazzate meglio di chiunque altro. Si spostò in fretta sul bordo del letto e mise la birra sul comodino.

«Perché sei stato là dentro un'eternità e ti eri già fatto la doccia stamattina. Qualcosa ti ha messo paura e sei scappato. Voglio sapere cosa».

Pensai alla possibilità di mentirle, dirle che stava immaginando tutto, ma alla fine sapevo di dover solo confessare e sperare che non si spaventasse per quanto ero incasinato a livello emotivo.

«Tutto questo». Agitai una mano. «È così facile, normale e semplice che a volte mi spaventa. Non sono abituato a vivere in modo ordinario e la cosa mi rende nervoso. Per tutta la vita ho cercato di cogliere momenti di piacere passeggero, di stare bene, e adesso lo sono sempre con te e mi perdo nei miei pensieri chiedendomi cosa farò per rovinare tutto o come farò a resistere se tu decidi di portarmelo via. A volte vengo risucchiato nelle visioni di quello che potrebbe succedere e faccio fatica a restare nel presente. Guardare la TV con te, anche solo stare con te mi dà un sollievo di cui non sapevo nemmeno di avere bisogno, ma mi fa anche tremare di paura. Mi dispiace».

Shaw si limitò a fissarmi e io mi preparai a vederla scattare su dal letto e uscire dalla porta. In quel caso ero abbastanza sicuro che, asciugamano o meno, l'avrei seguita al freddo e l'avrei implorata di tornare. Invece si alzò e mi si avvicinò a piedi nudi. La mia maglietta copriva a malapena le sue grazie. Si fermò senza toccarmi, ma abbastanza vicino da condividere lo stesso respiro.

«Fa paura anche a me, Rule. Nemmeno io sono abituata alla normalità e non ho mai pensato che l'avrei avuta con te, che avrei mai avuto qualcosa con te, quindi va bene se ti perdi nei tuoi pensieri, ma poi devi uscirne e parlarne con me. Non ti chiederò niente che ti faccia sentire a disagio. È tutta la vita che la gente lo fa con me e sono stufa marcia».

Sospirai forte e allentai i pugni che, senza accorgermene, avevo stretto lungo i fianchi.

«E se ti chiedessi di darmi tutto, Shaw? Se volessi tutto? Non sarei come tutti gli altri?».

Si schiarì la gola e poi mi rivolse un sorriso, che quasi mi uccise sul posto. Era così bella e pura. «No, perché tu non devi chiedere niente, è già tutto tuo. Sei l'unico a cui abbia mai voluto darlo». Quella ragazza sarebbe stata la mia fine. Mise le mani sui miei fianchi, una aperta sull'angelo e l'altra sulla morte con la falce, e mi parve che il cuore mi sarebbe uscito dal petto a furia di martellare.

«Devi promettermi di non abbandonarmi quando mi perderò, Shaw. Devi promettermi di aspettare fino a quando troverò il modo di tornare indietro. Devo sapere che, quando tutto diventa nero, alla fine del tunnel ci sei tu».

«So come aspettarti, Rule, e non mi dispiace farlo, ma devi promettermi di non tagliarmi fuori. Non posso farlo con te, essere così presa da te e da quello che c'è tra noi se mi chiuderai ancora la porta in faccia quando diventerà troppo. Il mio cuore non può sopportarlo».

«Lo so». Ma non ero sicuro di poter mantenere quella promessa. Il mio difetto era che tornavo sempre a quello che conoscevo, cioè la distanza e lo spazio con cui mi proteggevo. «Posso fare del mio meglio, Shaw, ma ti ho sempre detto che non so bene come gestire questa storia della relazione e me la faccio sotto dalla paura di fare qualcosa che mandi tutto a puttane».

Lei si sporse e risalì con le mani sulla mia schiena e sulle spalle. Mi diede un bacio leggero con le labbra aperte al centro del petto e tutta la mia vita si concentrò in quel minuscolo punto di contatto.

«Be', puoi avere paura da solo o possiamo averla insieme. Io preferisco la seconda opzione, ma se ti serve un po' di spazio per capire la situazione, posso dartelo. Voglio stare con te, Rule, ma non lo farò se la cosa ti ferisce e ti spaventa. Ci meritiamo tutti e due di meglio».

A quel punto non ero sicuro che dipendesse da cosa mi meritassi oppure no, ma non ero così stupido da lasciare che quello che avevo con lei si demolisse sotto il peso del dubbio di non poter avere il controllo. Alla fine allungai le mani e la tirai a me, soffocandola in un abbraccio e schiacciandola tutta contro la mia pelle nuda. Quella mattina avevo passato molto tempo con lei, mi ero fatto implorare, mi ero sentito sconvolto, ma non contava, il mio uccello reagì sotto l'asciugamano e le fece sapere che, qualsiasi cosa succedesse nella mia testa, non c'entrava per nulla con quello che il mio corpo provava per lei.

«Sono solo incasinato, Shaw. Mi dispiace di esserlo, ma l'ultima cosa che voglio è mordermi la coda da solo». La baciai, per farle sentire quello che non riuscivo a dire e che mi bruciava nel sangue. La volevo sempre e l'idea mi faceva tremare le ginocchia.

Mi permise di divorarle la bocca, di infilarle le mani tra i capelli con brutalità, schiacciarla contro la parete più vicina e premere l'erezione insistente contro di lei che non si lamentò. Non fui gentile, non mi preoccupai di mostrarle il mio talento o che piacesse anche a lei oppure no, sentivo solo un bisogno cieco di penetrarla, di farle provare l'emozione che mi stava facendo impazzire. Dovevo lasciar uscire una parte del desiderio e del bisogno e l'unico modo per farlo era trasferirlo da me a lei. La sua testa colpì la parete con un tonfo sordo e la udii inspirare e irrigidirsi, ma non bastò a fermarmi. L'asciugamano cadde a terra e la mia maglietta non offrì alcuna resistenza mentre spogliavo entrambi in fretta. Da qualche parte nella mente sapevo che dovevo rallentare, riprendere il controllo, che le mie mani erano troppo forti su di lei, che la mia bocca le avrebbe lasciato dei segni, ma non riuscivo a trattenermi.

Sussurrò il mio nome, cercò di frenarmi, ma non mi importava. Ero pronto a penetrarla, a seppellire alla cieca tutta la paura e l'incertezza dentro il suo corpo caldo, ma lei conosceva i miei giochetti, sapeva che agivo da un luogo in cui probabilmente la mattina dopo non mi sarei neanche ricordato di essere stato, e non mi avrebbe permesso di trasformarla in un'altra conquista senza volto, di quelle che usavo per trovare il silenzio. Visto che non avevo più i capelli ed ero molto più grosso di lei, dovette infilarmi le unghie nella testa e mordermi la lingua invadente per farmi balzare indietro e darle un po' di respiro. Si sforzò di riprendere fiato e si staccò dalla parete, con le mani al centro del petto per darmi una forte spinta.

Incespicai all'indietro e scossi la testa. «Casper». Volevo scusarmi, dirle che non avrei mai sottovalutato di proposito tutto quello che lei cominciava a significare per me, ma non me ne diede la possibilità. Si alzò in punta di piedi e mi coprì la bocca con la sua mano piccola. Nei grandi occhi verdi lessi un misto di desiderio e trepidazione, che mi fece stringere il cuore. Quella ragazza mi capiva e non mi avrebbe biasimato per il pazzo represso dentro di me.

«Non farlo, Rule». Spostò la mano e mi baciò, con un'attenzione un milione di volte maggiore di quella che io le avevo appena mostrato. «Adesso hai bisogno che mi prenda cura di te e ho intenzione di farlo, ma che io sia dannata se non sai che sono io».

«Lo so che sei tu, Shaw».

«Bene, perché per un momento non ne ero sicura e non riesco nemmeno a dirti quanto mi abbia fatto incazzare. Adesso chiudi il becco e lascia che ti aiuti a uscire dalle tenebre».

Feci per afferrarla, cingerla e tenerla stretta, ma lei scostò le mie mani e si abbassò fino a inginocchiarsi davanti a me. Smisi di respirare per un secondo quando le sue labbra si posarono sotto il mio ombelico e gli addominali, tanto tesi da farmi male. Ci eravamo trastullati un sacco, ma lei non era mai stata pronta ad avventurarsi da quelle parti, prima. Il mio uccello fremette all'idea di cosa lo aspettava mentre lei con la lingua tracciava il contorno del tatuaggio della sirena dalla lunga coda attorcigliata intorno alla base del mio cazzo. Non sapevo quanto avrebbe voluto prenderlo, quindi appoggiai le mani sulla sua testa con cautela. I suoi capelli parevano seta sotto la punta delle mie dita e smisi di muovermi per non fare qualcosa che la facesse fermare.

«Shaw». Non sapevo se volessi chiederle di continuare o di smetterla, perché non sapevo quanto avrei resistito. Ero già eccitatissimo e pronto a esplodere. «Non devi». Lo pensavo davvero, ma sapevo anche che se avesse smesso molto probabilmente sarei morto. La sua bocca era umida e calda e, quando la chiuse sulla mia carne impaziente, il piercing al glande e la fila lungo la parte inferiore tirarono la pelle sensibile. Chiusi forte gli occhi nel sentire la sua gola e ogni sensazione che avevo mai provato fino a quel punto sparì.

Nel corso della mia vita mi ero fatto fare un pompino da un sacco di ragazze e ogni volta mi era piaciuto abbastanza, ma c'era qualcosa nel vedere Shaw in ginocchio davanti a me, che mi succhiava e mi tirava nella sua bella bocca, che rendeva questa esperienza migliore di tutte le altre. Avevo il respiro pesante e d'un tratto mi parve che le ginocchia avrebbero ceduto. Il mio uccello pulsava a tempo con il cuore e di colpo avvertii la carne così sensibile tendersi, pronta ad andare in pezzi. Non riuscivo a parlare per incoraggiarla o dirle cosa mi piaceva e cosa no, non che importasse perché, proprio come qualsiasi altra cosa che facevamo al buio, lei aveva un'attitudine naturale. Giocava con i miei piercing, la sua lingua guizzava rapida intorno al metallo che si scaldava e si raffreddava a seconda del movimento della bocca. Inspirai e cercai di evitare l'orgasmo imminente, ma non ci riuscii. Sussurrai il suo nome per avvertirla, le tirai i capelli lunghi per vedere se volesse spostarsi dalla zona di tiro, ma lei rifiutò. Concluse quello che stava facendo senza battere ciglio, con un bacio sulla pancia tremante, mentre io cercavo di rimettere in moto la mente, e poi si alzò in tutta la sua gloria nuda. Sollevò un sopracciglio biondo e spostò dietro la spalla i capelli ormai spettinati e in disordine.

«Mi prenderò sempre cura di te, Rule, anzi mi piace farlo perché mi rende felice e mi fa stare bene, ma non ti permetterò mai di usarmi per sconfiggere i tuoi demoni come hai fatto con tutte le ragazze prima di me, quindi sarà meglio che impari la differenza».

Non risposi perché aveva ragione. Invece la sollevai per la vita e la lanciai sul letto. Non aveva bisogno di prepararsi a me, ero abbastanza sicuro che il lavoretto che mi aveva fatto – meglio di chiunque altro – fosse servito a eccitarla e renderla bagnata e scivolosa. Era già pronta per quello che avevo da darle. Nel penetrarla, mi assicurai che il piercing sulla punta dell'uccello sfregasse contro le sue parti più sensibili. Adesso che facevamo sesso senza niente tra noi sapevo che, anche se non fossi stato particolarmente stupendo a letto, i gioielli che avevo là sotto potevano e l'avrebbero fatta venire comunque, non che farle perdere la testa non fosse sempre il mio obiettivo. Mentre mi muovevo, mi circondò la vita con le gambe e socchiuse gli occhi. Mi reggevo senza schiacciarla e lei mi stringeva i bicipiti con le mani. Sarei morto felice mentre mi guardava così, gemeva e si contorceva sotto di me, mentre il piacere le invadeva il corpo e la faceva stringere intorno al mio. Non avevo mai pensato troppo alla monogamia e all'impegno di fare sesso con una sola persona perché non l'avevo mai considerata una strada che volevo intraprendere. Ma sapevo fin nel profondo dell'anima che sarei stato felice di avere solo lei da far impazzire, da far gridare di piacere. Sentirle sussurrare piano il mio nome in tono implorante scatenò il mio orgasmo e affondai il viso nell'incavo delicato del suo collo, ringhiando come una bestia. Entrambi sfiniti, le crollai addosso, come una massa inerme, in un ammasso senza forze e lei mi cinse con le braccia snelle. Con il viso sempre contro il suo collo, le sfiorai la pelle con le ciglia, tenendo gli occhi chiusi.

«Mi fai pensare che andrà tutto bene».

Girò la testa per offrirmi un accesso migliore al suo collo e mi accarezzò piano la schiena. «Possiamo solo provarci, Rule. Io lo voglio se lo vuoi anche tu, e non mi lascio ingannare – ti conosco da tanto e so che non sarà sempre facile e divertente, che una pizza e una serata tranquilla a casa possono mandarti nel panico, ma io ci sarò, purché tu riconosca quello che sta succedendo e accetti di provarci».

Ridacchiai contro la sua pelle umida, facendola rabbrividire. «Se spaventarmi significa che mi farai un lavoretto perché io smetta di fare l'idiota, non posso prometterti di piantarla presto».

Disse una parolaccia e mi diede una pacca sul culo. Mi addormentai stringendola tra le braccia e con la sua risata leggera nell'orecchio. Il tunnel era lungo e scuro e a volte, per quanto fossero buone le mie intenzioni, le sue pareti mi opprimevano, ma se Shaw voleva essere la mia luce alla fine del tunnel, allora ci avrei provato di certo.

La mattina dopo, quando ci alzammo per andare verso la sua macchina, eravamo entrambi silenziosi. Ci fermammo al bar all'angolo per la colazione e nessuno di noi era troppo in vena di discutere degli avvenimenti della sera precedente. Dopo una bella notte di sonno ed essermi svegliato davanti al suo viso pacifico e innocente, avevo rimesso la testa a posto e mi insultavo mentalmente per essermi lasciato trascinare su una strada tanto oscura dai miei soliti problemi. Una pizza e un po' di tranquillità sul divano non erano niente rispetto ai pensieri folli che mi avevano occupato la mente da quando lei mi aveva costretto a dirle tutto. Mi vergognavo che sapesse che avevo cercato di usare il suo corpo per scappare, per trascinarla dove erano iniziati e finiti tutti i miei passati incontri sessuali. Se Shaw non si fosse opposta a quella cazzata e mi avesse lasciato fare, sarebbe stata la fine per noi. Lo sapevo, ed ero abbastanza sicuro che lo sapesse anche lei. Non avrebbe mai tollerato di essere messa in una scatola con tutto il resto e io gliene ero stato eternamente grato.

La temperatura si era alzata di poco dalla notte prima e il ghiaccio sul marciapiede si era trasformato in pozzanghere di fanghiglia, che schivavamo tenendo in equilibrio il caffè bollente e cercando di stare al caldo. Shaw aveva parcheggiato sulla strada, a un paio di isolati dallo studio. Mi preparavo a chiederle se stesse bene e se fosse ancora tutto a posto tra noi, quando lei si bloccò di colpo e le finii quasi addosso. Imprecai tra i denti per il caffè caldo che mi si era versato sulla mano. «Shaw, che diavolo!».

Lei non si mosse e dovetti fare un balzo quando il suo bicchiere le scivolò dalla mano, d'un tratto senza vita, e cadde sul terreno coperto di neve. Si portò una mano tremante alla bocca e, prima che potessi chiederle quale fosse il problema, un furgone che aspettava di svoltare a sinistra si spostò e vidi la sua macchina.

Tutti i finestrini erano in frantumi, i fanali erano a pezzi e le quattro ruote toccavano terra con il cerchione in metallo, circondato dal battistrada sgonfio e lacero. La vernice nera immacolata era rovinata da orrende parole che risplendevano sulla carrozzeria scritte con un'orribile vernice spray rossa. Sul cofano spiccava la parola "puttana" a caratteri cubitali e su ogni fiancata dal davanti verso il bagagliaio si leggevano dei sinonimi. Era in un pessimo stato e, considerando il tipo di auto, rimetterla a posto sarebbe costato un sacco.

Mi accorsi che stava tremando, quindi le cinsi le spalle con un braccio e la tirai contro il mio petto. All'inizio oppose resistenza e rimase di pietra, con gli occhi incollati a quella distruzione senza senso, ma con un po' di pressione cedette volentieri, lasciando andare la testa sotto il mento.

«Dovremmo chiamare la polizia».

Rabbrividì contro di me e sentii che faceva di no con la testa. «No. A cosa servirebbe? Suo padre lo coprirà ancora e insabbierà tutto. E poi non abbiamo prove che sia stato lui».

Odiavo ammettere che probabilmente aveva ragione. «Vuoi che ti accompagni a lezione? Posso occuparmene io nel frattempo».

«No. Devo chiamare l'assicurazione e farla portare via. Perché non mi lascia in pace?».

Le accarezzai i capelli quasi bianchi dalla testa fino alle punte. «Perché è impossibile dimenticarti».

Sospirò contro il mio collo e si lasciò stringere fino a quando smise di tremare. «Devo tornare da te e sistemare la cosa».

«Certo». Le passai quel che restava del mio caffè e la tenni stretta al mio fianco per tutto il tragitto fino all'appartamento. Restammo in silenzio – per motivi diversi – ma sapevo che dovevo tenere a bada la rabbia che mi stava praticamente strozzando fino a quando lei fosse stata sana e salva al sicuro. Vedersi distruggere qualcosa in quel modo era una violenza che non riuscivo a immaginare. Anche se Gabe non si era fatto sentire nelle ultime settimane, ormai era chiaro che non avesse intenzione di tenere a bada la sua ossessione per quella ragazza.

Una volta entrati in casa, Shaw cominciò a fare delle telefonate perché un perito valutasse i danni e la macchina fosse portata da un carrozziere. Nel frattempo doveva affittarne una e, senza perdere tempo, pensò anche a quello. Dopo un'ora o due, nelle quali ero rimasto a guardarla come un falco, l'adrenalina l'aveva sfinita e mi disse di volersi fare una doccia e sdraiarsi. La mandai nella mia stanza con un bacio a denti stretti, nella speranza che non avvertisse la furia che ardeva in ogni cellula del mio corpo.

Sentii scorrere l'acqua calda e, dopo qualche minuto, comparve Nash. Non aveva una bella cera ma sul viso aveva un sorrisone soddisfatto e portava la maglietta infilata al contrario, quindi immaginai che l'appuntamento fosse andato a buon fine. Gli bastò un'occhiata alla mia mascella serrata e ai miei occhi che, ne ero certo, ardevano come fiamme, per chiedere: «Brutta nottata?»

«Brutta mattinata. Ieri notte hanno distrutto la macchina di Shaw».

«Credi che sia stato Mister Polo?»

«Chi altri le farebbe una cosa del genere?»

«Non lo so. Una delle tue conquiste da una notte e via incazzata perché non sei più sul mercato? Vi portate dietro tutti e due un bel bagaglio».

Non avevo nemmeno preso in considerazione l'idea che potessi essere io la causa della rappresaglia contro di lei. La cosa mi fece arrabbiare ancora di più. Con un cenno della testa indicai la camera.

«Puoi tenerla d'occhio finché non torno? Sembrava che stesse bene, ma si capiva che era piuttosto scossa».

«Dove vai? Devo essere allo studio all'una».

«Per allora sarò tornato».

«Rule...».

«No, Nash; ho aspettato fin troppo. Questo cretino se lo sentirà dire da me che, se continuerà a infastidirla, lo farò a pezzi».

«Ti stai cacciando nei guai e non in un bel modo».

«Non mi interessa. Torno tra poco. Tu tieni d'occhio Shaw e se ti chiede dove sono, inventati qualcosa. Non deve avere altre preoccupazioni per oggi».

Accettò con una certa riluttanza, ma capii che quello che stavo per fare non lo convinceva per niente.

Saltai sul furgone e guidai fino all'università. Sapevo che Shaw e Gabe avevano lezione alla stessa ora il lunedì, il mercoledì e il venerdì, perciò dopo aver trovato un parcheggio mi bastarono un cenno a una studentessa e un occhiolino a un'altra per capire dove si svolgevano i corsi di Scienze politiche. Faceva freddo fuori e gli studenti passavano in fretta da un edificio all'altro a testa bassa, quindi nessuno fece caso a me, appostato vicino al palazzo da cui ero certo che alla fine sarebbe spuntato Gabe. Per fortuna la guardia del campus mi superò senza fermarsi e non dovetti aspettare a lungo.

Dopo venti minuti, le porte si aprirono e ne uscì un gruppo di tizi che pareva aver saccheggiato un negozio J.Crew, per completare il tutto con la linea invernale di L.L.Bean. Ridevano e parlavano di qualcosa e Davenport aveva un'aria così soddisfatta di sé che mi venne voglia di fargli ingoiare quei denti bianchissimi.

Aspettai che il gruppo si dividesse e lui restasse solo. Tirò su il colletto della giacca Patagonia per coprirsi le orecchie e prese il cellulare. Mi staccai dal muro a cui mi ero appoggiato e lo seguii in silenzio fino al parcheggio. Quando si fermò accanto alla Lexus, allungai le mani, lo afferrai per la nuca e lo spinsi in avanti, schiacciandogli la faccia contro il metallo freddo del tetto. Gli sfuggì un verso di sorpresa e la borsa con i libri e il computer gli cadde a terra. Si dimenò, ma io avevo una buona presa ed ero aizzato da una furia ardente, quindi non aveva scampo. Mi sporsi verso di lui premendogli il gomito sul collo per fargli male e strinsi più forte, fino a sentire la resistenza della sua pelle.

«Se hai voglia di tormentare qualcuno, di spaventarlo e terrorizzarlo, dovresti scegliere un obiettivo senza un ragazzo incazzato che ti aspetta dietro l'angolo, caro il mio figlio di papà. Questa è l'ultima volta che ti dico di lasciare in pace Shaw. Se non lo farai, la tua bella faccia da Ken di cui vai così fiero finirà come un hamburger». Gli diedi un'altra spinta e la sua guancia sbatté con violenza sul metallo. La gente che si aggirava per il parcheggio si fermò a fissarci, ma non mi importava. «Chiaro?».

Grugnì e mise le mani sotto il petto, per fare leva e staccarsi dall'auto. Indietreggiai, con le mani abbandonate lungo i fianchi, in attesa. Si sistemò i capelli che gli avevo arruffato con le mie maniere poco delicate e mi guardò in cagnesco, muovendo la mascella.

«Sappiamo tutti e due che mio padre può tenermi fuori

di prigione, il tuo cosa può fare per te? Cambiarti una gomma, aiutarti a traslocare?». Rise e sputò sangue, mancando di poco la punta del mio scarpone. «Nel mondo reale tu non sei al mio livello. Puoi definirti il suo ragazzo quanto ti pare, ma il fatto è che lei non può lasciarmi per uno come te. Crea un brutto precedente».

Pensavo fosse solo viziato e noioso, ma più parlava e più cominciavo a dubitare della sua sanità mentale. Quel tipo blaterava come un pazzo.

«Amico, vai a rompere i coglioni a qualcun altro. A Shaw non interessi, non le interesserai mai e tormentandola fai solo incazzare tutti. Se pensi che io abbia paura di quello che tuo padre o chiunque altro può farmi, allora resterai sorpreso. Anche se tu riuscissi a togliermi di mezzo, c'è un sacco di gente pronta a proteggerla, a prendere il mio posto. Darle fastidio non ti porterà da nessuna parte, e se la tocchi ancora ti strapperò le dita una a una e te le caccerò in gola».

Sghignazzò e mi puntò un dito contro il petto. Fu fortunato a non beccarsi un pugno sulla bocca. «Sei così stupido, così ignorante e mediocre da pensare che dipenda dal sesso. Il sesso posso averlo dove voglio. Credi davvero che abbia permesso a Shaw di agitarmi il culo davanti agli occhi per sei mesi senza farmi qualcun'altra? Il sesso è irrilevante, e se te l'ha data non voglio avvicinarmi a lei nemmeno con un palo di tre metri. Qui si tratta di affari e di immagine: lei non può sostituirmi con un punkettone tatuato che non ha niente da offrirle. Non posso permetterglielo».

Gli afferrai il polso e lo spinsi di nuovo contro la macchina. «Se pensi che il sesso con Shaw non conti, allora sei tu l'ignorante, coglione. Piantala di fare lo sbruffone. Se riesco a provare che c'entri qualcosa con la sua macchina, ti denunceremo. Se continuerai a molestarla, finiremo davanti a un tribunale e alla fine qualcuno si accorgerà che il tuo vecchio ti copre il culo. Ti avverto: smettila subito, oppure tu finirai all'ospedale e io passerò un po' di tempo al fresco, capito?».

Ci fissammo, in attesa che fosse l'altro ad abbassare lo sguardo. Mentre ci squadravamo, ormai si era radunato un bel gruppetto intorno a noi. Mi accorsi della guardia di sicurezza solo quando si mise tra noi. Prima che potesse cominciare a fare domande, mostrai il dito medio a Gabe e mi avviai verso la stradina in cui avevo parcheggiato. La guardia mi gridò qualcosa dietro e sentii Davenport che alzava la voce, ma non mi fermai finché non raggiunsi il furgone. Accesi il riscaldamento e strinsi ripetutamente le mani intorno al volante, inspirando a fondo per riprendere il controllo. L'ultima volta che avevo provato tutta quella rabbia impotente, il desiderio sfrenato di distruggere qualcosa, era stato mentre seppellivano mio fratello. Volevo smembrare Mister Polo un pezzo dopo l'altro e guardarlo soffrire. Spingerlo e metterlo a disagio non mi bastava. Il mio lato più oscuro tornò a farsi sentire prepotente, a invocare una vendetta micidiale, ma dovevo domarlo, perché non volevo che Shaw dovesse scontrarsi con quella parte di me.

Mi ci volle una mezz'ora buona prima di sentirmi pronto a tornare a casa e affrontarla. Quando varcai la soglia, Nash era impegnato in un videogioco e gridava oscenità contro chiunque fosse il suo avversario. Si tolse le cuffie e mi scrutò mentre chiudevo la porta, poi si alzò.

«Non vedo sangue».

Feci spallucce e lanciai la giacca sullo schienale del divano. «Troppa gente intorno. E poi penso che prenderlo a calci in culo servirebbe solo a incoraggiarlo. Quel tipo è pazzo da legare. Non lo fa nemmeno per Shaw, ma solo perché non vuole che la gente pensi che l'abbia lasciato per uscire con me. Ha un ego smisurato. Seriamente, non so cosa potremo fare, perché ha ragione sul fatto che suo padre può coprirlo, l'ha già dimostrato».

Nash accennò alla porta della mia stanza con la testa. «Non si è sentita. Non è mai uscita dopo la doccia, quindi non so cosa sta facendo, ma devo andare o farò tardi per il mio appuntamento e devo ancora mettere a punto il disegno».

«Non ti preoccupare, ci penso io a lei. Magari era sfinita e ha dormito tutto il tempo».

«Spera di essere così fortunato, fratello».

Storsi il naso e lo salutai con la mano, poi mi avviai in camera mia. La porta era chiusa, e quando la aprii, la stanza era al buio. Shaw era rannicchiata in posizione fetale al centro del letto e non ci voleva un genio per capire che era sveglissima e aveva pianto. Teneva le mani sotto la guancia e fissava il televisore spento con sguardo vuoto.

«Cosa gli hai fatto?». La sua voce era debole e più roca del solito per via del pianto. Mi sedetti sul bordo del letto e le accarezzai una gamba.

«Gli ho detto di stare alla larga e che non era furbo far incazzare una persona che sta con me. Non capisco quale sia il suo gioco, Shaw; dovrebbero rinchiuderlo. Il suo comportamento non è per niente logico».

«Pensavo che lo avresti picchiato».

«Avrei potuto, ma era pieno giorno e avevamo intorno tutti gli studenti dell'università. L'ho spinto e ci siamo insultati un po', ma più che altro volevo che sapesse che non sei sola, che se ti fa del male c'è un sacco di gente pronta a ripagarlo con la stessa moneta».

Lacrime silenziose le rigavano il viso e mi chinai su di lei per asciugarle con il pollice.

«Voglio solo che se ne vada. Non ho fatto niente per meritarmi questo. Faccio sempre quello che vogliono gli altri. Perché vengo punita per l'unica cosa che voglio io nella vita?»

«Non lo so, Casper, non lo so». Non sapevo come farla stare meglio, perciò mi sdraiai sul letto dietro di lei e la presi tra le braccia mentre piangeva. Non mi consideravo un tipo empatico o compassionevole. Di solito ero troppo perso nei miei pensieri e nella mia spirale di stupidaggini emotive per prestare attenzione agli altri, ma mentre stringevo Shaw in lacrime dentro di me qualcosa cambiò profondamente. Mi sembrò che non ci fosse niente al mondo che non avrei fatto o dato per migliorare la sua situazione. Sentivo di aver fallito perché non ero riuscito a proteggerla e sapevo che, da quel momento in poi, tenerla d'occhio e relativamente al sicuro da Davenport non sarebbe stato abbastanza. D'un tratto, con una chiarezza accecante, capii che volevo proteggerla da qualsiasi cosa potesse ferirla, e fu tremendo, perché ebbi il vago sospetto che a un certo punto fossi stato io la fonte di tanto dolore, quanto Mister Polo lo era adesso. E la cosa mi fece di nuovo venire voglia di spaccare tutto.

Capitolo quattordici
Shaw

«Sei sicura di volerlo fare?». Ayden pareva nervosa e per nulla elettrizzata di essere stata trascinata da Marked così presto. Eravamo sedute in una stanzetta che non avevo mai visto prima allo studio, anche se ci passavo sempre più tempo, ad aspettare che Rule si liberasse o per lasciargli la cena se doveva lavorare fino a tardi. Era chiaro che la stanza fosse stata decorata da una donna, l'eccentrico senso dello stile di Cora si riconosceva ovunque e l'odore di antisettico era meno forte. Io stavo su una sedia che assomigliava tantissimo a quelle che si trovano negli studi ginecologici e giocherellavo nervosa con tutto ciò che avevo a portata di mano.

«Sono sicura».

«Non capisco perché tu voglia fare qualcosa che ti farà male».

«Sentirò dolore solo per un minuto e poi mi fido di Cora». Era vero. Ogni volta che andavo lì chiacchieravamo per ore e la nostra amicizia in erba era anche uscita dallo studio. Quando Rule o Rome non potevano assolvere il loro dovere di "tenere gli occhi su Shaw", a lei non dispiaceva uscire con me fino a quando uno dei miei cani da guardia tornava disponibile. Cora mi piaceva sul serio e farmi fare un piercing da una persona con cui mi sentivo a mio agio era l'unico modo per poter arrivare fino in fondo. Aveva persino accettato di venire prima dell'orario di apertura, quando Rule e Nash erano in palestra, così sarebbe stata una sorpresa.

«Voglio solo essere certa che tu lo faccia per te e non per Rule. E se rompeste e il tuo prossimo ragazzo fosse un tipino tutto per bene? Magari non gli piacerebbe il piercing ai capezzoli».

Le rivolsi un'occhiataccia. La verità era che non aveva niente a che fare con Rule. Mi sembrava di nuovo di non avere il controllo della mia esistenza. La storia della macchina e il modo in cui Gabe influenzava ancora la mia vita quotidiana, la pressione dei miei genitori su tutto, dai capelli a Rule, il modo in cui lui si chiudeva in se stesso quando mi avvicinavo troppo, tutto ciò mi stava schiacciando e avevo bisogno di qualcosa solo per me. Volevo che fosse una mia scelta la decisione di modificare il mio corpo, qualcosa in cui nessun altro potesse mettere bocca. Le emicranie erano diventate più frequenti, tre nelle ultime due settimane, e se non avessi fatto qualcosa non sarei riuscita a rimettermi in sesto mai più.

«Se io e Rule ci lasciassimo, pensi davvero che il mio prossimo ragazzo sarebbe un figlio di papà dall'aspetto curato?»

«Non vedo perché no. Sei uscita con Gabe per sei mesi, e lui è l'esatto opposto di Rule. Scommetto che gli verrebbe un infarto vedendo il piercing ai capezzoli».

«Non uscirò più con nessuno solo perché dovrei e comunque non intendo uscire con nessuno oltre a Rule nel prossimo futuro, quindi smettiamola di viaggiare con la fantasia».

In realtà, nell'ultima settimana le cose tra me e Rule si erano fatte tese. Non sapevo perché, ma mi trattava come se fossi di porcellana e potessi rompermi da un momento all'altro. Quando pensava che non me ne accorgessi, lo scoprivo a fissarmi con espressione confusa, come se cercasse di capire cosa ci facessi ancora con lui o perché lui stesse ancora con me. La mia sicurezza lo ossessionava e si assicurava che non fossi mai sola. Dormivamo ancora insieme, da me o da lui a sere alterne, ma il tempo che passavamo a letto da appassionato e intenso era diventato delicato e fugace. Anche se era carino, non mi sembrava lui e cominciavo davvero a preoccuparmi. Però non sapevo come affrontare l'argomento, perché in effetti non c'era niente che andasse davvero storto. Lui era ancora affettuoso, attento e chiaramente disposto a provarci come gli avevo chiesto, ma qualcosa non andava. Solo che non riuscivo a capire cosa fosse di preciso.

«Se tuo padre lo scopre, di certo terrà fede alla minaccia di non darti l'assegno per l'università l'anno prossimo».

Alla fine mio padre si era stancato che le sue chiamate venissero ignorate e il weekend precedente mi aveva teso un'imboscata a casa. Avevo cercato di spiegargli la situazione con la macchina, di fargli capire la storia di Gabe e delle sue minacce, ma non era servito a niente. Tutto ciò di cui si preoccupava era di come giudicavano le cose lui e la mamma. Mi aveva rivolto la minaccia di rito sulla retta, ma non aveva alcuna importanza per me. Gli avevo detto che se l'avesse fatto allora sarei stata felice di trovarmi un lavoro come spogliarellista per pagarmi gli studi in medicina, e a lui non era piaciuto per niente. Sapevo che la mia provocazione l'avrebbe tenuto alla larga solo per poco, ma per il momento bastava, se non voleva appoggiarmi contro Gabe.

Gabe non si era fatto vivo, ma non pensavo che Rule con le sue spinte l'avesse messo davvero KO. Ayden aveva detto che aveva sentito alcune ragazze parlare di me durante una lezione e, a quanto pareva, la nuova missione del mio ex era rovinare la mia reputazione all'università con una serie di disgustose bugie e storie scandalose. Per fortuna, essendo cresciuta in una famiglia tanto critica e odiosa, ero abbastanza immune alle cose orribili che sentivo sul mio conto, altrimenti sarei andata nel panico e avrei pensato di fuggire da tutto.

«Certo, è un bene che non avrà mai l'opportunità di vederli».

Cora entrò dalla porta reggendo un piccolo vassoio di metallo che odorava di disinfettante.

«Pronta?».

Mi sdraiai sulla sedia e cercai di controllare il respiro accelerato.

«Più che mai».

«Farò in fretta, non ci vorrà molto. Ricorda solo di tenerli puliti per le prime tre-quattro settimane, non giocarci e non lasciarci giocare chi sai tu. Ormai dovrebbe conoscere le regole».

Risi nervosamente quando mi disse di togliermi la maglietta con lo scollo a V e il reggiseno, e tremai appena mi ritrovai nuda, ma Cora mi rassicurò e Ayden mi tenne la mano mentre osservava quello che succedeva con sguardo rapito.

«Prima devo farti un segno per assicurarmi che siano alla stessa altezza e dritti». Era strano fasi toccare in quel modo, anche se si trattava di un'amica. La punta del pennarello era fredda, ma non quanto la pinza che poggiò sul capezzolo rosa chiaro, facendomi rabbrividire. Tenne gli occhi di due colori fissi nei miei e io affondai le unghie nel palmo di Ayden. «Ok, piccola, fa' un respiro profondo e, quando te lo dico, butta fuori l'aria piano. Sentirai la puntura dell'ago e poi del cerchietto che inserirò, ma tu tieni gli occhi su di me e continua a respirare».

Feci come mi aveva detto e dopo il dolore iniziale, che mi fece venire le lacrime agli occhi, fu più scomodo che doloroso. Ripeté l'operazione sull'altro seno, e poi fu tutto finito e io avevo due piercing. Mi porse uno specchio, lo presi e ammirai l'opera.

Il mio seno era già piuttosto bello, non esagerato, ma sodo e alto con i capezzoli di un bel rosa. Gli anelli d'argento assomigliavano a quelli che Rule aveva al sopracciglio e al labbro, ma la pallina al centro dei miei era di un color acquamarina acceso. Erano sexy e femminili e mi piacevano un sacco. Ascoltai le raccomandazioni per la cura dei piercing e mi rivestii. Quella parte di me che nelle ultime settimane era stata agitata era di nuovo calma, quindi rivolsi un sorriso a Cora e la abbracciai.

«Li adoro».

«Fai bene. Sono proprio sexy».

Ayden annuì mentre si infilava il cappotto. «Non pensavo che fossero adatti a te, ma mi sbagliavo. Sono proprio femminili e sensuali. Adesso capisco perché li volevi».

Mentre le infilavo dei soldi in mano, Cora sollevò un sopracciglio biondissimo. «So che hai detto che l'avresti fatto gratis, ma voglio pagarti».

Lei scosse la testa e cercò di ridarmi il denaro, ma rifiutai. «Ti considero mia amica e non voglio approfittare degli amici, quindi per favore prendili».

Aggrottò la fronte e si mise a sistemare l'attrezzatura. «Se volessi un tatuaggio e Rule o Nash si offrissero di fartelo gratis, glielo permetteresti?»

«A Rule sì, a Nash no».

Sospirò in segno di sconfitta. «Bene, allora. Fammi sapere cosa ne pensa il tuo uomo, immagino che non riuscirà a nascondere un sorrisone. Giuro che il suo umore si ribalta quando voi due fate sesso».

Sfilai i capelli dal collo della giacca, cercando di non fare smorfie quando sentii i cerchietti sfregare contro il reggiseno. «Allora, come è stato ultimamente?». Volevo proprio saperlo.

«Bene, più tranquillo e forse più silenzioso del solito, ma bene».

«Be', è una bella cosa, credo».

«Non mi sembri così sicura».

Feci spallucce, senza sapere come spiegarmi. «Rule non è mai stato un tipo tranquillo».

«No, mai, ma magari tu gli hai dato una ragione per esserlo. Magari è felice e ha tutto quello che vuole, quindi non ha più motivo di essere sempre angosciato e aggressivo».

Se avessi pensato che aveva ragione, quelle parole mi avrebbero elettrizzato, ma conoscevo Rule e niente di quel che diceva mi pareva corrispondere al vero. «Magari».

Mi abbracciò di nuovo, con molta cautela per non farmi male, e ci accompagnò alla porta. «Non fartene un cruccio. Non c'è niente di sbagliato a essere tranquilli».

«Grazie, Cora».

«Quando vuoi, adesso filate, così pulisco prima che arrivino i clienti e i ragazzi».

Una volta al freddo, Ayden mi rivolse un'occhiata indagatrice. «Come hai fatto a liberarti dei cani da guardia stamattina? Rule dà di matto ogni volta che provi ad andare in giro senza qualcuno alle calcagna».

«Gli ho detto che avevo un appuntamento dal parrucchiere e che tu saresti venuta con me e non mi avresti perso di vista. Nessun ragazzo ha voglia di passare un'ora in un centro estetico, figurati Rule». Mi guardò con le sopracciglia sollevate mentre salivamo sulla macchina che avevo noleggiato. «Quindi andremo sul serio dal parrucchiere?».

Visto che non ero una bugiarda e che odiavo non essere sincera con lui, avevo preso davvero appuntamento per tutte e due. «Sì, solo che stavolta offro io, perché prima dobbiamo fermarci in un posto ed è abbastanza fuori mano».

«Dove?».

Imboccai Colfax Avenue per prendere l'autostrada, in direzione Brookside.

«Dove stiamo andando?». Sapevo che Ayden era curiosa,

ma quando mi ero svegliata quella mattina, con Rule così stucchevolmente gentile e carino, avevo capito che quel giorno avrei dovuto portare a termine due cose. La prima era fatta e la seconda... be' non ne ero sicura, ma avevo l'impressione che potesse rivelarsi ancora più dolorosa.

«Devo solo fare un salto a trovare un vecchio amico; farò in frettissima».

«A Brookside?»

«Appena fuori. Fidati, poi ti spiego tutto». Guidai in silenzio tra le montagne fino al piccolo cimitero alla periferia di Evergreen, ascoltando le canzoni malinconiche dei Dawes che rispecchiavano alla perfezione il mio umore. Mi era sempre sembrato ironico che Remy fosse stato sepolto lontano dalla città, in un luogo tanto tranquillo, quando in vita era stato un tipo esuberante e pieno di energie. Parcheggiai nella zona per i visitatori e mi infilai i guanti e il berretto; non sapevo quanto sarei rimasta, e lì faceva ancora più freddo che a Denver vista l'altitudine.

«Ti lascio le chiavi, così puoi accendere il riscaldamento e sentire la radio. Non so quanto ci metterò».

Gli occhi ambrati e comprensivi di Ayden erano umidi di tristezza. Mi strinse brevemente a sé e mi cacciò fuori dalla macchina. «Starò bene. Prenditi tutto il tempo che ti serve. Puoi sempre farti fare un massaggio con le pietre calde se ci metti troppo».

«Andata». Ecco perché amavo quella ragazza.

La neve scricchiolava sotto ai miei stivali mentre mi inoltravo verso la parte posteriore del cimitero per raggiungere la lapide fredda e sterile, un'altra ombra grigia sul brullo paesaggio invernale. Sopra la tomba bianchissima erano sparpagliate delle rose rosse, che mi strapparono un sorriso. Remy adorava il rosso, le cose vivaci e appariscenti che si adattavano alla sua personalità. Incurante del freddo contatto con la neve, mi inginocchiai e passai un dito guantato sul suo nome. Gli occhi mi si riempirono all'istante di lacrime. Accarezzai l'enorme ferro di cavallo che i giovani Archer ancora in vita avevano insistito per mettere sulla lapide del fratello. Girato verso l'alto, si diceva che portasse fortuna. A Rome piaceva la simbologia, a Rule piaceva il fatto che fosse una rappresentazione visiva del loro legame eterno.

«Ehi, bellezza. Mi spiace sia passato così tanto dalla mia ultima visita ma le cose sono state… intense». Risi senza alcuna ironia. «Ho la sensazione che se tu fossi qui rideresti a crepapelle e scuoteresti la testa guardandoci. Mi manchi così tanto, e ogni singolo giorno penso che le cose sarebbero di gran lunga migliori se solo potessi chiamarti, che tu daresti un senso a quello che succede e terresti insieme tutti i pezzi. Farlo senza di te è un milione di volte più difficile».

Ormai piangevo e non riuscivo più a vedere distintamente la lapide. Appoggiai il palmo sul suo nome e mi concentrai per respirare a fondo.

«Vado a letto con tuo fratello, e se prima pensavi che fossi una stupida malata d'amore, dovresti vedermi adesso. Ho paura perché lui è troppo gentile. Lo so, solo io posso preoccuparmi perché il mio ragazzo è troppo gentile, ma conosciamo entrambi Rule, e c'è sotto qualcosa. Non me ne vuole parlare. Comunque, non è strano che lo chiami "il mio ragazzo"? Il mio cuore fa le capriole ogni volta che lo dico e ogni tanto mi sembra di vedere tutto il mio mondo nei suoi occhi, eppure lui mi taglia ancora fuori, si chiude e mi rende difficilissimo anche solo *amarlo*. Se tu fossi qui, ti costringerei a farlo parlare e lui ti direbbe tutto, perché è così che è sempre stato».

Sospirai e chinai la testa. «Vorrei che glielo avessi detto, a Rule e Rome. Vorrei che ti fossi fidato abbastanza di loro da confidarti come con me. Tua madre è andata fuori di testa perché Rule si rifiuta ancora di essere la tua fotocopia, e la famiglia è a pezzi. Magari non sarebbe così se lo sapessero, se tu avessi provato a fargli capire che tutti meritano di essere amati a prescindere da come scelgono di vivere la propria vita. Tuo padre ci sta arrivando, ma cerca ancora di tenere Margot fuori dal manicomio. E Rome, poverino, sembra una pallina da ping-pong che tenta di proteggere tutti e di sistemare ogni cosa, ma non ha nessuno che lo aiuti. Ha bisogno di te a fare da mediatore, come facevi sempre».

Avevo le ginocchia congelate e i pantaloni ormai zuppi. Battevo i denti e ci avevo messo poco a capire che il freddo cane e i piercing ai capezzoli non erano esattamente l'accoppiata ideale.

«Il mio ex è un pazzo, si comporta da stalker e mi tormenta; mi sta rendendo la vita un inferno. I miei genitori sono convinti che dovrei sposarlo e trasferirmi a Cherry Hills. Rule lo odia, e se il mio ex andrà avanti così ci sono buone probabilità che lo uccida, e le cose che sono già complicate diventeranno ancora più orribili. Ho il vago sospetto che se tu fossi stato qui saresti riuscito a vedere quanto è marcio Gabe sotto quell'aria lucida e brillante e io non sarei mai finita in questa situazione. Mi manca averti qui a proteggermi da me stessa. Tuo fratello pensa solo a tenermi al sicuro e credo davvero che gli importi, ma è così occupato a difendermi da tutti, compreso se stesso, da non capire che io posso diventare il mio peggior nemico. Continua a dire che rovinerà le cose tra noi, e io non ho il coraggio di dirgli che non potrà mai fare un casino abbastanza grosso da farmi smettere di amarlo. Molto probabilmente si accorgerà come tutti gli altri che quello che ho da offrire non è poi un granché e si aspetterà più di quanto io possa dargli. È tutto così complicato e contorto che non riesco nemmeno a credere che ci siamo spinti fino a questo punto».

Scoppiai a ridere; una risata fragorosa, che mi valse le occhiatacce della coppia che si trovava accanto a una tomba a poca di distanza.

«Per il mio compleanno mi sono ubriacata e mi sono buttata su di lui. Per tutto il tempo sono stata terrorizzata all'idea che mi rifiutasse, che dicesse che si stava approfittando di me perché avevo bevuto, ma è successo e ho perso la verginità con il tuo gemello. So che tu moriresti dal ridere e mi prenderesti in giro a vita. Avevi ragione. Ho sempre aspettato che lui capisse e ricambiasse, e adesso che è così, be', lasciami dire che è stupendo e faccio fatica a vedere il futuro senza di lui».

Baciai la punta rigida del guanto in pelle e appoggiai il dito sul suo nome. «Ogni giorno, Rem, ogni singolo giorno c'è qualcosa che mi ricorda te, che mi fa pensare alle cose che vorrei dirti, che mi fa venire voglia di piangere per quello che ti è capitato. Mi manchi ogni giorno e soprattutto adesso che ho bisogno di te più che mai, che cerco di prendere delle decisioni, di andare in una direzione che so ti renderebbe fiero, che ti farebbe sorridere, ma è dura».

Rimasi ancora qualche minuto finché le lacrime sulle mie guance si trasformarono in scie gelate, poi mi alzai. Appoggiai una mano in cima alla lapide e lo salutai per l'ultima volta, cercando di ricompormi. Quando salii in auto, Ayden si era impadronita della radio e ascoltava i Lady Antebellum. Abbassò del tutto il volume e io mi sedetti al volante, togliendomi i guanti.

«Tutto ok?».

Annuii, con le mani gelate davanti al riscaldamento, desiderando di averne uno abbastanza grande per asciugare i jeans bagnati. «Sì, è solo triste. Mi manca un sacco. Parlavamo tutti i giorni, a volte per ore. Mi sento persa senza di lui. La maggior parte del tempo penso che lui sarebbe l'unico a poter dare un senso alla difficoltà che incontro con Rule. Erano diversissimi, ma nel profondo erano uguali, bravi ragazzi, sicuri di sé e con un forte senso di lealtà».

«Si capisce che tenevi tantissimo a lui, ma allora perché non vi siete mai messi insieme? Sarebbe stato naturale».

Le rivolsi un sorriso mesto e partii di nuovo diretta in città. «Perché non provavamo niente del genere l'uno per l'altra. Sapeva che ero innamorata di Rule. A volte mi incoraggiava, altre faceva di tutto per dissuadermi, ma lo sapeva, e per lo più rispettava la cosa. Remy poi era innamorato di un'altra persona, molto diversa da me. Lui era l'anima delle feste, aveva un milione di amici e tutti volevano sempre stargli intorno, ma era molto riservato quando si trattava della sua vita sentimentale. Rome e Rule passavano da una ragazza all'altra a una velocità impressionante, mentre Remy teneva tutto per sé. Penso che lasciasse credere alla gente che ci fosse qualcosa tra noi perché così non gli facevano domande a cui lui non voleva rispondere. Non voleva essere paragonato ai suoi fratelli e i suoi genitori mi volevano molto bene, quindi era più semplice per lui stare al gioco piuttosto che affrontare la seccatura».

«Non mi sembra molto giusto nei tuoi confronti. Se ha sempre saputo che eri innamorata di Rule, perché gli ha lasciato credere che stavate insieme?».

Rule mi poneva sempre la stessa domanda, anche se non sapeva che lo amavo da tutto quel tempo. Odiavo il fatto di non potergli rispondere. Non stava a me rivelare i segreti di Remy, anche se gettavano un'ombra tra me e il suo gemello.

«Aveva le sue ragioni. All'epoca le capivo, ma probabilmente non comprendevo i danni che potevano fare. In fin dei conti, mi ha salvato da una vita infelice al liceo e da una famiglia che mi tratta come se fossi un mobile, quindi non mi dispiace per niente soffrire per lui. Ti sarebbe piaciuto, piaceva a tutti. Era l'opposto di Rule. Tanto lui sa essere scontroso e difficile, quanto Remy era sempre affabile, sorridente e contento. Voleva solo divertirsi e assicurarsi che fosse lo stesso anche per tutti gli altri.

«Dopo il liceo sarebbe dovuto andare in California con una borsa di studio per il football. Era bravo, anzi, bravissimo, ma ha rifiutato perché giocare per poter restare all'università gli avrebbe tolto tutto il divertimento. Rule si è trasferito a Denver con Nash e Remy è andato con loro. I ragazzi hanno iniziato a lavorare allo studio appena ottenuto il diploma e Remy bighellonava cercando di capire cosa volesse fare. Alla fine è entrato in contatto con un'agenzia che organizzava eventi di lusso, feste e serate eleganti. Aveva trovato la sua nicchia e non parlava più del college. Guadagnava bene, adorava vivere in città, andava d'accordo con i fratelli e la famiglia, e aveva iniziato una relazione con una persona che lo faceva sorridere e comportare come un ragazzino eccitato. Quando è morto io mi ero appena trasferita qui per il primo anno di università. È stato terribile e così ingiusto; stava andando tutto proprio come voleva lui, ed è stato falciato da uno stupido incidente».

«Che tragedia». La sua voce era carica di emozione.

«Già». Convenni con lei. Quando arrivammo al salone, eravamo entrambe desiderose di farci tirare un po' su e io decisi che avevo assolutamente bisogno di un massaggio con le pietre calde.

Ci lasciammo viziare e ci rilassammo. Forse un po' troppo, visto che quando toccò al parrucchiere gli dissi di tingere le ciocche della frangia quasi di nero, invece che castano chiaro. Fece lo stesso sulla lunghezza e ne venne fuori un effetto quasi a scacchiera, intenso e drammatico, che non c'era modo di non vedere. Il nero però esaltava il verde dei miei occhi e mi piacque molto, e anche a tutti gli altri, tanto che appena uscite dal salone, un gruppetto di ragazze ci fermò per chiedermi chi fosse il mio parrucchiere.

Io e Ayden andammo a pranzo, poi decidemmo di bere un cocktail al bar vicino al nostro appartamento. Guardai il telefono e vidi che Rule mi aveva mandato un messaggio per chiedermi come stavo. Con la fronte aggrottata, risposi che era tutto a posto. Mi aspettavo che esigesse di sapere dove ero stata tutto il giorno, cosa stessi combinando, invece disse che andava bene e volle sapere a che ora raggiungermi quella sera. Avvertii un nodo allo stomaco e un orribile groppo in gola. Era solo premuroso, ma odiavo quel modo di fare e volevo che la smettesse. Gli scrissi:

Credo mi stia venendo il mal di testa. Ayden non lavora stasera quindi staremo a casa tra donne, con un film stupido e dei pop-corn, così puoi uscire con i tuoi amici o fare altro.

Volevo che mi rispondesse che era una stupidaggine. Che ovviamente sarebbe venuto, invece scrisse:

Bene. Fammi sapere se ti serve qualcosa per la testa. Chiudi la porta. Non mi fido ancora di Davenport.

Rivolevo il mio Rule. Volevo che si arrabbiasse con me, che si comportasse come faceva di solito, e invece niente. Ottenevo solo una tranquilla condiscendenza e garbo, cose sconosciute al mio Rule. Arrabbiata e incerta sul da farsi, lanciai il telefono nella borsa e ordinai un altro giro.

«Cosa c'è che non va adesso?»

«Niente».

«Su, Shaw. È tutto il giorno che sto con te, dimmi cosa sta succedendo. Le tette, i capelli, e quella visita al cimitero, c'è sotto qualcosa. Tu mi fai parlare quando non mi va, quindi sputa».

Sospirai, abbattuta, e rigirai la cannuccia nel bicchiere. «Ho detto a Rule di non venire stasera perché ho mal di testa».

«E immagino che non sia vero».

«No, e non ho davvero voglia che non venga. Voglio solo che si comporti come al solito, che dia di matto, che faccia una sfuriata, che mi dica che verrà comunque. Invece ha detto solo che va bene, come se niente fosse e io non so cosa fare. Non è che non sappia essere dolce e carino quando vuole, ma per lui non è la norma. È complicato e polemico, ma negli ultimi tempi si limita a sorridere e annuire come se avessi sempre ragione. Non è da lui e la cosa mi spaventa».

«Magari potresti provare a essere elettrizzata per il fatto che il tuo ragazzo è stupendo?».

Cercai di sorridere perché sapevo che stava scherzando, ma non ci riuscii.

«Non succede solo quando parliamo o gli chiedo di fare qualcosa, ma anche a letto. Di solito è tutto ardore fuori controllo e orgasmi da annebbiare la mente, ma ultimamente è più "Posso fare così?" o "Va bene se faccio cosà?" oppure "Come ti senti se faccio questo?". Non è mai stato il tipo da chiedere il permesso, si prende quello che vuole e alla fine fa in modo che tu lo voglia il doppio di lui. Comincio a preoccuparmi, perché non so come parlargliene senza sembrare una pazza paranoica».

«Be', devi dirglielo. Non puoi continuare ad aspettarti che si comporti in un modo mentre lui fa qualcosa di completamente diverso, altrimenti resterete delusi tutti e due».

Sapevo che aveva ragione, ma non avevo la più pallida idea di come fare.

«Qualsiasi cosa sia accaduta tra lui e Gabe dopo che mi ha distrutto la macchina, è lì che è cominciato tutto. È uscito in un modo ed è tornato come un estraneo».

«Conosco due ragazzi che stavano andando a lezione quando è successo. Hanno detto che sembrava che Rule stesse per fare a pezzi Gabe, ma poi l'ha lasciato andare e una guardia di sicurezza li ha separati. Non so cosa possa aver scatenato una reazione così insolita».

«Nemmeno io, ma odio questa situazione ed è un motivo in più per maledire Gabe e come è riuscito a interferire con la mia vita».

Mi sentivo piuttosto giù, quindi bevemmo qualche drink di troppo. Visto che eravamo già sbronze, Ayden decise che tanto valeva passare davvero una serata tra donne. Ordinammo alette di pollo d'asporto al bar e tornammo a casa a piedi, essendo a soli quattro isolati. Entrammo barcollando e crollammo sul divano. Guardammo tre commedie romantiche sdolcinate una dietro l'altra, trangugiammo le alette con una bottiglia di vino, ci concedemmo gelato e pop-corn e ridemmo come due matte per cose che non erano nemmeno lontanamente divertenti. Fu solo quando strisciai a letto qualche ora dopo che mi accorsi che per tutta la sera non avevo chiamato Rule né gli avevo mandato un messaggio per dirgli cosa facevo. Sentii un tuffo al cuore nel vedere sul display che non avevo chiamate perse né nuovi messaggi. Non si era nemmeno scomodato a mandarmi la buonanotte o un "mi manchi".

Gettai il telefono sul pavimento, questa volta attenta a non lanciarlo contro la parete, e strisciai sotto le coperte. Essendo piuttosto ubriaca, pensavo che il sonno mi avrebbe sopraffatto, ma mi sbagliavo. Mi rigirai per più di due ore, finché alla fine mi arresi e capii che non sarei riuscita a dormire se non avessi cambiato qualcosa. Avevo passato l'ultimo mese stretta al corpo massiccio di Rule, e dormire in un letto vuoto quando mi sentivo di merda non aveva lo stesso fascino. Scostai le coperte e frugai in un cassetto in cui Rule aveva cominciato a mettere la sua roba quando si fermava da me. Trovai la sua maglietta preferita dei Defiance Ohio, mi spogliai e la infilai. Era vecchia, morbida e mi ricordava lui, perciò quando tornai a letto sprofondai in un sonno irregolare, con la consapevolezza che avrei dovuto venire a capo della situazione prima di impazzire o diventare un'alcolizzata insonne.

Capitolo quindici
Rule

«Ehi, hai un minuto?».

Alzai lo sguardo dal disegno di una classica nave pirata a cui stavo lavorando, sorpreso dalla voce di mio fratello, sulla soglia della porta della mia stanza. Ero così concentrato che non l'avevo sentito arrivare e la mia mente era a un milione di chilometri di distanza perché, per la seconda notte di seguito, Shaw si era inventata una stupida scusa per starsene da sola ed ero incazzato.

Mi stavo sforzando sul serio di comportarmi come pensavo facesse un bravo fidanzato. Ero premuroso, attento, sottostavo ai suoi desideri e non la spingevo per niente – in pratica facevo la femminuccia e le lasciavo decidere tutto. E non stavo ottenendo un cavolo di niente, nemmeno a letto. Volevo essere un ragazzo che non le avrebbe dato motivo di andarsene, che l'avrebbe resa felice così che non dovesse scontrarsi con i miei sbalzi d'umore e gli accessi di follia. Stavo provando, con un successo limitato, a essere il tipo che lei avrebbe voluto vicino; soprattutto visto che Davenport se ne andava ancora in giro come uno squilibrato, ma a quanto pareva il mio nuovo atteggiamento sortiva il risultato opposto. Avevo passato le ultime due notti a rigirarmi nel letto perché ero abituato al suo corpo morbido accoccolato accanto al mio. Ero troppo irritato per chiamarla e dirle che l'avrei piantata con quella storia e sarei andato comunque da lei perché sapevo che era quello che volevamo entrambi.

Lanciai la matita verso la testa di Rome e gli feci cenno di entrare. «Che succede?».

Lui mi tirò di nuovo la matita e si lasciò cadere pesantemente sul letto. Allungò le gambe chilometriche davanti a sé e le accavallò all'altezza delle caviglie, appoggiandosi all'indietro sui gomiti per mettersi comodo.

«Ancora niente da Shaw?».

Trattenni un grugnito, perché il solo pensiero mi faceva venire voglia di spaccare qualcosa. «Dice che ha troppo da studiare per domani, quindi dopo il lavoro andrà direttamente a casa».

«Mmm».

«Cosa vorrebbe dire?»

«Niente, solo mmm».

«Taci, Rome, i tuoi mmm non sono mai niente».

«Be', solo che è strano che non si sia vista molto qui negli ultimi due giorni. Avete litigato e non me l'hai detto?»

«No».

«Sei sicuro?».

Lo guardai di traverso. «Sì, sono sicuro che non abbiamo litigato. Sei venuto solo per darmi il tormento o volevi qualcosa?»

«Cerchi di cambiare argomento?».

Lanciandogli un insulto, mi girai di nuovo sulla sedia. «Se vuoi solo darmi fastidio, devo finire questo disegno a cui sto lavorando per la schiena di un cliente».

«Oggi ho avuto il via libera dei medici. Il dottore di Fort Carson ha chiamato poco fa. Il che significa che me ne andrò all'inizio della prossima settimana».

Mi voltai. Cercava di mostrarsi rilassato, ma riuscivo a vedere la tensione nella piega delle labbra e negli occhi.

«Ce la farai con la spalla?»

«Così hanno detto».

«E tu? Sei pronto per rientrare?»

«Non ho scelta. Partirei più tranquillo se sapessi che le cose tra te e Shaw sono a posto, se lei non dovesse fare i conti con uno stalker pazzoide e la mamma avesse accettato di farsi aiutare, ma i miracoli succedono solo nei film».

Grugnii e mi passai le mani tra i capelli che crescevano a vista d'occhio. Ero tentato di rasarmi di nuovo e farmi la cresta, ma nella mia mente Shaw non doveva stare con un tipo con capelli del genere, perciò li stavo facendo crescere normalmente, anche se lei mi ripeteva di continuo quanto le mancasse la cresta.

«Tra me e Shaw va tutto bene, quindi non preoccuparti. Per quanto riguarda la mamma, be', non posso fare niente per aiutarti. Promettimi che farai attenzione. Che non passerai più su una bomba».

«Non era in programma nemmeno la prima volta. Senti, vado a dirlo a mamma e papà. Immagino che vorranno fare qualcosa, visto che non si sa quando tornerò o in che condizioni».

«Rome, non posso farcela ancora con la mamma».

«Dirò a papà di organizzare in un ristorante o qualcosa del genere. Mi assicurerò che capisca che dev'essere una cosa di famiglia, il che significa che ci sarai tu e anche Shaw. Non te lo sto chiedendo, fratellino, te lo sto dicendo. Sto per tornare nel deserto chissà per quanto e mi merito un bel ricordo della mia famiglia da portare con me. Potete farcela per una sera. Me lo merito».

«Hai visto com'è andata bene l'ultima volta e non l'ho nemmeno provocata».

Sospirò e si alzò. «Fallo per me, Rule, per favore».

Non volevo, non mentre le cose con Shaw erano strane e dopo che mia madre aveva esternato con tanta chiarezza i suoi sentimenti per me, ma c'erano poche cose che avrei negato a mio fratello, e non c'era niente che non avrei fatto per lui quando me lo chiedeva per favore. Reclinai la testa, imprecando.

«Fammi sapere quando e dove. Lo dirò a Shaw, ma non te la prendere e non tornare in guerra incazzato se la mamma fa come al solito e rovina tutto».

«Non capisco perché per una volta non possiamo essere una cavolo di famiglia. Non mi sembra di chiedere troppo».

«Hai ragione, non chiedi troppo, e io farò la mia parte. Ok?»

«Grazie, fratello, sei cattivo solo la metà di quanto pensano tutti».

«Ma sta' zitto». Risi e tornai al disegno. «Tanto per informarti, mi mancherà il tuo culo prepotente».

Mi si avvicinò e mi bloccò la testa con il braccio. Provai invano a liberarmi, ma lui era troppo grosso e vinse con facilità.

«Anche a me mancheranno la tua lingua veloce e il tuo atteggiamento di merda. Anche se ti stai facendo crescere i capelli da cretino e non sono per niente da te, perciò quelli non mi mancheranno per niente». Gli assestai un bel pugno nelle costole e finalmente lui mi lasciò andare con un grugnito. Mi scostai i capelli ordinari dalla fronte.

«Hai solo paura che adesso che ho un'acconciatura normale la gente cominci a capire che sono molto più bello di te».

Scattò di nuovo verso di me e lottammo un po' come facevamo da piccoli, solo che adesso Rome era un gigante di almeno venti chili più di me, quindi non fu un gran duello. Mi lasciò con la promessa di ordinare qualcosa per cena e la piccola soddisfazione di vedere che uscendo si massaggiava le costole.

Presi il telefono e fissai lo schermo. Odiavo essere in difficoltà nel dire a Shaw quello che volevo, perché mi preoccupavo delle parole da usare. Ero così abituato a dire e fare tutto ciò che volevo, che la versione controllata e castigata di me mi stava stancando ancora prima di cominciare. Scrissi un messaggio veloce:

Rome ha appena avuto il via libera dei medici. Tornerà nel deserto lunedì.

Visto che era al lavoro, pensai che non mi avrebbe risposto subito. Non che ultimamente ci fossimo avventurati in fitte conversazioni filosofiche.

Oh no! Tu stai bene?

Avevo già perso un fratello, quindi l'idea che quello che mi era rimasto avesse un lavoro che lo metteva costantemente in pericolo di certo non mi faceva stare bene, ma non potevo farci niente. Il senso del dovere di Rome faceva parte di lui e io lo rispettavo troppo perché i miei sentimenti rovinassero il poco tempo che passavamo insieme.

Sono stato meglio, ma a quanto pare a lui sta bene quindi cosa possiamo farci?

Vuoi che venga da te dopo il lavoro?

Pensavo che dovessi studiare.

Sì, ma se hai bisogno di me lo studio può aspettare.

Certo che avevo bisogno di lei. Volevo stringerla e coccolarla, ma non perché era triste per me, ma perché anche lei lo voleva. Guardai di traverso il cellulare, pensando a quanto fossero diventate complicate le cose da un giorno all'altro.

No, sto bene, ma lui vuole fare una cena in famiglia con TUTTI prima di partire. Organizza papà.

Come andrà viste le cose tra te e Margot?

Non solo con me, verrai anche tu.

Non sono preoccupata per me.

Rome pensa che, visto che deve partire, se glielo chiederà lei si comporterà bene, ma io ho i miei dubbi. Crede che se ci vedremo in un luogo pubblico farà la brava.

È così triste che voi due dobbiate preoccuparvene.

Non sono l'unico con dei problemi in famiglia, Casper.

No, è vero.

Buonanotte.

Ci fu una lunga pausa e cominciai a pensare che non mi avrebbe risposto, ma dopo circa cinque minuti il mio telefono trillò per un messaggio.

Mi manchi, Rule.

Non sapevo cosa dire perché questa volta non ero io a tirarmi indietro. Spensi lo schermo e tornai al disegno.

La sera successiva fui io a dare buca a Shaw, perché ebbi l'idea geniale di uscire con Rome e cercare almeno di farlo scopare prima che tornasse oltreoceano. Chissà come mi scolai un bel po' di Crown, perciò fallii l'obiettivo e diventai la peggior spalla di sempre. Rome e Nash mi trascinarono praticamente a casa e mi scaricarono sul letto. Solo molto dopo le undici della mattina seguente, mentre cercavo di farmi una doccia e fingere di essere abbastanza in me da presentarmi al lavoro, notai le tre chiamate perse e i cinque messaggi di Shaw. Erano tutte variazioni sullo stesso tema: dove sei, cosa stai facendo, perché non rispondi, devo venire da te, vieni tu da me? Mi sentii sprofondare e imprecai. Mi assalì un terribile senso di colpa, perché se le cose non fossero state così tese tra noi l'avrei chiamata prima di uscire o le avrei chiesto di venire. Invece mi ero divertito a comportarmi come il solito me stesso senza sforzarmi di essere perfetto per nessuno.

Stavo per chiamarla e provare a spiegarglielo quando Rome uscì dalla porta del bagno passandosi un asciugamano sulla testa. «Sei vivo?»

«A malapena. Devo chiamare Shaw. Ieri sera ero troppo distrutto per dirle cosa è successo».

Mi rivolse un'occhiata tagliente. «L'ho già chiamata io. Mi ha mandato un messaggio ieri sera per sapere cosa stavi combinando, allora le ho detto che eri sbronzo e fuori controllo. Mi è sembrata triste, anzi, peggio, mi è sembrata triste per colpa tua».

Brontolai e appoggiai i gomiti sul bancone della cucina. «Lo so, ma non so cosa ho fatto di male. Stavo per pestare a sangue il suo ex in un parcheggio ma ho capito che se mi fossi comportato da cavernicolo l'avrei persa e non sarei più potuto stare qui a proteggerla. Ho agito tenendo presente le buone maniere e l'etichetta sociale e, lasciamelo dire, è stata una cazzo di fatica. Ma da quando ho cominciato, lei si comporta come se io l'avessi tradita o avessi fatto qualcosa di orribile».

«Rule, tu le piacevi così, senza maniere carine né etichette. Smettila di provare a essere qualcosa che non sei e lasciati amare. Non è difficile. Ha chiamato papà e la cena è stasera da Ruth's Chris alle sei. L'ho già detto a Shaw, quindi a meno che tu non voglia umiliarti e scusarti, non c'è bisogno che la chiami».

«Vengono in città?»

«Papà ha pensato che alla mamma avrebbe fatto bene. Magari portarla via da Brookside la allontanerà dal passato».

«Vedremo».

«Rule». Mi voltai per guardarlo e rimasi colpito dalla sincerità nei suoi occhi. «Ti ringrazio. So che lo fai per me e che non è facile».

«Sto imparando che le cose facili non ripagano. Sono quelle che ti fanno sudare che contano davvero».

«Sei ancora un teppistello che non sa reggere l'alcol, ma in qualche momento nel corso degli anni ti sei trasformato in un uomo che sono fiero sia mio fratello».

Ci fissammo per un lungo momento e, anche se non lo avrei mai ammesso, i miei occhi si riempirono di lacrime. Mi schiarii la voce e mi scostai dal bancone.

«Grazie, Rome. Adesso devo vedere se ho ancora una ragazza o se ieri sera sono riuscito a bere fino a diventare single».

Riflettendo sulle sue parole, composi il numero di Shaw e sentii subito la segreteria. Dovevo solo permetterle di amarmi; non ero sicuro di come fare, ma sapevo che qualsiasi cosa stessi facendo al momento non funzionava. Dopo il saluto registrato, le lasciai un messaggio burbero.

«Ehi, sono io. Faccio schifo e mi dispiace. Avrei dovuto chiamarti. Di certo eri preoccupata e se avessi fatto tu questa stronzata, sarei andato fuori di testa. Sul serio, non ho scuse se non che da un po' le cose tra noi non vanno e sto cercando di capirci qualcosa. Se vuoi chiamami quando senti il messaggio. Ci vediamo stasera. Mi dispiace davvero e ti prometto che la smetterò di fare in modo diverso, se il vecchio Rule andava benissimo».

Non sapevo cosa avrebbe risposto, sapevo solo che avevo fatto un casino e speravo non fosse troppo tardi per sistemare le cose. Finii di prepararmi per il lavoro senza avere notizie di lei. Dopo i primi due appuntamenti ancora niente, e cominciai a preoccuparmi. Sapevo che quel giorno aveva delle lezioni, ma di solito ciò non le impediva di scrivermi tra l'una e l'altra. Ero tentato di chiamarla di nuovo, ma avevo paura mi rispondesse ancora la segreteria, visto che ero già appeso a un filo. Stavo ripulendo dopo l'ultimo cliente del giorno quando finalmente mi mandò un messaggio:

Ci vediamo a cena.

Tutto qua. Niente "Ti perdono", niente "Sì, fai schifo, adesso dammi un bacio e facciamo pace", niente "Tutti sbagliano", niente "Sono così contenta che le cose tornino alla normalità", solo "Ci vediamo a cena". Cosa avrei dovuto farmene di quella risposta? La storia di avere una ragazza cominciava a farmi venire il mal di testa e desideravo ardentemente i giorni in cui eravamo nemici cordiali che passavano insieme solo un'ora a settimana. No, non era nemmeno lontanamente vero, ma il pensiero mi fece sentire un pochino meglio mentre arrancavo verso casa e mi mettevo qualcosa che non avrebbe fatto dare di matto a mia madre.

Infilai dei pantaloni Dickies grigi e una camicia scozzese con i bottoni automatici color perla e sostituii la cintura borchiata in pelle con una nera e liscia. Tenni gli stivali e mi assicurai di avere abbastanza gel da domare almeno un po' i capelli. Sembravo ancora me stesso, solo una versione di cui mio padre non si sarebbe fatto beffe e che mia madre non avrebbe criticato. Lo ammetto, volevo che Shaw vedesse che sapevo come ripulirmi quando l'occasione lo richiedeva, ma la mia mente era troppo sconvolta, quindi cercai di non pensare troppo a quale sarebbe stata la sua reazione quando finalmente ci saremmo visti.

Io e Rome salimmo sul furgone. Capii che era nervoso perché restò in silenzio durante il tragitto verso il ristorante e, a essere sinceri, non potevo biasimarlo visto com'era andata l'ultima riunione di famiglia. Fino a quel momento, la mamma non credeva ancora di avere qualche responsabilità nella spaccatura della nostra famiglia. Non ero sicuro che incontrarci in pubblico con l'aggiunta di tutta la tensione tra me e Shaw sarebbe stata la ricetta vincente, ma ero determinato a dare a Rome l'addio che si meritava e a non lasciarlo partire deluso da me o con troppi motivi per preoccuparsi delle persone che amava.

Trovammo un parcheggio nonostante la confusione e inserii due dollari nel parchimetro. Camminando verso il ristorante affollato, scorgemmo mamma e papà che ci aspettavano fuori con Shaw. Nel vederla, il mio respiro accelerò e sentii qualcosa agitarsi nel petto. Erano passati solo pochi giorni, ma nel trovarmela davanti di colpo mi sembrò che fossimo stati divisi per anni. Nel frattempo aveva cambiato il colore dei capelli, e il contrasto drastico stava benissimo con la carnagione chiara e lo sguardo acceso. Aveva le guance arrossate dal freddo e gli occhi verdi guardinghi. La mamma le stringeva forte il braccio, e al nostro arrivo non fu esattamente sopraffatta dalla gioia. Rome si chinò per baciarle entrambe sulla guancia, strinse la mano a papà e poi aprì la porta. Io optai per un cenno col mento e un sopracciglio alzato in direzione di Shaw.

«Ehi».

Gli angoli della sua bocca si piegarono verso il basso mentre la mamma mi ignorò bellamente. «Ehi. Entriamo, sto gelando». Shaw si lasciò trascinare via da mia madre e io avvertii una scossa di rabbia sotto la pelle, ma quella non era la mia serata, quindi cercai di reprimerla mentre papà mi metteva la mano sulla nuca e mi dava una piccola pacca. Quel gesto mi fece sentire come se avessi di nuovo dieci anni, il che era ridicolo visto che ormai ero di parecchi centimetri più alto di lui.

«È un bene per tutti noi, ragazzo. Sii paziente e vedrai che impareremo a essere di nuovo uniti».

«È solo una cena, papà. Non corriamo troppo».

«Be', bisogna camminare prima di correre, e in questo momento gli Archer riescono appena a zoppicare. Possiamo solo andare avanti».

Non sapevo cosa dire, perciò tenni la bocca chiusa e scrutai il corpo armonioso di Shaw mentre la cameriera ci accompagnava a un tavolo in fondo alla sala. Mia madre parlava senza sosta con Shaw, che di tanto in tanto annuiva ed emetteva versi di approvazione, ma non mi guardava né sembrava consapevole della mia presenza. La mia rabbia da un fuocherello si stava trasformando in un falò. Se non fosse successo in fretta qualcosa, avrei fatto una stupidaggine di cui poi mi sarei pentito. A tavola finii schiacciato tra mio fratello e la mia ragazza. Uno mi guardava con aria allarmata e l'altra con occhi velati di tristezza e accusa – due cose che non capivo. Ero pronto a mandare tutto al diavolo pur di ottenere delle risposte. Ma non ne ebbi l'occasione perché, non appena mi voltai verso Shaw, arrivò la cameriera per le bevande e mia madre tornò a catturare la sua attenzione.

Tanto per sondare le acque, le appoggiai una mano sulla coscia sotto il tavolo e la sentii irrigidirsi. Aspettai che si spostasse o la levasse con la sua mano, ma non interruppe nemmeno la conversazione con mia madre. Era ovvio che avessero sentito la mancanza l'una dell'altra. Mi sentii trafitto dal senso di colpa, perché per la sua fedeltà e i suoi sentimenti nei miei confronti, Shaw aveva rinunciato a un legame a cui ovviamente teneva. Mi lasciai trascinare da mio padre e mio fratello in un discorso sui Broncos e tenni d'occhio Shaw mentre ordinavamo da mangiare. Lei non spostò la mia mano, ma nemmeno mi guardò. Non sapevo cosa fare. Tuttavia ero soddisfatto, perché finché mia madre era concentrata su di lei non batteva ciglio nella mia direzione; considerate le circostanze, la cena filava il più liscia possibile. Papà ordinò una bottiglia di champagne per accompagnare il dolce, e prima che arrivasse mia madre andò in bagno, dando finalmente modo a Shaw di voltarsi verso di me. Aveva la bocca tirata e le sopracciglia chiarissime aggrottate.

«Dobbiamo parlare».

Aggrottai anch'io le sopracciglia così in fretta che sentii i piercing tirare. «È difficile farlo se non rispondi al telefono quando ti chiamo e ti inventi delle stupide scuse per evitare di stare con me».

Sussultò, poi si sporse verso di me fino ad avere il viso accanto al mio. Parlò a voce abbastanza bassa perché solo io potessi sentire: «Be', scusami se non so cosa dirti, considerando che l'ultima volta che non abbiamo parlato per qualche giorno tu hai infilato la lingua in bocca alla prima tipa disponibile. Non so cosa ti sta succedendo, ma ti stai trasformando in un estraneo e odio questa situazione».

Con uno sguardo torvo, le strinsi di più la gamba. «Ti fidi di me? Cavolo, Shaw, forse stavo solo cercando di essere un ragazzo migliore, che non sclera sempre per delle stupidaggini e che non è in prigione mentre quello psicopatico del tuo ex è ancora in giro. Forse stavo cercando di comportarmi bene, tanto per cambiare. Di essere il tipo di ragazzo che ti meriti».

Si lasciò sfuggire un sospiro e i suoi occhi color smeraldo s'indurirono di una rabbia che, con mia sorpresa, ardeva quanto la mia. «Forse avresti dovuto chiedermelo prima di decidere cosa mi merito, Rule. Forse mi piaceva che tu sclerassi per le stupidaggini. Forse mi manca vederti tanto preoccupato per me e per la mia sicurezza da rischiare di andare in galera per quello psicopatico del mio ex, e di certo non ti ho mai chiesto di diventare un ragazzo migliore. Anzi, quello che sei stato nell'ultima settimana mi ha solo reso confusa e triste».

Nessuno di noi due si era reso conto di aver alzato la voce o di avere attirato l'attenzione, e per richiamarci mia madre dovette fare un verso roco di gola come un animale ferito mentre vacillava si tacchi. I suoi occhi sgranati si spostavano da me a Shaw e si teneva una mano premuta sul petto. Mio padre pareva molto meno sorpreso, ma come al solito preoccupato per mia madre.

«Come l'hai appena chiamato?».

Shaw guardò lei e poi me. Sospirò e rispose in tono pacato, come per paura che alla notizia la donna andasse in frantumi davanti a lei. «Io e Rule usciamo insieme da poco più di un mese ormai. Gli ho detto di smetterla di comportarsi come se dovesse essere qualcun altro per essere un bravo ragazzo». Si voltò verso di me e capii che era combattuta. Alla fine inspirò a fondo e tornò a guardare mia madre. «Sono innamorata di lui da quando avevo quattordici anni, Margot».

Mi irrigidii per quella confessione e mi sentii sciogliere fin nel profondo. Mi amava. Quella ragazza perfetta, meravigliosa e gentile mi amava, e da molto tempo. Non sapevo come prendere la cosa perché mia madre cominciò a sbattere le palpebre per trattenere le lacrime e, per la prima volta quella sera, rivolse la sua attenzione su di me.

«Non ti è bastato prenderti la vita di Remy? Dovevi prenderti anche la ragazza che amava?».

Sul tavolo calò un silenzio stupito che pesava come un macigno. Il mio istinto mi diceva di alzarmi e uscire dal ristorante come una furia, ma non potevo, perché Shaw mi teneva la mano bloccata sulla sua coscia. Papà e Rome balzarono in piedi. «Margot!». «Mamma!». Avevamo alzato la voce e gli altri clienti cominciarono a prestare attenzione alla scenata, ma ero troppo sorpreso perché me ne fregasse qualcosa. Sentii Shaw che mi chiamava, la mano di mio fratello sulla spalla, ma io non ero lì. Almeno, non fino a quando Shaw si alzò, si mise due dita in bocca e cacciò un fischio che ci costrinse tutti a guardarla, scioccati. Appoggiò le mani sul tavolo e si piegò in avanti, per parlare direttamente a mia madre ma guardando tutti noi negli occhi.

«State tutti zitti». Puntò un dito contro mia madre e strizzò gli occhi. «Ascoltami, Margot, e per una volta sta' a sentire quello che dico. Volevo bene a Remy, gliene voglio ancora, ma non siamo *mai* stati innamorati. Lui sapeva quello che provavo per Rule, a volte mi incoraggiava e a volte no, ma alla fin fine era d'accordo sul fatto che non scegliamo necessariamente di chi innamorarci».

Fece un respiro profondo e io osservai il suo petto che si alzava e si abbassava. Stava combattendo contro qualcosa, qualcosa di grosso, a giudicare dal rossore sul suo viso e dal modo in cui stringeva le mani a pugno.

«Remy aveva dei segreti. So che voi ragazzi eravate legati, che vi volevate bene e vi rispettavate a vicenda, ma Remy era diverso da voi due e non sapeva come dirvelo. Pensava che forse fosse meglio per tutti lasciar credere che io e lui stessimo insieme vedendo quanto erano duri con Rule i suoi stessi genitori, e lui si faceva solo dei tatuaggi e delle acconciature da pazzi».

Si voltò per guardarmi dritto in faccia e vidi che aveva gli occhi pieni di lacrime e le tremava il labbro inferiore. Volevo stringerla per farla sentire meglio ma, nonostante il trauma emotivo che stavo vivendo, sapevo che le sue parole avrebbero cambiato per sempre il mio mondo.

«Gliel'ho promesso e glielo devo. Ho giurato sulla mia vita

che non l'avrei mai detto a nessuno». Fece il giro del tavolo con lo sguardo, posandolo su ognuno di noi. «Ma lui vorrebbe che la sua famiglia restasse intatta e unita molto più di quanto vorrebbe che mantenessi il suo segreto». Inspirò a fondo. «Remy era gay. Era il mio migliore amico, la mia famiglia surrogata, ma era omosessuale. Aveva una storia seria con un tipo di nome Orlando Fredrick, che aveva incontrato l'ultimo anno che giocava a football. Ecco il vero motivo per cui si è trasferito a Denver dopo il liceo, perché anche Lando va alla DU».

Un senso di incredulità, estraneità e gelo mi pervase la schiena. Rome cominciò a imprecare e mia madre a piangere a dirotto. Shaw spostò gli occhi su di me e io la guardai come non l'avevo mai vista prima.

«Non è possibile. Me l'avrebbe detto».

Lei scosse la testa, spostando i capelli biondi e neri sulle spalle. «Voleva, ma era preoccupato che non avresti capito il suo desiderio di tenere nascosta la cosa. Aveva paura che l'avresti spinto a rivelarlo agli altri. Non ha mai temuto la tua reazione, ma sapeva che avrebbe ucciso Margot».

«Eravamo gemelli, che cazzo. Me l'avrebbe detto».

«Rule».

Mi scostai dal tavolo e le lanciai un'occhiata torva. «È una cazzata».

Anche Rome scattò in piedi e notai che guardava Shaw con occhi altrettanto duri. «Non devi inventarti bugie su un morto per cercare di sistemare le cose per Rule. È un gesto disperato e non è necessario, Shaw».

Lei aveva il viso rigato di lacrime e, mentre spostava lo sguardo su di noi, aprì la bocca per dire qualcosa, ma fu interrotta da mio padre che batté il cucchiaio contro il suo bicchiere di champagne.

«Bene, adesso sedetevi tutti e state zitti». Con un'occhiataccia a mia madre, le indicò la sedia. Lei pareva sul punto di svenire e felice di stare accanto a Shaw come quando mi ero fermato da loro qualche settimana prima. Mi sedetti con una certa riluttanza ma, sorprendentemente, Rome si rifiutò. Rimase dietro la propria sedia fino a quando mio padre gli disse, guardandolo di traverso: «Metti il culo sulla sedia, soldato».

Accanto a me, Shaw piangeva, e adesso, invece di confortarla, volevo solo scappare il più lontano possibile da lei. Mio padre si schiarì la voce e incrociò le braccia sul tavolo.

«Questa famiglia è un casino da molto tempo. C'è stata troppa disonestà e troppi sotterfugi per il bene di tutti e io non ho più intenzione di nascondere tutto sotto il tappeto solo per rendere felice mia moglie, perché lei non è felice, nessuno di noi lo è».

Si passò una mano sul mento e, di colpo, parve cent'anni più vecchio di quanto fosse. «Margot, non fingere di non sapere che in questi anni hai trattato Rule in modo crudele. Ho perso un figlio proprio come te e non starò più a guardare mentre cerchi di trasformare il suo gemello in un estraneo o di farci odiare da lui. È un bravo ragazzo, lavora sodo, vuole bene alla sua famiglia ed è chiaro che ha delle qualità che la nostra ragazza apprezza. Sappiamo tutti e due che Shaw è innamorata di lui fin da quando era piccola, abbiamo visto come lo guardava, come lo difendeva, e non credere nemmeno per un secondo che io non mi sia accorto che è per quello che hai sempre cercato di spingerla verso Remy».

Si concesse un sospiro che pareva venire dritto dalla mia gioventù e spostò lo sguardo verso me e Rome. «Shaw non vi sta mentendo, ragazzi. Vostro fratello aveva uno stile di vita alternativo. Forse non voleva che vostra madre e io lo sapessimo, ma gli adolescenti non sanno mentire e lui non era discreto quanto pensava». Guardò di traverso mia madre mentre io e mio fratello ci fissavamo a vicenda, scioccati. «Margot pensava che fosse una fase; è il motivo principale per cui era così disponibile ad accogliere Shaw nella nostra casa e nella nostra famiglia. All'inizio era convinta che tu l'avresti cambiato, che gli avresti fatto piacere le ragazze o, più nello specifico, te, ma come ho detto, era abbastanza ovvio che a te interessava Rule. Dopo un po' già ti adoravamo e capivamo quanto amore ti mancasse e quanto ne avessi da dare e non potevamo più lasciarti andare, anche se non ho mai approvato il modo in cui Remy lasciava credere a tutti che ci fosse più che un'amicizia tra voi».

Grugnii. «Me l'avrebbe detto». Battei un palmo sul tavolo e mio padre mi guardò serio.

«No, figliolo, non l'avrebbe fatto. Remy era combattuto tra la persona che avrebbe dovuto essere e quella che tutti gli altri pensavano che fosse, ed è una cosa che tu non hai mai provato. Tu sei sempre stato te stesso e mandavi affanculo chiunque non approvasse».

Guardai Shaw e poi il tavolo. Avevo cercato di cambiare per lei ed era stato un fallimento di dimensioni epiche. Balzai di nuovo in piedi e posai lo sguardo su mia madre.

«Non capisco come mai non sei mai stata capace di volermi bene per come sono quando è ovvio che eri in grado di voler bene a lui a prescindere dalle sue scelte. Non ha senso. Devo andarmene da qui».

«Vengo con te». Rome pareva furioso almeno quanto me. Abbassai lo sguardo quando una mano leggera mi strinse l'avambraccio. Trasalii e lessi nei suoi occhi che aveva il cuore spezzato.

«Rule». La sua voce era un sussurro rotto. «Mi dispiace». Mi lasciò andare e, con un groppo in gola, riuscii a malapena a parlare.

«Adesso capisco cosa intendevi riguardo alle persone più

vicine che ti feriscono di più. Ti chiamo io». Ma mentre io e Rome uscivamo in fretta dal ristorante, non ero sicuro di averle detto la verità e mi rifiutai di pensare a quanto facesse male allontanarmi da lei in quel modo.

Capitolo sedici
Shaw

Erano passate tre settimane, giorno più giorno meno, senza alcun contatto con Rule. Niente messaggi, niente telefonate, niente email, niente piccioni viaggiatori, solo un gran silenzio e un cuore spezzato, il mio. Rome non aveva nemmeno risposto alle mie chiamate e ai messaggi nei quali lo salutavo e gli dicevo che mi sarebbe mancato. Era partito per il deserto infuriato con me e, per quanto la cosa mi turbasse, la battaglia che combattevo tutti i giorni dentro di me per decidere se chiamare Rule e supplicarlo di perdonarmi era lacerante. Volevo implorarlo di capire che, a prescindere dalla nostra relazione, non era mai stato un mio segreto. Ayden continuava a dirmi che si sarebbe calmato e avrebbe cambiato idea, mentre Margot e Dale erano convinti che non avrebbe mai più parlato con nessuno di noi. Erano sulla mia stessa barca, nessuno dei ragazzi voleva avere a che fare con loro e Margot aveva quasi avuto un esaurimento nervoso quando Rome si era rifiutato di farsi accompagnare da loro a Fort Carson per la sua partenza. I due fratelli erano andati insieme, ignorando noialtri.

Soffrivo, ma ero anche stufa marcia che il mio amore e il mio affetto non fossero abbastanza per nessuno. Avevo amato Rule più a lungo e più intensamente di chiunque altro nella mia vita, e per lui non era ancora sufficiente per guardare oltre i propri sentimenti feriti e la sensazione di tradimento e sistemare le cose con me. Ero ancora arrabbiata che avesse passato la settimana precedente lo scoppio della bomba ad agire e comportarsi in un modo che io non gli avevo mai chiesto né volevo, ma quando la sera piangevo da sola a letto dovevo ammettere che era stato un gesto dolce, per quanto malaccorto. Ricordavo di averlo messo in guardia su quanto sarebbe potuto andare male se ci avessimo provato e tra noi non avesse funzionato. Per certi versi, persino sorprenderlo di continuo a letto con ogni zoccola della nostra sponda del fiume Platte non reggeva il confronto con l'attuale gelo assoluto.

Mi sforzavo al massimo di non preoccuparmi di cosa facesse o con chi, ma ogni giorno che passava ero sempre più fatalista. Qualsiasi cosa avesse provato per me, non bastava a fargli superare il dolore e, ovviamente, non si avvicinava nemmeno lontanamente all'emozione straziante che provavo io per lui. Per quanto mi facesse male lasciarlo andare, dovevo dimenticarlo. Dovevo andare avanti perché, se anche mi avesse contattato di nuovo, era molto probabile che fosse ricaduto nelle vecchie abitudini e non sarei mai sopravvissuta a un simile tradimento da parte di una persona a cui tenevo tanto. Così, invece di struggermi, ogni giorno mi costringevo a sorridere, avevo ripreso i turni che avevo rifiutato al lavoro, mi ero buttata nello studio e passavo più tempo possibile con Ayden e Cora. Con quest'ultima badavo a non lasciar trapelare nulla e lei stava attenta a non nominare mai Rule o qualsiasi cosa avesse a che fare con lui.

Dire che i miei genitori erano eccitati per l'uscita di scena di Rule era un eufemismo. Mio padre era così contento che aveva sostituito la mia BMW appena riverniciata con una Porsche Cayenne, perché io avevo detto di volere un SUV per via della neve. Avevo cercato di rifiutare; non c'era bisogno che mi corrompesse visto che di fatto era stato Rule a mollarmi, ma la macchina era a mio nome e la BMW non c'era più perciò, con una certa riluttanza, l'avevo accettata. Mia madre era ancora peggio. Chiamava ogni giorno per controllare come stessi. La donna che non aveva mai avuto tempo per me d'un tratto era interessatissima a tutto quello che facevo e alle persone con cui passavo il mio tempo, nel tentativo di farmi sapere in modo sottile che, finché avessi tenuto fuori dalla mia vita i personaggi sgradevoli, alla fine avrei avuto la sua approvazione.

La cosa divertente era che, adesso che Rule non c'era più, non la volevo. Mi sarei fatta ripudiare e diseredare un milione di volte se fosse servito a farlo parlare con me, a fargli sentire anche solo la metà di quello che avevo sempre provato per lui. Il mio disinteresse faceva innervosire entrambi i miei. Erano così abituati a sventolarmi davanti approvazione e consenso come una carota d'oro, che non sapevano cosa fare adesso che non significavano più niente per me. Essere io ad avere il potere adesso avrebbe dovuto essere esilarante, invece mi dava solo un senso di vuoto. Avrei dovuto affrontarli prima. Avrei dovuto sentirmi così non appena io e Rule avevamo cominciato a vederci. Avevo perso tantissimo tempo e la cosa aggiungeva tristezza e rimpianto a quello che già dovevo gestire.

«Grazie. Lou». Gli rivolsi un sorriso forzato, di cui stavo diventando una professionista, e mi lasciai sollevare da terra in un grosso abbraccio mentre mi scortava alla macchina dopo il lavoro. Non sentivo Gabe da settimane, ma stavo meglio sapendo che qualcuno teneva abbastanza a me da assicurarsi che fossi al sicuro, quindi non rifiutavo mai quando Lou si offriva di accompagnarmi. Era una serata strana per me, nel senso che avevo accettato un turno perché una ragazza era malata, Ayden non lavorava e quindi io ero sola. In effetti, a quanto pareva la mia coinquilina si era scrollata di dosso la fifa e frequentava uno specializzando in fisica molto carino, quanto di più diverso da una stella del rock and roll. Quella settimana erano usciti due volte e lei era tornata la vecchia se stessa. Ero contenta per lei, anche se ciò significava che avrei passato l'ennesima notte da sola a crogiolarmi nella tristezza. Dopotutto, nessuno aveva mai detto che la strada verso la guarigione fosse una passeggiata.

Lou mi rimise a terra e mi diede un rapido bacio sulla fronte. «Mi manca quel tuo giovanotto, Shaw. Faceva il saputello, ma era un bravo ragazzo».

Sospirai, perché continuavo ad avere quella conversazione con Lou. «Lo so. Manca anche a me».

«Abbi cura di te, ragazzina».

«Ci provo sempre».

Non mentirò: la mia nuova macchina era stupenda. Emetteva un ronzio come tutte le auto sportive, ma non aveva problemi a percorrere le strade ghiacciate mentre attraversavo la città verso il mio appartamento, ascoltando i The Avett Brothers con le loro canzoni tristi sui cuori infranti. Era mezzanotte passata ed era un giorno infrasettimanale, quindi non c'era nessuno in giro. Da qualche parte un cane abbaiava, faceva freddo, era buio e io rabbrividii involontariamente. Odiavo quella parte del tragitto fino a casa, perché era una conferma del fatto che ero davvero sola. Fui fortunata e trovai un parcheggio proprio di fronte al mio palazzo e mi affrettai al portone d'ingresso perché la mia uniforme non era adatta a stare all'esterno alla fine dell'inverno a Denver. Quando inserii il codice, sentii il *clic* familiare della serratura e corsi dentro.

Soffiai sulle dita per scaldarle e frugai nella borsa in cerca delle chiavi. In genere le avrei avute già pronte, ma ultimamente ero così distratta da tutto il rumore nella testa e dal pesante fardello sul petto che la mia sicurezza personale era scivolata in fondo alla lista delle mie priorità. Avevo appena inserito la chiave nella serratura e stavo per girarla quando una voce profonda alle mie spalle pronunciò il mio nome. Per una frazione di secondo provai eccitazione. Fui invasa da un sollievo sfrenato perché l'unico ragazzo che mi avrebbe aspettato a casa era Rule. Prima che potessi voltarmi e gettargli le braccia al collo, due mani mi afferrarono forte per la nuca e mi sbatterono di faccia contro la porta. Restai senza fiato per lo shock e nella mente mi balenò l'idea di gridare subito aiuto, ma la porta si spalancò al colpo di un polso decorato dall'orologio Tag Hauer che conoscevo benissimo e io caddi in avanti, spinta da due mani rudi.

La mia borsa volò via e guardai stupita Gabe in piedi davanti a me. Era tirato a lucido come al solito, ma aveva gli occhi da pazzo e un sorriso folle che mi terrorizzava. Non riuscivo a muovermi.

«Come hai fatto a entrare?». Sapevo che era una brutta situazione. Non ero al sicuro con lui, non volevo per niente restare sola con lui, ma l'appartamento era minuscolo e non potevo scappare da nessuna parte. Lo spray era nella borsa per terra e il taser che Rule mi aveva comprato se ne stava inutile nella mia nuova macchina. Rimpiangevo davvero di non aver permesso a Rule di lasciare da me la sua pistola ogni volta che me l'aveva chiesto quando uscivamo insieme.

Gabe si passò le mani agitate tra i capelli scuri, guardandomi come un cacciatore con la preda che ha puntato. «Ho detto a tua madre che stavamo per riconciliarci e che volevo farti una sorpresa e lei mi ha dato il codice. Ti ho seguito a casa dopo il lavoro visto che ovviamente quel teppista è uscito di scena e lo scimmione dell'esercito non si è fatto vedere. Ho pensato che fosse un buon momento per riavvicinarci».

Era così freddo, così pratico che probabilmente non aveva nemmeno capito che si era appena introdotto con la forza nel mio appartamento e io tremavo di paura. Incrociai le braccia sul petto nel tentativo di bluffare e nascondere in parte il terrore che provavo, ma lui continuava a guardarmi come se mi stesse facendo a pezzi nella mente.

«Non siamo mai stati più lontani, Gabe. Devi andartene, perché tra due secondi comincerò a gridare con tutto il fiato che ho».

Scosse la testa e schioccò la lingua. «Be', vedi, Shaw, le cose mi vanno davvero di merda. Da quando quel delinquente del tuo ragazzo mi ha fatto sembrare una femminuccia e mio padre mi ha tolto le carte di credito per il tuo trucchetto dell'ordine restrittivo, le cose sono andate sempre peggio. Mi bocceranno nel corso di Teoria politica, la mia confraternita vuole cacciarmi perché a quanto pare non è bello fare la figura degli idioti al campus per colpa di un ragazzo con il quoziente intellettivo di un ratto, i miei sono furiosi con me per via dell'ordine restrittivo e lo stage che volevo fare per la campagna di tua madre è saltato perché lei non ha semplicemente avuto il tempo di organizzarlo. Quindi vedi, Shaw, da quando hai deciso di fare la puttana egoista e di voltare le spalle a tutte le cose belle che avremmo potuto avere, devo lavorare il doppio per aver quel che mi merito».

Era pazzo, del tutto fuori di testa. Cercavo di scansarlo, perché sapevo che se si fosse avvicinato abbastanza da mettermi le mani addosso la situazione non sarebbe più stata solo terrificante ma incredibilmente orribile.

«Mi dispiace che sia un periodo difficile per te, Gabe, ma non avresti dovuto distruggermi la macchina. Hai spinto Rule oltre il limite. Ti avevo detto di lasciarmi in pace oppure non ti sarebbe piaciuto quello che ti avrebbe fatto».

Strillai perché, a quanto pareva, nominare Rule era stato un errore. Gabe si spostava più in fretta di quanto avessi pensato. Mi inseguì mentre indietreggiavo tenendo più spazio possibile tra noi. Sfortunatamente mi intrappolò in soggiorno e, anche se mi opposi, lui era più grosso e più forte. Mi afferrò alla gola e litigammo finendo a terra. Rovesciai con un calcio un tavolino facendo un gran fracasso e mi presi un rovescio sulla guancia che mi squarciò il labbro. Lui si sedette sul mio torace, tenendomi ferme le mani ai lati del corpo e stringendomi la gola. Avevo gli occhi bagnati per la paura e lo sforzo di respirare. Mi aggrappai alle sue mani e agitai le gambe, ma lui si chinò su di me aumentando la stretta sul collo.

«Pensi che mi interessi quello che pensa quello sfigato? Pensi che me ne freghi un emerito cazzo di quello che vuole farmi quel degenerato? Lui non è niente. Te l'ho detto fin dall'inizio che non sarebbe rimasto – guardati adesso. Sei tutta sola e finalmente farai a modo mio – te l'avevo detto che avremmo fatto a modo mio. Lo faccio sempre».

Dovevo scappare da lui. Mi avrebbe ucciso, sul serio. La vista cominciava a offuscarsi e avevo i polmoni in fiamme. Lui continuava a stringere seduto sopra di me, mentre mi diceva che saremmo tornati insieme e io avrei chiamato mia madre per farle riconsiderare il suo stage adesso che stavo con lui. Scossi la testa avanti e indietro in cerca di aria e riuscii a mettere le mani tra noi abbastanza da affondargli le unghie nel bicipite e farlo sussultare e sollevarsi, e strisciai un poco più lontano. Mi tagliai la mano su un pezzo della lampada rotta mentre mi alzavo a fatica, per essere però di nuovo trascinata giù da una mano crudele che mi tirò i capelli. Grugnii quando atterrai con tutto il peso sulla schiena e dovetti sbattere le palpebre per respingere un bel fiotto di sangue che usciva dal punto sulla testa con cui avevo sbattuto contro la gamba del tavolino rovesciato.

«Ayden tornerà da un momento all'altro». Avevo la voce debole e sottile per la pressione che avevo subìto al collo, ma non importava; lui mi tirò di nuovo in piedi e mi schiacciò piegata in due contro il divano. Cercavo disperatamente di non pensare alla misera barriera offerta dalla mia uniforme per scoraggiarlo, ma lui abbassò il viso vicino al mio, senza curarsi minimamente del sangue che finiva ovunque.

«Chissenefrega. Tu sei la mia ragazza, Shaw, sei mia. Se arriva la tua coinquilina, le dirai che le cose ci sono sfuggite di mano mentre facevamo pace».

Il suo peso premeva così tanto sulla mia schiena che la mano intrappolata dietro di me non sopportò la torsione e, con un rumore disgustoso che fece sobbalzare entrambi, la mia spalla uscì dall'articolazione. Gridai di dolore e caddi molle di lato. Mentre mi dimenavo, sentii la gola riempirsi in fretta di paura e panico. Sapevo che dovevo arrivare alla borsa per lo spray o in cucina per un'arma qualsiasi da usare contro di lui. Adesso che una era del tutto inutile, Gabe mi lasciò andare le mani e mi prese la nuca per tenermi piegata sul divano, mentre con l'altra strattonava e tirava la parte inferiore della mia uniforme. Mormorava frasi a metà e diceva che si sarebbe assicurato di farmi capire che eravamo una coppia. Blaterava di sposarsi e unire le nostre famiglie. Cominciai a piangere sul serio perché non sapevo come impedirgli di violentarmi a quel modo. Per fortuna una parte della lampada a cui avevo dato un calcio era finita vicino al divano e un pezzo era incastrato in un cuscino. Mentre Gabe era impegnato a strapparmi i vestiti, lo afferrai con la mano buona. I pantaloncini a balze che portavo sotto l'uniforme cominciarono a rompersi e bastò per farmi agire. Da quella posizione, l'unica cosa che potevo raggiungere era la carne della coscia e non ero certa di avere abbastanza forza da fargli male davvero, ma conficcai il frammento di vetro più forte che potei e lo sentii imprecare e balzare indietro all'improvviso. Crollai sulle mani e sui piedi e gridai fortissimo quando con il corpo atterrai sul braccio ferito. Mentre lui cercava di estrarre il vetro, strisciai sul pavimento e raggiunsi la mia borsa. Mi rimisi in piedi a fatica e lui avanzò verso di me come una furia, ma ormai avevo lo spray con l'erogatore girato verso di lui e gli spruzzai in faccia una bella dose, mentre lui urlava come un orso ferito. Con la bomboletta nella mano buona, corsi fuori dalla porta. Di certo dovevo sembrare appena scappata da un manicomio: piangevo come un'isterica, avevo il viso coperto di sangue e riuscivo appena a parlare a causa del danno alla gola. Corsi alla porta d'ingresso e sbattei contro Ayden che rientrava. Crollai in un mare di singhiozzi mentre lei mi stringeva.

Strillava il mio nome, voleva sapere cos'era successo e la sentii chiamare il 911, ma tra lo shock e il dolore non capivo più niente. La guardai sbattendo le palpebre oltre il sangue che mi scorreva in faccia e vidi vagamente la folla che usciva dagli altri appartamenti. Era troppo e diventò tutto nero. Sono abbastanza sicura che mi prese prima che cadessi a terra, ma quando ripresi conoscenza ero legata su una barella e mi stavano caricando in ambulanza. Mi pulsava la testa per le luci e la sirena e un giovane paramedico stava bombardando con un milione di domande Ayden, che salì insieme a me. Lei mi prese subito la mano e me la strinse. Mi accorsi che stava piangendo quasi quanto me prima.

«Gabe?». Avevo la gola in fiamme e mi pareva di parlare attraverso una foresta di lamette.

Ayden si asciugò le lacrime con mani tremanti e trasalii quando il paramedico prese a fare a me le domande.

«L'ha preso la polizia. Suo padre è arrivato mentre lo infilavano in macchina. Non si poteva non vedere lo spray che hai usato su di lui, quindi non ha potuto negare di essere stato nel nostro appartamento. Come ha fatto a passare la porta d'ingresso?».

Sussultai quando il paramedico mi spinse la spalla, guardandomi con occhi compassionevoli. «Dovranno rimetterla in sede. È slogata e il taglio sulla fronte mi sembra abbastanza profondo, quindi dovranno incollarlo o metterti dei punti. Mi dispiace».

Avrei voluto dirgli che era tutto a posto perché ero viva e se non altro Gabe non l'aveva fatta franca con la sua ultima bravata, ma parlare mi faceva troppo male. Quando chiese se ci fosse bisogno di un esame per la violenza carnale, scossi il capo e strinsi la mano di Ayden, che ricominciò a piangere.

«Mia madre». Le parole mi uscirono spezzate e non solo a causa della gola. «Gli ha dato il codice perché lui le ha detto che stavamo tornando insieme».

Ayden profferì una serie di parolacce di cui Rule sarebbe stato orgoglioso e passammo il resto del breve tragitto a stringerci a vicenda. Le due ore successive furono un turbinio di dottori e agenti di polizia. Dopo i primi quindici minuti, risultò chiaro che non sarei riuscita a sostenere la conversazione con le corde vocali tanto maltrattate e quindi dovetti scrivere tutto. Gabe era in cella almeno per la notte e non c'era niente che suo padre potesse fare per tirarlo fuori. Il detective che raccolse la mia testimonianza mi disse che c'erano buone possibilità che la mattina seguente la sua famiglia avrebbe pagato la cauzione e lui sarebbe uscito, ma adesso l'ordine restrittivo era tassativo e suo padre non poteva farci nulla. Non che importasse. Mi tennero in ospedale almeno per la notte, per capire quanto fosse serio il danno alla gola ed ebbi bisogno di antidolorifici fortissimi per alleviare l'emicrania che mi stava assillando oltre al dolore mentre mi sistemavano la spalla.

Mia madre e Jack si presentarono verso l'alba e venne anche mio padre. Dissi ad Ayden che non volevo vedere nessuno di loro e ci fu una grossa scenata. Quando mia madre cominciò a gridare che probabilmente era stato uno dei delinquenti che avevo incontrato mentre uscivo con Rule, Ayden aveva perso il controllo e li aveva informati che non sarebbe mai successo se non fosse stato per mia madre che aveva dato a Gabe il codice della porta dell'appartamento. Al che avevano chiuso tutti la bocca. Mio padre era entrato a forza sfruttando le sue conoscenze tra i medici e io passai un'ora buona a ignorarlo e a guardarlo male mentre si profferiva in scuse. Quando provò a darmi un bacio sulla guancia girai la testa, assicurandomi che vedesse il disgusto totale nei miei occhi. L'ossessione di Gabe aveva in parte a che fare con quello che rappresentavano quelle persone e al momento non riuscivo a sopportare di averle intorno. Se ne andarono tutti quando un'infermiera minacciò di chiamare la sicurezza se non avessero smesso di disturbarmi.

Ayden prese una sedia e sollevò i piedi sul bordo del letto e cademmo tutte e due in un sonno irregolare mentre si faceva mattina. Riuscii solo a dormicchiare ed ebbi bisogno altri antidolorifici quando la spalla ricominciò a farmi male e diverse parti del mio corpo che erano state maltrattate presero a farsi sentire. Ayden sparì verso mezzogiorno e fu un bene, perché ci fu un altro round di dottori e detective. Il padre di Gabe era riuscito a farlo uscire su cauzione, ma non si poteva negare quanto mi avesse fatto male e la polizia stava pensando di incriminarlo per tentato omicidio. Mi fecero ripetere più volte la storia e non esitai mai sui fatti brutali. Gabe era malato, aveva bisogno di aiuto, ma soprattutto aveva bisogno di stare in un posto dove non avrebbe potuto nuocere a qualcun altro. Sentirsi in diritto di possedere un'altra persona nonostante i sentimenti di quest'ultima andava ben oltre l'instabilità mentale.

Ayden tornò con uno yogurt e dei cereali con aria imbarazzata. «Ho chiamato Cora per dirle cos'è successo. Non mi è neanche venuto in mente che potesse dare di matto al lavoro».

Mi irrigidii tutta e guardai la mia amica con occhi spalancati.

«A quanto pare Rule è andato su tutte le furie quando ha sentito quel che è successo e, inutile dirlo, sarà qui tra cinque minuti. Scusa, ma pensavo che dovessi saperlo. Potrei chiedere allo staff dell'ospedale di tenerlo alla larga se vuoi, anche se ho la sensazione che fermarlo quando è arrabbiato potrebbe essere una seccatura. Sarà un altro ex che dovrai mandare in galera per una notte».

Non sapevo bene come mi sentissi pensando alla sua visita. Da un lato, nell'ultimo mese avevo solo voluto vederlo, che si accorgesse di me, ma dall'altro, non sarebbe dovuto servire un campanello d'allarme aggressivo e violento perché accadesse. Sospirai e feci di no con la testa, e comunque lei aveva ragione: tenerlo fuori dalla stanza se aveva deciso di entrare come una furia sarebbe stata una scocciatura di cui non avevo bisogno in quel momento.

«Va tutto bene. Posso gestirlo». Avevo la voce ancora roca e gracchiante, ma se non altro usarla mi faceva un po' meno male.

«Non sembri in grado di gestire niente». Non si sbagliava. Avevo il braccio fasciato, una ferita di sei centimetri in fronte richiusa e coperta da una benda bianca, una uguale sulla mano, il labbro spaccato e incrostato di sangue, un brutto cerchio nero e blu sulla pelle chiara del collo e, per completare il tutto, due splendidi occhi neri dovuti alla botta contro la porta e il pavimento.

«Andrà bene. Può venire a vedere che sto bene e poi se ne andrà per la sua strada, e sono sicura che non c'è altro che voglia fare».

Mi guardò con aria scettica e mi diede una pacca sui piedi,

che tenevo uno sopra l'altro sotto la coperta dell'ospedale che mi dava il prurito. «Bene, allora se giuri che starai bene, corro a trovare un posto con del caffè che non sappia di catrame e poi torno».

Non sarei stata di nuovo bene, nessuno che avesse passato quello che era successo a me negli ultimi mesi avrebbe potuto, ma non avevo paura di Rule. Essere stata quasi stuprata da un pazzo mi aveva dato una prospettiva tutta nuova su ciò che mancava nella mia vita e su cosa sarebbe stato diverso da quel momento in poi. Avrei voluto sistemarmi i capelli, ma erano incollati di sangue secco e chissà che altro e non avrebbero comunque migliorato la mia faccia. Rule avrebbe dovuto scontrarsi con quello spettacolo orribile e affrontarlo.

Stavo trafficando con il cellulare, per rispondere ai messaggi di Cora e degli amici di Rule e far sapere loro che stavo bene, quando la porta si aprì e lui entrò. Alzai lo sguardo e vidi la rabbia iniziale impressa sul suo bel viso trasformarsi ben presto in orrore davanti al mio corpo ammaccato e pieno di lividi. Vidi il suo petto alzarsi e abbassarsi mentre respirava forte e si spostava ai piedi del letto. Ci fissammo in silenzio e mi accorsi distrattamente che aveva i capelli ancora normali, anche se ribelli, del loro castano scuro naturale. Li odiavo perché lo facevano sembrare un estraneo. Aveva gli occhi feroci e troppo grandi per il suo volto e dalle loro fredde profondità infuriava una tempesta. Giocherellava con l'anello al labbro come faceva quando era nervoso e capii che, se non avessi detto qualcosa, molto probabilmente avremmo passato il resto del pomeriggio a fissarci con cautela.

«Non c'era bisogno che venissi. Sto bene, sono solo un po' acciaccata».

Strinse le grandi mani intorno alla sbarra in fondo al letto e vidi la testa del serpente piegarsi e contrarsi per la sua irritazione.

«Volevo assicurarmi di persona che stessi bene. Avresti potuto chiamarmi per dirmi che ti eri fatta male».

Mi rifiutai di distogliere lo sguardo da lui, che pareva infuriato ogni volta che posava gli occhi su una parte rotta del mio corpo. «Be', considerando che non mi parli da settimane, non mi sembrava molto logico farti sapere quello che stava succedendo».

Strinse le labbra. «Hai ragione. Avrei dovuto esserci. Non avresti dovuto essere da sola».

Sospirai e strinsi il lenzuolo tra le mani. «Hai ragione, avresti dovuto esserci, ma non perché Gabe è pazzo o perché dovevo essere protetta da lui. Avresti dovuto esserci perché tieni a me quanto io tengo a te, ma non è così. La colpa di questo casino è solo di Gabe, è malato e squilibrato e probabilmente, anche se ci fosse stato qualcuno con me, lui sarebbe impazzito comunque, è così. Non ritengo nessuno responsabile se non lui, e poi il mio corpo sta già guarendo; è il cuore che si sente ancora come se fosse stato in un frullatore».

«Shaw», provò a dire qualcosa ma io alzai la mano buona e lo guardai dritto negli occhi.

«Sono stanca che il mio amore non sia abbastanza. Quando è cominciata questa cosa tra noi pensavo che avrei accettato qualsiasi cosa tu volessi darmi. Pensavo di poterti amare abbastanza per entrambi visto che soffocavo nell'amore per te da così tanto tempo, ma adesso ho capito che mi merito di più».

Sbattei le palpebre per respingere le lacrime che mi avevano colto di sorpresa. «Mi merito tutto perché sono pronta a dare tutto. Avrei attraversato le tenebre con te, Rule. Ma non starò a guardarti mentre ti allontani da me ogni volta che succede qualcosa che potrebbe farti male. Mi dispiace non averti mai parlato di Remy, ma ti ho sempre detto che io e lui non stavamo insieme. Per il mio compleanno ne hai avuto la prova inconfutabile. Dovresti essere arrabbiato con lui perché l'ha tenuto segreto, non con me. Hai sempre avuto ragione; non ci fidiamo del tutto l'uno dell'altra per avere la possibilità di far funzionare le cose. Io lo volevo troppo e tu non abbastanza».

Una volta finito di parlare, fui sorpresa di vedere che aveva gli occhi umidi. L'unica volta che l'avevo visto piangere era stato al funerale di Remy. Allungò una mano come per mettermela sulla gamba, ma la ritrasse prima di toccarmi.

«Shaw, e se ti amassi davvero?». La sua voce era poco più di un sussurro. «Vederti così mi fa venire voglia di uccidere Davenport con le mie mani e mi fa male nel profondo. Mi sei mancata nelle ultime settimane, ma ero anche infuriato con te. Non riuscivo a combinare le due cose».

Triste, scossi la testa e lasciai uscire le lacrime che mi riempivano gli occhi. «Non basta. Ho passato tutta la vita a cercare di essere all'altezza di aspettative irraggiungibili, tu eri l'unica cosa che abbia mai voluto per me e, quando ti ho avuto, tu hai pensato di dover cambiare completamente per stare con me. Mi rifiuto di nutrire verso qualcun altro aspettative contro le quali ho sempre dovuto combattere, soprattutto perché io non ho chiesto nulla. Alcune parti di noi funzionano alla grande insieme, Rule, ma altre no. Tutto questo», accennai con la mano buona al mio corpo sdraiato, «si rimetterà a posto. Andrà bene e torneremo a fare quello che facevamo prima, qualsiasi cosa fosse». Mi assicurai che capisse che mi riferivo a tutto, dal taglio sulla fronte al mio cuore spezzato. L'avrei dimenticato, non avevo altra scelta.

«Hai sempre fatto parte della mia vita, Shaw. Saremmo dovuti riuscire a far funzionare le cose».

Avrei voluto alzare le spalle ma riuscivo a usarne solo una, quindi non mi fu possibile. Asciugai le lacrime con il dorso della mano e gli rivolsi un sorriso incerto. «Un sacco di cose sarebbero dovute andare in un modo e non è stato così. So che molti pensavano che noi due insieme fossimo senza speranza, quindi dovremmo essere grati di quello che abbiamo avuto».

«Mi sento come se ti stessi deludendo, come se stessi deludendo tutti e per una volta mi dà un fastidio cane. Non so come superare quello che succede quassù». Si batté un dito sulla tempia.

Ormai stavo piangendo ed ero sul punto di dirgli che se avesse potuto semplicemente amarmi, imparare a lasciarsi amare da me come si meritava, come io volevo disperatamente, allora sarebbe andato tutto bene, ma non era così. Dovevamo credere in noi stessi, confidare di essere entrambi abbastanza senza dover diventare persone diverse. Ma semplicemente non era così, perciò chiusi gli occhi e, per una volta, fui *io* a tagliarlo fuori e sprofondare nelle tenebre.

«Non è destino per certe cose, tutto qui. Sono stanca. Uscendo puoi chiamare un'infermiera? Credo che l'effetto degli antidolorifici stia finendo».

«Shaw, mi dispiace così tanto».

«Anche a me, Rule, davvero. Anche a me». Ero innamorata di lui da tutta la vita e, per quanto volessi essere forte e buttarmi tutto alle spalle, staccarmi da quello che provavo per lui sarebbe stata la cosa più difficile che avessi mai fatto. Ci fissammo per un lungo e triste minuto, poi lui girò sui tacchi e se ne andò. Quando Ayden tornò, piangevo inconsolabilmente e dovette strisciare sul letto e stringermi tra le sue braccia. Piansi più a lungo che mai. Piansi fino a non avere più lacrime. Mi lasciai abbracciare dalla mia migliore amica mentre andavo in pezzi. L'infermiera arrivò con l'antidolorifico ma, nel vedere lo stato in cui ero, uscì di nuovo e tornò con un sedativo.

Passai in ospedale un altro giorno e, quando mi dimisero, capii che non sarei mai tornata nell'appartamento, con Gabe libero su cauzione – ordine restrittivo o meno. Per fortuna Cora aveva due stanze libere nella casa che aveva in affitto nella zona di Washington Park perché di recente le sue coinquiline si erano fidanzate ed erano andate in una casa tutta loro. Ayden mi lasciò da lei e tornò un paio d'ore più tardi con il necessario per un soggiorno prolungato. Disse che la società che gestiva il nostro palazzo si stava occupando di far ripulire casa nostra, ma stare là da sola le dava i brividi. Non passò più di una settimana che chiese a Cora di stare nell'altra stanza da lei. Ci permisero persino di rescindere il contratto d'affitto senza pagare alcuna penale visto quello che mi era successo. Stare con le ragazze fece meraviglie sul mio stato fisico e mentale. Non mi lasciavano mai deprimere e c'era sempre qualcuno con me a ricordarmi che quello che provavo era solo temporaneo. Non mi permisero nemmeno di perdere il controllo per le accuse contro Gabe.

Il caso procedeva in fretta e in diverse occasioni parve che suo padre volesse usare tutti i suoi trucchetti per farlo scagionare. Era intervenuto Alex Carsten e adesso Gabe aveva un braccialetto elettronico alla caviglia e, oltre che di aggressione aggravata, era incriminato anche di effrazione con scasso. Non pensai nemmeno per un secondo che mia madre si fosse fatta restituire un favore, ma io e Rule eravamo di nuovo in silenzio stampa quindi non lo chiamai per chiedergli spiegazioni né per ringraziarlo. Ovviamente i Davenport avevano assunto il miglior avvocato difensore della città, ma tutto lasciava presagire una vittoria schiacciante per me, quindi cercavo di restare positiva.

Mi rifiutavo di parlare con entrambi i miei genitori. Anzi, non avevo detto loro che mi ero trasferita né che avevo cambiato numero di cellulare poche ore dopo essere uscita dall'ospedale. Il punto era che non avevo niente da dire a nessuno dei due; tutto quello che avevo detto a Rule valeva anche per loro. Mi meritavo di meglio e, se non erano disposti a ricambiare l'amore che mostravo loro, senza restrizioni o pretese, allora non li volevo nella mia vita. Sapevo che mia madre doveva fare i conti col fatto di essere responsabile di aver dato a Gabe il codice di sicurezza ma, come avevo detto a Rule, l'unica persona che incolpavo era Gabe. Per me era più importante che lei capisse che non avrebbe mai dovuto spingerlo a stare con me quando io le avevo detto che ero innamorata di un altro. Se non riuscivano a capire come amarmi e apprezzarmi per quello che ero, avrei fatto a meno di loro.

Io e Ayden ci stavamo adattando a una nuova routine e adoravamo Cora. Era bello vivere in una casa invece che in un appartamento e ogni giorno che passava era un po' più facile respirare nonostante il buco che avevo nel petto, nel punto in cui un tempo stava il mio cuore. Erano passate solo due settimane ma mi pareva che fossimo divisi da un'eternità. Questa volta fingere per riuscire ad andare avanti era molto più difficile. Forse perché sapevo che era finita davvero. Stavolta non facevo finta di sorridere o di vivere la mia vita con tranquillità. Era dura, durissima. Lui mi mancava. Lo amavo. Non potevo averlo e la cosa mi uccideva in modo del tutto diverso rispetto a quando lo amavo da lontano senza che lui lo sapesse. Cora evitava qualsiasi commento sul lavoro e sui ragazzi, ma ogni tanto si lasciava sfuggire qualcosa su di lui e ogni volta era come una scheggia di vetro in una ferita aperta. Sapere che lui non se la passava meglio di me avrebbe dovuto rincuorarmi, ma non era così. Ci meritavamo tutti e due di essere felici, ed era un peccato che non potessimo esserlo insieme.

Mancavano due giorni alla festa di San Patrizio, che non

solo cadeva nel fine settimana ma era anche il compleanno di Rule. Le ragazze avevano deciso che invece di starmene seduta imbronciata a lamentarmi avremmo dovuto uscire e divertirci. Non volevo andare, non ne avevo per niente voglia, e non solo perché il mio viso non era guarito del tutto, ma perché non mi sentivo ancora pronta a stare in mezzo alla gente. Ero abbastanza sicura che avrei passato una serata orribile ma, visto che volevo bene alle mie amiche, mi lasciai tormentare fino ad accettare. Con mia sorpresa, dopo qualche Martini in un bar fuori mano che conosceva Cora, mi rilassai e cominciai davvero a divertirmi. Anzi, fu un'uscita fantastica di cui avevo davvero bisogno. La mattina dopo, quando mi alzai per l'università, mi sentivo uno straccio e fui tentata di non andare, ma avevo già saltato troppi corsi a causa dell'aggressione e non potevo permettermelo.

Ero in piedi davanti allo specchio a sistemare i capelli nel vano tentativo di coprire il livido giallastro ereditato dall'occhio nero, quando ebbi una rivelazione sorprendente. Amare Rule non era mai stato facile, ma sempre difficile e doloroso e c'erano voluti anni prima che venissi ricompensata, ma non avevo mai pensato che non ne valesse la pena. Per me amarlo non era mai stata una scelta, ma avevo deciso che fosse inevitabile, proprio come avevo deciso che lui non avrebbe mai tenuto a me. La notte precedente ero sicurissima che non mi sarei svagata, che uscire sarebbe stato deprimente e orribile, invece mi ero divertita un sacco ed era davvero valsa la pena correre il rischio. Con Rule avevo fatto quello che avevo giurato di non fare mai, mi ero allontanata perché non avevo garanzie, perché il lieto fine per noi non era assicurato.

Appoggiai l'arricciacapelli sul lavabo e mi guardai allo specchio. Nel riflesso che mi fissava si vedevano chiaramente la tristezza e la solitudine. Rule era l'unica cosa che avevo sempre desiderato e, quando stargli accanto era diventato difficile, l'avevo lasciato andare invece di combattere per tenermelo stretto. Non era giusto. Io mi meritavo di essere amata ma anche di stare con lui e il suo amore, qualsiasi forma prendesse. Rule era un ragazzo fuori dalla norma, non ci sarebbero mai stati cuoricini, fiori o poesie che mi avrebbero fatto arrossire. Ci sarebbero sempre stati il dare e il ricevere, gli alti e i bassi e una passione che ci avrebbe bruciati entrambi fino al midollo. Quando in ospedale mi aveva chiesto "E se?" avrei dovuto rispondergli che se me lo chiedeva allora era già così. Adesso lo sapevo, era chiaro come il mio viso nello specchio: Rule mi amava. Solo che non lo sapeva. Nessuno di noi aveva esempi brillanti di relazioni sane a cui attingere ma, nell'istante in cui mi aveva detto di volerci provare, avrei dovuto capire che si stava innamorando di me. Non ci aveva mai provato per nessuno.

Sentii bussare alla porta del bagno e Ayden fece capolino. «Dobbiamo uscire tra poco. Sei quasi pronta?».

Considerando che avevo arricciato solo i capelli sul lato destro della testa, credo che la risposta fosse ovvia. Mi voltai verso di lei con gli occhi sgranati. «Dobbiamo andare a compare dei vestiti dopo le lezioni».

Appoggiò un fianco alla porta e mi guardò con un sopracciglio sollevato. «C'è un motivo in particolare?»

«Questo weekend è il compleanno di Rule».

«Forse Cora ha detto qualcosa a riguardo».

«Di certo farà una festa di compleanno».

«Forse ha detto anche qualcosa del genere».

«Be', dobbiamo andarci».

«Perché? Pensavo che avessi chiuso con tutto quel baccano, oppure a parlare sono i Martini di ieri sera?».

Scossi la testa e ripresi l'arricciacapelli. «Devo dargli un regalo».

«Ah sì? E se fosse con qualcuno?».

La guardai storto. Non avevo nemmeno considerato quell'eventualità. «È probabile?».

Mormorò qualcosa a voce bassa e spostò la frangia lunga dalla faccia.

«No, Cora ha detto che è praticamente un eremita da quando avete rotto e che ha un umore di merda, quindi chiunque non voglia essere scorticato vivo è meglio che gli stia alla larga. A ogni modo, cosa hai intenzione di dargli?»

«L'unica cosa che penso voglia».

Ridacchiò. «Altri anelli per la faccia?».

Risi anch'io. «No… me. Penso che l'unica cosa che voglia davvero sia io. Solo che eravamo tutti e due troppo incasinati per capirlo».

Si sfregò le mani. «Be', in ogni caso sarà interessante».

Interessante non rendeva l'idea neanche lontanamente, ma la mia nuova vita richiedeva delle soddisfazioni e di certo Rule era quello che volevo per sentirmi soddisfatta. Speravo solo che non si fosse addentrato troppo nel tunnel da non poterlo più tirare fuori.

Capitolo diciassette
Rule

«Ehi amico, buon compleanno». Feci scivolare un dito sul ferro di cavallo che avevo insistito per mettere sulla lapide e mi schiarii la voce bloccata dall'emozione. Non ci andavo abbastanza spesso, ma ogni anno, il giorno del nostro compleanno, facevo sapere a Remy che pensavo a lui. Era dura, ricordarsi ogni volta che lui non avrebbe compiuto ventitré anni insieme a me, che io invecchiavo mentre lui restava fermo a vent'anni, un'esistenza sicuramente troppo breve.

«Sono abbastanza incazzato con te al momento. La mia vita è sottosopra e non riesco a trovare un equilibrio, e tutte le stronzate che faccio di solito per ignorare il dolore e la confusione non funzionano più. Non capisco perché tu non me ne abbia parlato, perché hai usato Shaw in quel modo. Non capisco davvero perché mi hai lasciato fare il coglione con lei per anni e anni se sapevi che provava qualcosa per me. Be', c'è una novità, fratello, anche io provo qualcosa per lei. E adesso è un tale casino che non vedo come sistemare le cose. Tutti mi hanno sempre dato il tormento perché sono difficile, lunatico e complicato, e adesso salta fuori che sotto sotto tu avevi in ballo molto più di quanto io e Rome potessimo mai immaginare, eppure eri ancora il preferito. Non ti pare un calcio nelle palle?».

Per la seconda volta in poche settimane, sentii le lacrime agli occhi. «Shaw ha mantenuto il tuo segreto. Per tutto questo tempo, anche quando le cose tra noi si sono fatte intime. Ti vuole bene, ma anche a me. Solo che non sapevo cosa farmene del suo amore, allora mi sono incazzato e l'ho tagliata fuori e, di conseguenza, lei si è sentita ferita e non mi rivuole anche se è tutto quello che desidero. È uno schifo, l'amore è uno schifo, e mi sembra che se tu fossi qui niente di tutto questo sarebbe mai successo, quindi fai schifo anche tu».

Non ottenni risposta, udii solo il rumore del mio respiro corto e il vento che muoveva gli alberi. Per la prima volta da molto tempo mi sentivo davvero solo e schiacciato dalla perdita del mio gemello. L'ultimo mese e mezzo era stato duro; la storia con Shaw mi aveva lasciato teso e sensibile. Di solito avrei risposto a quel flusso travolgente di emozioni bevendo fino a rovinarmi il fegato e scopandomi ogni ragazza che mi guardasse. Ma nessuna di quelle cose era rientrata nella mia agenda; l'alcol non bastava perché la mia coscienza la smettesse di gridare che avrei dovuto impegnarmi di più, gestire meglio lo shock e la rabbia, ed ero inibita all'idea di portare a letto qualcuna che non fosse Shaw.

Lavoravo un sacco, cercavo di tenere d'occhio Gabe tramite Mark e Alex – ero determinato a tenerlo lontano da lei in modo permanente, anche se lei non lo sapeva – e passavo molto tempo con i ragazzi a leccarmi le ferite. Anche se Shaw si era arrabbiata perché avevo cercato di migliorarmi per lei, quel tentativo aveva sortito mio malgrado grandi cambiamenti in me e non era un male. Mi stavo concedendo di provare ogni sensazione e, anche se i sentimenti legati al fallimento della mia relazione con Shaw mi bruciavano, se non altro stavo tentando di elaborarli invece di affogarli nelle cattive abitudini.

Mi stavo preparando a dirgli addio quando dei passi sul sottile strato di neve che copriva ancora il terreno mi fecero alzare la testa. Strizzai gli occhi involontariamente e piegai verso il basso gli angoli della bocca nel riconoscere la figura che avanzava verso di me. Il mio istinto mi diceva di andarmene prima che lei mi rovinasse la giornata, invece rimasi dov'ero, perché guardava dritto verso di me e per una volta nel suo sguardo non c'era disprezzo né odio.

«Mamma».

«Buon compleanno, Rule».

Mi schiarii la voce perché non avevo idea di cosa dirle. Battei le nocche sulla lapide dura e salutai in silenzio mio fratello. «Me ne vado, così puoi stare un po' con lui. Sarà dura per te oggi».

Quasi inciampai quando lei allungò una mano e la appoggiò sul mio braccio. Mia madre non mi toccava di sua spontanea volontà da anni e la cosa bastò per zittirmi, sbalordito.

«È dura per tutti noi, ma non è per questo che sono qui. In realtà ho chiamato dove lavori per vedere se potevo portarti a pranzo fuori per il tuo compleanno. Ho pensato che non avresti risposto se ti avessi telefonato sul cellulare, allora ho chiesto al tuo coinquilino dove potevo trovarti e lui mi ha indirizzato qui. Se non fossi stata così impegnata a tagliarti fuori per tutti questi anni, avrei potuto immaginarlo da sola».

Mi allontanai di un passo perché ero abbastanza sicuro che gli alieni avessero rapito mia madre e la creatura davanti a me non fosse reale. Quello che le usciva di bocca era troppo perché potessi elaborarlo. «Dov'è papà?»

«A casa. Sta cercando di mettersi in contatto con tuo fratello e, dopo tutto quello che è successo, dovevo essere io a venire da te. Posso invitarti a pranzo o magari a prendere un caffè?».

Non volevo. Non mi fidavo di lei né delle sue intenzioni, ma era il mio compleanno ed eravamo sulla tomba di mio fratello, quindi rifiutare non mi parve un'opzione fattibile e con cui avrei potuto convivere.

«Un caffè va bene». Mi rivolse un sorriso triste, davvero, davvero triste e per la prima volta capii che anche mia madre era sparita in un tunnel buio, che forse quella caratteristica l'avevo presa da lei. Tornammo al parcheggio in silenzio e la seguii fino a Brookside, anche se volevo solo continuare a guidare fino a Denver. Ci fermammo allo Starbucks dove andavo sempre e le lasciai comprare il caffè mentre mi sistemavo in un angolo piuttosto appartato e allungavo le gambe. Capivo che era nervosa, perciò cercai di rilassarmi e non stare sulla difensiva come sempre in sua presenza.

«Sto vedendo uno specialista. Tuo padre ne ha trovato uno qui in città che si occupa di lutto e questioni familiari. Credo che mi stia aiutando molto».

Sbattei le palpebre. «È un cambiamento».

Sorrise mesta e, per un attimo, vidi la donna che mi aveva cresciuto prima che il nostro rapporto venisse guastato dalla tragedia.

«Dopo quella sera a cena, tuo padre è arrivato al punto di rottura. O cercavo aiuto oppure l'uomo che è mio marito da trentasei anni mi avrebbe lasciato. Dale è sempre stato l'unica costante nella mia vita. Non ce la farei senza di lui e ho dovuto capire quanto sarei stata sola se fosse uscito dalla porta per rendermi conto di quello che ho fatto alla mia famiglia».

Riuscivo solo a fissarla, scioccato. Non sapevo cosa dire o fare, quindi continuai a sorseggiare il caffè e a guardarla.

«Mi hai chiesto come potevo amare Remy pur sapendo quanto fosse diverso da come appariva, mentre ho sempre fatto così tanta fatica con te, e voglio cercare di spiegartelo. Non è una scusa, io e te non abbiamo mai avuto un rapporto facile, non siamo mai stati vicini come lo ero con tuo fratello ed è cominciato tutto quando siete nati. Eravate prematuri, ed è abbastanza comune con i gemelli, solo che tu sei uscito forte e sano, piangendo a più non posso, mentre Remy non è stato così fortunato. Aveva il cordone intorno al collo ed era podalico. Ci sono voluti molti sforzi per farlo nascere vivo e be', penso che fin dall'inizio io mi sia concentrata più su di lui che su di te e la cosa mi rende una madre terribile. Ma non vuol dire che non volessi bene a tutti e due. Remy voleva essere allattato, tu volevi il biberon e, quando eravate abbastanza grandi per camminare, lui mi ha preso le dita e ha barcollato per tutta la casa, mentre tu ti sei alzato appoggiandoti a Rome e poi te ne sei andato in giro da solo. Tuo fratello ha sempre avuto bisogno di me, mi ha sempre voluto, e tu... be', tu eri come sei adesso; indipendente, impetuoso e determinato a farti strada nel mondo e io ti ho lasciato andare. Io e tuo padre ti abbiamo lasciato scivolare via».

Facevo fatica a respirare, ma ero talmente concentrato su quello che stava dicendo che non mi importava. «Quando Remy ha portato a casa Shaw ero eccitatissima. Non aveva mai mostrato interesse per nessun'altra, mentre tuo padre sorprendeva almeno una ragazza a settimana che sgattaiolava fuori dalla tua finestra e quindi cominciavamo a fare due più due su di lui. Ero convinta che stesse solo aspettando quella giusta e Shaw aveva tutto; è adorabile, istruita, ricca, ma non mi è mai venuto in mente che fosse troppo delicata, troppo distrutta dalla sua stessa famiglia per poter stare con una persona gentile e dolce come Remy. Lei aveva bisogno di qualcuno di forte, che non avesse paura di tutte le cose che la tormentavano un giorno sì e uno no, quindi ovviamente ha scelto te, è innamorata di te da sempre. Io l'ho capito, tuo padre l'ha capito e nonostante ciò abbiamo permesso a Remy di usarla e indurre tutti a pensare che stessero insieme perché era più semplice che affrontare la verità».

Smise di giocherellare con la tazza e incontrò il mio sguardo stupito. Aveva gli occhi pieni di lacrime e non era una novità, ma questa volta parevano dovute a un rimpianto sincero, non a una rabbia opprimente e al biasimo nei miei confronti.

«La notte dell'incidente Remy mi ha chiamato. Sapevo che doveva venire a prenderti e gli ho detto di non andare, che ormai eri adulto e potevi trovare una soluzione. Lui si è infuriato con me, mi ha detto che dovevo superare qualsiasi cosa mi impedisse di accettarti, di amarti apertamente e completamente come amavo lui. Anche io mi sono arrabbiata e gli ho detto che non aveva il diritto di farmi una predica su come mi comportavo con te mentre lui stesso viveva in un mondo di menzogne. È stata una brutta litigata, orribile, e l'ho minacciato. Gli ho detto che avrei raccontato a te e Rome chi era di preciso il loro fratello e lui si è spaventato. Ha riattaccato ed è uscito per venire da te e quelle sono state le ultime parole che ho detto al mio bambino».

Ormai stava piangendo e io riuscivo solo a starmene seduto e lasciarmi sommergere da tutto ciò che aveva detto.

«Ho detto che sarebbe dovuto toccare a te, ho messo tutto il mio dolore e la mia responsabilità sulle tue spalle perché ero troppo debole per rispondere della mia parte in quel che è successo a Remy. Di tutti noi, tu sei il più forte, quello che ha gestito meglio la situazione ed è stato più semplice dare la colpa a te piuttosto che guardarti e rendermi conto di quello che avevo fatto. Tu non mi hai mai voluto bene come Remy e più ti allontanavo più era facile sentirmi meno in colpa. Mi dispiace averlo fatto, non te lo sei mai meritato. Mi sembrava di averti già perso, quindi l'idea di perderti non mi opprimeva come quella di perdere Rome, ma adesso ho capito che non ti avevo perso, ti avevo solo spinto il più lontano possibile con più forza possibile, e non è normale né accettabile».

Restammo seduti in silenzio mentre cercavo di elaborare il tutto. Non riuscivo ad accettare semplicemente le sue scuse, era passato troppo tempo e ci eravamo scambiati troppe parole e azioni offensive, ma capivo che eravamo tutti umani e inclini a commettere errori superficiali con le persone a cui tenevamo, ed ero pronto a cercare una soluzione a partire da quella consapevolezza.

«Sono un sacco di cose da assimilare, mamma, e non so cosa ti aspetti da me dopo avermi detto tutto questo».

Si asciugò le guance con il dorso della mano e mi rivolse un sorriso triste. «Non mi aspetto niente. Voglio che tu sappia che io e tuo padre siamo decisi a rimettere insieme la nostra famiglia, compresa Shaw. So che sei arrabbiato perché non ti ha detto di Remy ma ho anche visto il modo in cui vi guardavate. Ho visto com'eri con lei, Rule, e so che non sei mai stato così con nessun'altra. Lei ha sempre pensato che tu valessi e avessi bisogno di amore, anche quando facevi del tuo meglio per convincere il resto del mondo che essere amato non ti interessava. Penso solo che dovresti riflettere su questo prima di decidere di lasciarla per sempre».

Mia madre, la donna la cui missione negli ultimi tre anni era stata farmi sapere che ero la forma più bassa di umanità, stava forse cercando di darmi dei consigli per far funzionare una relazione? Mi stava dicendo sul serio di riprovarci con Shaw?

«A dire il vero è lei che mi ha lasciato. Mi ha detto che provarci non era abbastanza, che doveva sapere per certo che la amavo e io non potevo farlo. Non so se siamo davvero fatti l'uno per l'altra».

Mia madre si sporse sul tavolo e mi prese la mano vicino alla tazza. Saltai quasi sulla sedia.

«Lei ha bisogno della tua forza e tu hai bisogno che lei ti insegni ad amare. Viene da una famiglia davvero orribili,

Rule. Ha bisogno di qualcuno che stia al suo fianco mentre le affronta e tu hai bisogno di qualcuno che non abbia paura di te, che sappia amare ogni parte di te senza chiederti di cambiarne nessuna. L'ha fatto per anni anche se tu non lo sapevi. È stata leale verso tuo fratello, ha tenuto il suo segreto anche se ha causato dei problemi tra voi e sarà leale anche verso di te».

Restammo seduti in silenzio mentre le sue parole mi travolgevano. Non sapevo cosa dire, ma sapevo che la mia vita non era la stessa senza Shaw. Le ultime settimane erano state vuote. Non mi mancava solo a letto, dove comunque mi mancava... *un sacco*. Mi mancava la mattina mentre facevo colazione, mi mancava sentirla nel pomeriggio e mandarle messaggi spinti che la facevano arrossire, mi mancava quando passava allo studio per cena e si fermava a fare i compiti. Mi mancava e basta, e le cose non erano belle come quando c'era lei.

«Devo dire che è uno dei compleanni più sorprendenti che abbia mai avuto».

«Ti meriti un po' di pace e io devo prendermi la responsabilità del ruolo che ho avuto nel renderti così difficile riconoscere l'amore vero e sincero quando ti guarda dritto in faccia».

«Devo andare». Mi scostai dal tavolo e abbassai lo sguardo su di lei. Le fui grato che non si alzasse per abbracciarmi perché non ero nemmeno lontanamente pronto per quello, ma quando mi guardò con un sorrisetto non esitai a contraccambiare.

«Grazie, mamma».

«Dovresti avere grandi cose, Rule, compresa una famiglia felice e unita».

«Un passo alla volta, mamma».

Stavo uscendo dal locale quando feci quasi ribaltare la brunetta che mi aveva squadrato l'ultima volta che ero venuto. La afferrai per le braccia per non farla cadere e la lasciai andare per superarla. D'un tratto quello che dovevo fare e da chi dovevo andare mi era così chiaro che era la luce in fondo al tunnel e sapevo semplicemente che, se fossi riuscito a sistemare le cose, le tenebre non mi avrebbero più trascinato verso il basso.

«Scusa». Stavo per muovermi ma lei mi anticipò e mi si piazzò proprio davanti. Aggrottai le sopracciglia mentre mi guardava sbattendo le lunghe ciglia.

«Niente ragazza stavolta, non è un peccato?». Indietreggiai perché era proprio quello che mi aspettava là fuori – tipe che avrebbero flirtato con me, che sarebbero venute a casa con me pur sapendo che uscivo con un'altra. Non mi bastava più. Mi meritavo di meglio.

«In realtà sto andando da lei».

La brunetta cercò di mettere un broncio carino, ma non ebbe effetto su di me.

«Non avrei mai detto che tu e Shaw sareste finiti insieme. È frigida fin dai tempi del liceo e pensavo che fosse innamorata di tuo fratello. Non ti spaventa essere il suo sostituto?».

Di solito a una frase del genere ci avrei visto rosso dalla rabbia, mi sarebbe esplosa la testa, ma ormai l'avevo capito: quella ragazza non era niente, la sua opinione non contava e il fatto che non fosse ben informata mi faceva solo ridere. Non avrei più permesso a nessuno di usare Remy come un'arma contro di me, compresa un'estranea che non sapeva proprio niente.

«Devo scappare. La prossima volta se ti vedo mi assicurerò di andare nella direzione opposta». Lei ansimò offesa ma non mi importava, ero troppo impegnato a superarla e mandare un messaggio a Cora per sapere se Shaw stesse ancora a casa sua. Non ero certo di ricevere risposta, perché le ragazze avevano legato molto e Cora voleva che stessi alla larga da Shaw, ma, forse perché era il mio compleanno, rispose subito che Shaw e Ayden avevano lavorato durante il giorno e quindi dovevano essere a casa. Avrei preferito parlare a Shaw senza nessun altro, considerando che al momento Ayden non era esattamente la mia fan numero uno. Tuttavia, ero pronto a sollevarla e toglierla di mezzo se non mi avesse lasciato arrivare alla mia ragazza.

Quando giunsi di nuovo in città era ormai tardo pomeriggio. Ero contento di essermi preso un giorno di ferie viste le rivelazioni inaspettate e sconvolgenti con cui mi ero confrontato per tutta la giornata. Avrei dovuto incontrare i ragazzi per cena e poi avremmo fatto una festicciola al Cerberus. Avrebbe suonato il gruppo di Jet e tutti i miei amici più qualche cliente abituale sarebbero passati per un drink o due. Era un peccato che Rome se ne fosse già andato, ma durante il suo soggiorno ci eravamo avvicinati così tanto che gli avevo detto più volte che avrei bevuto anche per lui. L'unica cosa che sapevo era che non sarebbe stata una vera festa fino a quando non avessi trovato Shaw e le avessi detto quello che provavo.

Quando arrivai a casa di Cora i miei nervi cominciarono a fare i capricci. Se fosse stata l'ultima possibilità che avevo di far funzionare le cose, se lei mi avesse detto di nuovo di andarmene per la mia strada, non ero certo di come avrei affrontato la situazione. Era possibilissimo che Shaw mi avrebbe spezzato il cuore e la cosa era importante e mi spaventava perché prima che arrivasse lei non sapevo nemmeno di avere un cuore che potesse essere spezzato. Superai un SUV Porsche nuovo di zecca e con sollievo vidi che la Jeep di Ayden non c'era. Dall'interno della casa proveniva della musica. Stava ascoltando i The Heartless Bastards e, mentre suonavo il campanello, ridacchiai al pensiero. Dovetti aspettare cinque minuti buoni prima che il volume si abbassasse e le tende si scostassero. Ero fiero di lei perché non aveva aperto senza controllare chi fosse, ma quando la porta non si scostò immediatamente i miei nervi si tesero ancora di più.

Quando accadde, smisi di respirare e dimenticai tutto quello che volevo dirle. Doveva andare da qualche parte, com'era ovvio perché indossava un vestito nero attillatissimo e cortissimo che rendeva elettrico il verde dei suoi occhi e faceva risplendere i capelli biondo pallido intorno alla sua testa. Chiaramente l'avevo interrotta perché era a piedi nudi e non era truccata, ma aveva una complessa acconciatura riccia. Era così perfetta da farmi male agli occhi. L'idea che potesse andare a un appuntamento si scontrò all'istante con la risolutezza per cui avevo tanto sudato e digrignai i denti.

«Ehi». Non fui eloquente né romantico, ma mi stavo sforzando di non riflettere troppo e a lei non parve dispiacere. Rabbrividì nel vestito quasi inesistente e fece un passo indietro.

«Entra. Fa freddo fuori».

La seguii in casa e con sollievo la vidi andare in cucina e passarmi una birra. Almeno avevo qualcosa da fare con le mani e un minuto per riordinare le idee.

«Non è un gran regalo, ma è il meglio che posso darti con poco preavviso. Buon compleanno, Rule».

«Grazie, vai… ehm… vai da qualche parte?». Spostai uno sguardo famelico dalla cima della sua testa lucente alle unghie dei piedi laccate di rosso brillante. Stava guarendo completamente ed era tutto quello che avevo sempre voluto, con qualche livido e bernoccolo a ricordarmi quanto fossi andato vicino a perderla del tutto. «Stai benissimo».

Con un sorriso impacciato, arricciò una ciocca di capelli intorno al dito. «Mi stavo preparando per uscire più tardi».

«Oh, be', non ti ruberò molto tempo allora. Volevo solo dirti una cosa».

Si appoggiò al bancone della cucina mentre io mi sedetti al tavolo.

«Ayden si era dimenticata qualcosa che doveva fare per il corso di chimica quindi non tornerà prima di un paio d'ore e Cora non finirà prima delle sette. Usciamo a cena».

Ero così contento di sentire che non aveva un appuntamento con un altro che mi concessi un sonoro sospiro e lei mi guardò sollevando le sopracciglia chiare.

«Di cosa volevi parlarmi, Rule? È bello vederti e tutto, ma devo dire che sono piuttosto sorpresa che tu sia qui».

Avrei voluto dirle che avevo bisogno di lei, che non ero lo stesso senza di lei, che lei era tutto il mondo, ma dalla bocca mi uscì: «Ho preso un caffè con mia madre oggi».

Spalancò gli occhi. «Wow. È strepitoso».

«Mi ha trovato sulla tomba di Remy. Un po' l'ho sgridato e un po' gli ho detto quanto mi manca. Ci vado ogni anno per il nostro compleanno. Lo sapevi che mio padre ha minacciato di lasciarla se non si fosse fatta aiutare?».

Si morse il labbro inferiore e ci volle ogni grammo di autocontrollo di cui disponevo per non balzare in piedi e sostituire i miei denti ai suoi.

«Non sapevo che Dale le avesse detto questo, ma sapevo che la situazione era brutta. Sono abituati a te che ti allontani, ma vedere Rome che li taglia fuori e si rifiuta di lasciarsi salutare ha causato seri danni. Sono contenta che sia servito. Siete una famiglia, avete bisogno l'uno dell'altro».

«È questo il punto, Shaw; non pensavo di averne bisogno prima che arrivassi tu. Non avevo mai pensato di aver bisogno di qualcuno o di qualcosa fino a quando tu non sei entrata nella mia mente e hai cominciato a far crollare tutti i muri che avevo costruito intorno ai miei sentimenti».

Ci fissammo in un silenzio teso.

Poi lei sospirò piano e disse: «Non mi dispiace. Provare

dei sentimenti non è un male; tenere agli altri non è una cosa orribile».

La osservai con attenzione. Non riuscivo a capire come si sentisse ed ero ancora più spaventato di vuotare il sacco con lei. «No, non è un male, ma ho una paura del diavolo. Non ho mai avuto niente da perdere prima e perdere te mi ha quasi distrutto».

Inspirò forte e nei suoi occhi e sul suo viso vidi passare una miriade di emozioni. «Ha distrutto anche me».

Mi infilai le mani nei capelli e incontrai il suo sguardo, nel tentativo di farle capire tutto quello che provavo. Non ero bravo a esprimere quel tipo di emozione e mi sentivo frustrato. «Voglio che tu sappia che ci sei solo tu, Shaw. Tu mi fai impazzire e sono così teso che non potrebbe mai esserci un'altra. Mi manchi. So che vuoi una dichiarazione d'amore eterno, so che provarci non è un'opzione e che devo farlo e basta, ma io ti voglio. Ho bisogno di te e, cosa più importante, ho capito che anche tu hai bisogno di me. Non di una versione sintetica e annacquata con cui è più facile stare insieme, ma del Rule completo e difficile da gestire, su cui puoi contare perché sono forte, Shaw. Non permetterò a nessuno, in particolare alla tua famiglia, di sminuire tutte le cose meravigliose che hai da offrire».

Mi alzai e le andai vicino. I suoi occhi erano enormi e vedevo il suo petto che si alzava e si abbassava per il respiro rapido. Non aveva ancora detto nulla, perciò presi la biro che avevo infilato nella tasca posteriore e allungai la mano.

«Non sono Jet, quindi non so scriverti una canzone per farti capire quanto sei importante per me. Non sono Nash, quindi non so trovare un palazzo e fare un murales per farti vedere che per me tutto comincia e finisce con te». Mise la mano nella mia con il palmo all'insù e restò a guardarmi mentre piegavo la testa e cominciavo a fare uno schizzo veloce con la penna a sfera sulla sua pelle chiarissima. «Sono un tatuatore, probabilmente lo sarò per sempre e non so che ruolo possa avere nel tuo futuro o in quello che hai in programma dopo l'università, e a essere sinceri non mi interessa. Questo è quello che ho da offrirti, Shaw, e come tu mi hai permesso di essere il primo per te, io ti permetterò di essere mia».

Le ricoprii tutto il palmo con un disegno dettagliato di un cuore in fiamme, come quello che avevo sul petto. Dietro c'erano delle lingue di fuoco che danzavano, sopra aveva una corona di spine, delle rose in basso e al centro uno striscione con il mio nome. «Ecco il mio cuore, Shaw. È nelle tue mani e ti prometto che sei la prima e l'ultima persona a toccarlo. Devi starci attenta perché è molto più fragile di quanto pensassi e se proverai a ridarmelo non lo accetterò. Non conosco abbastanza l'amore per essere certo che sia quello che c'è tra noi, ma so che per me d'ora in poi ci sarai tu e solo tu. Posso solo prometterti che farò attenzione e non ti allontanerò mai più. La vita senza te è possibile, ma se posso scegliere voglio vivere con te al mio fianco e ti sto dicendo che non scapperò davanti all'impegno che serve perché accada. Shaw, non ho più paura di noi».

Quando finii ero senza fiato ma mi pareva che un enorme peso mi fosse stato tolto dalle spalle perché, se anche mi avesse rifiutato, almeno sapeva come mi sentivo. Le lasciai la mano e lei strinse le dita sul disegno che le ricopriva il palmo. Quando sollevai gli occhi verso i suoi, rimasi sorpreso nel vedere le lacrime che brillavano nelle profondità color smeraldo. Mi appoggiò la mano pulita sulla guancia e passò il pollice sul mio labbro inferiore, fermandosi sull'anello. Sollevò la bocca da un lato e, semplicemente, capii che sarebbe andato tutto a posto.

«Sarei venuta alla tua festa di compleanno stasera». Eravamo vicini ma ancora distanti qualche centimetro. Non riuscivo a distogliere lo sguardo da lei e la vidi aprire l'altra mano e metterla sul mio petto, sopra al cuore identico a quello che le avevo appena dato. «Ecco dove dovevo andare dopo».

«Sarei stato felice di vederti».

Il suo sorriso si fece più allegro. «L'altro giorno ho deciso che dovevo smetterla di decidere come sarebbero andate le cose senza dar loro modo di svolgersi. Mi hai tagliato fuori, Rule, ma solo perché io te l'ho permesso. Ero così preoccupata di quello che facevi, di quello che sarebbe successo, che ti ho lasciato chiudere la porta e, quando volevi riaprirla, ero troppo spaventata da quanto facesse male stare senza di te che non volevo che accadesse di nuovo. Non era giusto per nessuno di noi. Nemmeno io non ho più paura della fatica o di noi due. Ti prometto che non ti permetterò più di allontanarmi. Ho davvero bisogno di te, Rule, e tu sei l'unica cosa che io abbia mai desiderato solo per me. Avrei dovuto sforzarmi di più per tenerti stretto perché hai ragione, devo stare attenta a questo», batté il palmo con il cuore su quello che batteva sotto la mia pelle. «È prezioso ed è il miglior regalo che avrei mai potuto chiedere».

La strinsi forte tra le braccia e la sollevai da terra. Volevo baciarla, farle tutte le cose che mi mancavano da settimane, farle dimenticare le mani crudeli di Davenport e farle capire tutto ciò che provavo nei suoi confronti, ma proprio quando stavo per mettere la bocca sulla sua lei si ritrasse e scosse la testa.

«Se cominci, non riuscirai mai ad andare a cena e alla tua festa stasera».

Aveva ragione, ma non mi importava. Lei era mia, ed era l'unico regalo che volevo. Dovette leggermelo in faccia, perché mi diede un bacio noioso a labbra chiuse sulla bocca e si liberò dalla mia presa. «Ti amo, Rule, davvero. Ho una cosa da darti per il tuo compleanno, ma dovrai aspettare fin quando saremo soli e non ci sarà la minaccia che Ayden o Cora possano rientrare, quindi va' a divertirti con i ragazzi. Ci vediamo al locale più tardi e poi potremo festeggiare in privato».

Misi il broncio. Sì, proprio come un bambino a cui viene negato il suo giocattolo preferito, e per certi versi era proprio così. Eravamo stati divisi troppo a lungo. Avevo bisogno di toccarla, di mettere le mani sul suo corpo, ma lei non collaborava per niente. «Dài, Shaw, solo un bacino. È il mio compleanno e mi sei mancata tantissimo». Parevo una lagna e non un duro e, a giudicare da come strisciò verso di me, lei stava per cedere, ma il momento venne rovinato quando la serratura della porta d'ingresso scattò e Ayden entrò in tutta la sua gloria di gambe lunghe e capelli castano scuro. Diede un'occhiata a me e Shaw e sorrise.

«Alleluia! Era ora che voi due idioti capiste che siete fatti l'uno per l'altra».

Shaw rise e scosse la testa. Mi diede un altro rapido bacio e si spostò.

«Stasera. Ti prometto che vale l'attesa». Con qualche protesta, accettai. Avevo ancora voglia di limonare un po', ma era chiaro che non si sarebbe lasciata influenzare. Dovevo ammettere che aveva suscitato la mia curiosità sul tipo di regalo che voleva darmi in privato. Tornai a casa, mi feci una doccia gelata e mi preparai per la serata. Non volevo bere troppo perché non avrei mai permesso che l'alcol inibisse il ritorno con la mia ragazza. Non avevo mai dato troppo credito all'idea che stare con qualcuno a cui si teneva rendesse il sesso migliore, ma era vero.

I ragazzi mi portarono al The Buckhorn Exchange, dove mangiammo pezzi enormi di selvaggina come cavernicoli e ci comportammo come un branco di cretini. Adesso che le cose erano tornate in carreggiata con Shaw, mi sentivo più leggero e felice come non succedeva da mesi e loro l'avevano capito. Mi presero in giro per il mio malumore cronico e il mio alto livello di coglionaggine, ma erano sollevati e grati che fossi tornato dove dovevo. La cena fu divertente, ma ero pronto a proseguire la serata per poter portare a casa Shaw e fare del buon sesso riparatore a conclusione del mio miglior compleanno di sempre.

Il locale era pienissimo di gente che mi fece gli auguri. Persino lo zio Phil si era fatto vedere per l'occasione. Accettai pacche sulla schiena e abbracci mentre cercavo tra la folla una testa bionda e con una certa abilità riuscii a rifiutare la fila di shot che mi si paravano davanti. Vidi un bagliore bianco e nero vicino al palco. Shaw era in prima fila con Ayden e Cora e mi seccò tantissimo che Jet fosse già al loro tavolo a flirtare con la bella brunetta. Ignorando chiunque mi chiamasse e cercasse di attirare la mia attenzione, sollevai la mia ragazza, anche se portava dei tacchi altissimi e per una volta era quasi alta come me, e le sigillai la bocca con la mia. Non mi importò quando mormorò una protesta sorpresa. Volevo un bacio ed era il mio compleanno, quindi me ne sarei fatto dare uno dalla ragazza che era tutto il mio mondo, che cavolo.

Lei si dimenò un po' fino a infilarmi le mani tra i capelli e mi assicurai che non restasse delusa mentre le accarezzavo la lingua arrendevole con la mia. Gemette e le misi una mano sul sedere, schiacciandomi contro di lei più forte che potevo fino a sentire il boato di fischi e applausi intorno a noi. Sollevai la testa, lasciandoci entrambi senza fiato e ansimanti, e fui accolto da una standing ovation. Io e Shaw ci scambiammo un'occhiata stravolta e scoppiammo a ridere nello stesso momento. Feci un piccolo inchino e lei una riverenza, che provocarono le risate di tutti i presenti. Si premette di nuovo contro di me per un altro bacio che mi mandò in pappa il cervello. L'insieme delle birre, della sua bocca morbida e del vestito corto in modo assurdo bastò a farmi tagliare presto la corda dalla mia festa. Restammo abbastanza perché Jet salisse sul palco e mi facesse gli auguri e per dire a Nash di non disturbare quando fosse rientrato a casa. Presi i regali che avevo ricevuto e spinsi Shaw fuori dalla porta molto prima di mezzanotte.

Sul furgone, durante il tragitto verso casa, ci tenemmo per mano e chiacchierammo di quello che avevamo fatto nel periodo di distacco. Ero contento di sentire che aveva fatto pressappoco le mie stesse cose e che stava gestendo la storia di Gabe in modo maturo e pratico. Lei era straordinaria e io ero davvero fortunato che fosse mia.

Una volta nell'appartamento ero pronto a trascinarla in camera e darmi da fare, ma lei si tolse le scarpe sexy con un calcio e andò in cucina a prendere da bere. Ero ansioso ed eccitato, ma non volevo spingerla troppo, perciò la seguii sul divano e accettai la birra che mi porse. Si sedette davanti a me, allungò le mani e le mise tra i miei capelli. Era una bella sensazione ma c'erano un sacco di altri posti in cui desideravo le sue mani, perciò le chiesi: «Perché giochi sempre con i miei capelli?»

«Perché li cambi così spesso e sembrano sempre diversi. Questa è la prima volta che sono naturali e non riesco a credere che siano così morbidi».

«Pensavo che ti piacesse la cresta».

«Sì. Mi piacciono comunque li porti, ma quando li hai normali ti fanno sembrare più accessibile».

Pareva nervosa, ed era strano. Era una questione su cui non avevamo mai avuto problemi prima, quindi non ero sicuro di cosa fare per metterla a suo agio. Battei il collo della mia birra contro la sua e le rivolsi un sorriso sbilenco. «Buon compleanno a me».

Sorrise a sua volta e si spostò, facendo scivolare in avanti i capelli. «Allora, devo dirti una cosa prima di darti il tuo regalo».

Il suo tono era piuttosto serio e con la mente andai subito alle possibilità peggiori: c'era stato un altro quando ci eravamo lasciati; Gabe l'aveva ferita più di quanto si sapesse e lei non era ancora pronta per l'intimità; non voleva davvero stare con me; stava per trasferirsi in Perù. Mi ci volle ogni grammo di autocontrollo che possedevo per non dare di matto e rovinare qualsiasi progresso avessimo fatto quel giorno.

«Bene, spara».

«È piuttosto imbarazzante».

«Shaw, mi stai uccidendo. Dimmelo e basta». Mise giù la birra e si spostò più vicino a me sul divano, e l'orlo del vestito le risalì sulle cosce pallide in modo allettante. Se non avesse sputato in fretta il rospo, l'avrei portata a letto comunque e ne avremmo discusso la mattina dopo. Mi prese il viso tra le mani e me lo fece abbassare, finché fummo letteralmente faccia a faccia.

«La storia di essere carino e diventare una persona diversa perché sia più facile stare insieme vale anche per la camera da letto, giusto?».

Inarcai le sopracciglia e la tirai per la vita sottile fino a metterla a cavalcioni su di me. «Dove vuoi arrivare, Casper? Sputa il rospo».

Lei fece una smorfia e la sua pelle prese una bella sfumatura rosa intenso. «Il Rule carino, quello con questi capelli, è noioso a letto, non mi piace. Rivoglio indietro il Rule normale e tutto quello che comporta. È passato un po' quindi volevo essere sicura che la pensassimo allo stesso modo».

Scoppiai a ridere e la strinsi, mentre infilavo le mani sotto il vestito per toccarle il culo appetitoso. «Non so se mi sento eccitato o insultato».

Si sporse in avanti perché le nostre bocche si sfiorassero. «Voglio te e basta».

Per tutta risposta grugnii e decisi che il tempo delle chiacchiere era finito. Lei strillò di sorpresa quando mi alzai tenendola ancora tra le braccia. Spostò le gambe per cingermi la vita e intrecciò le braccia intorno al mio collo senza stringere troppo.

«Il regalo puoi darmelo in camera, immagino». Non rispose, ma cominciò a baciarmi lungo tutto il lato del collo. Sentii rimbombare il sangue nelle orecchie e, quando me ne mordicchiò una con i denti affilati e prese a sussurrarmi le cose sporche che volevo sentire, non fui più certo di riuscire ad arrivare al letto. Chiusi la porta dando un calcio con il tacco dello stivale e la baciai mentre la facevo stendere sul piumone nero. Lei aprì le gambe e io mi rannicchiai nell'unico posto in cui volevo stare. Infilai un dito nelle mutandine minuscole e le abbassai. Se avessi saputo che indossava così poco sotto al vestito corto non avrei resistito nemmeno per metà della festa. Gememmo entrambi al primo contatto della nostra pelle, poi lei mi afferrò la maglietta da dietro e me la sfilò dalla testa. Eravamo ancora abbastanza vestiti perché potessi baciarla e sfregarmi contro di lei con un attrito delizioso, mentre ci eccitavamo al punto da ansimare e ci premevamo l'uno contro l'altro in modo molto piacevole. Ero contento che non volesse una cosa dolce e gentile, che potesse accettare qualsiasi cosa le dessi, perché era passato troppo tempo e mi sembrava che mi sarebbe esplosa la testa. Protestai con un suono gutturale quando si liberò da me e mi spinse sulla schiena. Sapevo che era nuda sotto al vestito e fremevo all'idea di mettere le mani dove era umida e dolente, ma lei aveva altre idee.

Mentre armeggiava con la fibbia della mia cintura mi disse di togliermi gli stivali, ma a quanto pareva ero troppo lento, perché ci pensò da sola e in men che non si dica mi ritrovai sdraiato completamente nudo davanti a lei. Mi diede le spalle e mi chiese di aprire la cerniera del vestito. Ubbidii impaziente, soprattutto quando ciò che le copriva la pelle satinata cadde a terra intorno alle sue caviglie. Passai le dita sulla sua spina dorsale pronunciata e osservai con piacere la pelle d'oca che seguiva la mia scia. Lei mi guardò e sentii il cuore sottosopra davanti a quegli occhi birichini.

«Allora, in realtà ho preso il tuo regalo un po' di tempo fa, prima che cominciassimo ad avere dei problemi. È stata una fortuna, credo, perché adesso sono guariti e puoi toccarli».

Sollevò i capelli con una mano e si voltò, suscitando la mia curiosità perché si copriva il petto nudo con un braccio. Tornò sul letto e si mise a cavalcioni sulla mia vita, ed era divertente da vedere, con la mia erezione dritta tra noi come un tubo al neon. Abbassò il braccio e spalancai gli occhi più che potevo. Ero abbastanza sicuro di sbavare perché anche se per me Shaw era la donna più bella del mondo, vederla con i piercing ai capezzoli, nuda e sopra di me bastò a mandare in cortocircuito il mio cervello e a far schizzare tutto il sangue che avevo in corpo dritto tra le mie gambe.

«Oh ragazzi, quanto è sexy».

Lei rise un pochino, ma la risata si trasformò in un gemito quando toccai il metallo freddo con un dito. «È la pietra del mio segno zodiacale». Il gioiello al centro dell'anello splendeva di un bell'acquamarina verde bluastro, delicato e grazioso proprio come lei.

Sibilò quando lo tirai piano e socchiuse gli occhi pieni di desiderio puro e genuino. Sapevo meglio di chiunque altro quanto i piercing alle parti intime potessero rendere più intensa un'esperienza sessuale e la mia personale missione nella vita sarebbe stata di mostrare a Shaw tutto quello che avevo imparato. Lei si chinò per baciarmi.

«Buon compleanno, Rule. Ti dono me stessa adesso e per sempre, e se vorrai darmi indietro il regalo, non lo accetterò».

Invertii la nostra posizione e la baciai come se fosse la fine del mondo, come se non dovessi mai più farlo, come, be', come se la amassi e non potessi lasciarla mai più. Le lingue che scivolavano e la pressione del mio anello al labbro testimoniavano quanto mi fosse mancata; i morsi dei denti lasciarono segni per far sapere al mondo che eravamo l'uno dell'altra; le unghie che si conficcavano nella pelle tenera ci fecero ansimare e, quando misi le mani tra le sue gambe e la bocca sui gioielli che rendevano ancora più belli i suoi capezzoli, ormai eravamo un groviglio selvaggio di avido bisogno e ci palpeggiavamo in modo tutt'altro che tenero. Sentii le sue unghie che mi graffiavano la pelle sulla curva sopra al sedere mentre la facevo eccitare con le mani e la bocca, ma non aveva ancora finito. Eravamo stati separati troppo a lungo e nelle settimane precedenti mi ero sforzato così tanto di essere una persona che non ero che avevo infangato qualcosa di splendido tra noi e volevo cancellare tutto. Ma la mia ragazza aveva in mente qualcos'altro.

«Rule». Con una mano mi tirava i capelli mentre aveva infilato l'altra tra noi in cerca del mio uccello, che pulsava insistente tra le nostre pance. «Anche se mi piacciono i preliminari e il fatto che il Rule carino sia sparito, se non mi scopi nei prossimi due secondi mi metto a gridare. È passato troppo tempo».

I suoi occhi brillavano e splendevano e, anche se mi sarebbe piaciuto farla venire almeno una volta prima di scaricare tutta la frustrazione sessuale che avevo accumulato, lei non mi avrebbe lasciato scelta. Grugnii quando avvolse le dita intorno al mio uccello e le fece scivolare sulla pelle tesa dal piercing e dall'erezione dirompente. Non era leale, perciò mi sollevai per sistemarmi davanti alla sua vagina bollente e mi lasciai guidare dentro di lei. Ci irrigidimmo entrambi al primo contatto, perché l'assoluta perfezione in quei momenti era troppa da assimilare e dovemmo concederci un minuto per elaborarla. Lei tirò su i fianchi e io la penetrai a fondo, fino a quando imprecammo tutti e due con parole diverse. Non fu lento e dolce, ma piuttosto frenetico e selvaggio, però fu meraviglioso e così infuocato che pensai che saremmo bruciati entrambi. Il metallo ai suoi capezzoli turgidi mi faceva gemere ogni volta che sfregava il mio petto e riuscivo a sentire quando il piercing che avevo sulla punta del cazzo le toccava il clitoride, perché il suo corpo si inarcava e il suo respiro si faceva incostante e impetuoso. Era il tipo di sesso che potevo fare solo con lei e quando la sentii venire tutt'intorno a me capii che, anche se da parte mia non sapevo cos'era davvero l'amore, lo riconoscevo chiaramente quando irradiava da lei, mentre mi guardava a quel modo, ed ebbi la certezza che per lei era lo stesso quando guardava me. Aumentai il ritmo, sentii le sue mani che si spostavano su e giù lungo la mia schiena e mi afferravano il sedere e poi esplosi in una miriade di pezzi brillanti che non volevo più rimettere insieme.

Si voltò e mi stampò un bacio sulla tempia. «Ti amo».

Premetti il viso nell'incavo dove il suo collo incontrava la spalla e risucchiai la pelle tra i denti. «Ti amerò anch'io, Shaw».

Strizzò gli occhi. «Mi ami già».

Non dovetti dire nulla perché probabilmente aveva ragione. Io e quella ragazza avevamo passato troppo tempo a cercare di essere troppe cose diverse per troppe persone per troppi motivi sbagliati. Adesso dovevamo essere noi stessi l'uno per l'altra e amarci a vicenda per i giusti motivi. Mentre lei si rannicchiava accanto a me e allungava una gamba sulla mia vita, capii che era così che avrebbe sempre dovuto essere e forse, solo forse, era un regalo che avrei potuto condividere con Remy perché io ero felice, Shaw era felice e, in fin dei conti, era tutto quello che lui avrebbe voluto per noi.

Epilogo
Circa otto mesi dopo

«Se non stai sdraiata immobile e non la pianti di dimenarti, smetto di lavorare».

«Ma fa male».

«Lo dici sempre. Lo facciamo abbastanza spesso perché tu sappia esattamente in cosa ti stai cacciando. Ho quasi finito, quindi basta lamentele».

«Potresti essere più gentile».

«A te non piace quando sono gentile. Sul serio, Casper, sei la peggior cliente di sempre ed è un peccato perché la tua pelle bianca assorbe l'inchiostro come un sogno». Lanciai un'occhiataccia letale a Rowdy, che spiava di nuovo oltre il muretto. «Se non la smetti di provare a vedere il culo della mia ragazza dovrai trovarti un altro lavoro, perché ti spaccherò tutte le dita».

Shaw ridacchiò e girò la testa che teneva sulle braccia incrociate sul lettino su cui stava sdraiata davanti a me. Il tatuaggio a cui stavo lavorando le copriva tutto il fianco destro, dalla base dell'ascella alla curva dove il suo bel sederino incontrava la coscia e tutto quello che stava in mezzo. Era enorme ed elaborato e si estendeva sulla sua pancia. Mi restavano ancora tre ore per il colore e le ombre, ma visto che in pratica la tela viveva nel mio appartamento non ero preoccupato di trovare il tempo per finirlo. Ma mentre ci lavoravo lei era praticamente nuda, coperta solo dalla mia felpa col cappuccio e un minuscolo paio di pantaloncini. Sapevo che i ragazzi dello studio smaniavano per quella vista, era sempre così quando lavoravo su di lei, ma era difficile concentrarsi e allo stesso tempo tenerli a bada.

Rowdy mi mostrò il medio, ma sorrise di buonumore. I miei amici adoravano Shaw, adoravano il fatto che mi avesse reso un ragazzo un po' meno matto e più facile con cui vivere e stare. Era passato quasi un anno e, anche se non ero ancora la persona migliore al mondo con cui avere a che fare, stavo facendo grandi passi avanti, se non altro per diventare più tollerabile. «Potrebbe essere il lavoro migliore che ti abbia mai visto fare. Lo metterai nel tuo portfolio quando sarà finito?».

Si trattava di una morte con la falce intricatissima e coloratissima, ispirata al giorno del giudizio. Aveva un viso bello e tragico e teneva stretta una copia esatta del cuore che avevo disegnato sul palmo di Shaw molti mesi prima. Shaw aveva insistito su due cose: che ci fosse il cuore in fiamme e che assomigliasse al tatuaggio sul mio fianco. Non avrei mai pensato che si sarebbe interessata alla decorazione corporea quanto me, ma dopo solo un mese che eravamo una coppia ufficiale mi aveva chiesto di farle dei piccoli fiocchi di neve di diverse sfumature blu, grigie e bianche. Quando le avevo chiesto il perché, mi aveva spiegato che i miei occhi le ricordavano l'inverno e che voleva portare con sé qualcosa che la facesse pensare a me, perciò adesso aveva una tempesta di neve che da dietro l'orecchio sinistro scendeva lungo la nuca fino alla base della spalla destra. Era una delle parti del suo corpo su cui preferivo passare la lingua e mi piaceva non solo che avesse qualcosa che le ricordasse me, ma che fossi stato io a metterla sul suo corpo. Un paio di mesi più tardi aveva voluto che le disegnassi un ferro di cavallo con il nome di Remy, così anche lei sfoggiava un tatuaggio in memoria di mio fratello che mi faceva sentire bene ogni volta che lo vedevo nella parte interna del suo braccio, quando mi stringeva o ci tenevamo per mano. Il tatuaggio a cui stavo lavorando quel giorno era cento volte più grande e dettagliato di quei due. Era come una dichiarazione e dovevo ammettere che lo adoravo, adoravo il disegno, il fatto che lei si fidasse abbastanza di me da lasciarsi tatuare in modo permanente e che sarei stato io l'unico a vederlo ogni giorno quando veniva a letto accanto a me.

Passai il fazzoletto di carta che usavo per asciugare l'inchiostro in eccesso e il sangue dal suo fianco e la ripulii. Le diede una pacca leggera sul sedere e mi tolsi i guanti.

«Spetta a Shaw. Se vuole che lo metta, lo farò; se non vuole, va bene così». Flettei le dita e lei spostò le gambe intorno al tavolo per farsi spalmare di crema lenitiva e si coprì per non lasciar grondare sangue e inchiostro ovunque finché non fosse ora di tornare a casa. Piegai la mano sulle cui nocche avevo tatuato il suo nome e le accarezzai la guancia mentre le davo un bacio furtivo. In quanto professionista, conoscevo la solfa e gli avvertimenti sul tatuarsi un nome importante sul corpo, ma non mi importava. Mi piaceva abbassare lo sguardo e vederlo, mi piaceva quando tenevo le mani vicine e i nostri nomi erano uno di fianco all'altro per sempre sulla mia pelle. Mi ero anche fatto fare da Nash una riproduzione perfetta di Casper dietro l'orecchio sinistro, così anche io avevo qualcosa che mi faceva pensare a lei nello stesso punto in cui lei aveva qualcosa che le ricordava me. Era un po' kitsch, ma lei l'aveva trovato dolce e il modo in cui mi aveva mostrato il suo apprezzamento mi aveva lasciato il sorriso sulle labbra per giorni, quindi al diavolo.

«È bello. Grazie, amore».

«Anche tu sei bella». La baciai di nuovo mentre scendeva dal lettino, attenta a tenere coperte le sue grazie, e andava in bagno a vestirsi. Passò un dito sulla parte della testa che avevo rasato. La cresta tornava a momenti alterni e lei non aveva mentito, non le importava mai come avessi i capelli. Purché potesse toccarli, se ne fregava dell'acconciatura o del colore del mese.

Rowdy scosse il capo e mi rivolse un'occhiata amara. «Sei un bastardo fortunato, Archer».

Risi e cominciai a pulire la mia postazione. «Lo so».

Le cose non erano sempre perfette. Eravamo ancora due persone molto diverse che percorrevano duc stradc molto diverse, ma riuscivamo sempre a trovare del tempo per risolvere tutto. Il processo contro Davenport era stato duro e avevo odiato stare a guardare mentre lei doveva rivivere tutto. Lui aveva troppe conoscenze per beccarsi la condanna dura che si meritava, ma lei era rimasta forte. Quando i suoi genitori l'avevano incoraggiata a far cadere le accuse e lasciar fare al padre di Davenport, lei era andata avanti e aveva fatto la cosa giusta. Gabe era stato punito, solo non tanto come tutti noi avremmo voluto. I suoi non erano particolarmente contenti della nostra storia, ma una volta messo in chiaro che io e Shaw eravamo un tutt'uno oppure non sarebbero stati benaccetti vicino a lei, avevano ceduto un po'. Personalmente, penso che continuassero a pagarle gli studi e ad accettarmi a denti stretti nella sua vita per il senso di colpa per l'aggressione e per il fatto di essere dei genitori di merda. Ma non mi importava, perché c'ero io a proteggerla da loro. A prescindere dal motivo, fino a quando si fossero comportati bene era tutto a posto, o almeno abbastanza.

Le cose con i miei erano migliorate, non erano perfette, ma di certo migliori. Io e mia madre avevamo raggiunto un accordo, per cui non avremmo mai avuto un rapporto stretto come quello che aveva avuto con Remy, ma se non altro adesso riuscivamo a parlare. L'avevo persino accompagnata a due appuntamenti dal terapeuta e ora capivo meglio com'era fatta. Con mia grande sorpresa, eravamo più simili di quanto immaginassi. Io e Shaw ci impegnavamo a tornare di nuovo a casa ogni domenica per il brunch, a cui io partecipavo attivamente e che era uno dei miei momenti preferiti della settimana. Sfortunatamente, adesso era Rome il fratello difficile. Si rifiutava ancora di parlare con mamma e papà e si era riavvicinato a Shaw solo perché gli avevo fatto sapere che in caso contrario gli avrei spaccato il culo al suo ritorno nel giro di un paio di mesi. Le cose erano difficili su quel fronte. Si sentiva preso in giro e tradito, ma avevo fiducia in lui. Se io ero riuscito a vedere la luce, allora mio fratello, che era sempre stato migliore di me, alla fine avrebbe di certo cambiato idea.

Shaw uscì dal bagno e raccolse i capelli in una coda disordinata. Cora si voltò dal bancone e la guardò storto. «Non riesco a credere che mi stai abbandonando per questo stronzo. Mi mancherai un sacco».

«Ah… Mi mancherai anche tu, cara, ma tanto non sono mai a casa e sono stufa marcia di avere le mie cose in due posti diversi». Quel weekend Shaw si sarebbe trasferita da me e Nash. Avevamo rimandato anche se lei stava da me cinque o sei notti a settimana perché non volevo che per Nash fosse un peso. Alla fine, una mattina a colazione, era stato il mio migliore amico a dirle che sarebbe stata la benvenuta se avesse accettato di cucinare. Gli eravamo entrambi grati, perché mi piaceva casa mia, era comodissima per il lavoro e non volevo proprio andarmene o chiedere a Nash di farlo. Noi tre andavamo molto d'accordo e lui era fuori abbastanza spesso la sera quindi non ci davamo mai sui nervi. Alle ragazze seccava che lei se ne andasse e sapevo che Ayden e Cora le sarebbero mancate tantissimo, ma si vedevano abbastanza e avevano deciso che ogni giovedì avrebbero trascorso una serata tra donne, dunque non ero troppo preoccupato che si pentisse della sua decisione.

Cora mi guardò con una smorfia, come una Campanellino arrabbiata. «È solo che odio l'idea di dover far venire un estraneo. Tu e Ayden eravate le coinquiline perfette e dopo quello che ti è successo non mi fido a prendere in casa un tipo qualunque trovato per strada».

Shaw si sedette sulla sedia che avevo lasciato libera per pulire e dovetti nascondere un sorrisetto, perché mi accarezzò di nascosto la parte interna della coscia. Nash alzò lo sguardo dal gufo a cui stava lavorando e osservò me e Rowdy. «Jet non deve mica tornare presto dal tour?»

«Sì. E allora?». Gli Artifice avevano fatto il botto, si erano guadagnati un posto al Metalfest e avevano chiesto alla band di Jet, gli Enmity, di aprire i loro concerti. Lui era via da più di sei mesi e, nel frattempo, la ragazza con cui conviveva si era messa con un ex carcerato, quindi si era ritrovato col culo a terra. Pensavamo che sarebbe andato a stare da Rowdy o da un altro membro della band.

«Puoi affittare a lui la stanza». Nash lo disse come se fosse perfettamente logico. «Va d'accordo con Ayden e comunque è sempre in tour o roba del genere. Scommetto che andrebbe bene».

Io e Shaw ci scambiammo un'occhiata perplessa. Jet si intendeva con Ayden, anzi, tra quei due era nata un'amicizia indipendente dal resto di tutti noi, tanto che spesso ci chiedevamo quanto fossero legati la ragazza country e il metallaro. Erano uniti, ma così opposti che era difficile capire di cosa potessero parlare. Se me lo avessero chiesto, avere Jet sotto lo stesso tetto della bella morettina secondo me avrebbe portato solo guai, oppure un gran divertimento, a seconda di come la si guardava. Mi schiarii la voce e presi la mano di Shaw.

«Anche mio fratello tornerà tra qualche mese. Avrà bisogno di un posto dove stare fino a quando non capirà cosa fare. Potrebbe essere un'altra opzione da tenere presente». Cora annuì e tornò a qualsiasi cosa stesse facendo al computer. «Pronta per andare a casa?».

Adoravo chiederglielo, e adoravo il fatto che lei sapesse che adoravo farlo. Mi sorrise e si allungò allegra per darmi un bacetto. Sapevo che il fianco doveva farle male. Quattro ore passate a farsi tatuare erano tante e in genere lei stava seduta come una campionessa, immobile come una pietra. L'avrei messa sotto una doccia calda e l'avrei fatta sentire meglio.

«Sì».

Uscimmo dallo studio tenendoci per mano e ci avviammo all'appartamento. Le piaceva accarezzare con il pollice il suo nome sulle mie nocche e la cosa mi faceva sorridere sempre.

«Vuoi mettermi nel tuo portfolio, Rule?».

Non mi aspettavo quella domanda, perciò la guardai sorpreso. «Perché me lo chiedi?».

Fece spallucce. «Non lo so. Ci metti tutti i tuoi tatuaggi migliori, non so perché dovresti voler lasciare fuori questo».

Le cinsi il collo con un braccio e la tirai a me, per darle un bacio sulla testa. «Perché quelli sono per lavoro. Li faccio su persone che poi se ne vanno nel mondo dove spero che vengano apprezzati e amati da altra gente. Tutto quello che faccio per te, tutto quello che c'è tra noi non è lavoro, ma solo per noi. Quando ti tatuo, lo faccio sapendo che quello che ti metto addosso sarà per sempre con noi. Come ho detto, se vuoi che ce lo metta sarò felice di farlo, ma se non vuoi, allora sarò felice di essere l'unico ad ammirare ogni giorno la mia opera».

Mi fissò in silenzio per un secondo e poi scoppiò a ridere. «Fai i complimenti più alla cazzo di cane del mondo, ma le tue parole erano adorabili e hai assolutamente ragione. L'unica persona che voglio che lo veda sei tu».

Grugnii e le tirai i capelli. «Ti copre metà sedere. Sarà meglio che sia l'unico a guardarlo, Casper».

I suoi occhi verdi brillavano come solo io riuscivo a farli brillare. «Ti amo davvero, Rule Archer».

Ogni volta che lo diceva, per me era più facile rispondere: «Ti amo anch'io», ecco tutto. Non dovevo farmi domande, non dovevo preoccuparmi, non dovevo cadere nel tunnel oscuro perché qualsiasi cosa Shaw provasse per me, io la ricambiavo e sapevo che le bastava. Non dovevo provarci, lo facevo e basta e ogni singolo giorno mi riusciva meglio del precedente.

«Allora, che ne dici se Jet o Rome vanno a vivere con Cora e Ayd?».

Si accoccolò al mio fianco mentre ci avvicinavamo a casa.

«Non vedo l'ora di vedere come va».

Storsi il naso. «È quello che dicevano tutti di noi».

«E guarda che spettacolo abbiamo offerto».

«Vero. Non solo gli opposti si attraggono, ma prendono fuoco e infiammano tutta la città».

«Lo so bene».

Qualsiasi cosa ci aspettasse, una la sapevo. Se uno dei miei amici fosse stato abbastanza fortunato da trovare una ragazza che lo facesse sentire come Shaw faceva sentire me, avrei fatto di tutto per assicurarmi che andasse fino in fondo. Un amore come quello non bisognava lasciarselo scappare, anche per chi non aveva mai capito che esistesse. Bastava guardare quanto fossi ottimista io e tutte le altre cose.

Remy sarebbe stato così orgoglioso.

Se questa storia avesse una colonna sonora, sarebbe questa:

The Civil Wars, *Falling*
Social Distortion, *Outlaw*
Twisted Sister, *We're Not Gonna Take It*
Garth Brooks, *I Got Friends In Low Places*
Black Rebel Motorcycle Club, *Ain't No Easy Way*
Bad Religion, *American Jesus*
Gaslight Anthem, *Film Noir*
Drive By Truckers, *Decoration Day*
Straylight Run, *Big Shot*
The Black Angels, *Better Off Alone*
Lucero, *I Kissed The Bottle*
The Bloody Hollies, *Raised By Wolves*
Against Me!, *Borne On The FM Heart Wave*
Dawes, *If I Wanted Someone*
Lady Antebellum, *Need You Now*
Defiance Ohio, *Anxious And Worrying*
The Avett Brothers, *I Would Be Sad*
Heartless Bastards, *Only For You*

Su di me

Prima di tutto, sono una ragazza… sì, lo so, non pensavo di aver bisogno di dirlo, ma dopo qualche interessante email che ho ricevuto di recente ho pensato di chiarirlo. Jay è il diminutivo di Jennifer.

Vivo in Colorado, un bello stato che offre ogni tipo di persone interessanti a cui ispirarsi. Adoro i tatuaggi e la modificazione corporea, quindi adoro il fatto che ci siano sempre più storie con protagonisti e protagoniste che riflettono quello che vedo quando mi guardo intorno. Amo leggere e ogni grande storia di ogni genere che mi catturi, anche se ovviamente un cattivo ragazzo pieno di tatuaggi la rende sempre migliore. Nell'ultimo anno la mia vita è cambiata, quindi una mattina mi sono alzata e ho deciso che avrei finalmente finito una delle milioni di storie che continuavo a rimaneggiare. Amo scrivere e a lungo ho riflettuto su cosa fare della mia vita. Perciò consideratevi una parte importante di me nel definire un nuovo piano per la mia vita. Spero che la storia vi sia piaciuta e se volete contattarmi mandatemi pure un'email. Adoro ricevere ogni forma di feedback, ma se doveste essere cattivi potremmo litigare.

Lasciatemi chiarire una cosetta. Ho scritto questa storia in un momento frenetico in cui cercavo di rimettere insieme la mia vita.

Volevo solo dimostrare che ero in grado di portare a termine qualcosa che mi ero ripromessa di fare. Era una sfida personale e non avevo idea che avrebbe preso il volo. Ecco perché l'editing non è stato perfetto né brillante. Questa edizione poi è stata rivista, ma non rivendico che sia perfetta perché non è nel mio stile. Per chi di voi ha letto la prima versione e ha amato la storia, vi adoro, grazie mille. Per chi si è sentito tradito, mi dispiace davvero, ma tutto quello che posso fare è imparare quanto sia importante rivedere un libro e quanto in fretta possa diffondersi e vi prometto che la prossima volta mi sforzerò di più.

jaycrownover@gmail.com

Ciao,

JC

Indice

Gli Insuperabili Gold

Anna Premoli, *Tutti i difetti che amo di te*
Marcello Simoni, *L'abbazia dei cento peccati*
Mary Kubica, *Una brava ragazza*
Daniela Volonté, *Buonanotte amore mio*
Andy Weir, *L'uomo di Marte*
Francesco Caringella, *Non sono un assassino*
Kirsty Moseley, *Il ragazzo che entrò dalla finestra e si infilò nel mio letto*
David Gibbins, *Codice Pyramid*
Karen Swan, *Un diamante da Tiffany*
Sylvia Kant, *Prova ad amarmi*
Argeta Brozi, *Tentazioni*
Salvo Toscano, *Insoliti sospetti*
Cecile Bertod, *Non mi piaci ma ti amo*
Jay Crownover, *Oltre le regole*
Fabiola D'Amico, *Un giorno da favola*
Viviana Leo, *Sei solo mio*
Molly McAdams, *Ti lascio ma restiamo amici*
Anna Premoli, *Un giorno perfetto per innamorarsi*
A.G. Riddle, *Atlantis Genesi*
Fabrizio Santi, *Il quadro maledetto*
Jane Shemilt, *Una famiglia quasi perfetta*
Harry Sidebottom, *Il trono di Cesare*
Sara Tessa, *Se fossi qui con me questa sera*
Lucie Whitehouse, *Dimmi il tuo segreto*

Jay Crownover

Oltre noi l'infinito

Volume rilegato di 352 pagine. € 9,90

Con i suoi pantaloni di pelle aderenti, un profilo tagliente e un'aria misteriosa, Jet Keller è il protagonista delle fantasie più sfrenate di ogni ragazza. Ayden Cross è cresciuta accanto a tipi poco raccomandabili e di certo non ha intenzione di farsi abbindolare dagli occhi scuri e ipnotici di Jet. Ha paura di bruciarsi, ma, nonostante tutto, anche solo essere sfiorata da lui la accende. Jet non riesce a resistere alle gambe chilometriche di Ayden, infilate in quegli stivali da cowboy, che sembrano sfidarlo. Eppure, più gli sembra di esserle vicino, tanto più è forte la sensazione di non conoscerla. E nel momento in cui capirà di volerla a qualsiasi costo, dovrà fare i conti con qualcuno che ha un'idea di relazione completamente diversa dalla sua. La fiamma iniziale lascerà il posto a un amore duraturo, o consumerà i loro sogni lasciando solo cenere?

Fabiola D'Amico

Un giorno da favola

Volume rilegato di 288 pagine. € 4,90

Francesca è una sessuologa trentenne, single dopo una delusione d'amore per una storia con un uomo sposato. La sua passione sono i romanzi di ambientazione storica e il suo sogno è un amore come quello delle eroine di quei libri. Un giorno, in tribunale per una causa in cui sono coinvolti due suoi clienti, incontra Christian Balardini, un avvocato che manifesta subito una forte attrazione per lei. Ma memore della sua ultima disastrosa avventura, Francesca decide di non assecondarlo. Anche quando il destino è pronto a farli incontrare di nuovo, Francesca cerca di opporsi con tutte le sue forze alla passione che potrebbe travolgerli. E se invece si fosse sbagliata sul suo conto? Se per paura avesse immaginato sul conto di Christian cose che non corrispondono alla verità?